KB234964

우정이라는 이름의 가면

우정이라는 이름의 가면

잔 야거 지음 / 신 예 경 옮김

철학과 현실사

우정이라는 이름의 가면

지은이	잔 야거
옮긴이	신예경

초판 1쇄 인쇄	2005년 1월 15일
초판 1쇄 발행	2005년 1월 20일

발행처	철학과현실사
발행인	전춘호

등록번호	제1-583호
등록일자	1987년 12월 15일

서울특별시 서초구 양재동 338-10호
전화번호 579-5908
팩시밀리 572-2830

ISBN 89-7775-510-7 03800
값 9,000원

● 옮긴이와의 협의에 따라 인지를 생략합니다.
● 잘못된 책은 교환해 드립니다.

차례

역자 서문

우정 또는 친구는 흔히 선하고 긍정적인 것으로 생각되기 마련이다. 영원한 사랑과 행복을 꿈꾸면서 결혼하는 부부들처럼, 변하지 않는 우정을 맹세하는 것이 친구들일 것이다. 그렇지만, 결혼생활에도 실망스러운 요소들과 판단하기 어려운 복잡한 상황들이 생기는 것처럼, 친구 관계를 비롯한 모든 인간 관계에서 부정적인 측면을 배제하기란 힘든 일이다. 그래서 이 책에서는 우정의 밝은 면만이 아니라 어둡고 복합적인 측면에 대해서 이야기하고 있다.

친구의 개념에 대한 정의에서부터, 친구를 가벼운 친구, 가까운 친구, 가장 친한 친구 등으로 범주를 나누는가 하면, 주의해야 할 나쁜 친구의 21가지 유형에 대해서도 설명하고 있다. 게다가 친구 관계를 지속할 것인지 아니면 끝낼 것인지 판단할 수 있는 다양한 기술도 알려준다.

이전 시대에도 우정은 인간에게 중요한 의미를 지닌 관계였다. 오늘날에는 가족과 보내는 시간보다 직장이나 개인적인 친구들과 보내는 시간이 더 많다 보니 우정의 의미는 더욱 깊어질 수밖에 없다. 또한, 각종 통신 매

체의 발달로 인해 친구들과 접촉하는 방법도 무척 다양해진 것이 사실이
다. 이런 시대에서 우정이 복합적인 성격을 띠고 다양한 문제를 양산하는
것은 오히려 당연하다 할 수 있겠다. 이 책의 모든 내용이 독자들에게 도움
이 되겠지만, 무엇보다도 직장 내에서의 우정에 관한 부분은 현대의 성인
들에게 유용한 정보를 제공할 것으로 생각된다.

물론 우정을 주제로 한 책들은 아주 많다. 그 중에서도 《우정이라는 가
면》이 커다란 의미를 갖는 이유는 어려운 용어와 학술적인 내용들로 채워
진 단순한 우정에 관한 이론서가 아니라는 점이다. 이 책의 장점은 수많은
경험자들의 체험을 바탕으로 한다는 점이다. 다른 사람들의 생생한 고백과
풍부한 임상경험을 가진 야거(Yager) 박사의 사례분석을 읽으면서, 독자
여러분은 자신의 우정 문제를 다시 한 번 돌아보게 될 것이고, 이 책의 도
움을 받아서, 자신이 지금 겪고 있거나 어쩌면 앞으로 겪을지도 모르는 실
질적인 문제들에 관해 그 해결책을 스스로 찾아낼 수 있을 것이다.

영국의 시인이자 극작가인 벤 존슨은 "참다운 행복을 만드는 것은 수많

은 친구가 아니라 제대로 선택한 좋은 친구들이다"라는 말을 했다. 존슨의 말은 친구와 우정에 대해 여러 가지 생각을 유추할 수 있게 해준다. 친구는 아무렇게나 사귀는 것이 아니라 좋은 사람들로 '선택'해야 한다는 사실과 친구가 사람의 인생에 참다운 행복을 가져다주는 존재라는 점을 알려주는 것이다. 이 말은 《우정이라는 가면》이 독자 여러분에게 궁극적으로 들려주고자 하는 내용이기도 하다. 친구 관계에 대한 총체적인 분석을 거쳐서 건강하고 바람직한 우정을 키워나감으로써 풍요로운 삶을 영유하라는 것이 저자가 여러분에게 전달하고자 하는 주제인 것이다. 과거의 부정적인 관계들을 정리하고 바람직한 태도로 건강한 우정을 새롭게 만들고 키우는 방법을 배운다면, 독자 여러분의 인생에 밝고 건강한 변화가 찾아올 것이다.

옮긴이 신예경

우정이 적개심으로 변해 갈 때

사람들은 흔히 평생을 지속해 나갈 가치가 있는 최상의 것으로 결혼 생활을 꼽지만, 어떤 사람들은 '금란지교(金蘭之交)'야말로 결혼 생활에 대한 이상을 대신해 왔다고 믿는 것 같습니다. 물론, 일생 동안 반드시 지켜야 할 가치가 있는 우정도 있습니다. 우정을 나누는 두 사람 모두에게 도움이 되는 바람직하고 멋진 우정이 바로 그런 것입니다. 그러나, 세상에는 반드시 관계를 정리해야만 할 부정적이거나 파괴적인, 심지어는 서로에게 해를 입히는 우정도 존재하기 마련입니다. 또, 그 유해 여부를 판단하기가 쉽지 않은 경우도 있을 것입니다. 여러분은 좋은 친구 관계를 유지하고 있다고 생각했는데, 갑자기 친구가 여러분에게 전화를 걸지도 않고 여러분이 보낸 편지에 답장도 하지 않는다면, 우정은 결국 끝나버리고 말 것입니다. 세월이 흐른 뒤에도 여러분은 왜 그런 일이 일어났는지에 대해 여전히 이해하지 못할 테고 그로 인해 그저 마음 아파하게 될 뿐입니다.

저는 20여 년 간 우정에 관해 연구를 하고 저작 활동을 해오면서, 우정의 한계에 관한 연구를 흥미를 갖고 지켜보게 되었습니다. 이런 주제는 심리학자들이나 정신과 의사들, 혹은 사회학자들이 이따금씩 관심을 기울이는 것이었습니다. 왜냐하면 이런 학자들은 주로 부모와 자녀의 관계나 남편과 아내의 관계 등의 인간 관계에 깊은 관심을 보이는 성향이 있기 때문입니다. 그런데, 요즈음은 잘나가는 잡지나 일간 신문, 또는 인터넷 사이트에 들어가보면, 우정에 관한 글들을 심심치 않게 찾아볼 수 있게 되었습니다. 또한 우정이라는 이름을 붙여서 동료들간의 친목 유지법을 강의하는 책들도 쏟아져 나오고 있는 추세입니다.

우정이라는 개념은 오랜 시간을 지나면서 새롭게 '발견'되는 것임에 틀림없습니다. 수많은 연구자들은 각종 우화와 예를 들어 가면서 우정의 혜택에 대해 격찬을 늘어놓고 있을 뿐만 아니라, 병리학자들, 사회학자들, 심리학자들의 양적·질적 연구까지 언급해 가며 다양한 찬사를 보내고 있습니다. 왜냐하면 이런 학자들은 오랜 연구를 통해 정신적인 것과 육체적인 질병 사이의 상호관계에서 긍정적인 결과를 얻어냈기 때문입니다. 예를 들어, (단 한 명이라도) 절친한 친구를 사귀는 것과 기대 수명이 증가하는 것 사이에 어떤 상호관련성이 있는지를 밝혀내었고, 정신 건강이 증진되는 일과 유방암이나 심장마비를 극복할 가능성이 증가하는 현상 사이에 어떤 상관 관계가 있는지를 조사했습니다.

그렇다면, 《우정이라는 이름의 가면》과 같은 책이 왜 필요한 것일까요? 요즘의 세태는 우리의 삶에서 우정이 얼마나 중요한가를 표현해 줄 꼭 맞는 말을 찾아내느라 혈안이 되어 있습니다. 결과적으로, 사람들은 좋지 못한 우정 때문에 생길 수 있는 엄청난 폐해에 관해서는 지나치게 무심한 반응을 보이는 것입니다. 이 책이 필요한 이유는 또 있습니다. 바람직하지 않은 친구 관계에서 여러분 자신을 발견할 가능성을 탐구하기 위한 토론의 기회를 갖기 위해서, 그리고 여러분에게 해를 주는 친구를 가장 효과적인 방법으로 떼어놓을 수 있는 묘안을 알아내기 위해 이 책은 필요한 것입니다. 더욱이 여러분이 가지고 있는 이상적인 우정에 관한 생각에 비해 여러분이 실제로 친구와 나누고 있는 우정이 조금씩 퇴색되고 있다면, 여러분은 아마 이런 상황을 변화시키기 위해 임시방책이라도 쓰려고 할 것입니다. 그러나 이런 방법은 결과적으로 장기적인 관계의 실패를 불러올 따름입니다. 따라서, 여러분은 자신의 인생에서 좋지 못한 우정을 맺게 되는 근본적인 원인이 무엇인지를 곰곰이 살펴볼 필요가 있습니다. 그러기 위해서는 우선 한 사람의 자녀로서 부모와 어떤 관계를 맺고 있는지, 또 형제들과의 관계는 어떠한지에 대해서 근본적으로 생각해 보아야 할 것입니다.

이 책을 통해서 여러분은 우정이 지닌 복잡한 의미를 이해하는 데 도움과 희망을 얻을 수 있습니다. 뿐만 아니라, 여러분이 바람직하지 않은 우정을 쌓게 된 이유를 이해하고 바람직한 우정을 찾아내서 가꿔감으로써, 단지 우정에 국한되지 않고 자신의 인생을 긍정적으로 변화시킬 수 있는 방법에 대한 조언도 얻을 수 있을 것입니다. 바람직한 우정을 나누라는 말은 반드시 새로운 친구들을 찾아내야 한다는 의미가 아니며, 여러분이 이미 관계를 맺고 있는 사람들과 새로운 방향에서 교감을 나누는 것을 뜻하기도 합니다. 바람직한 우정을 나눔으로써 여러분은 자신의 경력에도 긍정적인 영향을 미칠 수 있습니다. 예를 들어봅시다. 우리가 친구를 위해서 할 수 있는 일은 단지 직장을 알아봐 주는 것으로 끝나지 않습니다. 일단 직장을 구하고 난 뒤에 얼마나 빨리 직장에서 승진을 하는지, 혹은 자신의 분야에서 성장하는지의 여부는 여러분 자신의 재능에만 달려 있는 것이 아닙니다. 여러분이 속한 직장이나 전문 분야에서 같이 일하는 친구가 과연 누구인가 하는 것도 여러분의 경력에 영향을 미치는 중요 변수인 것입니다. 마찬가지로, 친구가 여러분의 경력에 누를 미칠 수도 있고, 심지어 친구 때문에 직장을 잃는 일이 생길 수도 있습니다. 이런 일이 보조 교사로 근무하고 있던 23세의 미혼 여성 마조리에게 일어났습니다. 마조리의 설명을 한 번

들어볼까요?

저는 가장 친한 친구와 다툼을 한 뒤에 심술궂은 편지를 보낸 적이 있었는데, 이 일이 있은 후에 친구는 자신의 목숨에 심각한 위협을 느낀다고 제 상사에게 이야기했습니다. 우리는 6년 간이나 우정을 나누어온 사이인데도 말입니다. 게다가 제가 자기를 결코 해치지 않을 것이란 사실을 그 친구도 분명히 알고 있었습니다. 친구가 상사에게 고자질한 탓에 저는 일년 반 동안 일했던 직장에서 해고당했습니다. 소위 베스트 프렌드라고 할 수 있는 그 친구는 심지어 경찰서에까지 찾아갔지만, 제가 보낸 편지는 전혀 위협적인 것이 아니라는 말을 들었습니다. 이런 사건이 일어난 이유는 결국 제 친구의 경쟁심이 지나치게 강한데다가 이런 방법을 쓰는 것이 저를 이기는 길이라고 생각했기 때문이었습니다.

불행하게도 마조리가 겪은 것과 같은 일은 생각보다 훨씬 자주 일어나는 일입니다. 일리노이 주식회사에서 연설 대필자로 근무하고 있는 45세의 기혼 남성은 같은 직장에 근무하는 미혼 여성 동료 때문에 해고당했습니다. 그 여성은 자신이 작성한 문안이 형편없는 결과로 나타나자 해고될지도 모른다는 불안감에 시달렸습니다. 결국 자신의 불만스러운 성과를 자신의 친구이기도 한 상사의 잘못으로 떠넘기며 터무니없는 주장을 펼쳤습니다. 상사의 성적인 매력 때문에 자신은 일에 집중하기가 어렵다고 하면서 이것을 성적 학대라고 비난했던 것입니다. 그녀의 주장은 확실히 입증되지 않았지만, 그녀의 친구이자 상사는 자신의 부하 직원이자 친구를 제대로 관리하지 못했다는 이유로 결국 해고되고 말았습니다. 또 다른 예로, 플로리스트를 꿈꾸어 오던 39세의 기혼 여성 캐롤은 마침내 원하던 직업을 얻은 이후에, 직장에서 격의 없이 지내던 세 명의 친구들에게서 아주 비참하게 배신당했습니다. 그 후유증으로 그녀는 3주 간의 병가를 얻어 치료를 받아야만 했습니다.

　뚜렷한 이유 없이 직장을 잃는다거나 회복할 수 없는 명예훼손을 당하는 것은 정말 끔찍한 일입니다. 그러나, 그런 일보다 훨씬 치명적인 사건들이 발생한 부분적인 이유가 바로 우정 때문이라는 비난이 있어 왔습니다. 여러분도 기억하는 악명 높은 사례도 있었습니다. 1999년 봄, 콜로라도 주 콜럼바인에 위치한 콜럼바인 고등학교에서 두 명의 십대 청소년들이 우정을 걸고 끔찍한 사건을 일으켰던 것입니다. 12명의 반 친구들과 한 명의 교사가 죽었고 20명이 넘는 부상자가 생겨났을 뿐만 아니라, 당사자 두 명은 자살을 했습니다. 알려진 바에 의하면 사건을 일으킨 두 소년들은 종종 괴롭힘을 당했고 다른 학생들과 '어울리지 못한 채' 겉돌았으며, 자신들의 우정을 걸고 둘이 힘을 모아서 대규모의 살인과 자살을 감행한 것으로 보였습니다.

　그후, 2001년에 이런 사건이 다시 한 번 일어났습니다. 캘리포니아 주의 샌티에 사는 15세의 소년이 일으킨 사건으로, 이 소년 역시 학교 내 폭력의 희생자였던 것으로 추정되었습니다. 문제의 소년은 네 명의 친구와 한 명의 어른에게 자신이 곧 반 아이들에게 총을 쏠 계획이라는 이야기를 했던 것으로 알려졌습니다. 그러나, 그 당시에는 단지 장난으로 한 말이라며 계획을 털어놓았던 사람들을 안심시켰다고 합니다. 다음날, 소년은 자신의 계획을 당장 실행에 옮겨서, 알려진 것처럼 두 명의 반 아이들을 총으로 쏘아 살해했습니다. 세 가정이 파괴되었고, 학교는 오명을 뒤집어썼으며, 지역사회는 충격에 휩싸인 채 슬픔에서 헤어나지 못했습니다. 문제의 소년이 단지 장난이라고 말한 것을 믿었던 그의 친구들은 다른 학교로 전학갈 수밖에 없었습니다. 학교 당국은 그 아이들이 친구가 살인에 관해 호언장담을 하는 것을 흘려듣고 미리 관할 부서에 알리지 않았기 때문에 이런 불행한 사건이 발생한 것이라고 믿는 다른 아이들에게서 보복을 당할지도 모른다고 염려했기 때문이었습니다.

그러나 해가 되는 우정과 그에 수반되는 배신을 검토하는 일이 과연 가치 있는 일인가를 알아보기 위해서 이처럼 살인과 신체 상해에 관한 이야기를 열거할 필요는 없습니다. 20년이 넘는 세월 동안 우정과 우정의 패턴을 연구해 오면서, 저는 '친구'가 자신이 사랑하는 사람을 유혹해서 배신감을 느꼈던 사람들을 만나서 얘기를 나눠 보았습니다. 적어도 당장에 중요한 업무 기획을 저지하는 배신을 당한 경우에는 친구와의 관계를 끊었다는 사람들도 있었습니다. 물론, 그저 '친구지간에' 당연히 할 수 있는 일로서 유익한 정보를 알려준 덕분에 자신의 경력에 도움을 준 친구를 갖고 있다는 남성들과 여성들을 만난 적도 있습니다. 하지만 어떤 사람들은 친구가 돈을 훔쳐갔다고 호소하기도 합니다. 제가 우정에 관한 연구를 하는 동안 직접 보거나 들었던 이야기들 중에서 배신에 관한 사례를 좀더 이야기해 보겠습니다.

- "제 가장 친한 친구들 중의 한 명은 제가 관심을 표현하는 여자들한테 언제나 추근대곤 했습니다." (24세의 미혼 남성)
- "친구가 제 남자 친구와 동침을 했다고 고백한 뒤 우리는 친구니까 애인 도 '같이' 사귀자는 억지를 부렸습니다." (자녀를 둔 37세의 이혼 여성)
- "제 절친한 직장 동료가 상사에게 가서 우리가 공동으로 작업하고 있었 거나 저 혼자 기획했던 중요한 안건에 대해 설명하고는 마치 자기가 그 일을 담당하고 있는 것처럼 이야기했습니다." (두 번의 이혼 경험이 있는 55 세의 여성)
- "가까운 친구(여성)가 제 결혼에 대해 질투심을 느끼고 있습니다." (44 세의 기혼 남성)

- "어려서부터 함께 자란 가장 친한 친구가 아무런 이유도 없이 제게 폭력을 휘둘렀습니다." (23세의 기혼 여성)
- "친하게 지내는 친구가 직장에서 저에 대한 나쁜 소문을 퍼뜨리기 시작했습니다." (자녀를 둔 50세의 이혼 여성)
- "제 결혼식 전날 밤에 열린 처녀들의 파티에서 제 들러리가 돈을 훔쳤습니다." (30세의 기혼 교사)
- "저는 예전처럼 개방적인 사람이 아닙니다. 과거에 있었던 일 때문에 한층 조심스러운 사람이 되었습니다. 친구가 단둘이 있을 때 저를 경멸적인 호칭으로 불렀던 일로 마음에 심한 상처를 받았습니다." (자녀를 둔 32세의 기혼 여성)

질투는 사람의 자긍심에 상처를 줄 수 있고, 어쩌면 우정을 잃게 만들지도 모릅니다. 미시간에 사는 40세의 전업 주부이자 음악가인 브렌다의 경우가 바로 여기에 해당됩니다. 그녀는 "저는 몸무게가 200파운드나 나갔습니다"라고 고백했습니다. "지금은 125파운드밖에 나가질 않습니다. 제 친구의 몸무게는 225파운드였는데, 제가 처음에 몸무게를 조금 줄였을 때 친구는 제게서 멀어지려고 했습니다."

친구의 애인이나 배우자와 수다를 떠는 것도 우정에 종지부를 찍는 원인이 될 수 있습니다. 어느 31세의 미술 교사는 '정말 절친한 친구'가 살 거처를 마련하지 못했을 때, 그 친구에게 자기 부부가 살고 있는 집에 함께 머물러도 좋다고 허락해 주었습니다. 함께 사는 동안, 친구는 그녀의 남편과 "성적인 농담을 주고받거나 심지어 성적인 관계를 갖기도" 했습니다. 그 친구는 직장에서 그녀가 학생들을 신체적으로 학대한다는 근거 없는 나쁜 소문을 퍼뜨리면서 그녀를 헐뜯기까지 했습니다. 결혼 생활은 난항에 부딪혔고, 우정은 끝났습니다.

그러나 어떤 종류의 우정은 단지 잠재적으로만 위험 요소를 내포하고 있는 정도로 겉으로는 그 폐해가 드러나지 않아서 가려내기가 쉽지 않을 것입니다. 왜냐하면, 우정이 막 싹트기 시작하는 일종의 '구애' 단계에서는 여러분의 친구는 매력적이고, 예의 바르고, 완벽하게 사리에 맞는 행동만을 할 것이기 때문입니다. 일단 우정이 어느 정도 궤도에 오르면, 친구는 조금씩 달라질 수도 있습니다. 친구가 되는 바로 그 행위야말로 서로에 대한 행동은 물론이고 우정을 나누는 당사자들을 변화시키면서 사교적인 문제를 갖고 있는 사람을 감정적으로 허탈하게 만들어버립니다. 친구가 조금씩 가까워지고 한층 친근하게 느껴질 때, 상대에 대한 혹은 그 관계에 대한 기대치도 높아지게 되어 실망감은 훨씬 더 커지기 때문에 우정을 조금씩 쌓아 가는 초기 단계에서보다 고통스럽게 느껴집니다.

더욱이, 학교나 직장 등과 같이 일정한 배경 안에서 만든 우정의 경우에는 복잡한 여러 상황이나 다른 관계들과 복합적으로 엮이면서, 갈등이 커지거나 우정이 깨지기도 하는 것입니다. 게다가, 친구들을 오래 사귀면 사귈수록 우정을 유지하기 위해 여러분은 더 많은 것을 쏟아부어야 합니다. 여러분은 친구의 좋지 못한 행동들을 무시하거나 이리저리 둘러대서 잊으려고 할지도 모릅니다. 이때 여러분이나 여러분의 친구는 너무 많은 것을 참아야만 하기 때문에, 이런 우정은 배신이라고 규정할 만한 행동을 할 때까지만 시한부로 지속되는 경우가 생깁니다. 결국 배신의 상황이 생겨나고 마음의 결심이 서면 우정은 끝이 나는 것입니다.

비록 배신이나 실망을 겪고도 끝나지 않은 관계라 하더라도, 서로 친근감을 느끼는 정도에서 분명히 달라질 수 있고, 친구에 대한 기대치도 낮아질 수 있습니다.

친구의 배신은 최상의 배신이라고 할 수 있는 살인으로까지 이어질 수 있습니다. 26세의 도날드는 결혼도 했고 아이도 두었습니다. 그는 아내 문제로 가장 절친한 친구와 다툼을 벌이다가 살인을 저질러 종신형을 선고받아 15년째 복역 중입니다. 도날드는 "친구는 내가 출장으로 집을 비운 동안 아내와 데이트를 해오다가 마침내 아내를 데리고 달아났다"라고 진술했습니다.

비록 살인처럼 엄청난 일은 아니라 하더라도, 친구와의 작은 오해로 인해 발끈하는 감정이 생긴 것이 그만 극단적인 행동이나 범죄로까지 치달을 수도 있는 것입니다.

우정에 관한 저의 광범위한 조사와 저서, 전문적 지식은 물론이고 제가 후원하는 워크숍, 그리고 우정을 주제로 한 강의 때문에, 저는 종종 우정에 관해 토론하는 토크쇼에 출연해 달라는 요청을 받곤 합니다. 이런 주제에 관해 글을 쓰는 저널리스트들은 제게 자주 인터뷰 요청을 해오는데, 그들은 부정적인 영향을 미치는 친구를 알아보고 대처해 나가는 일에 관해 많은 질문들을 던지곤 합니다. 그런 질문들을 받으면서 저는 이 책을 저술할 필요가 있다는 사실을 실감했던 것입니다. 그렇지만, 저는 이 주제에 관해 좀더 깊이 파고들고 싶었습니다. 사람들로 하여금 결국에는 그들을 배신할지도 모르는 친구를 가려내야 하는 이유를 이해하도록 돕고, 그런 유형의 우정을 긍정적인 방향으로 전환시키는 인간 관계의 기법을 연구하여 많은 사람들에게 알려서 좋은 우정을 키워나가도록 만들고 싶었습니다. 또, 우정을 배신하는 일이 예전에 비해 요즘 들어 한층 더 확산되고 있다는 사실 뒤에 자리잡은 사회풍조에 대해서도 폭로하고 싶었던 것입니다.

저의 또 다른 집필 목적은 우정을 지키는 데 실패한 경우 거의 예외없이 동반되는 감정인 좌절과 부끄러움을 떨쳐버릴 수 있도록 도와주는 것입니다. 어떤 사람들은 우정이 깨졌다는 사실을 시인하는 것을 마치 결혼에 실패했다고 인정하는 것과 같다고 여기기도 합니다. 지난 20년 동안 활발히 진행되었던 이런 주제에 대한 저서들과 토론에 참여한 '우정 찬성론자'들의 분위기에 영향을 받아서, 평생 동안 지속되는 우정에 대한 신화가 생겨 난 것처럼 보입니다. 비록 평생을 함께하는 결혼에 대한 이상이 이혼율의 증가가 증명하는 바와 같이 슬프게도 많은 사람들에게는 비현실적인 사실 이 되었는데도 불구하고 우정에 대한 믿음은 여전한 것 같습니다.

우정은 결코 끝나거나 실패해서는 '안 된다'는 낭만적인 이상은 우정을 끝내야만 하는 이유를 불문하고 여전히 그 관계를 지속시키고 있는 사람들 에게 불필요한 고통을 가져다줄지도 모릅니다. 관계를 이해하기보다는 영 원한 우정의 신화에 맹목적으로 매달리고 있는 것입니다. 하지만, 모든 우 정이나 모든 결혼 생활이 평생 동안 지속되는 것이 아니라면, 이제 믿어야 할 것은 대체 무엇이란 말입니까?

《우정이라는 이름의 가면》을 저술한 목적은 여러분에게 위협적이고 해 를 끼칠 수 있는 우정을 가려내고 거기에 대처해 나가는 기술을 알려드리 는 것입니다. 저는 여러분이 이 책을 읽음으로써 다음의 두 가지 문제에 대 해 더 넓은 통찰력을 얻기를 희망합니다. 첫째, 우정이, 특히 여러분 자신 이나 여러분과 가까운 사람들이 나누는 우정이 경우에 따라서는 끝날 가능 성이 있다는 것과 그때 왜 반드시 끝내야만 하는지에 대해 이해하게 되기 를 바랍니다. 둘째, 이런 관계의 종말에 현명하게 대처하는 방법을 깨닫게 되었으면 합니다. 더욱이 여러분이 좋지 못한 우정을 만드는 습관을 지니 고 있다면, 이 책은 여러분이 바람직하고 유익한 친구를 선택할 수 있도록 도움을 줄 것입니다. 그 친구들은 여러분의 삶을 풍성하게 해줄 것이며, 여 러분이 자신의 분야에서 좀더 빠르게 성공하고 정진하는 데 보탬이 될 것 입니다.

여러분 자신도 어쩌면 현재 우정을 나누고 있는 친구나 과거에 친분을 유지했던 사람을 무심코 혹은 의도적으로 배신한 적이 있을지도 모릅니다. 배신을 당한 사람뿐만 아니라 배신을 한 사람에게 그런 행위가 어떤 영향을 미치는가를 이해하게 되면, 여러분은 그런 경험을 통해 중요한 정서적인 에너지를 얻을 수 있습니다. 그 영향력을 이해하지 못한 사람들은 에너지를 얻는 대신 죄의식, 후회, 슬픔, 또는 배신에 관계된 온갖 복합적인 감정들에서 헤어나지 못하게 됩니다. 만일 여러분이 친구를 배신했다면, 그로 인해 여러분은 자신을 용서하는 법을 배울 수 있습니다. 만일 여러분이 친구에게 배신을 당했다면, 배신한 친구를 용서함으로써 자신에게 어떤 도움이 될 것인가에 대해 심사숙고할 기회를 가질 수도 있습니다.

다행스럽게 우리들 대부분은 도움을 주고 관심을 보여주며 신뢰할 수 있는 친구들을 가지고 있습니다. 게다가 우정의 가치를 강조하면서 바람직한 교우 관계를 만들고 유지하는 방법을 기술한 책들이 요즈음 많이 출판되어서 어디서나 쉽게 접할 수 있는 게 사실입니다. 제가 저술한 《친구 관계의 전환: 우정의 힘과 우정이 우리의 인생에 미치는 영향》에서도 사회학과 심리학을 적용하여 다각적인 방향의 학구적 접근을 시도하였습니다.

하지만, 여러분이 친구의 배신을 깨닫게 되었을 때 여러분은 과연 어디서 도움을 청할 수 있겠습니까? 배신이란 도움, 사랑, 애정, 신뢰, 믿음, 동지 의식, 존경 등을 구하며 여러분이 의지했던 친구가 어떤 식으로든지 여러분의 믿음을 산산조각 내는 순간인 것입니다. 그 친구는 신뢰를 저버렸거나 여러분에 관해 거짓말을 늘어놓았을지도 모르며, 여러분의 다른 인간 관계를 망쳐 놓았을 수도 있고, 심지어 여러분을 실직의 상태로까지 내몰았을 수도 있습니다. 여러분이 마음의 위로를 간절히 필요로 하는 시간에 그 친구는 여러분에게 오지 못했을 수도 있고, 여러분에게 금전적인 손해를 입혔을지도 모르며, 여러분의 애인이나 배우자의 애정을 빼앗아갔을 수도 있습니다. 최악의 경우를 생각해 보면, 여러분의 신체에 해를 입혔다거나 심지어는 한 사람의 생명을 앗아가는 경우도 있었을 것입니다. 이런 '친구들'이 과연 진정으로 여러분에게 친구였던 순간이 있었을까요? 어떻게 '친구'로서 그런 배반 행위를 일삼을 수 있었겠습니까? 처음 우정을 쌓는 순간부터 이처럼 파괴적이고 해를 끼치는 관계였던 것일까요, 아니면 시간이 지나면서 이렇게 변화되어 온 것일까요? 도대체 어디에서 잘못된 방향 전환을 했던 것이며, 또 만일 절교만이 상황을 해결할 수 있는 최선의 방책이라면 관계를 끝내기 위해 어떤 행동을 취해야 할까요? 만일 처음부터 나쁜 조짐을 보였던 관계라면, 여러분에게 결국 해를 끼치거나 배신을 안기게 될 사람과 친구가 되는 일을 피하는 것이 나을 것입니다. 이런 경우, 어떻게 하면 여러분이 그 사람에 대해 실망하거나 배신당하기 전 교제 초기에 더 나은 판단을 내리는 법을 배울 수 있을까요?

이런 질문에 대한 해답을 드리는 것 이외에 이 책이 의도하고 있는 것은 여러분이 이런 문제들에 관해 스스로 질문을 던지고 답을 구하도록 이끌어 주는 일입니다. 어쩌면 여러분 중에는 혼자의 힘으로 이런 난관을 극복해 내는 분들이 있을지 모릅니다. 물론 누군가의 도움으로 어려운 상황을 극복 했으면 하는 기대를 갖는 분들도 있을 것입니다. 주변 사람들의 조언을 구 해서 전문가와 일 대 일로 상담을 받는다거나 자가 치료나 전문적인 집단 치료에 참여하는 일도 생각해 볼 수 있습니다.

친구의 배신이라는 주제로 허심탄회하게 대화하고 싶어하는 사람은 거 의 없겠지만, 우리 중 누구도 무관하게 지낼 수는 없는 일이기도 합니다. 배신에 관해서 전혀 털어놓고 싶어하지 않지만 실제로는 배신감을 극복하 기 위해 대화가 절실하게 필요한 사람들을 저는 무수히 보았습니다. 제가 최근에 실시한 우정에 관한 조사를 보면, 설문에 참가한 180명 중 171명이 "안면이 있는 사람, 가까운 친구, 아니면 가장 친한 친구에게서 배신을 당 한 경험이 있습니까?"라는 질문에 대해 응답을 해주었습니다. 응답자의 68퍼센트에 해당하는 116명이 "그렇다"고 대답했고, 놀랍게도 응답자의 32퍼센트에 불과한 55명만이 "아니다"라고 답했습니다.

배신이란, 친구가 여러분의 기대를 저버리고 감정적으로나 실제로도 여러분의 편에 서지 않을 때를 뜻합니다. 또 배신이란, 친구는 여러분과의 우정을 끝냈는데도 불구하고 여러분은 여전히 그 관계를 지속시키고 싶어하는 것이며, 이때 배신의 이유를 영원히 알 수 없는 경우도 있습니다. 저는 콜로라도에 사는 한 젊은 기혼 여성에게서 이런 상황을 당했다는 내용의 편지를 받은 적이 있었습니다. 그녀는 제가 아침 방송의 토크쇼에 출연해서 우정을 주제로 대담을 나누는 모습을 시청한 뒤에 바로 편지를 띄웠던 것입니다. 저는 방송에서 친구와의 우정이 때로 어떻게 종지부를 찍는가에 관해서 토론하고 있었는데, 어떤 친구 관계는 끝내는 것이 좋고 그것이 오히려 자연스러운 경우도 있으며, 특히 전적으로 친구의 잘못으로 그런 일이 발생한 경우에는 더욱 그렇다는 주장을 펴고 있었습니다. 그 여성은 제 말에 크게 공감을 해서, 방송에서 제가 한 말이 자신에게 얼마나 크게 도움이 되었는지를 설명하는 '감사' 카드를 저에게 보낸 것이었습니다. 사실 그녀는 이유를 알지 못한 채 친구에게서 절교를 당한 일로 항상 마음이 편치 않았고, 밤마다 그 생각에 사로잡혀 있었던 것입니다.

만일 친구가 절교를 선언했는데 여러분이 그 이유를 알아야 한다는 강박관념에 사로잡혀 있다면, 그 이유에 집착하는 원인을 해결해야만 합니다. 다른 말로 하자면, 여러분은 결코 절교의 이유를 알려고 해서는 안 됩니다. (이 책을 좀더 읽어 보면, 실패로 끝난 친구 관계에 집착하는 현상을 극복할 수 있는 방법에 관한 설명을 찾아볼 수 있습니다.)

그러나, 친구와의 관계를 접어야겠다고 결정한 사람이 바로 여러분 자신이라면, 아무리 바람직하지 못한 관계였다고 하더라도 여러분은 그로 인해 어떤 원한도 생기지 않도록 주의해야 할 것입니다. 우정을 끝내는 방법은 우정을 끝내겠다는 결심을 하는 일만큼이나 중요하다는 사실을 여러분은 명심해야 합니다. 한때 여러분의 친구였던 사람이 여러분이 다니는 회사와 중요한 계약을 체결하거나, 여러분의 직장에서의 승진을 결정하는 위치에 오를 수도 있는 일이기 때문입니다.

물론 저 역시 오랜 세월을 거치면서 누구보다 깊은 우정을 나눠 왔던 사람들과의 관계를 정리하는 경험을 몇 차례 해보았습니다. 제가 절교를 선언한 입장인 경우에는 그 상황을 타결하는 또 다른 방법이 있지 않을까 하고 고심했습니다. 반대로, 제 친구가 일방적으로 저를 떠나간 경우에 저는 혼란스럽기도 하고, 화가 나기도 했으며, 배신감마저 느꼈습니다. 그렇기 때문에 저는 친구 사이의 배신에 관해 스스로 질문을 던지고 그에 대한 해답을 찾고자 했던 것입니다. 그뿐만 아니라, 만일 방법이 있기만 하다면, 관계를 끝내야 할 만큼 바람직하지 못한 우정 문제를 해결할 수 있는 더 나은 방법이 무엇인지를 알아내고자 노력해 보았습니다.

저는 스스로가 던진 문제들의 해답을 구하기 위해, 그리고 편지, 이메일, 심지어는 우정에 관한 강연 뒤에 으레 따르는 질의-응답 시간 등을 통해 수도 없이 들어 왔던 질문들의 답을 알아내기 위해 연구하고 이 책을 저술한 것입니다. 어째서 사람들은 친구들에게 상처가 될 만한 일들을 하는 것일까요? 왜 친구들 사이에 서로를 배신하는 일이 생길까요? 어째서 어떤 사람들은 바람직하지 못한 우정을 맺으려고 할까요? 파괴적인 친구 관계에서 벗어나려면 어떻게 해야 하나요? 어떻게 여러분은 사생활이나 직업적인 관계에서 바람직한 우정을 찾아내고 가꿔 갈 수 있을까요?

제가 이 책을 쓰는 데에는 지난 20여 년 간 해왔던 독창적인 연구와 관찰의 결과는 물론이고, 제 자신이 더 나은 친구로 변모하기 위해 사용했던 방법들이 밑거름이 되었습니다. 제 일과, 평생 맺어온 모든 인간 관계, 친구 관계를 포함해서 제 인생이 우정에 관한 문제들을 겪으면서 배운 교훈을 통해 한층 더 풍요로워졌던 것처럼, 여러분이 건강한 우정을 나눔으로써 기쁨을 얻을 수 있도록 제가 도움이 되기를 희망합니다. 여러분이 《우정이라는 이름의 가면》에서 읽은 것과 마찬가지로 언젠가는 다른 사람이나 우리의 친구 관계가 변하기를 기대하기 전에 우리 내부에서부터 분명히 변화가 시작될 것입니다.

1부
우정의 기초

1. 우정이란?

친구 관계가 존재하는 만큼이나 세상에는 우정에 관한 수많은 정의가 있기 마련이지만, 하나의 친구 관계가 성립하기 위해서는 다음의 4가지 기본 요소들이 필요하다고 생각합니다.

- 혈연으로 맺어지지 않은 두 사람 이상 사이에 맺어진 관계
- 선택적이거나 자발적으로 맺은 관계
- 법률적인 계약에 의거하지 않은 관계
- 일방적이지 않은 관계

사람들은 흔히 친구는 연인이 된다거나 성관계를 맺으면 안 된다는 전제를 설정해 두고 있습니다. 그런 불문율을 어기면 그 관계는 우정 이상의 관계로 진척된다는 비공식적인 합의라도 내린 것 같습니다.

이런 기본적인 신조들을 제외하고도 우정을 나누는 사이라면 반드시 수반되어야 할 것들에 관한 광범위한 견해가 있습니다. 즉, 믿음, 공감, 정

직, 비밀, 공통점, 관심, 애정을 보여주고, 마음을 나누거나 비슷한 생각을 공유하며, 말상대가 되어주고, 함께 일을 처리하고, 비밀을 털어놓을 수 있으며, 함께 있되 의미없는 약속을 남발하지 않아야 할 것입니다. 우정의 요건 중에는 이해하기는 힘들지만 가장 중요한 것이 하나 있습니다. 친구란 여러분이 좋아하는 사람인 동시에 여러분을 좋아하는 사람이어야 하며, 여러분과 어떤 일에든 호의적인 반응을 공유할 수 있어야 한다는 점입니다.

일반적으로 **친구**라는 말로 표현되는 관계는 친밀감을 느끼는 단계에 따라서 가벼운 친구, 가까운 친구, 가장 친한 친구 등의 세 가지 유형으로 나눌 필요가 있습니다.

가벼운 친구는 그저 안면이 있는 사이를 넘어서는 커다란 관계의 진척을 이룬 단계입니다. 가까운 친구나 가장 친한 친구만큼 친밀감을 느낀다거나 특별한 대우를 해주는 것은 아니라 하더라도, 가벼운 친구들 사이에도 일종의 결속감은 있기 마련입니다. 가벼운 우정이 시간의 흐름에 따라서 가까운 친구나 가장 친한 친구와의 우정만큼 깊어질 수도 있지만, 언제까지고 가벼운 친구의 단계에 머물러 있는 관계도 있습니다. 특히 업무상 만나는 관계라면 가까운 친구나 가장 친한 친구가 되기보다는 그저 가벼운 우정을 나누는 것이 더 보편적인 일이며 한층 바람직하다고도 할 수 있겠습니다.

비록 가까운 친구나 가장 친한 친구들과 나누는 우정보다 친밀감이 떨어진다 하더라도, 건강하고 바람직하게 가벼운 우정을 나누기 위해서는 진실하게 나누는 신뢰감과 '서로에 대한 호의'가 반드시 있어야만 합니다.

금융 컨설턴트로 일하는 페니는 두 번의 이혼 경험이 있는 65세의 여성으로, "가벼운 친구 관계가 정말 좋다"고 주장합니다. 페니는 남자 친구가 있지만 혼자 살고 있으며, 수요일 저녁이면 같은 나이의 친구와 외출해서 저녁을 함께 합니다. 그 친구는 결혼을 했기 때문에 일반적으로는 저녁 시간에 사교적인 모임을 갖기 힘든 입장입니다. 하지만, 친구의 남편이 베트남 전쟁에 참전한 군인이어서 매주 수요일 밤마다 퇴역 군인들의 모임에 참석하기 때문에 외출할 수가 있는 것입니다. 저녁을 먹으면서 페니와 친구는 아이들과 손자들에 관해 수다를 떨곤 합니다. 두 사람은 공통적인 관심사인 골동품에 관한 대화를 나누기도 하는데, 페니의 친구는 골동품 수집에 관한 회보를 만들 정도로 전문적인 지식을 갖추고 있습니다. 페니는 지금 당장은 가까운 친구나 가장 친한 친구를 위해서 바쁜 시간을 내주거나 마음을 쓸 여력이 없습니다. 그저 가벼운 친구를 만나는 것이 자신에게 더 맞는다고 생각하기 때문입니다.

가까운 친구와 함께할 때, 마음 깊숙이 숨겨둔 개인적인 생각이나 비밀을 털어놓고 싶은 생각이 든다면 여러분은 편안한 기분으로 이야기할 수 있어야 합니다. 여러분은 누군가의 친구이기만 한 것이 아니라 직장인이자 연애 상대이고 누군가의 형제이자 부모이기도 합니다. 이렇게 여러분이 맡고 있는 다양한 입장에서 지켜야 할 의무들을 생각하다 보면 어떤 경우라 하더라도 가까운 친구를 한꺼번에 많이 사귀는 일은 불가능할 수밖에 없습니다. 가까운 친구들이 먼 곳에 사는 경우라면 여러분의 주변에서 새롭게 가까운 친구들을 사귀기 위해서 시간과 노력을 투자해야 할지도 모릅니다. 한 번에 10명에서 20명이나 되는 가까운 친구들을 아무런 문제 없이 사귈 수 있는 사람은 찾아보기 힘들고, 4명에서 6명 정도의 가까운 친구를 두는 것이 보편적인 경향입니다. 반면에, 가벼운 친구라면 10명이나 20명을 사귀는 것이 그렇게 드문 일만은 아닙니다. 특히, 학생이나 직장인, 또는 자영업을 하는 사람들은 가벼운 친구들을 많이 사귀는 경향이 있습니다. (이 책을 쓰기 위해서 저는 180명의 교우 관계를 조사해서 분석했는데, 평균적으로 사람들은 6명의 가까운 친구, 2명의 가장 친한 친구, 그리고 26명의 가벼운 친구를 사귀는 것으로 드러났습니다.)

사람들이 가까운 친구들에게 보편적으로 갖게 되는 기대치는 다음과 같습니다.

- "가까운 친구란 꾸밈없는 모습으로 함께 있을 수 있는 사람이다." (45세의 기혼 남성, 잡지사 기자)
- "가까운 친구는 누군가의 도움이 절실히 필요할 때 기댈 수 있는 사람이다." (36세의 기혼 남성, 대학 교수)
- "가까운 친구란 냉정하게 비판하지 않고 이야기에 귀기울여 주는 사람이며, 여러분이 고민을 털어놓고 있을 때 자기의 문제를 이야기하기 위해 여러분의 말을 중간에서 자르지 않는 사람이다. 즉, '의심할 여지 없이' 이기적이지 않은 사람이어야 한다." (44세의 이혼 여성, 사업가)

이상적으로 말하자면, **가장 친한 친구**는 가까운 친구가 가진 모든 요건을 포함할 뿐만 아니라, **최상의 친구**라는 말 그대로 다른 친구들이 하는 것 이상의 일들을 할 수 있는 친구여야 합니다. 저는 결혼한 부부들이, 특히 남편들이 자신의 배우자를 "내 가장 친한 친구"라고 부르는 것을 종종 듣곤 합니다. 하지만, 이론적으로 말해서 배우자는 결코 가장 친한 친구라고 말할 수 없으며, 그저 '가장 친한 친구'처럼 느낄 수 있는 존재일 뿐입니다. 각종 인터뷰나 설문조사는 반복적으로 비슷한 결과를 나타내는데, 기혼 남성들은 주저없이 아내야말로 자신의 가장 친한 '친구'라고 주장한다는 것입니다. 올해 31살이 된 그레고리의 예를 한 번 살펴봅시다. 그레고리는 출판사를 운영하고 있으며 8명의 직원을 두고 있습니다. 저는 우정에 관한 연구를 하면서 "가장 가깝거나 가장 친한 친구를 어떻게 만났습니까?"라는 질문을 던졌습니다. 그는 "아내를 제외한다면"이라는 조건을 붙이면서 "현재 나의 가장 친한 친구는 바로 사업 동업자입니다"라고 답했습니다.

비키는 20대 후반의 직장 여성으로 아직 미혼입니다. 서부 유럽에 살고 있는 그녀는 가장 친한 친구가 지켜야 할 덕목에 관해서 저와 견해를 같이 하고 있습니다. 많은 사람들이 그녀와 같은 생각을 가졌으리라 여겨지는 이상적인 생각입니다. 비키는 당시 유럽에서 방영되던 TV 시트콤 《시빌 (Cybil)》을 보면서, 극의 중심을 이루고 있는 멋진 우정을 동경하며 자신도 비슷한 관계를 맺었으면 하고 바라왔다는 것입니다. 비키는 다음과 같이 이야기합니다.

극의 중심을 이루는 줄거리 중 하나는 시빌이 가장 친한 친구인 매리 언과 나누는 우정입니다. 두 사람의 관계와 모험은 저에게 잊지 못할 감 동을 안겨줍니다. 저는 가끔씩 생각해 보곤 한답니다. 매일 나를 만나러 집에 찾아와주고 모든 것을 나와 함께 할 수 있는, 세상에서 가장 친한 친 구를 갖는다면 얼마나 멋진 일이겠는가?

그렇다면, 과연 인생의 어느 시점에서 여러분은 가장 친한 친구와 우정 을 나누게 될 것 같습니까? 대부분의 경우에는 어린 시절이나 학창 시절 동안에 사귀게 되거나, 적어도 결혼 전후의 배우자가 없는 상태일 때 가능 할 것입니다. 한 사람의 인생 중에 특정한 시기에는 가장 친한 친구와의 우 정을 유지하는 일이 쉽지 않습니다. 특히, 해야 할 일이 있고, 돌봐주어야 할 어린 아이가 있는데다가, 연애를 하고 있는 상황이라면, 신경써야 할 대 상이 너무 많기 때문에 우정을 유지하기란 힘이 듭니다.

비키는 시빌과 그녀의 가장 친한 친구인 매리언이 최고의 우정을 키워 나갈 수 있었던 것은 특별한 환경 덕분이라고 지적합니다.

물론 두 주인공은 그처럼 단단한 결속력을 가질 수밖에 없는 필요조건을 다 갖추고 있습니다. 두 사람 모두 40대 후반이며, 아이들은 이미 다 성장해서 분가를 한 상황인데다가 두 사람은 이혼을 했기 때문에 신경 쓸 남편도 없습니다. 특히 매리언은 전남편이 성형외과 의사인 덕분에 굉장한 부자 이혼녀가 되었고, 당연히 생계를 위해서 일을 해야 할 필요조차 없습니다. 물론 이 모든 상황은 흥미를 위해 연출된 것이기 때문에 가능하겠죠.

글쎄요, 사실 전 제가 어떤 인생을 살게 될지 잘 모릅니다. 어쩌면 언젠가는 다시 근사한 사람을 찾게 될지도 모르죠. 희망은 결코 포기해서는 안 되니까요. 그렇죠? 여러분의 인생에서 가장 친한 친구를 얻는 것이야말로 정말로 멋진 일이 아니겠습니까?

믿음

우정을 쌓기 위해서는 반드시 믿음이 있어야 한다는 사실에 모두들 동의할 것입니다. 하지만 여러분의 생각이나 특정한 정보를 친구와 기꺼이 공유하거나 알려줄 때는 서로 주고 받는 형식을 취하는 것이 좋습니다. 즉, 혼자서만 마음을 열어서는 안 된다는 것입니다. 여러분이 가장 밝히기 힘든 비밀을 친구에게 털어놓고 싶은지의 여부를 판단하려고 하지 마십시오. 대신, 그 친구의 비밀을 듣고 싶어하는가를 스스로에게 물어보도록 하십시오.

믿음이란 배신의 가능성을 위한 준비 단계가 되기도 합니다. 47세의 기혼 여성인 질은 사업을 운영하고 있으며 장성한 다섯 자녀를 두고 있습니다. 어린 시절에 그녀는 가까운 친구로부터 절교선언을 당한 경험이 있는데 너무 갑작스럽게 일어난 일이어서 이유도 채 알 수 없었다고 합니다. 그 일이 있은 후 그녀는 남편을 제외하고는 누구도 믿기 어렵게 되었습니다. 질은 "사람을 믿어야만 한다"라는 사실을 머리로 인정하고는 있지만, 지금 당장은 행동으로 옮길 수가 없습니다. 1990년에 질은 어두운 유년 시절과 그 기억 때문에 친구와의 교제에 어떤 식으로 제약을 받아왔는가 하는 문제를 해결하기로 결심하게 됩니다. 그때부터 지금까지 계속 전문가와 상담하면서 그녀가 지니고 있는 불신의 문제를 해결하려고 노력하고 있습니다. "대체 친구란 어떤 사람이죠?" 질은 스스로에게 질문을 던지고 재빨리 해답을 찾아냅니다. "글쎄요, 전 잘 모르겠네요. 친구란 어떤 일이든지 다 털어놓을 수 있는 사람이 아닐까 하고 생각해 보지만, 저는 아직 그렇게 못할 것 같습니다."

친구가 여러분이 털어놓은 비밀을 신중하게 생각하려고 한다면 배신에 대한 두려움이 실질적으로 어느 정도 해소될 수도 있습니다. 여러분이 만일 아직 친구의 우정을 시험해 볼 기회를 갖지 못했고 완전히 신뢰할 수 있을 만큼 가까운 친구거나 가장 친한 친구라고 자신할 수 없다면, 다음의 사항 중 어떤 것도 알려주어서는 안 됩니다.

- 남에게 말한 것이 알려지면 믿음이나 윤리를 저버린 것이 될 수도 있는 사업상의 비밀.
- 애인이 하는 성적인 행동의 세부 묘사들.
- 다른 사람을 위험에 빠뜨릴 수도 있는 비밀들.
- 뉴스나 신문 또는 인터넷에 반복적으로 나오게 된다면 불편한 기분을 느낄 것 같은 내용.

제 이야기가 너무 살벌하게 들렸다면, 그것은 제가 여러분에게 일종의 경각심을 일깨워줄 의도가 있었기 때문입니다. 특히 미국에서는 사람을 알게 되면 너무 빨리 '친구'라는 말을 사용합니다. 남자나 여자 할 것 없이 사업상의 비밀이나 개인적인 비밀, 심지어는 창조적인 아이디어나 일의 구상을 쉽게 털어놓습니다. 만일 그 내용이 경쟁 관계에 있는 사람에게 들어가기라도 한다면 '우정'으로 얽힌 관계 때문에 여러분이 쌓아온 경력은 궤도에서 벗어나거나 치명적으로 망가질 수도 있습니다.

정말 믿음직한 친구, 오래 지속될 수 있는 친구, 가까운 친구, 그리고 가장 친한 친구는 여러분과 함께 추억을 만들어온 사람들이기 때문에 당연히 기대하고 예상하는 일들이 있기 마련입니다. 아직 우정을 시험해 볼 기회가 미처 없었던 새로 사귄 친구와는 다를 수밖에 없습니다. 새로운 친구의 성격이나 가치관에 대해서는 여러분이 알아야 할 중요한 사항들이 여전히 남아 있기 마련이니까요.

♡♡ 공감

공감이란 다른 사람의 관점을 이성적으로 이해하고 감성적으로 받아들일 줄 알며, 관심을 보여주고, 그 사람에게 연민을 보여주는 능력입니다. 여러분은 친구 중에서도 특히 가까운 친구나 가장 친한 친구들이 이런 모든 특징들을 보여줬으면 하고 애타게 기대합니다. 물론 친구에게 공감을 느끼는 것은 그 친구를 향한 깊이 있는 감정에서부터 비롯되는 것이지만, 기본적으로는 타인의 말에 귀를 기울이는 기본적인 소양이 있기에 가능한 일입니다. 또한, 타인이 겪고 있는 문제에 진심으로 관심을 보인다는 뜻이기도 합니다. 어느 중년의 남성에게 친구를 사귀는 것에 관해서 가장 알고 싶은 것이 무엇이냐고 물었더니, 그는 "자신의 이야기를 잘 하고 남의 이야기에 귀 기울일 줄 아는 사람을 발견하는 방법"이라고 답했습니다.

♡♡ 정직

우정에 관한 한 정직함은 다소 논쟁의 여지가 있는 주제입니다. 저는 친구 관계에서 정직함이 다음과 같은 개념으로 받아들여졌으면 합니다. 가까운 친구나 가장 친한 친구에 관해서 여러분은 어떤 생각이든 함께 공유할 수 있는 사람이라고 생각하지만, 진심을 털어놓기 전에 여러분은 꼭 그렇게 해야만 하는지의 여부를 결정해야 합니다. 예를 들어, 만일 친구가 여러분이 좋아하지 않는 스타일의 옷을 입고 "이 옷 나한테 잘 어울려?" 하고 묻는다고 생각해 보십시오. 정직하게 대답을 하고 싶다면 "그저 그래"라든가 "나는 그 옷이 정말 싫은데"라고 말해야 할 것입니다. 그렇지만, 이런 말을 재치있는 대답이라고 할 수 있을까요? 이런 식의 표현이 여러분의 우정과 친구를 위해서 가장 도움이 될 만한 말이겠습니까?

물론, 가까운 친구나 가장 친한 친구는 물론이고 믿을 만한 편한 친구 사이에서조차 자신의 마음을 정직하게 털어놓는 자세야말로 관계의 초석이 된다고 할 수 있습니다. 그렇다면, 왜 특정한 사실이나 정보를 말하지 않는 것을 어떤 상황에서는 재치있는 행동이라고 하고, 또 다른 상황에서는 정직하지 못한 행동이라고 비난하는 것일까요?

저는 20대 후반에서 30대 후반의 여성 세 명과 함께 우정에 관한 토론을 한 적이 있습니다. 세 명의 여성들은 자신들이 우정에 관해서 배우고 싶어했던 세 가지 중요한 쟁점에 대해서 저와 의견을 같이 했습니다. 그 중에서 두 가지 주제는 정직과 관계가 있는 것으로, "서로에게 어느 정도까지 정직해야 하는가?"와 "더 정직해지는 법 배우기"였습니다. (세 번째 사안은 친구 관계에서 생긴 문제 해결 방안이었습니다.)

친구 사이에서 정직해진다는 것은 옷차림이나 머리 모양에 대해 그냥 한 마디 하는 것보다는 좀더 심오한 일입니다. 여러분과 친구가 생각, 의견, 이상, 그리고 사사로운 감정 등을 서로 공유할 수 있는지 없는지의 문제인 것입니다. 그러기 위해서는 여러분이 친구에게 거리낌없이 정직한 태도로 말할 수 있어야 하며, 비웃음을 당한다거나 어떤 나쁜 결과를 낳을까

봐 두려워하는 마음이 있어서도 안 될 것입니다. 예를 들면, 여러분과 나눈 대화가 여러분의 동의도 없이 다른 사람에게 건너가게 되는 일을 미리 염려한다면 정직한 태도를 갖기 어렵다는 것입니다.

♡♡ 비밀

만일 믿음과 정직을 우정에서 가장 중요한 두 가지 요소라고 말한다면, 비밀을 지켜갈 줄 아는 힘은 그 다음으로 중요한 요소일 것입니다. 특별한 관계의 사람만이 알 수 있는 사적인 정보를 공유하는 방법으로 친구의 신뢰를 얻었다면, 계속해서 자신에 관한 은밀한 내용을 드러내서 친구와의 비밀을 유지하는 경향이 있습니다.

그러나 이런 경우는 친구나 다른 사람을 위험에 빠뜨릴 수도 있는 위험한 비밀을 지켜내는 것을 의미하는 것은 결코 아닙니다. 제가 말하는 비밀은 그것을 공유하고 있는 사람을 제외한 어떤 사람에게도 전혀 해를 입히지 않고, 심지어는 무의미하거나 사소하게 느껴지는 것입니다. 친구와 비밀을 공유하면서 소위 '마음을 비우고 터놓기'를 해낸 사람은 심지어 카타르시스를 느낄 만큼 긍정적인 효과를 보기도 합니다.

불행하게도, 비밀을 들은 친구는 자신이 막 알게 된 사실 때문에 그 당시에 상당한 압박감을 느낄지도 모릅니다. 그러므로, 다른 사람에게 비밀을 옮겨서 '곤란한 입장'에 처하게 되는 이유는 친구의 비밀을 퍼뜨린다거나 친구를 배반하겠다는 악의적인 의도라기보다는 비밀을 혼자 알고 있을 때의 부담감을 떨쳐버리려는 의도인 경우가 더 많은 것입니다.

그러나, 둘만이 알고 있는 비밀이란 친구에게는 중요하고 존중되어야만 할 내용입니다. 전통적으로 친구의 사생활을 보호하는 것은 가까운 친구나 가장 친한 친구와 나누는 우정의 초석이라고 할 수 있습니다. 친구가 알려준 비밀을 허락도 받지 않고 다른 사람들에게 알리는 행위는 마땅히 가져야 할 신의와 존경심을 위반하는 것입니다.

친구와 좀더 가까워지고 결속력을 강화하려는 의도로 말하기 힘든 일을 고백한다거나 자신의 속을 드러내는 경우도 있습니다. "나 너한테 말해 줄 거 있어. 다른 사람한테는 한 번도 말한 적 없는 얘기거든." 특히 이런 말이 사실인 경우라면 세상 누구도 모르게 '너와 나' 둘만의 특별한 약속을 함으로써 우정을 돈독히 만드는 데 도움이 될 것입니다. 적어도 이 한 가지 비밀에 관해서는 두 사람만의 은밀한 연대가 성립되기 때문입니다. 이런 약속은 어떤 종류의 것이라도 상관 없습니다. 예를 들면, "나 지금 어떤 사람한테 완전히 반했어. 그런데, 그녀에게 어떻게 고백해야 할지 잘 모르겠어"라며 깊이 숨겨둔 감정을 얘기할 수도 있고, "나 오늘 치과에 예약 잡아둔 일을 완전히 잊어버렸지 뭐야. 전에는 한 번도 이런 일이 없었는데"라는 당황스러운 경험에 대한 것일 수도 있습니다. 또, "난 언젠가는 꼭 유명한 락 가수가 되고 싶어" 하며 장래의 희망이나 목표를 털어놓을 수도 있을 것입니다. 가까운 친구나 가장 친한 친구라면 이렇게 은밀한 고백들을 소중히 간직해 줄 것이며, 아무리 겉보기에 하찮게 여겨지는 일이더라도 친구가 내밀하게 감춰두었던 생각을 다른 사람에게 발설해서 친구를 경시하는 실수를 범하지는 않을 것입니다.

물론, 비밀을 듣게 된 친구들이라면 상황에 합당한 경고를 말해 줄 필요가 있습니다. 만일 어느 친구가 "너한테 중요한 할 얘기가 있어. 그런데, 얘기를 듣기 전에 먼저 다른 사람한테는 절대 말하지 않을 거라고 약속해 줘야 해"라고 했는데, 그 전에 여러분이 배우자하고 "절대 비밀을 만들지 말자"는 약속을 먼저 했다고 생각해 보십시오. 여러분은 비밀을 듣기 전에 친구에게 다음과 같은 말을 미리 해두어야 할지도 모릅니다. "나는 아무한테도 네 비밀을 말하지는 않을 거야. 그렇지만, 내 아내(남편)에게는 뭐든지 말하겠다고 약속했기 때문에 어쩔 수 없이 이 이야기를 하게 될텐데, 그 사람도 비밀을 지켜줄 거야." 만일 이런 경고를 듣고서 친구가 비밀을 털어놓기를 망설인다면 좋지 않은 일을 사전에 예방하는 셈입니다. 배우자, 애인, 부모님, 아이들, 또는 여러분이 비밀을 만들고 싶지 않은 사람이라면 누구라도 그 사람과 여러분의 관계에 다른 친구와의 우정 문제를 끼워 넣는 일은 각별히 조심할 필요가 있습니다.

비밀을 공유하거나 비웃음이나 멸시, 섣부른 판단, 비판을 받지 않도록 하면서 중요한 정보를 친구에게 전달하게 된다면 우정을 더욱 풍요롭고 견고하게 다짐으로써 관계를 오랫동안 지속시킬 수 있게 됩니다. 즉, 비밀을 나누고 그것을 지켜나간다면 우정을 한층 더 강화시킬 수 있습니다. 두 사람이 우정을 나누는 경우에 비해서 여러 사람이 우정을 나눌 때 친밀한 관계를 유지하기가 훨씬 더 어려운 데에는 이런 이유도 포함되는 것입니다. 비밀을 공유하되 모든 사람과 나누는 것이 아니라면 일종의 파벌과 분쟁은 불가피하게 생겨날 수밖에 없습니다. 그렇기 때문에 함께 우정을 나누는 사람들의 수가 증가하면 할수록 공유하는 정보의 성격도 점점 피상적이고 친밀감이 느껴지지 않는 경향을 띠게 됩니다. 또, 친구들이 함께 하는 일도 사사로운 것을 교환하거나 감정적인 위안을 주기보다는 공통으로 할 수 있는 활동이나 대화에 더 중점을 두게 되는 것입니다.

♡♡ 공통점

광범위한 의미를 담은 **공통점**이란 말은 긍적적이고 바람직한 우정의 또 다른 중요한 요소를 포함하기도 합니다. 즉, 공통점이란 단어에는 여러분과 친구가 비슷한 느낌을 서로 나누고, 경험과 생각, 믿음을 함께 하고 있다는 감정까지도 내포되어 있습니다. 물론 두 사람이 모든 면에서 같아질 필요는 없습니다. 그렇지만, 공통의 관심사를 갖고, 함께 활동을 하고, 공감이 가는 대화를 나눈다면 두 사람의 결속력은 한층 증가되고 강화될 것입니다. 친구 사이에는 이런 정도면 충분합니다.

공통점을 늘려가는 일은 친구와의 우정을 다지는 초석이지만, 눈에 보이게 계산할 수 없기 때문에 종종 당연한 것으로 간주되기도 합니다. 공통점이란 여러분과 친구가 좋아하거나 사랑하는 감정을 느끼는 것입니다. 올해 49세가 된 미혼의 보니는 레지나라는 가까운 친구가 있습니다. 레지나는 결혼을 했고 장성한 두 명의 자녀를 두고 있습니다. 30년 전에는 두 사람이 대학의 같은 기숙사에서 살았지만, 지금은 레지나가 멀리 떨어진 곳에 살고 있기 때문에 35세 이후로는 서로 전혀 만난 적이 없습니다. 그렇지만 전화 통화만큼은 매주 잊지 않고 하고 있습니다. 보니는 레지나에게서 강한 유대감을 느끼는 것은 기본적으로 서로 많이 닮아 있기 때문이라고 설명합니다.

만약 레지나가 저의 가장 친한 친구가 아니었다 하더라도 그녀는 분명 제가 가진 가장 멋진 친구들 중 한 명이었을 것입니다. 저는 레지나를 오랫동안 만나지 못했기 때문에 어떤 면에서는 심하게 거리감을 느낄 때도 있습니다. 하지만, 우리는 처음 만난 이래로 아주 단단한 결속력으로 이어져왔기 때문에 저는 레지나와 서로 떨어질 수 없이 강하게 이어져 있다는 느낌을 갖고 있습니다.

질투심

친구들이 무엇인가 목표를 달성했을 때면 거의 언제나 여러분은 자연스럽게 친구와 행복을 함께 합니다. 예를 들면, 친구가 다이어트에 성공했을 때나 상을 받았을 때, 승진을 하게 되었을 때, 아기를 가졌을 때, 결혼을 할 때, 스페인으로 꿈같은 휴가를 떠날 때 친구를 위해 기뻐하게 됩니다. 당연히 질투나 시기심, 경쟁심 등이 생겨나서 약간은 고통스럽기도 하겠지만, 이런 감정 때문에 친구를 위해 진심으로 기뻐하는 여러분의 진심까지 없어지는 것은 아닙니다. 어떤 사람들은 친구가 성공했을 때 느끼는 질투심을 억제할 줄 아는 능력이 괜찮은 친구가 되는 요소들 중의 하나라고 생각합니다. 36세의 페트리샤는 기혼이며 화장품 회사의 판매부 부사장으로 근무하고 있는데, 친구에 대해 다음과 같은 의견을 갖고 있습니다. "좋은 친구라면 여러분이 안 좋은 상황에 처해 있을 때에도 여러분을 버리지 않을 것이며, 여러분이 성공가도를 달릴 때에도 질투심으로 인해 등을 돌리지 않을 것입니다."

물론, 어떤 건강한 친구 관계라 하더라도 경쟁심은 물론이고 시기심이나 질투심 정도는 으레 있기 마련입니다. 하지만, 우정을 해치지 않을 정도로 경미한 것에 불과합니다. 자신의 가족이나 애인에게조차 이런 감정을 느끼기도 하는데, 이런 현상은 아주 정상적이고 자연스러운 일이라 할 수 있습니다. 질투, 시기, 그리고 경쟁심은 자신이 애정을 쏟고 있는 사람들이 스스로를 위해 이루려는 것을 바로 자신을 위해 이룰 수 있도록 스스로를 채찍질하는 것입니다. 건강한 우정인지 여부를 구분지을 수 있는 기준은 이런 감정들의 수준과 정도입니다. 즉, 얼마나 심하게 또는 얼마나 자주 시기심이나 질투, 경쟁심을 느끼는가 하는 문제입니다. 또, 어쩌다가 한 번 있는 일인지, 아니면 그 감정에 지속적으로 비열한 요소가 끼어들기도 하는지의 여부가 관건입니다.

작가인 메리 앨리스 켈로그는 자신의 논설 〈진실한 사람이 갑자기 달라졌을 때〉에서 다음과 같이 언급한 바 있습니다.

제 생각에, 진정한 우정을 지켜나가기 위해서는 우정을 나누는 두 사람 모두가 서로의 성공적인 인생을 함께 기뻐해 줄 수 있는 아량을 지니고 있어야 합니다. 하지만, 만일 나에게 힘겨운 일이 생겨서 지금 당장은 친구의 기쁨을 함께 할 기분이 아니라면, 적어도 시기심만큼은 느끼지 말아야 하며 친구와의 관계를 완전히 엉망으로 만들지 않도록 해야 할 것입니다. 물론 이렇게 하기란 결코 쉬운 일은 아닙니다. 그러나, 우정이 나에게 얼마나 가치가 있는 것인지에 관한 내 본래의 생각을 지켜 나가기 위해 노력한다면, 비록 오랜 시간이 걸리더라도 내 생각에만 사로잡히게 만드는 마음 속의 악마를 제 자리로 돌려보낼 수 있을 것입니다. 만일 내 인생에서 이 친구와 나누는 우정이 갑자기 없어진다면 나는 어떻게 될 것인지를 생각해 보는 것도 이 사태를 해결하는 데 한층 도움이 될 것입니다.

믿을 수 없는 친구의 유형: 맑은 날씨와 궂은 날씨

친구들을 가벼운 친구, 가까운 친구, 가장 친한 친구 등의 그룹으로 나누는 일 외에도, 여러분은 '믿을 수 없는 우정'을 판별해서 가려내는 방법을 배우고 싶어할지도 모릅니다. 어떤 관계의 특징을 살펴보았을 때, 궁극적으로는 전혀 우정이라고 말할 수 없을 정도라고 여겨진다면 이를 거짓된 우정이라고 말할 수 있을 것입니다.

제가 이번 장의 앞부분에서 말씀드린 것처럼, 어떤 관계를 우정이라고 정의하기 위해서는 관계를 나누는 사람들 사이의 상호성이 꼭 필요합니다. (친구들이 공유하고 있는 것의 세부적인 내용은 같지 않겠지만) 친구가 되어 지속적으로 그 관계를 유지하고 싶어하는 마음만큼은 우정을 나누는 사람들의 공통적인 바람이어야 합니다. 이것과는 반대로, 믿을 수 없는 (또는 불성실한) 우정에는 동등함이나 상호성이 없습니다. 즉, 믿을 수 없는 우정이란 일방적인 관계를 뜻합니다.

믿을 수 없는 우정은 (여러분의 상황이 좋을 때만 함께 하는) 맑은 날씨 친구와 (여러분의 상황이 좋지 않을 때 기뻐하는) 궂은 날씨 친구 등의 두 가지 유형으로 분류할 수 있습니다.

맑은 날씨 친구는 파괴적이거나 해가 되는 친구의 가장 일반적인 유형으로, 여러분이 하는 일이 잘 되고 있을 때는 여러분 곁에 있다가 힘든 시기가 다가오면 자취를 감춰버리는 사람을 가리킵니다. 그렇다면, 여러분은 어떻게 맑은 날씨 친구를 구별해 낼 수 있을까요?

우선, 여러분은 이런 일에 혹시 일정한 패턴이 있지는 않은지 알아볼 필요가 있습니다. 여러분의 친구가 여러분 곁에 있기는 하지만, 여러분이 친구의 도움을 절실히 필요로 할 때마다 계속해서 친구가 모습을 감춘다거나, 아니면 "미안해서 어떻게 하지. 이번에는 어려울 것 같고 다음에 꼭 내가 널 도와줄게"라고 말한다면 이것은 틀림없는 관계의 적신호입니다. 여러분에게 어려운 일이 생길 때마다 그 친구는 다음에 돕겠다는 말을 할 것이 뻔하기 때문입니다.

여러분은 한 친구가 믿을 수 없는 친구라고 결정하기 전에, 스스로에게 몇 가지 질문을 던지고 최대한 정직하게 대답해야 합니다. 여러분은 지나치게 요구가 많은 사람이 아닌가요? 실현하기 어렵거나 친구가 하기에는 부담스러운 일까지도 친구라면 당연히 여러분을 위해서 해줄 수 있다고 생각하지는 않습니까? 여러분은 혹시 가족이나 배우자에게 기대하는 것이 훨씬 자연스럽게 보이는 일들을 친구가 대신해서 해주었으면 하고 기대하지는 않나요? 친구를 여러분의 물주로 생각하거나, 심리치료사, 의사, 간병인처럼 대하고 있지는 않습니까? 필요할 때 곁에 있어주지 못하는 것에 대해 충분히 납득할 만한 이유를 대고 양해를 구하는 친구에게 여러분이 지나치게 권유하거나 요구하고 있는 것은 아닐까요?

만일 여러분이 친구에게 좀더 현실적인 일들을 기대하고 있으며 일반적으로 친구 관계에서 해줄 수 있는 일들을 요구하는데도 그 친구가 여러분이 필요할 때 곁에 있어주지 못한다는 결론밖에 나지 않는다면, 그 친구는 맑은 날씨 친구일 가능성이 많다는 추측을 해볼 수 있습니다. 사실 이런 상황은 더 복잡하게 얽혀 있는 상황에서 배신을 당하는 것과 비교한다면 대처해 나가기가 훨씬 수월합니다. 복잡하게 얽힌 상황에서 한 번의 배신이나 여러 차례 계속되는 속임수와 배반을 겪게 되면 여러분의 우정과 개인적인 관계, 또는 여러분의 경력까지 치명적인 위험에 빠지게 됩니다.

맑은 날씨 친구와 너무 깊은 관계를 맺지 않는 가장 좋은 방법은 여러분이 아주 작은 관심이나 간단한 도움이 필요할 때 그 친구가 어떤 식으로 응하는가를 주의깊게 살펴보는 것입니다. 여러분이 하는 이야기에 친구가 관심을 기울이나요, 아니면 그 친구는 자신이 하는 이야기에 한층 더 관심을 갖고 있나요? 여러분이 하는 작은 부탁마저도 무시하거나 시큰둥하게 대꾸하지는 않습니까? 그 친구는 여러분의 부탁을 들어주지 못하는 이유에 대해서 어떤 경우에도 항상 한 가지 변명으로 일관하고 있지는 않나요?

맑은 날씨 친구보다도 더 방심해서는 안 되는 인물들이 바로 궂은 날씨 친구로서, 잘 알려져 있지는 않지만 잠재적으로 한층 더 위험한 사람들이라고 할 수 있습니다. 이런 유형의 친구는 일종의 심리 게임을 하는데, 말하자면 여러분의 자부심에 관해서는 한 마디도 하지 않고 아무도 눈치채지 못하는 사이에 여러분의 자아 개발을 저지하는 것입니다. 이런 친구는 여러분에게 문제가 생기고 궂은 일이 일어나기를 원합니다. 특히 여러분이 곤경에 처해 있는 시기에 어떤 사람을 만나서 친구가 되었다고 생각해 봅시다. 이 사람이 만일 궂은 날씨 친구라면 여러분에게 분명하면서도 우회적인 방법으로, 모든 문제가 해결될 즈음에는 여러분 곁에 있지 않을 것이라는 암시를 던질 것입니다. 이런 유형의 친구는 직접적이거나 간접적인 방법으로 여러분의 인간 관계나 직장 경력을 망가뜨리려고 시도할 수도 있습니다. 궂은 날씨 유형의 믿을 수 없는 친구들은 여러분을 개인적인 일에서 당황하거나 낭패를 보게 하기도 하고, 공적인 업무에서 곤혹스럽게 만들기도 합니다. 즉, 여러분에게 잘못된 정보를 전달하거나 새로운 사업에 관한 적절하지 않은 조언을 하기도 하고, 음성적이거나 이중적인 특성을 지닌 내용을 소개하거나 추천하는 것입니다.

어떤 친구가 정말로 궂은 날씨 친구인지를 판단하기 위해서 다음의 몇 가지 질문을 던져보기 바랍니다.

- 이 친구가 여러분에게 제안한 대로 시행한 결과로 개인적인 일이나 업무에 관련된 일에서 한 번 이상 당혹스러운 상황에 처한 적이 있었습니까?
- 이 친구는 여러분이 좋은 상황에 처해 있을 때와 좋지 못한 상황에 빠져 있을 때 중에서 언제 더 만나기가 쉽다고 생각됩니까?
- 여러분에게 일어난 좋은 소식을 친구에게 전할 때 과도한 질투심이나 심지어는 분노를 감지한 적이 있습니까? 이와는 반대로, 여러분이 침체기에 빠져서 의기소침해 있을 때에는 한껏 애정을 실어 등을 두드려주거나 도움을 주려고 하지 않습니까?

낯선 사람이 친구가 되는 방법

지금까지 수많은 작가들과 사회학자들은 낯선 사람이 아는 사람으로 되고, 아는 사람이 친구가 되는 인간 관계의 변화 과정을 묘사해 왔습니다.

저의 책 《친구 관계의 전환》에서는 우정이 어떤 식으로 발전되어 가는지를 보여주는 차트를 고안해서 제시하고 있습니다. 즉, 사람들은 이웃에

살거나, 함께 직장을 다니거나, 학교를 같이 가거나, 같은 공동체에 자원함
으로써 우연히 같은 상황에 처하게 되는데, 그때부터 서서히 낯익은 사이
로 발전해 가는 것입니다. 그 순간부터 우정이 싹틀 수도 있고 그렇지 않을
수도 있습니다. 만일 친구가 이사를 가서 새로운 이웃과 어울린다든지 직
업을 바꾼다든지 해서 처음 주어진 상황에 어떤 구조적인 변수가 생긴다
면, 그러한 변화는 이제 막 싹트고 있는 여러분의 우정을 시험하게 될 것입
니다. 여러분과 친구는 더 이상 편하고 자연스럽게 만나는 일이 없게 되는
데, 그래도 그 관계가 계속 유지될까요? 적어도 변화가 일어나기 전의 수
준으로 관계를 지속시킬 수는 있을까요? 혹시 여러분과 친구는 "더 이상
연락하지 말자"는 선언을 하고 관계를 끝내게 되지는 않을까요? 가벼운 친
구나 가까운 친구, 가장 친한 친구와 가까워질 때처럼 이런 관계 역시 지속
되다 보면 깊이 있는 우정으로 발전하지 않을까요?

어째서 친구를 가려서 사귀어야 할까요? 친구와의 관계는 마치 화학적
인 반응이 일어나듯이 자연스럽게 일어나야 합니다. 어떤 사람을 좋아하게
되었을 때 가장 중요한 것은 여러분이 가슴으로 그리고 온몸으로 그 사람
에 대해서 우정이라는 종류의 감정을 느끼는 것입니다. 여러분과 그 친구
의 성격이 비슷하다거나 정반대라든지, 또는 여러분이 친구와 같은 관심사
를 가졌는지 아니면 전혀 상관없는 일에 관심을 보이는지는 결코 중요하지
않습니다. 제가 우정에 관해서 연구한 바에 의하면 친구와의 관계에서 중
요한 요소는 전혀 다른 것들입니다. 우정을 오래 지속시킬 수 있을 것으로
보이는 가장 큰 요인은 두 사람이 공통된 가치관을 갖는 것입니다. 따라서,
여러분과 장래의 친구가 함께 처음부터 관심을 두어야 할 것은 두 사람이
같은 신념을 지니고 있는지 그리고 세상과 두 사람의 관계에 대해서 기본
적인 생각을 공유할 수 있는지의 문제입니다. (어떤 식으로 우정을 돈독하
게 만드는가에 관해서는 이 책의 제 8 장 "좋은 친구들 발견하기"에서 좀

더 심층적으로 이야기할 것입니다.)

♡ 단짝 친구, 삼총사, 그리고 그룹 친구들

여러분은 한 명의 친구만을 새로 사귀기도 하지만 종종 두 명, 세 명, 또는 그보다 더 많은 친구를 한꺼번에 새로 사귀기도 합니다. 단짝 친구라고 불리기도 하는, 두 사람이 나누는 우정은 일반적으로 가장 흔하게 떠올릴 수 있는 종류의 친구 관계입니다. 하지만, 모든 유형의 친구 사이에는 우정을 나누는 친구들의 숫자에 따라서 독특하게 고려해야 할 것이 있습니다. 두 명이서 우정을 나누는 경우에는 여러분은 그 친구와 가까운 친구 사이나 가장 친한 친구 사이로 발전하게 될 가능성이 가장 많습니다. 이런 유형에서는 친밀감과 믿음을 쌓아갈 가능성 또한 가장 많습니다. 그러나, 이런 긍정적인 감정을 가능하게 만드는 것은 전적으로 우정을 나누는 개인의 인성에 달려 있는 것이기 때문에, 오히려 둘 사이의 갈등이나 불화를 극복하지 못하고 가장 쉽게 절교하게 되는 유형이기도 합니다.

세 사람이 나누는 우정 또는 세 친구는 두 사람이 우정을 나누는 경우에 비해서 좀더 쉽게 관계가 유지됩니다. 친구들끼리 서로에 대해서 정보를 공유할 수 있으며, 언제든 한 친구가 나머지 두 사람에게 공동으로 제 3 자의 역할을 하기 때문입니다. 그렇지만, 개인적인 정보를 나머지 두 친구와 똑같이 공유해야 하기 때문에 친밀감의 측면에서 보자면 두 사람만이 사귀는 경우보다는 친해지기 위해서 더 노력할 필요가 있습니다. 친구들 사이에서 시기심이나 경쟁심이 유발될 가능성도 배제할 수 없습니다. 더욱이, 세 명이 서로에게 느끼는 우정의 깊이가 같은 경우는 거의 찾아볼 수가 없다는 점도 문제로 볼 수 있습니다. 세 사람이 친한 경우에는 대체로 두 사람의 단짝 친구들 사이에 한 사람이 겉도는 것처럼 느껴지기도 합니다. 세 사람의 스케줄이나 감정 상태에 따라서 둘이 만나게 되는 경우가 있기 마련이므로, 돌아가면서 두 명은 단짝 친구들이 되고 나머지 한 명은 '깍뚜기' 친구가 되는 것입니다.

올해 34세의 로잘리는 기혼이며 회사에서 홍보 담당 관리자로 근무하고 있습니다. 그녀는 두 명의 친구와 동시에 교분을 쌓다가 관계에 금이 간 경험을 했는데, 로잘리가 겪은 일은 다음과 같습니다.

일종의 삼각 관계나 마찬가지였습니다. 저와 한 친구가 나머지 친구를 따돌리고 있었다는 사실을 불현듯 깨달았습니다. 제가 친하게 지냈던 친구가 이 사건의 주동자이며 의식적으로 나머지 친구를 소외시키고 있었다는 사실을 깨닫게 되자 저는 더이상 그 친구를 신뢰할 수가 없었습니다. 불신의 감정이 깊어지자 결국 저는 친구들과의 우정을 지속시켜 나갈 수가 없었습니다. 비록 지금은 다른 친구에게 인정머리 없이 굴고 있지만 언젠가 나에게도 그 친구에게 했던 것처럼 냉정하게 대한다면 어떻게 해야 하나 하는 의문이 들었습니다.

네 명이나 그 이상의 사람들이 모여서 우정을 나누는 경우에는 많은 이익이 생기기도 합니다. 일종의 동지 의식이 들기도 하고, 돈독한 우정을 나누는 모임의 일원이라는 기분이나 심지어는 특권 계급에 속해 있다는 생각마저 들기도 합니다. 친구들의 숫자가 많아서 특별히 좋은 점은 우정을 나눌 대상의 선택의 폭이 넓다는 점입니다. 만일 다른 친구들이 바쁘더라도 적어도 한 명의 친구 정도는 시간을 내서 여러분을 만나줄 것이기 때문입니다. 반면에, 둘이서 만나는 경우나 셋이서 만나는 경우와는 달리 친밀감은 현저히 줄어들 수밖에 없고 친구와의 관계에 대해서 특별한 감정을 느끼기도 조금 어렵습니다.

여러분이 고등학생이었을 때나 많은 동료들과 함께 일하는 경우와 같이, 어느 소규모의 패거리에 참여하는 일이야말로 사랑받고 인정받을 수 있는 가장 중요하고 유일한 방법인 것처럼 여겨지는 시기가 있습니다. 적어도 표면적인 의미만을 생각해 보면, 사람들은 무리에 '참여'한다는 사실 하나만으로도 자신이 인정받고 있는 중요한 사람이라는 느낌을 받게 됩니다. 십대 청소년들 사이에서나 초등학교에서 폭력적인 사건이 발생했을 때 피상적인 이유로 제시되는 것이 가해자들이 학교에서 '건전한' 패거리의 일원이 아니며 바로 그 점이 가해 아이들을 분노하게 만들었다는 것입니다. 물론, 우리 모두는 그런 끔찍한 폭력 사건이 발생하게 된 원인은 한층 심각한 데 있다는 사실을 알고 있습니다. 하지만, 이런 현상은 사람들이 '특정' 패거리에서 배제되어 있을 경우에 얼마나 심각하게 감정적으로 격해질 수 있는가를 반영해 줍니다.

저는 중학교에 입학하고부터 많은 수의 친구들과 사귀거나 특정 무리에 속하는 것보다는 한두 명의 가까운 친구나 가장 친한 친구들을 사귀는 편이 더 좋았습니다. 고등학교 때 우리 학교에는 다른 패거리와는 차별되는 '한패'가 있었습니다. 이 패의 일원들은 모두가 인정하는 여섯 명의 엘리트들이었는데, 그런 '중요한 패거리'에 속하지 못했다는 사실 때문에 저는 마치 2류 시민이라도 된 것처럼 배척당한 기분을 분명히 느끼고 있었습니다.

제 25 회 고교 동창회에서 저는 '유명한 패거리'에 속해 있었던 친구를 발견하고 쏜살같이 그에게 다가갔습니다. 제가 반갑게 인사를 하자 그 친구는 "네가 꼭 여기 나왔으면 좋겠다고 생각했어"라고 말해 주었습니다. 그 대답에 저는 깜짝 놀랐습니다. 설마 그 친구가 제가 동창회에 참석하기를 바라고 있었을 것이라고는 생각하지 못했기 때문이었습니다. 사실 저는 그 친구가 제 존재 여부조차 모를 것이라고 생각했습니다. 그 친구는 항상 저에게 말을 걸고 싶었지만 제가 한 번도 그 친구를 관심있게 보는 것 같지 않아서 말을 건네지 못했다고 이야기했습니다.

패거리에 속하지 않은 사람들이 어떤 패거리나 패거리의 일원에 대해서 이해할 수 없다는 시선으로 보는 것과 마찬가지로, 그 패거리에 속해 있는 사람들 자신에게도 이해할 수 없는 일처럼 느껴질 수 있다는 사실을 저는 깨달았습니다.

이리저리 얽힌 교우 조직이나 사람들의 모임이 생산적이며 유익한 것과는 달리, 패거리는 특성상 제한적이 될 수밖에 없습니다. 교우 조직이나 사람들의 모임과 패거리의 가장 중요한 차이점은 일반적인 교우 조직은 배타적인 특성이 없다는 점입니다. 오명을 뒤집어쓰거나 요란스러운 과시를 하지 않고도 자유롭게 무리에 들어오거나 탈퇴할 수 있습니다. 이와는 대조적으로, 패거리는 포괄적이면서 제한적입니다. 패거리에서 벗어난다거나 패거리에 영입되는 일은 어렵거나 거의 불가능할 뿐만 아니라, 일단 하나의 패거리에 영입되어 활동을 시작한 경우에 개인적으로 그곳을 벗어나겠다는 결심을 한다면 감정적인 측면과 교우 관계에서 파생되는 문제들을 감당해야만 합니다.

♕ 사이버 공간의 우정

대체로 충동적으로 관계를 시작하는 펜팔 친구를 제외한다면, 최근까지 거의 모든 종류의 우정은 어느 정도 짐작이 가능한 유형의 환경에서 시작되었습니다. 예를 들면, 한 공간에서 교류를 갖게 되면서 친해지기도 하고, 이웃에 살기 때문에 자주 만나게 되는 경우나 학교에 같이 다니는 경우도 있으며, 캠프에 참가해서 알게 된다거나 지역사회 활동이나 봉사활동을 하면서 만나게 되기도 하고, 같은 직장에서 근무하는 경우도 있으며, 친구나 애인에게서 소개를 받아 서로 인사하면서 친해지는 경우도 있습니다.

그런데, 최근 5년 사이에 새로운 종류의 친구 관계가 등장하기 시작했습니다. 바로 사이버 공간에서 사귀는 친구들입니다. 시간에 쫓기는 학생, 직장인, 부모라는 위치 때문에 모든 사람들이 우정은 점점 쇠퇴해 가고 있다고 생각했던 바로 그때에 인터넷을 통해 우정을 나누는 방법이 생겨난 것입니다.

하지만, 인터넷을 통한 우정은 얼굴을 직접 맞대고 만나는 전통적인 방법의 우정에서 얻을 수 있는 이점이 없습니다. 그런데도, 온라인 상에서 시작되어 유지되는 관계가 우리가 지금까지 정의해 왔고 믿어왔던 우정과 정말 같은 것일까요? 이메일을 보낸다고 해서 전통적인 의미의 친구 관계를 지속적으로 이어가는 일에 정말 도움이 될 수 있을까요?

온라인에서 우정을 맺기 시작하는 경우에 제일 처음으로 만나는 공통적인 장소는 바로 인터넷입니다. 장차 친구가 될지도 모르는 두 사람이 같은 온라인 채팅방에 참여하거나 같은 인터넷 사이트의 회원으로 등록되어 있을지도 모르는 일입니다.

인터넷으로 사귄 친구는 기본적으로 세 가지 유형으로 나눌 수 있습니다. 우선 온라인 상에서 처음 만남을 가진 뒤로 지속적으로 우정을 쌓아가는 친구들이 있고, 그 다음으로 온라인 상에서 관계를 시작하기는 했지만 결국에는 실제로 만남을 가져서 온라인을 통한 교제와 직접 대면해서 만나는 방식을 혼용하면서 우정을 이어가는 친구들이 있습니다. 마지막으로, 원래 친구였던 사람들이 서로의 관계를 유지하는 데 도움이 될 만한 편리하고 효과적인 방법으로 이메일을 주고받게 되는 경우가 있는데, 특히 멀리 떨어져 사는 친구들의 경우에 많이 나타나는 현상입니다.

이런 세 가지 유형의 인터넷 우정은 다시 세분화될 수 있는데, 앞서 설명했던 것과 마찬가지로 친밀도를 기준으로 가벼운 친구, 가까운 친구, 그리고 가장 친한 친구로 나눌 수 있습니다. 어떤 경우에라도 상대방의 믿음을 얻으면서 그저 안면이 있는 사이에서 가벼운 친구, 가까운 친구, 가장 친한 친구의 단계로 점차 관계를 발전시키는 것은 시간이 걸리는 일입니다. 즉, 여러분이 사이버 공간에서 친구를 사귀는지 또는 우체국에 줄을 서서 편지를 보내면서 친구를 만들어가는지 하는 방법론적인 문제는 관계의 본질과는 상관 없는 일이라는 것입니다. 따라서 여러분은 자신에 관한 정보를 알려줄 때 신중을 기하고 싶을 것입니다. 여러분이 알려준 정보가 어떤 식으로 사용되는지를 유심히 살펴보고 만일 잘못된 방법으로 이용되었을 때 자신을 보호할 수 있어야 합니다. 이런 지침은 여러분이 전통적인 방식으로 친구를 사귈 때에 지켜야 하는 것과 마찬가지입니다.

사이버 공간에서 나누는 우정이 발전해 가는 모습이나 우정을 나누는 친구들이 시도하는 일종의 도전을 지켜보면서 시간을 보내는 것은 의미있는 일입니다. 이런 새로운 유형의 우정을 나누는 사람들 사이에서 친구를 배신할 가능성이 전통적인 방식으로 사귄 친구들의 경우보다 더 많기 때문입니다.

♡ 인터넷 상의 우정이 발전해 온 이유는 무엇일까요?

인터넷에서 나누는 우정이 발전하는 것은 과학 기술력 자체의 발전을 한 가지 원인으로 꼽을 수 있습니다. 예전에는 시간과 공간이 주는 제약 때문에 사람들이 서로 친구가 될 가능성이 제한되어 있었는데, 인터넷 덕분에 지리적인 경계를 넘어서서 누구라도 친구가 될 수 있는 가능성이 열렸습니다.

사람들에게 시간이 부족해진 것도 한 가지 이유라고 할 수 있습니다. 자신의 분야에서 경력을 쌓으면서 가정 생활을 영위하느라 바빠진 사람들은 전통적인 방식의 우정은 뒷전으로 제쳐둘 수밖에 없게 되었고, 밤낮의 구분이 없이 편리한 시간에 친구를 만날 수 있는 인터넷 우정에 한창 열을 올리고 있습니다.

오늘날의 부모들은 자녀들과 함께 할 수 있는 시간이 적습니다. 맞벌이 부부가 많은 실정이기 때문에 십대로 성장한 자녀들은 학교에서 집에 돌아오면 텅빈 집을 지켜야 합니다. 이런 상황에서 인터넷은 좁은 동네뿐만 아니라 세계 곳곳에 있는 친구들을 사귈 수 있는 편리한 통로가 되어 줍니다. 부모는 자녀와 사이버 공간 친구들의 관계에 끼어들 필요가 없습니다.

네 번째 이유로 즉시성을 들 수 있습니다. 여러분은 전화를 건 뒤 친구의 응답 전화를 기다릴 필요가 없고, 친구를 만나서 함께 점심을 먹으면서 시간을 보낼 필요가 없습니다.

한편, 인터넷에서 우정을 나누면서 자신의 다채로운 취향에 부합하는 사람들과 의견을 공유할 기회를 누릴 수 있다는 것이 다섯 번째 이유입니다. 30세가 된 킴벌리 커프기윗은 8세, 10세, 12세가 된 세 명의 자녀와 함께 콜로라도에 살고 있으며, 재혼이나 입양 등으로 맺어진 가족들을 위한 온라인 커뮤니티를 운영하는 패밀리퓨전 닷컴의 운영위원장으로 활동하고 있습니다. 킴벌리는 인터넷 우정에 대해 다음과 같이 생각합니다. "이메일로 우정을 나누면 저와 같은 관심사를 가지고 있는 사람들과 쉽게 만날 수 있습니다. 오프라인의 친구들 중에는 전업주부인 경우가 많아서 회사를 경영하는 일에는 전혀 관심이 없습니다. 그 친구들로서는 알아야 할 필요가 없기 때문이죠. 지금 같은 상황에서는 이메일 친구야말로 저에게 대단히 소중하게 느껴집니다. … 저는 저와 비슷한 환경에 놓인 사람들이나 이런 분야에 경험을 풍부히 쌓은 사람들과 활발히 교제하면서 원조와 충고, 정보, 교육 등의 다양한 도움을 받아왔습니다."

자신이 살고 있는 작은 마을이나 도시의 좁은 경계를 벗어나서 사람들을 만나고 싶은 욕구를 가진 성인이라면 사이버 공간에서 전세계의 사람들과 우정을 쌓아가는 것을 커다란 이점으로 받아들일 것입니다. 이렇게 사귄 친구들이 수백 마일 또는 수천 마일 떨어진 곳에서 살고 있다면 시차가 많이 날 수 있기 때문에 전화로 연락하는 일조차 어렵거나 아주 불가능하기도 합니다.

인터넷으로 우정을 나눈다면 나이, 성별, 사회·경제적인 지위, 직업, 결혼 여부, 집안 배경 등의 환경적 차이를 극복하고 다양한 친구를 사귈 수 있는 기회를 보장받습니다.

사이버 공간에서 나누는 우정이 사람들의 호응을 받는 이유는 아직도 더 있습니다. 사이버 공간은 독특한 의사소통의 방식을 제공해 준다는 장점이 있습니다. 콜로라도에서 소비자 심리연구가로 활동하는 《구멍과 낙하산》의 저자 수잔 본은 이렇게 주장합니다.

지금까지의 제 경험에 의하면, 사이버 공간의 우정은 전통적인 방법으로 교제하는 것과 비교하면 빠르게 친구 사이로 발전하게 됩니다. 사이버 공간에서는 사람들의 외양적인 이미지에 영향을 받아서 상대방에 대해 알아가는 일을 망설이지 않는다는 점도 빠른 관계 성장의 한 원인일 수 있습니다. 대개 사람들은 사이버 공간에서 더욱 솔직하고 진실된 모습으로 대화하기 때문에, 빠르고 쉽게 서로에 대한 믿음을 쌓아갑니다. 이런 태도가 가능한 이유는 사이버 공간의 친구는 매일 부딪히는 사람도 아니고 직장에서 만나는 사람도 아니며, 사적인 관계로 연락하는 사람도 아니기 때문이라고 생각합니다. 따라서, 우리는 그런 친구들에게 쉽게 마음을 열고 보통의 경우라면 쉽게 공유하고 싶지 않은 사생활의 일부를 함께 나누기도 하면서 곧 일 대 일의 관계로 발전하게 됩니다. 목표로 삼은 한 명

에게 집중하는 것이죠. 그러는 편이 상대에게서 비난받은 두려움을 조금
이라도 줄이는 길이라고 생각합니다. 이런 종류의 관계에서는 엄청난 마
음의 위안을 얻을 수 있는데, 다른 친구에게 털어놨더라면 결코 편안한
마음이 들지 않았을 법한 문제나 어려운 일거리를 해결할 수 있도록 도움
을 받는 것입니다.

마지막으로, 외모에 자신이 없는 사람들이나 신체적으로 불편하기 때문
에 집에만 있는 사람들도 사이버 공간에서는 어떤 압박감이나 공포, 불안
감, 불편함 따위를 느끼지 않고 친구를 사귈 수 있습니다. 이런 사항들은
예전처럼 얼굴을 맞대고 친구를 사귀는 경우에는 꽤 문젯거리로 대두되었
던 것들입니다. 저는 앞부분에서 설명한 내용 중에서, 질이 어린 시절의 친
구 관계에서 상처를 받은 일이 있은 뒤로 우정에 대한 공포를 극복하기 위
해 노력해 왔다고 했습니다. 질은 스트레스로 인해서 체중마저 극도로 불
어났습니다. 그녀는 자신의 모습을 드러내기가 거북해서 현재로서는 온라
인 상에서 친구를 만나는 것이 훨씬 더 낫다고 여깁니다. 질은 "저는 인터
넷에서 사람들을 사귈 때 마음이 더 편안합니다"라고 이야기합니다. "인터
넷은 익명성이 보장되고 서로의 모습을 볼 수가 없습니다. 저는 직접 만나
서 친구를 사귀는 방법을 배우고 싶기는 하지만, 지금은 바로 옆집에 사는
이웃사람에게 말을 거는 일조차 하기 어려운 지경이거든요. 사람들이 저에
게 점차 가까이 다가오기 시작하면 저는 뒷걸음질쳐서 달아날 궁리부터 합
니다. 아마 상처받을까봐 두려워서 그런 행동을 하는 것 같아요." 질을 비
롯해서 수많은 사람들은 인터넷을 통한 우정을 온라인 상에서 유지하기만
한다면 감정적인 상처를 받을 가능성이 적고 더 안전한 관계를 유지할 수
있다고 믿습니다. "저는 체중이 너무 많이 나가기 때문에 쉽게 당황하고
수줍음을 타곤 해요. 그래서 사람들이 저를 쳐다보는 것이 싫습니다."

　그러나, 사이버 공간에서 우정을 키우면 시간을 절약할 수 있을 것이라고 믿는 사람들의 경우, 기대와는 전혀 반대의 상황이 벌어지는 일이 종종 있습니다. 인터넷에 접속해 있는 시간이나 일반적으로 보내는 이메일 한 통의 적당한 길이에 관한 엄격한 지침이 정해져 있지 않으면, 시간 절약을 위해서 시작했던 일이 어느새 시간을 온통 잡아먹는 요물로 둔갑하고 맙니다. 얼굴을 맞대고 사귀는 전통적인 우정과 마찬가지로, 인터넷 우정에도 시간이 들기 마련입니다. 어느 기혼 여성은 올해 45세로 버지니아에서 재택 근무 사업을 하고 있으며, 10세와 14세가 된 두 명의 자녀를 두고 있습니다. 그녀는 인터넷에서 잰로즈라는 아이디로 불린다고 자신을 소개한 뒤 다음과 같이 지적합니다. "사이버 공간의 관계는 일반적인 우정과 마찬가지로 관계를 유지하는 데 시간이 듭니다. 예를 들면, 인스턴트 메시지를 주고받거나, 채팅방에 들어가거나, 이메일을 하면서 의사소통을 하는 것은 시간이 드는 일입니다. 처음에 저는 밤 늦게 인터넷에 들어갔었는데, 이렇게 하니까 잠을 제대로 자기 힘들었고 가족들의 생활에도 도움이 되지 않았습니다. 시간이 지나면서 저는 이런 생활에 적응하게 되었고, 가족이나 저의 바깥 활동을 위해 필요한 시간도 관리할 수 있게 되고, 사이버 공간의 친구들과 회사의 동료들과 인간 관계를 맺는 일도 익숙해졌습니다."

　하지만, 오직 인터넷만을 토대로 쌓아온 우정이라면 관계가 깊어져서 믿을 수 있는 사이로 발전하지 못할 수도 있고, 그런 경우에는 결국 얼굴을 마주보고 우정을 쌓아가는 관계와 병행할 수밖에 없습니다. 첫째, 우리 모두가 서로에게 전하는 정보나 감정의 미묘한 차이를 이해하기 위해서 꼭 필요한 신호 또는 기호가 부족합니다. 둘째, 컴퓨터를 꺼버리고 갑자기 사라지거나, 의도하지는 않았다 하더라도 연락을 주고받는 빈도가 달라지거나 언어를 잘못 이해함으로써 사이버 공간의 친구에게 상처를 주는 일 등이 너무 쉽게 일어나 버립니다.

55세의 작가인 낸시는 현재 유럽에서 살고 있지만 원래는 미국의 매사
추세츠 출신입니다. 그녀는 멀리 떨어져 살고 있는 가까운 친구나 가장 친
한 친구와 관계를 지속시키는 데에는 이메일이 중요한 역할을 할 것이라고
말했습니다.

사람들은 이메일로 대화를 나누는 방법이 피상적인 것이라 생각할 수
도 있지만, 제가 소중하게 생각하는 많은 사람들이 세계 각처에 흩어져서
지내기 때문에 이메일은 저에게는 축복이라고 느껴집니다. "안녕, 너를
자주 만날 수 있으면 얼마나 좋을까" 하고 고작 한마디 던지는 것에 불과
하더라도, 예전에 비해서 지금은 친구들과 훨씬 자주 연락하게 되었답니
다. 이메일을 하면서, 저는 지난 20여 년 간 만나지 못하고 지내왔던 친
구들과의 관계를 새롭게 다질 수 있었습니다. 가장 친한 친구 두 사람과
적어도 몇 주에 한 번쯤은 지속적으로 연락하고 있는데, 둘 중의 한 명은
오클라호마에 있고 다른 친구는 일리노이에서 살고 있답니다. 두 사람 모
두 저만큼이나 아주 바쁘게 지내고 있지요. 이메일을 하기 전에 우리들은
3-4달에 한 번 정도로 서로에게 편지를 쓰곤 했답니다.

그러나, 이메일도 잘못 사용된다면 우정을 손상시킬 수 있습니다. 린다
는 올해 50세이며 텍사스에서 호흡기 질환 전문의로 일하고 있습니다. 그
녀는 이메일 때문에 직장 동료와의 우정이 완전히 깨어진 경험이 있다고
털어놓았습니다.

저는 10년째 그 친구와 사귀어 왔습니다. 그 친구는 인간성이 아주 좋
아 보였고 정말 성실해 보였답니다. 게다가 저하고 같은 윤리관을 가진
것처럼 생각되었지요. 우리는 썩 잘 지내왔습니다. 아주 친밀한 관계라고

는 할 수 없어도 좋은 관계를 유지해 왔습니다.

저는 어떤 프로젝트를 추진하고 있었는데, 갑자기 실수를 저지를지도 모르겠다는 생각이 들었습니다. 그래서 전문가와 상담을 했고, 그 결과 제가 실제로 잘못하고 있었다는 사실을 알게 되었습니다. 그런데, 제 친구는 즉시 저와 15명의 사람들에게 이메일을 보내서 제가 저지른 실수는 그냥 넘어갈 수 있는 일이 아니며 명백한 실수라고 알려왔습니다. 덕분에 저는 엄청난 실수를 저지르고 있었다는 사실을 뼈저리게 인식할 수밖에 없었습니다.

왜 그 친구는 이메일을 저한테만 보내지 않았을까요? 왜 먼저 저에게 와서 제가 추진한 프로젝트에 동의할 수 없다는 식의 말을 건네지 않았을까요? 그 친구는 저에게 찾아오지 않았습니다. 그 일은 사실 저와 그 친구, 그리고 다른 한 명의 직원만이 관련된 일이었습니다. 단지 3명의 사람만이 연루되었어야 할 일을 그녀는 15명의 사람에게 말해야 한다고 느꼈던 것이죠. 그래서 저는 그 친구와 나머지 15명의 사람들에게 답메일을 보냈습니다. 공식 문건이 될 수도 있는 일이므로 바로잡을 필요가 있었으니까요.

린다의 친구는 어째서 이런 행동을 하게 된 것일까요? 린다는 이렇게 주장합니다. "그 친구는 우리 부서에서 신참이었기 때문에 저는 이번 사건이 일종의 권력 다툼이었다고 생각합니다. 신참인 그녀가 자신의 입지를 굳히기 위한 방편으로 동료들을 조정하려는 계획이었던 거죠."

인터넷 우정을 위한 비법

여러분은 온라인 상의 우정이 빠질 수도 있는 잠재적인 위험으로부터 자신을 어떻게 지킬 수 있을까요? 제가 6가지의 방책을 제안하겠습니다.

1. 여러분이 편안하게 느끼는 속도로 우정을 키워 가십시오. 온라인 상에서 알게 된 한 사람, 한 게시판, 또는 한 채팅방이 비록 친밀하고 믿을 만하더라도, 정말 괜찮다는 기분이 들지 않았다면 분위기에 떠밀려서 여러분의 생각이나 정보를 공유할 필요는 없습니다.

2. 온라인 상에서 공유된 정보라면 그 내용을 보호하기가 거의 불가능하다는 사실을 명심해야 합니다. 정말 '은밀한' 정보는 없으며, 특히 집단으로 모이는 환경에서 공개된 것이라면 더욱 그렇습니다.

3. 여러분이 얼굴을 맞대고 사귀는 친구들이 피해를 입지 않도록 조심해야 하며, 이메일 친구의 즉시성에 중독된다거나 이메일을 보내고 받는 데 걸리는 시간이 짧다는 사실에 너무 빠지지 않도록 주의해야 할 것입니다.

4. 만일 여러분이 친구와 마음이 서로 잘 맞아서 번개 모임을 할 정도의 단계에 도달했다면, 여러분 자신을 보호할 수 있는 충분한 사전 조치를 모두 취해 두어야 하는데, 지금까지 '교제 신청' 광고에 응답하는 사람들이라면 전통적으로 사용해 오던 방법입니다. 여러분이 만난 사람을 충분히 상대할 수 있다는 확신이 들기 전까지는 반드시 사람들이 많이 모이는 장소에서 만나야 하며, 사적인 정보는 어떤 것도 넘겨주어서는 안 됩니다.

5. 제가 저술한 《사업 규약》에서 주창하고 있는 규칙들을 지키도록 하십시오. 즉, 글로는 칭찬하되 말로는 비평하십시오. 한 개인에게나 게시판에 이메일을 보낼 때는 상대방이나 상대가 하는 일을 중상하거나 비방하는 내용을 담거나, 부정적으로 평가하는 것은 결코 적어서는 안 됩니다.

6. 일반적으로, 만일 여러분이 다음날 아침에 일간신문에서 읽는다면 편
   안한 기분으로 받아들이지 못할 만한 내용은 이메일에 쓰지 않도록 하
   십시오.

현명하게 이용하고 오·남용하지 않는다면, 인터넷은 가벼운 친구, 가까운 친구, 가장 친한 친구들을 새롭게 맞이할 수 있는 넓은 세상을 제공할 것입니다. 그뿐만 아니라, 여러분이 이미 사귀고 있는 친구와도 지속적으로 관계를 유지할 수 있도록 여러분의 시간을 절약해 주는 역할을 충실히 해낼 것입니다. 이와 관련된 좋은 예가 있습니다. 35세의 케빈은 미혼의 대학 교수인데, 친구들과 지속적으로 연락하는 일에 이메일의 도움을 톡톡히 받고 있습니다. 케빈의 친구들은 일단 결혼을 하고 나자 배우자와의 좋은 관계를 위해서 별도의 시간을 투자해야 할 뿐만 아니라 제약도 받게 되어서, 사실 그들의 관계는 뒷전으로 밀려나게 되었습니다. "저는 예전에 저보다 나이가 많이 들어 보이는 사람이 말하는 것을 들었는데, 친구들은 오고 가기 마련이고 20년 안에 모든 것이 달라질 것이라고 했습니다. 하지만, 인터넷 덕분에 저는 대부분의 친구들과 지속적으로 연락할 수 있기 때문에 관계가 유지되는 것 같습니다." 이와 비슷한 경우로서, 48세의 어느 교육자는 다음과 같은 이야기를 합니다. "이메일은 친구와의 우정에 영향을 준 것들 중에서 최상의 선물입니다. 이메일을 쓰면서 저는 고등학교 친구들, 제가 유럽에 살 때 사귀었던 친구들, 그리고 대학 친구들과의 관계도 회복했습니다. 오늘날까지 관계를 이어오기 위해서 우리는 연례적으로 보내던 크리스마스 카드 대신 이메일을 보내면서 최근 소식을 주고받고 있답니다."

2. 친구 가려내기

: 부정적 요인을 지닌 21가지 친구 유형

이 세상에는 여러분의 미래를 구체적으로 예언해 주는 수정 구슬은 없습니다. 어느 친구가 여러분의 인생에 있어 믿을 만하고 바람직한 관계를 유지하게 될 것인지, 반대로 누가 여러분의 마음에 절망감을 심어주거나 나쁜 영향을 미치는 부정적인 관계로 진행될 것인지를 미리 알 수는 없습니다. 파괴적이거나 부정적인 친구들을 언제나 쉽게 간파할 수 있는 것이 아니므로, 여러분도 잘 알고 있는 것처럼 유비무환이야말로 최고의 방법입니다. 제가 관찰해서 연구한 결과인 21가지의 유형을 이번 장에서 자세히 설명하게 되는데, 이 내용을 숙지하고 있으면 여러분은 지금 사귀고 있는 친구들을 재평가하는 데 큰 도움을 받을 수 있을 것입니다. 그뿐만 아니라, 예전에 사귀었던 친구들을 재평가하거나 장차 우정을 나누게 될 경우에도 적용시킬 수 있을 것입니다. 어떤 친구들의 경우에는 다음에 제가 말씀드릴 특징들 중에 해당되는 항목이 한 가지가 넘을 수도 있습니다. 어쩌면 여러분 자신마저도 이런 유형들 중에서 몇 가지에 해당될 수도 있습니다.

제가 세부적으로 나눈 21가지의 우정 유형은 파괴적이거나 바람직하지

못한 것들입니다. 믿음, 공감, 정직, 비밀, 경쟁심, 포용력, 그리고 적당한
수준의 거리를 유지하는 것 등의 바람직한 친구 관계에 있어 중요한 7가지
의 쟁점들을 이런 부정적인 유형들이 무효로 만들 수 있습니다.

1. 약속 파괴형 (지속적으로 여러분에게 실망을 안겨주거나 약속을 깨뜨릴
   것입니다)

2. 싹쓸이형 (값지고 귀한 물건을 빌려가고는 여러분에게 돌려주지 않습니
   다)

3. 배반자형 (엄청난 사건으로 여러분을 배신합니다)

4. 위험 유발 · 감수형 (불법적이거나 위험한 행동을 해서 여러분을 위기에
   빠뜨립니다)

5. 자기 도취형 (여러분의 말에 귀를 기울일 시간이 없습니다)

6. 사기꾼형 (거짓말을 하거나 여러분의 애인을 뺏어갑니다)

7. 폭로형 (여러분의 비밀을 공개해 버립니다)

8. 경쟁형 (여러분에게 과도한 경쟁심을 품고, 여러분의 친구, 직업, 재산 등
   여러분이 가진 것을 탐합니다)

9. 한 발 앞서기형 (언제나 여러분 위에 올라서려고 합니다)

10. 대결형(여러분이 가진 것은 무엇이든 갖고 싶어하고 여러분에게서 그것
    을 뺏으려고 시도할 수도 있습니다)

11. 실수 추궁형 (지나치게 비판적입니다)

12. 자기 비하형 (언제나 부정적이고, 비판적이며, 슬퍼해서 여러분의 기분
    마저 그런 식으로 바꿔놓습니다)

13. 거절형 (여러분을 싫어하며 여러분에게 싫다는 감정을 알려줍니다)

14. 남용 · 학대형 (여러분을 말로, 신체적으로, 성적으로 모욕을 줍니다)

15. 홀로서기형 (친구와 함께 하는 것보다는 혼자 지내기를 즐깁니다)

16. 흡혈귀형 (지나치게 의존적입니다)

17. 치료사형 (모든 것을 분석하고자 하고 충고를 던지려고 합니다)

18. 참견형 (여러분의 생활에 지나치게 관여합니다)

19. 모방형 (무엇이든지 여러분을 따라합니다)

20. 지배자형 (여러분이나 여러분과 나누는 우정을 자기 마음대로 하려고
    합니다)

21. 보호자형 (동등한 관계가 되기보다는 친구의 보호자이자 부모, 보모의
    역할을 하려고 합니다)

이런 행동을 유발시키는 원인을 알아차릴 수 있고 그런 행동에 대응하는 방식을 배우기만 한다면 여러분은 마음의 평화를 누릴 수 있습니다. 하지만, 언제나 정도의 차이는 있기 마련입니다. 여러분은 자신에게서 또는 친구에게서 위의 21가지의 특징들 중 몇 가지를 발견할 수도 있지만, 이런 특징이 겉으로 드러나는 경우는 아주 드물거나 세밀한 주의를 요하는 것이어서 문제도 되지 않습니다.

어떤 친구들은 관계가 처음 시작되었을 때부터 배신자가 되기도 합니다. 어떤 친구들의 경우에는 생활에 문제가 생긴다거나 인간성에 변화가 생겨서 어느 날 배신자로 둔갑하는 경우도 있습니다. 때때로 여러분은 친구가 하는 모든 행동의 전후 관계를 보고 나서 그 친구가 어떤 사람인지를 생각해 볼 필요가 있습니다. 무엇보다도 중요한 일은 근본적인 원인에 대해서 생각해야 한다는 것을 강조하고 싶습니다.

이번 장에서, 저는 여러분에게 '이상적인' 친구에 관한 도표 역시 제시해 줄 생각입니다. 그런 후에, 바람직하지 못한 친구들을 다루는 데 도움이 될 만한 자기 진단을 위한 설문을 풀어보고, 마지막으로 바람직한 친구와 부정적인 친구를 구분할 수 있는 요소들의 목록을 보여주겠습니다.

1. 약속 파괴형

어떤 친구가 지속적으로 여러분을 실망시킨다거나 약속을 깨뜨린다면, 어린 시절이나 성장기에 그 친구 자신이 지속적으로 실망스러운 경험을 했을 가능성이 매우 높습니다. 여러분의 친구는 그저 그렇게 반복되는 유형에 익숙해져서 자신을 저지할 수가 없는 것입니다. 마음이 쓰이기는 하지만 자신에게는 익숙한 패턴이기 때문에, 전문가의 도움이 없다면 그 친구 스스로 이 패턴을 바꾸기는 어려울 것입니다. 여러분은 그 친구와 우정을 포기할 수도 있고, 그 친구와 나누는 우정에 걸고 있는 여러분의 기대치를 낮춰서 자신을 포기시키는 방법을 찾아낼 수도 있습니다. 만일 친구가 여러분에게 무엇인가를 하자고 약속을 하는데, 예를 들면 차나 한 잔 마시자고 하면서 만날 약속을 한다고 가정해 보십시오. 여러분은 "좋아"라고 대답은 하지만 마음 속 한편으로는 '십중 팔구는' 이 친구가 여러분과 한 약속을 취소할 것이라는 예상을 해야 합니다. 여러분 자신의 마음을 다치지 않도록 보호하기 위해서입니다.

여러분의 친구는 항상 이런 식으로 행동해 왔는지 모르지만, 그 친구 역시 지금 이 순간에 다른 일을 겪으면서 여러분과 똑같은 경험을 하고 있을 수도 있습니다. 만일 여러분의 곁을 언제나 지켜왔던 친구가 최근 들어서 많게든 적게든 예전보다 신뢰감이 줄어들었다면, 여러분은 분명 그 친구를 어느 정도 멀리하고 싶을 것입니다. 여러분은 결정을 내려야만 합니다. 친구의 이런 습관이 고치기 어렵거나 불가능해서 평생 동안 지속될 특성인지, 잠시 후면 사라지고 말 일시적인 습성인지, 아니면 상당히 중요한 성격 장애인지를 판단해야 합니다. 만일 그 친구가 영원히 이런 나쁜 버릇을 고치지 못한다면 여러분은 기꺼이 받아들이고 감당해 나갈 것이라는 결심을 해야 합니다.

약속 파괴형의 친구를 변화시키기 위해서 시도할 수 있는 유일한 방법은 약속을 어겼을 때 생길 수 있는 결과를 친구가 이해하도록 만드는 것입니다. 아마도 여러분은 친구의 이런 행동 때문에 지금까지 혼자서 가슴앓이를 해왔을 것입니다. 친구의 행동으로 인해서 여러분이 얼마나 실망하는지를 알려주십시오. "물론, 네가 지금 나를 만나러 나올 만한 기분이 아니라는 점은 이해하고 있어. 그렇지만 내가 오늘 약속을 얼마나 손꼽아 기다려왔는지 넌 모를 거야." 어쩌면 친구는 아직도 이번에 약속을 취소한 것이 처음 있는 일이 아니라 자신의 행동 유형이라는 사실을 깨닫지 못할 수도 있습니다. "그래, 물론 이해하고 말고. 그런데, 네가 나하고 무슨 일이든지 약속을 해두었다가 취소하는 일이 얼마나 자주 있는지 아니? 불과 몇 주 사이에 네가 약속 취소한 일이 벌써 네 번째란 말이야."

만일 여러분이 이런 약속 파괴형의 친구와 계속 우정을 지켜나가고 싶다면, 친구와 만나기로 약속한 날이 오기 전에 적어도 한 번은 확인을 해야 하며, 약속 바로 전날도 약속한 사실을 분명히 알려주어야 합니다. 여러분이 휴대 전화를 가지고 있다면, 여러분하고 언제든 연락이 가능하다는 사실을 친구에게 상기시켜 주십시오. 만약 친구에게 약속을 취소해야 할 일이 생기면 적어도 여러분이 우려하는 일만큼은 일어나지 않도록 다짐을 받아야 합니다.

친구가 약속을 하려고 하면 어떤 경우에라도 '별도의 계획'을 마련해 두십시오. 만일 약속 파괴형의 친구가 여러분을 다시 실망시키는 일이 생기더라도 여러분은 그로 인해서 피해를 받지 않을 것입니다.

다음 번에 그 친구가 약속을 잡으려고 하면 "그래, 그렇겠지" 하고 대답해 보십시오. 친구가 여러분이 보인 회의적인 태도에 화를 내면, 약속을 지키지 않는 친구의 습관을 그저 지적해 주고 싶었다고 설명하면 됩니다. 그런 후에, "내가 틀렸다는 사실을 증명해 봐. 이번에는 약속을 꼭 지키면 되잖아"라고 말해서 좀더 긍정적인 태도로 여러분의 기분을 다시 이야기하십시오.

2. 싹쓸이형

만일 친구가 여러분에게서 빌려간 것을 돌려주지 않고 계속 가지고 있는데도 크게 마음이 쓰이지 않는다면, 여러분은 어쩌면 친구의 감언이설에 완전히 속고 있을지도 모릅니다. 결국에는 이런 종류의 친구는 물건을 가져가면서 상징적으로 여러분의 일부를 소유한 것처럼 행동합니다. 여러분이 빌려주는 것이 스웨터든 책이든 돈이든, 전혀 상관하지 않게 되는 것입니다.

싹쓸이형의 친구는 자긍심이 아주 낮아서 여러분에게 물건을 돌려주는 일 자체를 감정적으로 아주 힘들게 느낍니다. 잡지 한 권이든 칭찬 한 마디든, 도의적으로는 여러분에게 응당 가야 할 것이 분명하더라도 그 친구는 문제로 삼지 않습니다. 싹쓸이형의 친구는 여러분이 소유하고 있던 것을 계속 지니고 있다 보면, 모든 기준이 자신에게 유리한 방향으로 맞춰진 것처럼 느끼게 됩니다. 그런 친구는 실제로 여러분이 자기보다 훨씬 많은 것을 소유한다고 생각합니다. 재산이나 인간적인 매력, 일의 성취도, 인간 관계 등에서 여러분이 뛰어나다고 생각하는 것입니다.

싹쓸이형 친구의 행동의 원인으로서 가장 그럴듯한 것은 어린 시절부터 단 한 번도 풍족하게 가져보지 못한 채 자라온 환경입니다. 그 친구의 부모가 실제로는 돈이 있었는지 아니면 정말로 가난했었는지는 상관없이, 자식에게 물질적으로나 심지어는 정신적으로 박탈감을 느끼게 했습니다. 그 결과로, 싹쓸이형의 친구는 주기보다는 받고 챙기는 사람이 된 것입니다. 이런 친구는 실제로는 가난해지지 않을 수도 있고, 어쩌면 백만장자가 될 수도 있을 것입니다. 하지만 언제나 가난하다고 느낄 수밖에 없습니다.

처음에 이런 덫을 피하지 않았기 때문에 이런 식으로 계속 당하게 된 것이라는 불쾌한 기분을 떨쳐버리십시오. 만일 여러분이 싹쓸이형의 친구에게 무엇인가를 빌려주었다면, 감정적으로도 재정적으로도 그 일에서 손을 떼십시오. 만일 빌려준 것을 되돌려 받을 수 있다면 횡재한 기분일 것입니다. 하지만, 그런 친구가 돌려주지 않고 계속 가지고 있더라도 여러분은 실망하지도 말고, 화를 낸다거나 놀랄 필요도 없습니다.

여러분과 나눈 우정의 도움을 받아서 싹쓸이형의 친구는 더 긍정적인 자아상을 발전시킬 수도 있습니다. 그 결과로, 감정, 칭찬, 호의 등의 추상적인 것들이나 물질적인 것들을 여러분과 다른 사람들에게 더 쉽게 되돌려 줄 수 있게 됩니다. 싹쓸이형의 친구는 자신이 그런 성격을 갖게 된 근본적인 원인은 물론이고 타인의 것을 소유하려는 경향에 대해서 자의식을 키울 필요가 있습니다.

여러분은 친구가 빌려가는 항목을 구체적으로 명시해서 그런 경향을 가진 친구에게 도움을 줄 수도 있습니다. 돈을 빌려간 경우에는 날짜, 상환 조건, 이자 등의 항목을 명시한 정식 차용증서나 이에 상당하는 적당한 문서를 첨부해야 합니다. 특히 액수가 큰 경우라면 말할 것도 없습니다. 책이나 의류 같은 것을 빌려간 경우에는 분명한 상환 조건을 내세워야 하고 돌려줄 가능성에 관해서 각서를 쓰도록 해야 합니다.

물론, 싹쓸이형의 친구가 도둑이라면 상환 의무를 거부한 채 배신을 할 것이고 그것으로 우정도 끝나게 됩니다. 예를 들면, 어느 여성은 예전에 만나던 친구가 보석을 훔쳐가 버렸습니다. 또 다른 여성의 경우에는 신부 들러리가 결혼식 전날의 파티에서 돈을 훔친 일도 있었습니다. 싹쓸이형의 친구가 보석이나 돈이 아니라 눈에 보이지 않는 중요한 것을 가져가기도 할 것입니다. 어떤 경우에라도 그것은 도둑질입니다.

3. 배반자형

이런 종류의 바람직하지 못한 친구는 여러분을 크게 배신합니다. 여러분에 관해 악의적인 헛소문을 퍼뜨리는 등의 방법으로 여러분에게 상처를 주는 행동을 할 수도 있습니다. 그렇지 않으면, 감정적으로 배반을 할 수도 있는데, 예를 들면 가까운 친구나 가장 친한 친구가 여러분에게 갑자기 말을 걸지 않는데 여러분은 도저히 이유를 모르는 경우도 있겠습니다. 바로 그와 유사한 일이 이제 막 47세가 된 질에게 일어났습니다. 질과 친구 사이에는 언쟁이 오갔던 일도 없었는데 돌연한 침묵이 찾아왔습니다. 두 사람이 친구가 되기 위해 들였던 노력이나 함께 나누었던 것들을 생각하면 침묵은 피해를 주는 직접적인 행동을 하는 것만큼이나 배반으로 느껴지는 일입니다. 질은 그 사건에 대해 다음과 같이 설명합니다.

그 친구는 제가 이제까지 사귀어본 친구들 중에서 하나뿐인 진정한 친구였습니다. 저는 원래 친구를 쉽게 사귀지 못하는 편이었거든요. 고등학교에 입학했을 때 저는 데일을 만났고, 우리는 아주 가까워졌습니다. 한번은 가출한 적이 있었는데, 그 친구의 집으로 즉시 달려갔었죠. 아주 특별한 우정이라 느꼈으니까요. 우리는 간호 학교에 함께 진학했습니다. 그러던 어느 날 데일은 다른 친구를 만나게 되었고, 한 일주일 정도 지나자 데일은 갑자기 저에게 말을 걸지 않았습니다. 저는 전화를 걸어보았지만, 데일은 제가 건 것을 확인하면 곧바로 끊어버렸죠. 편지도 보내보았지만 그 친구는 편지를 뜯어보지도 않은 채 돌려보냈습니다.

10년이 흐른 뒤에 그들은 우정을 다시 회복하기는 했지만, 예전에 데일이 연락을 하지 않으려고 한 이유에 대해서는 한 번도 이야기를 나누어본 적이 없습니다. 다시 만나더라도 친구의 감정적인 배신으로 인해 받은 상처만큼은 여전히 남아 있는 것입니다. "우리는 가까운 사이기는 하지만 전처럼 가깝게 지낼 수는 없습니다"라고 질은 설명합니다. 하지만, 그녀는 여전히 데일과의 우정을 묘사할 때 '가까운' 사이라고 평가했습니다. "저나 저하고 비슷한 유형의 사람들은 이런 사이를 가깝다고 생각합니다. 하지만, 제 여동생과 같이 까다로운 유형의 사람들이라면 결코 가깝다고 생각하지는 않을 것입니다."

질의 경우보다 훨씬 구체적인 형태의 배신도 있기 마련입니다. 예를 들면, 전업주부인 수잔은 올해 43세이며, 배신을 당한 경험이 있습니다. 수잔에게 배신감을 안긴 사람은 가깝게 지내는 가족의 친구로서 유부남이었는데 수잔의 여동생에게 관심을 보였습니다.

그 사람은 계속해서 제 여동생에 대한 열정과 사랑을 표현해 왔습니다. 그는 여동생의 사무실에 너무 자주 전화를 걸어서 메시지를 남겼고, 보다 못한 여동생은 그런 태도를 매우 혐오스럽게 생각한다면서 당장 그만두라고 종용했습니다. 그러자, 그는 갑자기 태도가 돌변해서 아내한테 제 여동생이 자기에게 추근대고 있다고 거짓말을 했습니다. 좋았던 관계가 정말 끔찍한 결과를 만들어낸 것이죠. 저는 직접 그 남자에게 전화를 걸어서 우정을 끝내자고 말했습니다. 말 그대로의 배신을 당한 셈이었습니다. 우리 가족은 어린 시절부터 속속들이 알고 지내온 바로 그 남자에게 철저히 배반당한 것이었죠.

수잔은 다른 친구와의 관계에서도 배반당한 경험이 있습니다. "제 친구들 중의 한 명은 결혼한 몸이면서 불륜을 저지르고 있는데, 저와 제 여동생을 알리바이로 이용하고 있습니다. 정말 화가 치밀어 오르는 일입니다. 그 친구는 비밀로 하기로 약속하고 들은 이야기들을 다른 친구에게 계속 이야기하기도 합니다." 수잔의 두 번째 친구는 수잔을 자신이 저지른 혼외 정사를 은닉할 방편으로 이용하는 것을 넘어서서 수잔으로 하여금 타협하는 자세를 취할 수밖에 없도록 만들고, 가능하다면 도덕적인 구속까지 함께 지려고 합니다. 자기만이 알고 있는 정보를 누설해 버림으로써 그 친구는 폭로형 친구처럼 행동하기도 합니다.

배반형의 친구는 현실적으로 걸리는 감정적인 문제를 지니고 있을 수도 있는데, 여러분이 만일 이런 친구와 우정을 지속시켜야만 하는 입장이라면 반드시 함께 이야기할 필요가 있을 것입니다. 여러분의 친구가 성장기 동안에 부모나 형제들에게 배반을 당한 적이 있었다면, 그런 경험은 친구들에게 자신이 당했던 행동들을 그대로 되갚아 주는 원인이 될 수도 있습니다. 배신이란 그 친구가 부모에게서 실망스러운 기분을 느낀 것처럼 포착하기 어려운 미묘한 것일 수도 있고, 감정적 모욕, 신체적 상해, 또는 성적인 학대 등을 당한 것처럼 노골적으로 드러날 수도 있습니다. 여러분의 친구는 자신이 당한 것을 다른 사람에게 되갚아 주는 식의 악순환을 더 이상 되풀이하지 않기 위해서 외부의 도움이 필요할지도 모릅니다.

만일 여러분이 특정한 친구에게서 배신을 당한 경험이 있다면, 그와 나누었던 우정에 종지부를 찍어야겠다는 생각을 하게 될지도 모릅니다. 만일 여러분이 그 친구와의 우정에서 손을 떼겠다는 결정을 내렸다면, 친구의 복수심을 자극하지 않도록 최대한 부드러운 방법으로 결별을 고하는 것이 좋겠습니다.

4. 위험 유발 · 감수형

위험하거나 불법적인 행동을 일삼아서 여러분을 난처한 상황에 밀어 넣는 친구는 여러분에게 위해를 가하는 해로운 사람입니다. 심지어는 병적으로 심각한 수준으로 악화될 수도 있습니다. 대체 어느 순간에 여러분은 친구의 불법적이고 위험한 행동에 '연루되지 않도록' 조치를 취해야 할까요? 그런 친구에게서 꼭 멀어져야만 할까요? 너무 늦기 전에 여러분은 먼저 그 친구에게 혹시 도움이 필요하지는 않은지를 알아보고 조언을 아끼지 말아야 하는 것이 아닐까요? 문제가 발생했다면 관련된 부서에 반드시 연락해야만 하나요?

이런 질문들은 모두 복합적인 내용이어서, 개별적인 상황에 맞춰서 그 대답이 달라질 수밖에 없습니다. 물론, 그 친구와 나누는 우정이 어느 정도 깊은지, 여러분이 친구와 어떤 추억을 쌓아왔는지에 따라서 달라질 것입니다. 또는, 이런 문제에 관해서 친구와 편안하게 어느 정도까지 깊이 있는 대화를 나눌 수 있는지를 미리 짐작할 수 있는 경우라면 상당히 다른 대답이 나올 것입니다. 그뿐만 아니라, 여러분 자신은 물론이고, 친구, 친구의 가족, 여러분의 직장 동료, 심지어 지역 공동체에까지 심각한 위협으로 느껴진다면 문제는 심각해집니다. 어쩌면 여러분은 전문적인 상담치료사가 친구의 문제를 치료해야 할 필요가 있다는 결론을 내릴 수도 있고, 친구의 행동을 여러분 스스로 변화시켜 보라는 잘못된 충고를 받아들일지도 모릅니다.

그러므로 여러분은, 가장 이상적인 행동은 위험 유발·감수형 친구에게서 그저 멀리 달아나는 것이라는 결론에 도달할 수도 있고, 아니면 어느 날 문득 체포되거나 감옥에 갇히거나, 그보다 더 나쁜 상황에 처한 자신을 발견하게 될지도 모릅니다. 위험 유발·감수형의 친구는 지나치게 빠른 속도로 차를 몰 수도 있고, 여러분을 위험한 길로 인도할지도 모르고, 위험할 것이 뻔한 산악 등반을 하면서 여러분에게 동참하라고 요구할 수도 있습니다. 어떤 사람들은 위험한 상황에서 느끼는 긴장감이나 혹시 들킬지 모른다는 초조함을 즐기기 때문에 상점에서 물건을 슬쩍한다고 하는데, 그런 사람들은 무의식적으로 잡히기를 바라기도 합니다. 만일 여러분이 이런 위험 유발·감수형의 친구들과 어울린다면, 여러분도 언젠가는 그 친구와 함께 체포될 수도 있습니다. 이런 친구들이 저지르는 행동은 심리적인 원인이 있거나 병적인 경우도 있고, 심지어는 반사회적인 동기로 인해 유발되기도 합니다. 여러분은 친구를 치료할 수 있는 전문가도 아니고 상담원도 아닙니다.

5. 자기 도취형

자기 도취형의 친구는 위험 유발·감수형의 친구에 비해서는 분명히 부정적인 요소가 조금 덜한 편입니다. 그래도 여러분의 말에 관심을 가질 여유조차 없는 친구는 여러분의 자긍심을 조금씩 갉아 먹어버릴 것입니다. 특히 오랜 시간이 지나도록 그렇다면 더욱 큰 문제입니다. 여러분이 스스로의 기분을 편안하게 하기 위해서, 그리고 우정이 계속 발전되게 하기 위해서 여러분은 그 친구가 자기 선전을 위해 이용하는 수단이 되어 주어야만 합니다. 자기 도취형의 친구는 여러분에 대해서는 전혀 신경쓰지 않습니다. 그저 자신이 말할 기회를 기다리는 동안만 여러분이 하는 말을 듣는 척할 뿐입니다.

자기 도취형의 수다는 말없이 가만히 있지 못한다는 사실을 은닉하기 위한 방책입니다. 특히 애정 문제를 가지고 있는 사람일수록 침묵을 몹시 괴로워합니다. 친구의 수다가 잠시도 쉴 새 없이 시간을 메우는 정말 신경쓰이는 습관이라면, 친구에게 자신이 얼마나 쉴 새 없이 떠들고 있는지에 대해 그리고 자신에 대해 좀더 생각해 보라고 부탁하십시오. 여러분의 친구가 한층 느긋해지는 방법을 배울 수 있겠습니까? 침묵을 즐기는 것처럼 보이나요?

다시 한 번 질문하겠습니다. 여러분의 친구는 자신이 상대방을 무시하는 성격을 가지고 있다는 그 사실을 인식하고 있습니까? 아니면, 남을 무

시한다는 사실을 깨닫지 못하고 있으며, 그러므로 변화의 가능성이 전혀
보이지 않나요? 만일 친구의 성격이 변할 가능성이 전혀 없더라도, 여러분
은 그 친구와의 우정에서 긍정적인 면을 충분히 알고 있기 때문에 이처럼
철저하게 한쪽으로 치우친 관계일지라도 계속 우정을 이어갈 의사가 있습
니까? 어쩌면 여러분은 정중하고 무례하지 않은 방법으로 자기 과시형의
친구가 상황을 인식하고 있는지 물어볼 수 있을 것입니다.

자기 도취형의 친구와 함께 있다 보면, 여러분은 이런 문제를 대수롭지
않게 넘겨도 될 만한 활동을 생각해 내려고 노력할지도 모릅니다. 예를 들
면, 테니스 치기, 영화 구경, 강의 듣기 등을 하고 싶어하는 것입니다. 마찬
가지 이유로 함께 하기를 피하는 일도 있는데, 8시간이나 걸리는 비행이라
면 나란히 앉아 가기를 꺼리게 되고 오랜 시간이 걸리는 식사 자리에는 단
둘이 가지 않게 됩니다. 흔히 과도한 질투심을 느끼기 쉽고 많은 친구를 사
귀는 경향이 있는 한 발 앞서기형의 친구와 함께 있으면, 자기 도취형의 친
구는 자신의 예민한 신경을 상쇄시키는 데 도움을 받기도 합니다. 그뿐만
아니라, 두 사람간의 힘의 균형을 맞추는 '편안한 시간'을 만들어낼 수도
있습니다.

6. 사기꾼형

위험 유발 · 감수형의 친구들을 제외하면, 사기꾼형의 친구야말로 가장
극악무도한 종류의 '친구'입니다. 사기꾼형의 친구는 여러분에게 거짓말을
일삼을 뿐만 아니라, 다른 사람들에게도 거짓말을 할지도 모릅니다. 그 친
구는 단 한 번의 거짓말로 끝낼 수도 있지만 눈에 띌 만한 일정한 형태로
거짓말을 하기도 합니다. 말이 가진 의미대로 하자면, 우정은 신뢰와 정직
을 바탕에 둔 관계이기 때문에 거짓말을 하는 행위를 참아줘서는 안 됩니
다. 친구에게 거짓말을 하는 행위는 우정을 끝낼 수 있는 정당한 사유로 간

주될 만큼 파괴적인 행동이라는 사실을 여러분은 직접적으로 또는 심각하게 이야기할 필요가 있습니다.

거짓말은 사기의 일종입니다. 그런 의미에서, 가벼운 거짓말도 진실을 속이고 사기를 치는 것입니다. 사람들은 진실을 두려워하기 때문에 거짓말을 합니다. 사람들은 진실로 인해 상처받을까 봐 두려워합니다. 그런 이유로 사람들은 거짓말을 합니다. 만일 여러분에게 미혼의 여자 친구가 있다고 생각해 보십시오. 그 친구는 모든 사람들에게 자신이 40세라고 말을 하는데 여러분은 그녀가 50세라는 사실을 알고 있습니다. 그 친구가 나이를 속일 수밖에 없는 상황에 대해서 여러분은 비애를 느낄지도 모릅니다. 하지만, 그 친구가 다른 모든 일에 있어서는 정직하다면, 단지 나이를 속였다는 이유로 여러분이 그 친구와의 우정을 끝내고 싶어하지는 않을 것입니다. (그 친구는 여러분에게 자신이 느끼는 두려움에 대해 이야기해 왔을지도 모릅니다. 하지만 자신의 나이를 제대로 밝힌다고 해서 그녀의 경력이나 사회 생활에 불이익이 돌아온다는 것은 근거가 없는 이야기입니다.)

여러분은 친구의 거짓말에 대해서 어떤 행동을 취해야만 할까요? 진실을 털어놓았던 경험을 예로 들면서 여러분이 정말 가치를 두고 있는 것이 무엇인지를 친구에게 알려주려고 노력해 보십시오.

친구가 거짓말을 하고 있는지 유심히 살펴보십시오. 일정한 유형의 거짓말을 반복하는지도 알아보십시오. 나이를 속이는 것처럼 비교적 악의가 없는 거짓말입니까, 아니면 이력서에 첨부할 증명서를 위조하는 일처럼 상당히 가증스러운 범죄입니까?

만일 친구의 거짓말로 인해 남에게 해를 주는 결과가 생기지 않는다면, 너무 과민하게 반응하지는 마십시오. 세상에 완벽한 사람은 없으니까요.

친구가 겉으로 확연히 드러난 거짓말을 할 때보다는, 여러분의 기분을 맞추기 위한 임기응변이나 심각한 사안을 절충하려는 태도로 말하고 있는 것처럼 느껴질 때 여러분은 사실 여부를 분명히 밝히고 싶을 것입니다.

또한 여러분은 친구가 자신을 좀더 긍정적인 태도로 평가하도록 도와주고 싶어서, 결국 거짓말이라고 지적하는 경우는 별로 없을 것입니다. 예를 들어 여러분이, 친구가 자신의 나이에 대해서 거짓말을 하는 모습을 목격했다면, 단 둘이만 있게 되었을 때 다음과 같이 은밀하게 말해 줄 수도 있을 것입니다. "너 알고 있니? 너는 정말 생기 있고 재능이 넘치는 사람이야. 네가 나이를 열 살이나 줄여서 말할 하등의 이유가 없다구. 너는 나이하고 상관없이 성공한 사람이고 굉장히 매력적이야."

하지만 여러분이, 친구가 거짓말하는 현장을 잡았을 때, 친구에게 말해야 할 내용은 거짓말의 종류와 거짓말을 하게 된 배경에 따라서 분명히 달라질 것입니다. 여러분이 진실을 안다는 것을 친구도 알고 있다는 사실이 중요한지 그렇지 않은지도 여러분이 할 말에 영향을 미치게 됩니다. 만일 여러분이 나누는 우정이 사소한 일에 대한 거짓말보다 훨씬 소중하다고 생각된다면, 여러분은 친구의 거짓말을 무시하려고 할 것입니다. 그러나 정말 중요한 것은 무엇일까요? 여러분이 상황에 타협하려는 것처럼 느껴진다거나 친구의 거짓말이 결코 무시할 수 없는 윤리적인 차원의 문제라면, 여러분은 소리를 높여 진실을 말하거나 그 우정에 종지부를 찍어야만 합니다.

물론, 모든 상황이 특별할 뿐만 아니라 어떤 경우에는 거짓말의 배경이 아주 복잡하게 얽혀 있습니다. 예를 들면, 여러분이 친구가 암으로 죽어가고 있다는 사실을 아는데도, 안부를 물어볼 때마다 친구는 "잘 지내고 있어"라고 대답한다고 생각해 보십시오. 이때 굳이 "이봐, 네가 거짓말하는 것 다 알고 있어. 넌 지금 정말 끔찍한 기분이 들겠지. 살 날이 얼마 남지 않았으니까"라고 말할 필요는 없는 것입니다. 아니면, 여러분의 친구가 새 차를 사느라고 수천 달러를 지불했다고 가정합시다. 여러분은 그 차의 색

깔이 정말 꼴 보기 싫다고 느꼈지만, 친구에게는 아주 근사한 차라고 말할 것입니다. 여러분이 방금 '거짓말'을 한 것입니까? 비록 그렇게 말해 달라고 부탁받은 적은 없지만, 그저 허용할 수 있는 범위에서 한 선의의 거짓말이거나 임기응변으로 진심을 돌려 말한 것은 아닌가요?

그렇다면 이제 여러분의 판단에 맡기십시오. 직장이나 특정한 사회적 관계에서 어떤 사람이 악의를 품고 여러분에 관한 거짓말을 유포시킨다는 판단이 든다면 그것은 분명히 여러분이 아주 조심해서 생각할 필요가 있는 부정적인 특징입니다.

친구에게 사상 최고로 끔찍한 배반을 저지른 사람도 사기꾼형으로 분류될 수 있습니다. 예를 들어, 친구의 배우자와 몰래 바람을 피우는 경우가 해당됩니다. 심지어 친구의 애인하고 바람을 피운 후에도 여전히 우정을 유지하고 있는 친구들에 관한 이야기가 있기는 해도, 이런 사안은 극복하거나 잊어버리기 힘든 문제임에 틀림없습니다. 만일 여러분이 이런 경우에도 우정을 유지하고 있다면, 자신에게 반드시 몇 가지 질문을 던져야만 합니다. 즉, 어떤 식으로 어떻게 배반당한 적이 있었는지, 그리고 배반을 행한 친구와 애인을 진심으로 용서할 수 있었는지에 대해 자문해야만 합니다. 친구와 애인 중에서 누가 비난받아야만 할까요? 이런 상황에서는 화가 머리끝까지 치밀어 오르고, 분노와 울분을 통제하기가 힘들어집니다. 그렇기 때문에 더욱 이성적으로 생각할 필요가 있습니다. 여러분 자신을 돌아보고, 의식적으로든 무의식적으로든 자신이 그런 불미스러운 상황을 촉발시킬 만한 행동을 하지는 않았는지에 대해 생각하는 것은 아주 중요한 일입니다. 갑자기 제가 인터뷰를 했던 어느 여성이 생각나는데, 저는 그녀를 만난 후에 《친구 관계의 전환》에서 그 여성에 대한 글을 쓰기도 했습니다. 그 여성은 사무실에서 자주 야근을 했기 때문에, 남편에게 바로 옆집에 살고 있는 그녀의 친구를 극장이나 기타의 행사에 데려가라고 부탁하곤 했습니다. 얼마 후에 그녀의 남편은 그녀의 친구와 함께 달아났습니다.

물론, 친구의 애인하고 바람을 피우고 나서도 여전히 건재함을 과시하는 우정이 있기도 하고, 그런 사건을 겪고도 지속되는 연인 관계나 결혼 생활도 있을 수 있습니다. 그러나, 여러분과 친구, 그리고 여러분의 애인이 일부일처주의를 믿고 있다면, 아무리 그런 일을 모르는 척 넘어갈 기회가 있더라도 여러분은 반드시 그런 상황과 배반 행위를 해결해야만 합니다.

7. 폭로형

여러분이 친구에게 "이건 우리 둘만의 비밀이야"라고 말할 때, 그 친구는 머리를 끄덕일지도 모릅니다. 안됐지만, 그런 약속은 친구가 전화를 하거나 이메일을 쓰는 데 걸리는 시간만큼만 비밀이 유지되는 불행한 경우가 생기기도 합니다. 친구들 사이에 신뢰와 믿음이 아무리 깊은 것처럼 보이더라도, 이런 유형의 친구는 자신을 억제할 수가 없습니다. 이런 사람에게 비밀을 말하는 것은 그 친구에게 비난받을 여지를 주고 친구의 마음을 불편하게 만드는 것과 마찬가지입니다. 그 친구는 비밀을 알게 되면 마음이 너무나 불안해지기 때문에, 불안함에서 벗어나기 위해 다른 사람들에게 계속 새로 알게 된 비밀을 전달하는 것입니다. 단지 입이 너무나 가벼워서 폭로형의 친구가 되는 사람들도 있습니다. 여러분이 아는 사람이 이런 성격을 가지고 있다면, 그 친구에게 아주 은밀한 비밀을 알려주어서는 안 됩니다. 여러분이 비밀을 말하는 순간 그 이야기는 온 세상이 다 알게 되는 셈입니다.

이런 친구는 빨리 수다쟁이라는 명성을 얻게 됩니다. 불행하게도, 폭로형의 친구는 그런 명성 이외에 부차적으로 몇 가지 좋지 못한 평판을 더 들을 수도 있습니다. 어쩌면 처음에 비밀을 폭로한 친구는 배신과 비밀 공유의 문제로 골치를 앓겠지만, 다른 친구들을 포함한 모든 사람은 전해 들은 은밀한 정보로 인해서 꽤나 즐거울 것입니다. 친구와 나누려는 정보가 여러분이 은밀하고 비밀스러운 것으로 여기는 내용이라는 사실을 여러분은 친구가 이해할 수 있도록 분명히 해두어야만 합니다.

누군가가 여러분의 신뢰를 배반하려고 한다면 여러분이 그 사실을 어떻게 알 수 있을까요? 만일 어떤 사람이 이런 성격을 지니고 있는지 짐작이 간다면, 그 친구가 퍼뜨린다고 해도 별로 상관이 없을 만한 중요하지 않은 비밀을 가르쳐주고 얼마나 빨리 여러 사람에게 비밀이 전해지는지를 살펴보십시오.

만일 여러분이, 친구가 그 자신도 모르는 사이에 비밀을 발설했다고 의심하고 있다면 그 친구의 행동을 툭 터놓고 말해 주어야 합니다. 언제 친구가 비밀을 발설했는지에 관해서 아주 구체적인 예를 들어서 말해 주고, 그 친구가 자신이 한 일을 인정하는지의 여부를 유심히 보십시오. 그 친구가 사과를 하나요? 그 친구가 자신이 저지른 일을 부인합니까? 자신은 여러분이 알려준 정보가 그렇게 중요한 것인지는 몰랐다고 설명하면서 여러분에게 용서를 구하던가요?

문제의 친구가 자신의 행동 유형을 변화시킬 수 없는 것처럼 보이는데도 여러분은 우정을 이어나가기를 원한다면, 여러분이 가지고 있는 정보가 정확히 어떤 것인지에 대해서 좀더 신중한 판단을 내려서 자신을 보호해야 합니다. 그 친구와 나누는 우정의 친밀도에 관해서 스스로 다시 한 번 생각하게 될지도 모릅니다. 만일 여러분이 관계를 유지하고 싶다면, 그 친구를 만나는 빈도를 줄이고 신뢰도도 줄이는 방안으로 결정을 내려야 합니다.

8. 경쟁형

어느 정도의 경쟁은 건강한 것이고 예상할 만한 일입니다. 적당한 수준에서 경쟁심을 갖는다면 동기 부여에도 도움이 되고 격려가 되기도 합니다. 그러나, 친구들 사이에서 너무 지나치게 경쟁심을 불태운다면 우정을 파괴하는 지름길이 됩니다. 바람직한 우정을 나누기 위한 중요한 요소들 중의 하나는 우정을 나누는 두 사람이 '평소의 자신의 모습'으로 서로를 대할 수 있다고 느끼는 것이고, 서로에게 잘난 척을 하거나 깊은 인상을 주려고 할 필요가 없다는 것입니다. 경쟁심을 갖게 되면 한 명은 이기고 다른 한 명은 질 수밖에 없는 경주를 하는 셈입니다. 이런 상황은 사람들이 바람직한 우정에서 일반적으로 기대하는 것과는 완전히 반대의 내용으로, 특히 가까운 친구나 가장 친한 친구라면 더욱 가져서는 안 될 마음입니다.

경쟁자 관계에 놓인 친구들은 아마 평생 동안 모든 분야에서 경쟁하려고 할 것입니다. 심지어 가까운 친구나 가장 친한 친구가 되었더라도 경쟁심을 늦추는 일은 어렵게 느껴지거나 결코 불가능할 것입니다. 그런 친구들은 직장에서, 학교에서, 심지어는 공동체의 문제에서조차 경쟁하려고 할 수 있습니다. 배우자나 연애 상대를 놓고도 경쟁할 수 있으며, 부모나 자식들에 관해서도 경쟁심을 갖기 일쑤입니다. 경쟁하려는 성향은 너무도 분명한 성격적인 특징이기 때문에 변화시키거나 완전히 고치기 어렵습니다.

그렇지만 과도하게 경쟁하려는 분위기가 조성되지 않도록 노력하기만 한다면 여러분은 상황을 조금 개선시킬 수는 있습니다. 예를 들어서, 여러분이 자신의 인생 또는 직업에서의 성공을 친구와 함께 하고 싶은데 여러분의 말투가 자랑하는 어조가 된다면, 의도하지 않은 상태에서 "다음 번에는 내가 너에게 보여주마" 하는 식의 반응을 유발해 낼 수도 있는 것입니다.

만일 경쟁형의 친구가 자신의 이런 경향을 인식하고 있다면 좀더 확실하게 깨달을 수 있도록 여러분이 도와줌으로써 친구가 이런 좋지 못한 성향을 고칠 수 있도록 해야 하겠습니다. 여러분이 생각하기에 친구의 "나도 할래" 식의 반응을 촉진시킬 것 같은 일이 있는데, 그래도 그 이야기를 친구에게 알려주고 싶다면, 다음과 같은 말을 한 마디 덧붙이는 것이 좋겠습니다. "나 너한테 말하고 싶은 것이 있는데, 너하고는 아무 상관이 없는 내용이거든. 알았지?"

그렇지만, 경쟁형 친구의 행동을 변화시키겠다는 의무감에 시달릴 필요는 없습니다. 그런 일은 전적으로 본인의 몫이니까요. 그 친구가 더 나은 자아상을 개발해 나간다면, 여러분이 어떤 말을 하거나 어떤 행동을 하더라도 경쟁하고 싶다는 욕구는 줄어들 것입니다.

만일 여러분이 경쟁형의 친구와 지속적으로 친구로 지내고 싶다면, 친구의 자기 자랑과 허풍을 기꺼이 경청하려고 노력해야 합니다. 대신, 여러분의 자랑거리를 말할 수 있는 시간은 상대적으로 훨씬 줄어든다는 사실은 염두에 두십시오.

9. 한 발 앞서기형

여러분이 어떤 말을 하든지, 또는 어떤 행동을 하든지 상관없이, 한 발 앞서기형의 친구는 이미 여러분이 한 것보다 더 낫게 말했고 더 훌륭하게 처신했을 것입니다. 그 친구의 자녀들은 여러분의 자녀들보다 더 훌륭하고 더 똑똑하고 훨씬 호감이 가는 타입입니다. 한 발 앞서기형의 친구 때문에 여러분은 스스로에게 기대했던 것보다 자신이 작아 보이고 보잘 것 없는 사람처럼 느끼게 됩니다. 그런 친구는 지나치게 경쟁심을 내보이고 질투를 하기도 합니다. 그렇지만, 긍정적인 측면에서 보자면, 한 발 앞서기형의 친구는 남에게 관심을 잘 보이고, 헌신적이며, 상냥한 성격을 지니고 있습니다. 이런 유형의 사람은 친구를 사귀기 시작하는 초반에는 진정한 모습이 드러나지 않는데, 초기 단계에서는 두 사람 모두가 자랑거리를 이리저리 늘어놓으며 주고받기 때문입니다. 하지만 시간이 지나면서 이런 경향은 점점 곤혹스럽게 여겨집니다.

한 발 앞서기형의 친구는 자긍심이 아주 낮습니다. 이런 유형의 친구가 만일 자신감이 넘친다면, 언제나 '한 발 앞서려는' 욕심은 점차 줄어들거나 완전히 사라질 수도 있습니다. 한 발 앞서기형의 친구는 성장기에 부모에게서 친구, 사촌, 이웃 아이들 등과 지나치게 비교를 당하면서 자라온 경우가 많이 있습니다. "왜 너는 그렇게밖에 못하는 거니?"라는 말이나, "너도 좀 전에 아무개가 하는 행동을 봤지?" 하는 식의 말투에 익숙해져 있을 것입니다. 이런 분위기와는 정반대의 경우로서, 아이를 지나치게 칭찬해 주는 부모도 자녀를 한 발 앞서기형의 사람으로 만들 수 있습니다. 이런 친구는 스스로 극복해 나가거나 전문가의 도움을 받아 비교하는 습관을 줄이면서, 자신이 '최고의 사람'도 '유일한 인물'도 아니라는 사실을 깨달을 필요가 있습니다. 현실적인 자기 평가를 통해서 자신을 과대평가하거나 경시하지 않는 태도를 발전시킨다면, 여러분의 친구는 언제나 여러분보다 한 발 앞서야 한다는 강박관념이 없이도 여러분의 진가를 인정할 수 있게 될 것입니다.

그러나 여러분의 친구가 여전히 한 발 앞서기형을 탈피하지 못하는 경우라면, 그래도 여러분은 긍정적인 측면만을 생각하면서 그 친구와의 우정을 이어나가겠습니까? 만일 그 친구가 자신을 통제할 수 있을 것처럼 보인다면, 한 발 앞서고 싶은 욕심을 줄여보라고 친구에게 요구할 것입니까? 아니면, 여러분 자신이 한 발 앞서기형의 친구를 물리치고 그보다 '한 발 앞서 나가려고' 노력할 것입니까? 여러분이 정신적인 수양을 해서라도 함께 해야 할 만큼 그 친구가 가깝고 소중한 사람인지에 관해서 여러분은 분명히 결정을 내려야만 합니다. 어쩌면 여러분은 세 명 이상의 친구들 모임에 이 친구를 끼워주면 어떨까 하고 고민 중일지도 모릅니다. 이때 한 발 앞서기형의 친구가 조금이라도 위축될 수 있도록, 여러분은 대화의 내용을 일상적인 것보다는 개인적인 성과나 가족의 업적에 대한 것으로 계속해서 몰아가야 합니다.

　집단적인 우정은 또 다른 이유 때문에 도움이 될 수 있습니다. 일 대 일의 친밀한 관계를 맺는 경우에, 여러분의 친구는 노력해서 성공해야만 한다는 고민과 걱정에 시달릴 가능성이 있습니다. 즉, 특유의 한 발 앞서기 기질을 발휘해서 다른 친구와의 거리를 만들어내야 한다는 욕심을 갖게 되는 것입니다. 여러분은 한 발 앞서기형의 친구를 밀어 제치기 위한 함정을 만들지 않겠다는 확고한 결심을 할 수도 있습니다. 적어도 그 친구가 자신 스스로도 깨닫지 못하는 사이에 여러분에게 친구와의 거리를 두려고 한다는 사실을 알아채고, 그 친구가 과도하게 경쟁적인 방법을 쓰더라도 크게 마음 쓰지 말고 나름대로의 우정을 즐길 줄 알아야 합니다.

10. 대결형

　대결형의 친구는 초기 수준의 부러움은 물론이고 질투심이나 심지어는 적의를 품는 정도의 격한 감정으로 치달아서 단순한 경쟁심으로 볼 수 없는 정도에까지 다다릅니다. 이런 친구는 인간 관계, 직업, 재산 등 여러분이 가진 것이라면 무엇이든지 심하게 탐내는 성향을 보이는 나머지 실제로 여러분이 가진 것을 빼앗아가려고 합니다.

　만일 여러분이 이런 대결형의 사람과 친구가 되었다면, 매사에 조심하십시오. 그 친구가 대결 지향의 성격을 충분히 조절할 수 있다고 생각된다면 크게 걱정할 필요는 없습니다. 하지만, 친구가 자신의 성격을 감당하지 못하는 것처럼 보인다면, 여러분은 가능한 한 최선을 다해서 여러분의 재산과 인간 관계를 지켜야만 합니다. 혹시 여러분은 근사한 차를 갖고 있지 않나요? 만일 여러분의 친구가 당장에 자동차 영업소로 달려가서 똑같은 모양의 차를 사거나 더 좋은 차를 사지 않는다면, 여러분에게 차를 빌려달라는 터무니 없는 요구를 하지 못하도록 주의해야 합니다. 빌려간 뒤에 설사 돌려준다고 해도 빌려갈 때의 상태로 돌려주지는 않을 것입니다. 늘 경계심을 잃지 말고 주의하십시오. 만일 여러분이 사업상의 일로 멀리 출장을 가게 되었는데 애인이 혼자 집에만 있기를 원하지 않는다 하더라도, 이런 친구에게 여러분의 애인을 파티에 데려가 달라는 부탁을 하는 것은 좋은 생각이 아닙니다. 요약해서 말하자면, 만일 여러분이 대결형의 친구와 우정을 계속 이어가고 싶다면 질투나 시기심이 통제할 수 없을 정도로 커지는 상황은 피하려고 노력하십시오.

대결형의 친구를 다루는 좋은 방법은 경쟁형의 친구를 대할 때와 비슷하다고 생각하면 됩니다. 즉, 여러분의 자랑거리나 뽐내고 싶은 일들을 최대한 말하지 마십시오.

그렇지만, 가끔은 상대에게 서로 질투심을 느끼기도 해서, 여러분의 친구가 질투하는 것과 마찬가지로 여러분 자신이 질투하는 모습을 보이기도 합니다. 이런 경험을 통해서 여러분은 친구의 특성을 좀더 객관적인 시각으로 바라보는 데 도움을 얻을 수 있습니다.

11. 실수 추궁형

여러분이 아무 일도 안 하고, 아무 말도 하지 않고, 아무 것도 입지 않았다 해도, 지나치게 비판적인 친구라면 건수를 만들어내기에 충분합니다. 실수 추궁형의 친구는 평가하려는 경향이 지나친 부모 밑에서 성장했을 가능성이 있습니다. 그런 부모라면 다른 형제들마저도 남의 흠을 들추어내기 좋아하는 사람으로 만들었을 것입니다. 성장기 동안 비판받는 환경 속에서 자라난다면 과도하게 비판적인 성인으로 자라나기에 충분한 배경을 확보한 셈입니다. 실수를 추궁하는 성향을 고치기는 매우 어렵습니다. 게다가 여러분의 친구는 자신이 너무 비판적이어서 여러분을 자주 곤혹스럽고 화나게 만든다는 사실조차 깨닫지 못할 것입니다. 이런 유형의 친구를 가망이 없는 바람직하지 못한 친구라고 단정짓기 전에, 그 친구는 자신이 남을 심하게 깔보는 행동을 알면서 그러는 것인지, 그리고 시간을 들여 도움을 준다면 그런 경향을 고칠 수 있는지에 대해서 확인할 필요가 있습니다. 그렇게 할 수 없다면, 여러분은 친구가 가진 나쁜 성격을 받아들이겠다는 결심을 하고, 그런 성격의 영향을 받는 것은 여러분이나 두 사람의 우정이 아니라 바로 그 친구 자신이라는 사실을 인식해야 합니다.

만일 여러분이 실수 추궁형의 친구를 소중하다고 생각해서 친구가 던지는 비판을 감수하고서라도 우정을 지키고 싶다면, 친구의 행동으로 인해서 여러분이 어떤 기분을 맛보는지를 친구에게 알려주십시오. "네가 날 좋아한다는 것은 나도 알아. 그리고 네가 내 기분을 망치고 싶은 의도로 그런 행동을 했다고는 생각하지 않아. 그렇지만, 내가 말을 하거나 행동을 할 때마다 네가 잘못을 찾아내곤 하니까 내 자신에 대해 좋은 기분을 가질 수가 없어." 이런 말을 들은 친구는 어쩌면 그것은 '여러분의 문제'이지 자신의 문제는 아니라고 하면서 변명을 늘어놓을지도 모릅니다. 그렇더라도, 여러분은 실수 추궁형 친구의 행동이 여러분에게 미치는 영향에 대해서 강조하며 설명해야 합니다. 비록 '올바른' 판단을 내리지는 않더라도 그 친구가 자신이 하는 말이나 행동을 다시 평가해 보는 데 도움이 될 것입니다. 게다가, 친구의 행동으로 인해 여러분이 느끼는 감정을 알려주고 난 후에 여러분이 기꺼이 친구의 행동을 감수하겠다는 결정을 내린다면, 화가 조금은 누그러질 수도 있습니다.

여러분이 갖가지 생각을 한 끝에 친구에게 절교를 선언하기 전에 마지막으로 한 가지 정도는 시도해 볼 의향이 있다면, 실수 추궁형의 친구가 저지르는 잘못에 대해 지적해 보십시오. 남을 비판하고 실수를 찾아내는 사람들은 종종 다른 사람으로부터 지적을 받는 경우는 없습니다. 만일 여러분이 실수 추궁형의 친구를 비판한다면, 지금 이 친구가 여러분에게 아무 말이나 하고 아무 행동이나 할 수 있도록 만드는 나쁜 마법이 풀릴지도 모릅니다. 그 친구가 다른 사람의 입장에 놓이게 되면, 자신의 행동으로 인해 다른 사람들이 지금까지 어떤 기분을 느꼈는지에 대해서 갑자기 깨달을 수도 있습니다. 하지만 명심해야 할 사항이 있습니다. 실수 추궁형의 친구는 여러분이 던지는 비판을 감당하거나 여러분이 전달하려고 노력했던 더 깊은 메시지를 이해하려 하지 않을 가능성도 있습니다. 그 대신에 여러분과의 우정을 영원히 청산하는 방향으로 결정을 내릴지도 모릅니다.

12. 자기 비하형

이런 친구는 매사에 부정적이고, 비판적이고, 슬퍼하는 문제점을 지니고 있습니다. 심각한 경우라면, 자기 비하형의 친구는 병적으로 의기소침해져서 전문적인 도움이 필요하기도 합니다. 불행하게도, 여러분의 친구가 도움을 받을 때까지 또는 적어도 상담을 받고 있는 동안은 친구의 우울증이 여러분의 우정에 어느 정도 영향을 미칠 것입니다.

부모들이 의기소침해 하거나 슬픔에 잠겨 있는 경우에 자녀를 우울증형의 사람으로 키울 가능성이 있습니다. 또는, 여러분의 친구가 부정적인 성향의 사람과 결혼을 했다거나 부정적인 환경에서 일하게 되면 사람들의 영향을 받으면서 의기소침한 유형으로 변하게 됩니다. 우울증형의 친구가 의기소침해지거나 부정적인 성향을 띠는 것은 일시적인 특성일 수도 있고 영구적인 성격이 될 수도 있습니다. 여러분의 친구는 힘든 시절을 겪어왔을지도 모릅니다. 예를 들면, 일로 인한 중압감이나 실직과 관련된 우울증, 건강 문제, 집안 문제, 이혼, 사랑하는 사람을 잃었을 때 느끼는 슬픔 등이 있습니다.

우울증형의 친구와 우정을 이어가기 위해서, 여러분은 자신의 성격, 태도, 인간 관계와 분리시켜서 친구의 부정적인 성향과 우울증을 받아들여야만 합니다. 만일 친구가 불평하는 내용을 귀기울여 듣거나 같이 침울해 하는 일이 너무 잦아지면, 여러분은 친구를 완전히 멀리하기보다는 함께 보내는 시간의 양을 줄이는 것도 괜찮습니다. 우울증형의 친구는 분명히 도움을 받아야 할 필요가 있습니다. 만일 친구를 우울증에서 구해 주는 것을 우정이라고 생각한다면, 여러분은 단지 친구가 과도하게 우울해하거나 절실하게 도움을 필요로 한다는 이유 때문에 관계를 끝내고 싶지 않을 것입니다.

반면에, 우울증 증세가 오랫동안 지속될 성격적인 특징이라면 여러분은 다시 한 번 생각하는 것이 좋을 듯합니다. 만일 친구가 우울증형에 속한다는 사실을 여러분이 바로 지금 알아차렸다면, 이런 우정을 끝까지 감당할 수 있을지에 대해서 재고해 보는 것이 좋겠습니다.

여러분은 앞으로 취할 행동에 대해 결정을 내리는 한편, 이런 상황을 교훈적인 인생의 경험으로 잘 이용하도록 하십시오. 친구가 이처럼 부정적인 태도를 가졌음에도 불구하고 여러분이 그 친구에게 매력을 느꼈던 것은 무엇 때문입니까? 친구의 우울증은 일시적인 것입니까, 아니면 만성적인 질병입니까? 친구가 전문적인 도움의 손길이 필요한 정도입니까? 혹시 여러분도 친구와 마찬가지로 의기소침해 있는 사람인가요? 여러분과 친구는 '유유상종'인 경우인가요, 아니면 '극과 극은 통한다'는 말처럼 정반대의 사람들이 친해진 것인가요? 우울증형의 친구를 사귄 덕분에 여러분은 자신만의 세계를 다루는 방법을 이해하는 데 어떤 도움을 얻게 되는지 살펴보십시오. 운이 좋다면 여러분의 친구들이 여러분을 어떻게 평가하고 있는지에 대해서도 짐작하게 될 것입니다.

13. 거절형

여러분을 싫어하는 것처럼 보일 뿐만 아니라 기회가 생길 때마다 여러분에게 직접 싫다고 말하는 사람이 있습니다. 그런데, 왜 그런 사람이 여전히 여러분의 친구가 되려고 하는 것일까요? 거절형의 친구는 사디즘, 잔인함, 그리고 남을 다스리거나 지배하려는 욕구를 느끼면서 강한 자극을 받습니다. 이런 유형의 친구는 서로를 처음으로 알아가는 동안에는 줄곧 상냥하고 밝은 모습만 보여줬을지도 모릅니다. 그래서 일단 친구가 되고 나면 점점 관계가 친밀해질 것입니다. 그런데, 가벼운 친구에서 가까운 친구로 발전하거나 심지어는 가장 친한 친구 사이가 되면서, 부정적인 측면과 반감도 친밀함과 같은 속도로 증가하는 것 같습니다.

표면적으로만 보면 이 상황은 전혀 이해가 되질 않습니다. 여러분이 친구와 더 가까워질수록 친구는 여러분을 한층 더 좋아해야만 합니다. 하지만 어이없게도 거절형의 친구는 자기 자신을 변변치 못하게 평가하고 있습니다. 따라서, 더 가까워지거나 서로 깊이 연결이 된 것처럼 느껴지는 행동에 쉽게 자극을 받게 됩니다. 마치 여자가 일단 결혼을 하게 되면 너무 친근해진 것이 오히려 문제가 되어 크고 작은 잘못을 가리지 않고 배우자의 실수를 찾는 데 혈안이 되는 것과 마찬가지입니다. 이처럼 바람직하지 못한 유형의 우정에 대해 이야기하다 보면, 그루초 막스의 오래된 농담이 떠오릅니다. "무엇 때문에 내가 나를 회원으로 받아주는 형편없는 클럽에 가입하려고 하겠어?" 거절형의 친구는 이런 상황이 자신한테 문제가 있기 때문에 생겼다고 보지 않습니다. 오히려 자신의 친구가 될 만큼 가치 있는 사람은 세상에 없다고 생각하기 때문에, 결과적으로 자신의 친구를 탓할 수밖에 없습니다.

여러분은 거절형의 친구가 이런 유형과 동기를 가지고 있다는 점을 제대로 지적해 줄 수도 있을 것입니다. 그런 후, 그 친구가 행동을 변화시키려고 하는지, 또는 여러분의 견해가 타당하지 않다고 부정해 버리는지를 살펴보십시오.

여러분은 친구가 스스로의 힘이나 정신 치료의 도움을 받아서 자신의 행동을 제대로 이해하기를 끈기있게 기다리는 한편, 스스로에게 이렇게 말하는 것은 어떻겠습니까. "모든 문제의 원인은 그 친구이지 내가 아니야." 만일 여러분이 뻔뻔하게 행동할 자신이 있다면 말입니다.

여러분은 거절형의 친구와 정면으로 맞서려는 시도를 해볼 수도 있습니다. "내가 정말 그렇게 얼간이라면 대체 너는 왜 나하고 친구가 되려고 하는 거지?"라고 물어본 뒤, 친구가 어떻게 말하는지 지켜보십시오. 친구가 하는 문제적인 행동을 표면화시킴으로써, 거절형의 친구에게 자신이 무시하고 있는 친구가 얼마나 명석한 사람인지를 보여주십시오. 어쩌면 여러분은 그 친구가 여러분에게 저질렀던, 친구로서 받아들이기 힘든 행동을 고칠 수 있도록 만들 수도 있습니다.

이따금씩 여러분이 하고 있는 행동 때문에 거절형의 친구는 여러분에게 정말 화를 내기도 합니다. 여러분이나 자신의 감정을 마주할 자신이 없기 때문에, 거절형의 친구는 결국 여러분에게 등을 돌리고 우정을 끝내게 됩니다. 바로 데비가 이런 상황을 겪었습니다. 데비는 초등학교 5학년 때부터 고등학교를 졸업할 때까지 사만다와 가장 친한 친구로 지내왔습니다. 3년 후, 데비가 직장 때문에 사만다를 남겨두고 떠나기로 결심하면서 모든 상황이 달라졌습니다. 데비의 설명을 들어보십시오.

저는 우리 두 사람이야말로 둘도 없는 최고의 친구라고 생각했습니다. 학교를 졸업하고 2-3년이 흐를 때까지만 해도 그랬지요. 제가 미 해군에 입대하기로 결정하면서 상황이 달라졌습니다. 사만다와 저는 파티에 갔는데, 사만다는 저를 싫어하고 있으며 사실 지금까지 계속 싫어했다고 저에게 말했습니다. 그리고, 자기가 데이트를 했던 남자들이 전부 저와 가까워지기 위해서 자기를 만난 것이라고도 했습니다. 사만다는 제가 해군에 입대한다는 사실과 자신을 비참한 생활 속에 혼자 남겨두고 떠난다는 이유로 저를 진심으로 미워했습니다. 마치 배신을 당한 것처럼 느껴졌습니다. 저는 그녀가 비참한 생활을 하도록 내버려두고 제 자신만의 삶을 살아갔습니다.

14. 남용·학대형

이런 유형의 바람직하지 않은 친구는 약물을 남용하거나 알코올 중독에 빠질 수도 있습니다. 또, 감정적·신체적·성적인 행동으로 아이, 배우자, 또는 다른 친구를 학대할지도 모릅니다.

남용하거나 학대하는 행동의 원인을 분석하는 책은 지금까지 수도 없이 많이 출판되었습니다. 이런 증세의 여러 유형들은 모두 심리적인 원인과 유전적인 요인을 갖고 있습니다. 그러나, 어떤 사람들은 성장기 동안 남용하는 습관이나 학대에 노출되어 왔기 때문에 자연히 이것을 반복하게 되는 것입니다. 남용 또는 학대에 노출되었거나 그런 행위의 희생자로 지내온 아이는 어른이 되고 난 후에 똑같이 모방하게 됩니다. 자신이 어렸을 때는 의식적으로 혐오했던 행동인데도, 자라서는 그대로 답습할 수밖에 없는 것입니다.

만일 여러분의 친구가 남용하거나 학대하는 습관이 있다면, 그 친구는 전문가의 도움이 필요할지도 모릅니다. 적어도 자립 프로그램에 참여할 필요는 있을 것입니다. (과거에 남용이나 학대의 경험이 있다고 해서 지금 남용자나 학대자가 된 것을 용납할 수는 없습니다.) 이런 유형의 친구와 정말로 우정을 유지하고 싶어하는가에 대해서 여러분은 심각하게 고려해야 합니다. 여러분은 이런 친구와 친구의 가족에게 있어 자신이 구원자 같은 존재라고 여기고 있을지도 모릅니다. 단순한 추측에 그치지 말고, 남용자 혹은 학대자로서 심각한 증세를 보이고 있는 친구와 자신이 관계를 맺고 싶어하는 이유를 반드시 찾아내야 할 것입니다. 그러나, 이런 친구에 대해서 자신이 알고자 하는 바를 제대로 밝혀내기 위해서는 진지하고 오랜 성찰의 시간이 필요합니다. 물론, 어느 누구도 고자질쟁이가 되고 싶지는 않겠지만, 여러분의 다른 친구나 타인에게 상해를 입힐 만한 위험 요소가 있다고 판단된다면, 바로 행동에 옮기십시오. 파출소, 상담소, 중독 프로그램, 비상 전화 등의 모든 기관은 이런 상황에 올바르게 대처할 수 있는 시의 적절한 방안을 갖추고 있습니다. 만일 친구가 아직 미성년자라면, 여러분이 걱정하는 바를 친구의 부모나 보호자와 상의하는 방법도 생각해 볼 수 있습니다. 물론 상담을 하려는 어른이 친구가 겪고 있는 문제의 직접적인 가해자가 아니라는 확신이 있어야 합니다.

남용자 혹은 학대자는 여러분이 미래에 가능하다면 피하고 싶어하는 극단적인 상황을 대변하고 있습니다. 이와 비슷한 상황이 다시 발생할 가능성을 줄일 수 있는 유일한 방법은 제 8 장 "좋은 친구들 발견하기"에서 소개될 우정 조율에 관한 설문을 풀어보는 것입니다. 그런 후, 여러분이 친해지고 싶은 사람을 만났을 때 설문에서 읽었던 질문을 스스로에게 한 번 던져보십시오. 특히 관심이 가는 사람이 여러분을 불편하게 만드는 구석이 있다면 설문이 더욱 도움이 될 것입니다.

15. 홀로서기형

남과 어울리지 않고 혼자 행동하는 사람들은 어린 시절에 마음에 깊은 상처를 입었거나 새로운 관계를 맺는 일이 두렵게 느껴질 만큼 친구 관계에서 큰 실망을 맛본 것이 틀림없습니다. 홀로서기형의 친구는 은둔하려는 경향이 있고 반사회적입니다. 그런 친구는 동료 관계에 대한 욕구를 일로 승화시키는 경우도 있습니다. 또는, 음악, 미술, 글쓰기, 컴퓨터와 공학처럼 온통 자신을 소비해서 창조적인 결과물을 만들어내는 분야에 빠지기도 합니다.

홀로서기형의 사람들이 우정에는 그다지 관심을 두지 않는 것처럼 보이지만, 알고 보면 바람직하고 건강한 연애 관계나 가족 관계를 형성하고 있을지도 모릅니다. 부모로서의 책임감이 있는 경우도 있고 없기도 합니다. 친구 관계를 맺지 않는 것이 자기 인생의 커다란 문제로 다가오지만 않는다면, 홀로서기형의 사람이 이 우정을 그토록 두려워하게 된 뿌리 깊은 원인에 대해서 심사숙고할 까닭이 거의 없습니다. 하지만, 살다 보면 직장에서 은퇴를 하거나 창조적인 활동을 할 수 없을 만큼 신체적으로 문제가 생길 수도 있습니다. 또, 이혼이나 배우자의 사망, 혹은 자식들이 없거나 출가해 버린 탓에 '외로운 노인'이 되는 등의 인간 관계에 변화가 생기기도 할 것입니다. 만일 이런 식으로 일신상의 변화가 생긴다면, 외로움은 한층 깊어져서 홀로서기형의 사람들이 우정을 갈구하지 않을 수 없게 됩니다.

이런 유형의 사람들이 어떤 식으로든 가까운 친구나 가장 친한 친구가 되지 않으려고 하는 이유는 너무도 많습니다. 물론, 그들은 가벼운 친구가 되는 정도는 견딜 수 있습니다. 홀로서기형의 사람은 성장기에 감정적으로나 신체적으로, 또는 성적인 학대의 피해자였을 가능성이 있습니다. 부모, 형제, 친척, 가족의 친구, 신뢰할 만한 간병인, 믿을 수 있는 인물, 심지어는 낯선 사람이 그들에게 학대를 가했을지도 모르는 것입니다. 예를 들면, 올해 30세의 브렌든이 좋은 사례입니다. 그는 라스베이거스에 살고 있는 미혼의 젊은이로 현재 행정 보조로 일하고 있습니다. 어렸을 때 브렌든은 아버지에게 얻어맞고 성적인 학대를 당했습니다. 7세부터 9세가 될 때까지는 형과 형의 친구에게 반복적으로 강간을 당하기도 했습니다. 어머니는 브렌든이 십대였던 시절 내내 부적절한 시선으로 빤히 쳐다보기를 일삼았습니다. 브렌든은 스스로가 자신을 홀로서기형의 인간이라고 묘사하면서, 학대받던 어린 시절의 기억이 아직도 자신에게 어떤 식으로 영향을 미치고 있는지에 관해서 다음과 같이 설명합니다.

제가 받았던 모든 종류의 학대가 제 삶의 모든 영역에 깊은 상처를 새겨 놓았습니다. 저는 모든 식구들로부터 제 자신이 얼마나 못생기고 어리석고 유약하고, 바보처럼 보이는지에 대해 쉴 새 없이 들어왔습니다. 어머니는 제가 당신의 인생을 망쳐버렸다고 말하곤 했습니다. 지난 5년 동안 저는 거의 혼자 지내왔습니다. 건강한 인간 관계를 맺고 싶은 마음이 있지만, 저의 큰 문제는 어떤 사람도 신뢰할 수가 없다는 것입니다.

어린 시절, 또는 십대 시절에 바람직하지 못한 형제 관계나 해로운 친구 관계를 가진 경험이 있으면, 성인이 되어서도 홀로서기형의 사람은 우정에 대해 두려움을 느낍니다. 만일 홀로서기형의 사람이 형제가 한 명도 없었고 동년배의 친구들과 노는 시간도 부족했다면, 우정의 기술을 개발할 기회가 없었을 것입니다. 그런 사람은 당연히 우정을 만들고 유지시켜 나가는 과정에 대해 친숙하게 느낄 수가 없습니다.

만일 여러분이 홀로서기형의 사람과 친구가 되고 싶다면, 여러분은 기꺼이 인내심을 보여주어야만 합니다. 그런 친구가 더욱 편안한 마음으로 여러분과 함께 있고 친구들끼리 일반적으로 하는 행위들을 자연스럽게 하게 될 때까지는 시간이 필요합니다. 여러분은 홀로서기형의 친구에게 이렇게 요구하고 싶을지도 모릅니다. "나는 너하고 친구가 되고 싶어. 그런데, 네가 나와 우정을 나누기를 꺼리는 이유가 내가 싫기 때문인지 아니면 그저 친구를 사귀고 싶지 않은 것인지 잘 모르겠어. 네가 과거에 겪은 일들을 솔직하게 나에게 설명해 줄 수 있겠니?" 그런 방법으로 여러분은 홀로서기형의 친구와 대화를 시작할 수도 있을 것입니다. 그러면, 그 친구는 여러분과 우정을 나누고 싶은 생각이 있는지, 없는지에 대해 알려줄 것이고, 여러분은 친구 관계를 두려워하는 마음을 극복할 수 있도록 그에게 도움을 줄 수 있을 것입니다.

자신의 가치를 스스로 격하시키는 일이 생기지 않도록 하기 위해서, 여러분은 인내심을 그리 오래 발휘하지 못할 수도 있습니다. 그 대신, 여러분에게 더 쉽게 다가오는 친구를 사귀고 싶은 마음이 들기도 합니다. 시간이 흐르면, 홀로서기형의 친구는 여러분에게 마음을 열고 소중한 친구가 될지도 모릅니다. 여러분을 만나서 긍정적인 우정을 경험하거나, 전문가의 상담을 받았기 때문에, 또는 후원회 모임에 참가하게 되면서 변화를 겪는 것입니다.

그런 일이 일어날 때까지, 다른 사람들이 여러분의 우정을 필요로 하지는 않는가를 확인해야 합니다. 여러분은 홀로서기형의 친구가 느꼈던 것과 같은 고독을 자신의 마음 속에서 재현시키지 않기 위해서입니다. 이런 고독감은 홀로서기형의 사람에게는 익숙하고 편안한 것입니다. 하지만, 여러분이라면 그런 감정으로 인해서 좌절감을 느끼고 안 좋은 영향을 받게 될 것입니다.

16. 흡혈귀형

흡혈귀형의 친구는 지나치게 의존적인 사람을 가리키는데, 이런 유형의 친구는 여러분에게 매순간 함께 해달라고 요구합니다. 흡혈귀형의 친구는 과도하게 도움을 요청하거나 위로를 해달라고 합니다. 너무 자주 그러다 보니 여러분이 친구의 도움을 필요로 할 때나, 직장 일이나 학교 문제, 또는 다른 인간 관계에 헌신해야 할 때와 서로 상충하기도 합니다. 아마도 이런 친구는 어린 아이처럼 혼자서 시간을 보내려고 하지 않을 것입니다. 많은 형제들 속에서 자라왔기 때문에 한두 명의 형제들과 같은 방을 썼을 것이고, 당연히 혼자서 행동하는 일은 편안하게 받아들이지 못합니다. 과도

하게 의존적인 친구는 어린 시절이나 청소년기에 애정을 부족하게 받았을 수도 있고, 지금은 친구에게 지나치게 의존하면서 과거의 애정 결핍을 보상받으려고 합니다. 자신의 의견에 동의해 주고, 우정을 나누고, 감정적으로 안정감을 줄 사람이 필요한 것입니다. 흡혈귀형의 친구는 감정적·신체적·성적인 학대를 받은 희생자일 가능성도 있습니다. 그런 경험 때문에 어른이 되어서도 혼자 떨어져 있는 것에 대한 과도한 두려움을 느끼게 됩니다. 45세의 캐롤은 기혼이며 현재 비서로 재직 중입니다. 그녀는 10세의 나이에 오빠에게서 성적인 학대를 받은 경험이 있는데, 자신의 상태에 대해 다음과 같이 말합니다.

이별 불안 장애는 제가 어렸을 때보다는 오히려 지금 더 큰 문제로 다가왔습니다. 제가 어렸을 때는 오히려 가족에게서 떨어져서 지내고 싶었으니까요. 식구들이 제게 한 행동은 하나같이 상처를 주는 것뿐이었습니다. 지금은 제가 친근하게 느끼는 사람들 곁을 떠나기가 힘들고, 심지어는 제게 상처를 주는 사람들과도 헤어져 지낼 수가 없습니다. 그들하고 떨어지지 않는 것이 마치 당연한 의무처럼 여겨질 정도지요. 제 마음 속에는 이상한 무엇인가가 숨어 있어서, 정말 힘든 상황에 놓였을 때조차 사람들의 곁을 떠나기가 힘듭니다.

흡혈귀형의 친구와 만날 때는 일정한 선을 그을 필요가 있습니다. 만일 이런 친구에게 한계를 정해 주지 않으면, 그 친구는 온통 여러분의 생활, 시간, 생각, 그리고 에너지를 잠식해 들어올 것입니다. 여러분의 일정이 느슨해 보이면, 이런 친구들은 여러분이 언제든 자신을 위해서 시간을 내줄 것이라고 기대하게 됩니다. 친구가 요구할 때까지 기다리지 말고, 여러분이 특정한 시간을 지정해서 친구에게 만나자고 하는 것이 좋습니다. "매주

금요일날 같이 커피를 마시자", 또는 "이번 프로젝트가 끝나면 내가 전화할게"라는 식으로 어울릴 수 있는 시간을 분명하게 지정해 준다면 여러분과 친구 모두에게 도움이 될 것입니다. 여러분의 친구는 사실 다른 사람에게 자신의 행동을 제어해 달라고 요구하는 것이나 마찬가지입니다.

여러분이 흡혈귀형 친구에게 한계선을 그어주고, 친구가 원하는 것은 여러분의 입장에서는 지나친 요구라는 점을 분명히 인식시켜 주십시오. 그렇게만 한다면, 여러분은 이 친구와 적당한 거리를 유지하며 평생을 함께할 수 있습니다. 이런 유형의 친구를 사귀는 것도 긍정적인 측면은 분명히 있습니다. 여러분이 도움을 필요로 할 때면 그 친구는 여러분 곁으로 달려갈 것입니다. 누구보다도 그런 필요성을 공감하고 있기 때문입니다. 흡혈귀형의 친구는 다른 사람에게서 단지 요구하기만 하는 것은 아니며, 자신을 필요로 하는 사람이 있으면 진심으로 도움을 줍니다.

17. 치료사형

여러분은 겉으로 감정을 분출하기도 하고 감정을 공유하고 싶은 경우가 가끔 있지만, 치료사형의 친구는 언제나 여러분에게 제안을 해야 직성이 풀립니다. 여러분의 상황을 매순간 개선시켜 주고 싶기 때문에 여러분이 자신의 의견을 따라주기를 원하는 것입니다. 그 친구는 여러분의 모든 말과 행동을 끊임없이 분석할 뿐만 아니라 심리학적으로 적절한 설명을 찾아내기 위해서 노력합니다. 여러분이 진심으로 원하는 친구는 그저 자신의 말에 귀를 기울이고 곁에 있어주되 어떤 해석이나 견해도 제시하지 않는 사람이라면, 이런 식의 행동은 거슬려서 용납하기 어려울 것입니다. 치료사형의 친구는 심리학, 정신분석학, 사회 사업, 또는 정신 의학적 간호에 관해서 전문적인 훈련을 받은 사람이 아닙니다. 그러므로, 대부분의 경우에 그 친구가 하는 말은 다른 누구라도 할 수 있는 정도의 상식적인 이야기입니다.

치료사형의 친구는 자신의 세계를 정립하기 위한 질서가 필요할지도 모릅니다. 여러분이 긴장감을 느끼거나 해결하기 어려운 감정 또는 경험을 하고 있을 때, 여러분의 친구는 마음 속으로 불안함을 느낍니다. 그 친구는 당장 해결책을 알아내고 싶어서 의견을 제시합니다. 여러분이 자신의 제안을 받아들여서 여러분의 곤란한 상황 때문에 느끼는 자신의 불안감을 해소하게 되기를 바라는 것입니다. 치료사형의 친구는 여러분이 현재나 미래에 어떤 문제든지 피할 수 있도록 도움을 주기 위해서 모든 일을 명확히 설명할 필요를 느낍니다. 이런 유형의 친구가 쓰는 접근법은 "그 문제는 이래서 일어난 거야", 또는 "이번 일 덕분에 네 기분이 훨씬 나아질 거야"라고 말하는 것입니다.

만일 과도하게 분석하는 태도 때문에 마음이 불편하다면, 치료사형의 친구에게 여러분의 생각을 분명히 밝히십시오. 여러분의 감정을 아주 노골적으로 말해야 합니다. "있잖아, 내가 너한테 털어놓는 이야기에 대해서 네가 이제 더 이상 분석하거나 해석하려고 하지 않았으면 좋겠어. 나는 요즘 나에게 어떤 일이 일어나고 있는지를 그저 네게 알려주려는 것뿐이야."

만일 노골적인 거부 의사를 밝혔는데도 치료사형의 친구의 분석 욕구를 꺾어놓지 못했고, 여러분은 우정만큼은 지속시키고 싶다면 어떻게 해야 할까요? 그저 참을성 있게 친구의 말을 경청하려고 노력하는 수밖에 없습니다. 특정한 제안이나 분석에 반응을 보인다거나 친구가 제시하는 충고를 듣고 화를 내지 말고, 그 대신 간단하게 한 마디만 해주십시오. "네 의견은 정말 고마워. 그렇지만 내 방식대로 이 문제를 분석해서 해결해 나가는 게 더 좋겠어."

18. 참견형

참견형의 친구가 관계를 시작할 때는 여러분의 생활, 의견, 그리고 경력에 관심이 있는 사람처럼 보입니다.

처음에 여러분은 그 친구의 관심과 주목을 받으면서 우쭐한 기분을 느끼게 됩니다. 그렇지만, 어느 날 문득 혹은 대화를 나누다가 무심코 여러분은 그 친구의 관심이 점차 과도해지고 격렬해져서 심지어 숨이 막힐 것처럼 느껴지기 시작할 것입니다. 그 친구는 '관심이 많은 친구'에서 참견형의 친구로 그 경계선을 넘어오고 있는 중입니다.

어쩌면 여러분은 직장에서 생긴 문제에 대해서 허심탄회하게 이야기하고 싶을지도 모릅니다. 참견형의 친구는 여러분의 기분을 공감할 뿐만 아니라 몇 가지 의견도 제시해 줍니다. 하지만, 극단적인 경우에는 여러분이 불만을 품고 있는 상사에게 전화를 걸거나 직장 동료에게 이메일을 보내서 여러분을 괴롭히지 말고 그냥 놔두라고 말하기도 합니다.

누가 참견형의 사람인지를 인식하는 것이 첫 번째 단계입니다. 만일 여러분이 참견형의 친구를 제대로 다루고 싶다면 여러분은 분명하고 확실한 경계선을 그을 필요가 있습니다. 어떤 관계나 이야기 주제, 특정한 상황들은 그 친구가 토론하거나 의견을 제시하고 행동에 옮길 수 있는 '한계를 벗어난 일'이라는 사실을 아주 명확히 이해하도록 만들어야 합니다.

여러분이 만일 어떤 친구가 참견꾼이라는 사실을 알아냈다면, 그 친구와의 우정을 그만두는 것을 고려하게 될지도 모릅니다. 새로 사귄 친구가 여러분의 생활을 심각하게 조정하려고 시도하는 인상을 받았다면, 그처럼 그릇된 친구가 여러분의 인생에 끼어들도록 놔두지 말고 멀리 달아나는 것이 현명한 선택일 것입니다. 언젠가는 심각한 피해를 입을지도 모르기 때문입니다.

그런데, 만일 여러분에게 멋진 친구가 있는데 참견꾼이 될 만한 소지가 아주 미미하게 보이거나 가끔 그런 행동을 할 뿐이라면 어떻게 할까요? 우선 경계를 분명하게 설정하고, 너무 구체적이거나 지나치게 사적인 내용의 대화는 피하는 것이 여러분의 우정을 구하는 길입니다. 만일 친구가 크게 잘못된 내용의 말을 하거나 무례한 태도로 여러분의 문제를 단정지어 버린다면, 여러분은 아주 분명하게 말해 주어야만 합니다. "네 충고는 정말 고마워. 그렇지만 이건 내 인생이니까 내 방식대로 문제를 해결하고 싶어."

참견형의 친구는 아마도 불행한 어린 시절을 보냈을 것이고, 정신적으로 부적격하고 쓸모없는 아이라는 기분을 느끼면서 자랐을 것입니다. 그런 이유로, 참견형의 친구는 여러분의 삶에 지나칠 정도로 관여하려고 합니다. 자신도 특별한 힘과 목표가 있다는 사실을 느끼고 싶기 때문입니다. 이런 영웅 숭배 경향으로 인해서 그 친구는 여러분의 삶을 언제나 '올바르게' 이끌어주려고 하는 것입니다. 이런 유형의 친구는 성장하면서 노골적으로 또는 은밀한 방법으로 성적인 학대를 받았을 가능성도 있습니다. 그렇기 때문에 가해자와 피해자의 경계가 모호해진 것입니다.

참견형의 친구를 여러분의 삶에서 몰아내려는 시도가 실패한다면, 그 친구와의 우정을 끝내겠다는 결심을 내려야 합니다. 특히, 그 친구가 전문가의 도움으로 자신이 하는 행동의 뿌리깊은 원인을 제거하는 데 실패했다면, 관계를 지속하지 않는 것이 좋습니다.

19. 모방형

《위험한 독신녀》는 존 럿츠가 쓴 상당히 흥미진진한 스릴러 소설인데, 브리짓 폰다와 제니퍼 제이슨 리 주연의 영화로도 만들어졌습니다. 이 작품은 모방형의 친구를 소재로 하고 있습니다. 이런 유형의 바람직하지 못한 우정은 한 친구가 다른 친구를 모방하는 경우입니다. 물론, 친구를 어느 정도 모방하는 일은 언제나 있을 수 있는 일이고, 어떻게 보면 칭찬으로 여길 수도 있을 것입니다. 친구와 비슷한 빛깔의 립스틱을 바르고, 같은 직장에서 근무하고, 같은 동네에서 살고, 같은 책을 읽고, 같은 영화를 보러 가고, 같은 학교에 입학하려고 해도 괜찮은 친구라고 말할 수 있습니다. 그렇지만, 반드시 필요한 전제조건은 양쪽 친구 모두가 이런 모방을 받아들일 만하다고 공감하는 것입니다. 만일 한 친구가 아무리 선의에서라도 자신의 외모, 경력, 생활 속의 작은 결정들을 다른 사람이 모방하는 것을 달가워하지 않는다면, 다른 친구는 당장 흉내내는 짓을 그만두어야만 합니다.

《위험한 독신녀》에서 럿츠는, 앨리 존스라는 여성이 남자 친구를 집에서 내보낸 후에 룸메이트를 구하면서 생기는 일을 묘사하고 있습니다. 룸메이트로 온 헤드라 칼슨은 곧 앨리의 삶을 부러워하면서 모방하기 시작합니다. 헤드라의 이런 성향에 대해서 제일 처음 제시된 장면은 앨리의 옷과 머리 모양을 따라하기 시작하는 것입니다. 앨리가 단지 자신의 아파트를 되찾는 것이 아니라 자신의 삶을 구해 내기 위해 싸우면서, 영화는 갑자기 살인과 요란한 소동으로 치달아 오릅니다.

참견꾼형과 마찬가지로 모방형의 친구도 처음에는 여러분이 사랑받고 칭송받고 있다는 기분을 느끼게 해줍니다. 만일 흉내내기가 가장 극단적인 아첨의 형태를 띠고 있다면, 종종 모방을 동반하는 칭찬에는 심상치 않은 무엇인가가 틀림없이 있습니다. 그런데, 배신의 기운이 느껴지기 시작하면서 아첨은 곧 곤혹스러운 것으로 변모합니다. 모든 사람은 독특한 존재가 되기를 바라는데, 자신이 우러러보는 어떤 사람을 그대로 복사하듯이 따라 하려고 노력하는 것은 독창성을 손상시키는 일이나 마찬가지입니다. 오히려, 여러분 자신만의 것을 만들어내기 위한 창조적 영감으로 어떤 친구를 활용하는 편이 더 낫습니다.

참견꾼형의 친구와 함께 할 때처럼, 모방형의 친구와 있을 때 여러분은 둘 사이에 한계를 설정할 필요가 있습니다. 언제 친구의 모방이 받아들일 수 있는 칭찬으로 느껴지는지, 그리고 언제 마음을 불편하게 만들 정도로 지나치다고 생각되는지를 분명히 알려주어야 합니다.

강한 자아나 발달된 자의식이 부족하기 때문에, 모방형의 친구는 다른 사람이 하는 행동이나 옷 입는 방식은 물론, 심지어는 생각까지 모방하면서 자신을 지탱할 힘을 얻습니다. 그런 친구는 자의식을 강화하고 보강시킬 필요가 있는데, 그렇게 함으로써 스스로 내린 결정과 선택에 대해서 자신감을 가질 수 있기 때문입니다.

만일 여러분이 친구는 좋아하지만 그의 모방 성향은 마음에 들지 않는다면, 우선 모방형 친구에게 여러분에 관한 정보를 많이 주지 않도록 하십시오. 그 친구가 여러분의 사생활에 지나치게 개입되지 않도록 하면서 우정은 그대로 유지시킬 수 있습니다. 만일 모방형의 친구가 여러분의 머리 모양을 마음에 들어한다면, 여러분이 다니는 미장원이나 미용사의 이름을 말하지 않도록 주의하십시오. 모방형의 친구가 여러분이 생각했던 것과 똑같은 휴가 계획을 세우지 않기를 바란다면, 여러분이 휴가를 끝내고 돌아올 때까지는 절대로 세부 계획에 대해서 알려줘서는 안 됩니다.

모방형의 친구에게 스스로의 문제를 치유할 능력이 있다고 판단된다면, 그런 친구와 정면으로 맞서는 일도 한 번 고려해 보십시오. 일단 여러분이 맞서려는 태도를 보이면, 그 친구는 희망적인 신호를 보낼 수도 있습니다. 즉, 모방형의 친구가 자신의 곤란한 습성을 고치거나 극복하기 위해서 도움을 요청하게 되는 것입니다.

20. 지배자형

이런 유형의 친구는 어쩌면 어린 시절에 모든 일을 정해진 방식에 따라서 처리해야 하는 엄격한 환경에서 자랐을지도 모릅니다. 그 결과로, 지금 자기의 사생활이나 직장에 관련된 모든 사람을 지배하려는 욕구를 느끼는 것입니다. 이런 특성은 친구 사이에서 아무런 문제를 일으키지 않고 지속될 수도 있습니다. 지배자형의 친구가 여러분이 하는 일을 마땅치 않게 생각해서 하지 말라고 반대하는 순간에 관계는 위태로워집니다. 이 부분에서 여러분의 사생활이나 직장 일에 지나치게 관여하려고 하는 참견형의 친구와 다른 면모가 드러나는 것입니다. 지배자형의 친구는 단순히 관여하는 수준을 넘어서서 자신의 의지나 독특한 관점을 친구에게 강요하려는 욕구를 느낍니다. 친구가 자기 의견을 강요하려는 사안들은 일상적인 문제에서부터 중요한 일들에 이르기까지 범위가 폭넓습니다. 예를 들어서, 만나서 커피를 마실 장소나 함께 볼 영화의 종류와 같은 사소한 일도 있고, 데이트를 할 대상이나 앞으로 하고 싶은 일처럼 남이 간섭해서는 안 될 문제도 있습니다.

남을 지배하려는 문제 때문에 보니도 친구와 관계가 멀어졌습니다. 제 1장에서 이미 설명한 것처럼, 그녀에게는 레지나라는 매우 가까운 친구가 있었습니다. 보니와 레지나는 30년 전에 처음 만났고, 같은 대학의 기숙사에서 함께 생활했습니다. 3년이 지난 후에, 두 사람이 대학에서 쌓은 우정은 갑자기 끝나버렸습니다. 당시에 보니는 데이트를 즐기고 있었는데, 레지나가 보기에는 그 남자가 결혼했을 것 같은 의심이 들었기 때문이었습니다. 처음에 그 남자가 진실을 숨기고 있을 때도 레지나는 친구에게 유부남과 데이트를 해서는 안 된다며 심하게 반대를 했습니다. 결국 레지나는 보니에게 절교를 선언했습니다.

두 사람은 일년 동안이나 서로에게 말을 걸지 않았는데, 학생회 활동을 하면서 서로 우연히 마주치게 되었습니다. 레지나는 사과를 했고, 두 사람의 우정은 다시 회복되었습니다. 10년 후에 레지나는 두 번째로 보니와의 우정을 끝내게 됩니다. 근본적으로는 비슷한 이유였는데, 보니가 하는 말이나 행동에 대해서 레지나가 도저히 묵과할 수가 없었기 때문이었습니다.

9개월 정도가 지난 후에 레지나가 보니에게 전화를 걸었고, 다시 한 번 사과를 하고 두 사람의 우정은 다시 시작되었습니다.

보니는 두 사람의 관계가 지속되는 내내 레지나가 자신을 지배하려는 듯한 태도로 행동해 왔다고 말했습니다. 그런데, 보니는 레지나에 대한 각별한 애정을 가지고 있었기 때문에 그녀의 행동 양식을 기꺼이 받아들였습니다. 올해 49세가 된 보니는 부모와 형제마저 세상을 떠나버렸고, 결혼도 하지 않았으며, 애인도 지금 당장은 없습니다. 보니는 자신이 정서적인 안정을 유지하는 데 중요한 역할을 하는 것은 레지나가 보여주는 친밀한 애정과 함께 나눈 추억뿐이라는 생각을 하고 있습니다.

레지나는 중요한 결정을 내렸습니다. 기본적으로, 우리가 처음 만나던 순간부터 그 친구는 지도자나 지배자, 또는 중요한 존재가 되고 싶어했습니다. 그래서, 제가 어떤 일을 하더라도 그 일이 레지나가 생각하기에 옳다고 생각하는 방식이 아닌 경우에는 저와의 우정을 끝내버린 것이죠. 관계를 정리한 두 번의 경우 모두 우정을 다시 시작할 것인지의 여부는 오직 레지나가 결정했습니다. 모든 것이 레지나의 관리 하에 놓여 있었으니까요. 제 생각에는 레지나의 가족들은 아주 엄격한 규칙을 지켰던 것 같습니다. 규칙에 맞지 않는 사람은 누구를 막론하고 좋은 사람이 아니라서 친구로 사귀면 안 된다고 생각하는 것처럼 보였죠. 저 같은 성격을 지닌 사람은 언제나 옳은 말만 할 수 있는 것은 아니니까요.

상당한 냉각 기간을 거치고 나서야 레지나는 보니와의 우정을 결코 잃고 싶지 않다는 결정을 내릴 수 있었습니다. 지배자형의 기질을 점차 누그러뜨리면서 레지나의 성격이 원만하게 변하는 것처럼 보이기도 했습니다. 보니는 이렇게 설명합니다.

제 생각에 레지나는 자신에게 너무 많은 것을 기대했던 것 같아요. 그런데, 시간이 지나면서 점차 자신의 감정에 대해서 너그러워질 수 있었던 겁니다. 그녀는 매사를 지나치게 평가하려는 성격이었는데, 우리가 처음 만났을 때 저는 다른 사람이 저를 이끌어나간다는 사실을 전혀 개의치 않았나 봐요. 지금은 레지나가 다른 사람의 실수를 포용하려고 노력하는 것처럼 보입니다.

21. 보호자형

데비는 6남매의 첫째로 태어났고, 올해 41세이며 아직 미혼입니다. 그녀는 어린 시절부터 모든 친구들에게 보호자형의 친구로 통했습니다. 이런 유형의 친구는 여러 가지 상황에서 분노를 느낄 수 있습니다. 예를 들면, 다른 사람들을 보살피고 싶어하는 친구의 욕구를 여러분이 공감하지 않을 때, 여러분이 그 친구의 보살핌을 거절하거나 귀찮게 생각할 때, 또는 여러분이 그 친구가 보이는 관심이나 보호자 노릇을 반대하거나 거부할 때 등입니다.

데비의 경우처럼, 보호자형의 친구는 많은 형제자매 중의 맏이로 태어난 경우가 많습니다. 당연히 부모 노릇을 해온 사람도 있고, 무능한 부모를 만난 덕분에 나이와는 상관없이 자신이 형제들을 책임져야 했던 사람도 있을 것입니다.

보호자형의 친구는 아이들, 부모, 배우자, 형제, 친구, 애완동물 등등 자기 이외의 다른 존재들을 돌보느라고 너무나 바쁘기 마련입니다. 그 덕분에, 베푸는 것이 생활화되어 있는 사람인데도 불구하고 정작 여러분에게 할애할 시간도 감정적인 여유도 갖지 못하기도 합니다.

여러분은 자신의 독립된 생활을 오히려 즐길 수도 있습니다. 그뿐만 아니라, 보호자형의 친구가 여러분에게 억지로 베풀어주려고 하는 과도한 보

살림에서 벗어나서 여러분이 늘상 꿈꾸어오던 평등한 우정을 나눌 계기가
될 수도 있습니다.

만일 여러분의 친구에게 보호자형의 기질이 있는데, 그 친구는 기꺼이
자신의 성격을 솔직하고 가벼운 마음으로 털어놓는다고 가정해 보십시오.
이런 친구와는 어떤 식으로든 우정을 지속시킬 수 있습니다. 친구가 보호
자 역할을 시작했다는 사실을 여러분이 깨달았다면, 친구가 전혀 예상하지
못할 말을 던져보십시오. "좋아, 네가 모든 사람을 보살펴주고 싶어하는
것쯤은 나도 알고 있어. 그렇지만, 넌 우리 엄마도 아니고 난 네 자식이 아
니야. 넌 그저 내 친구일 뿐이니까 우리는 당연히 동등해야 해. 그래서 말
인데, 나한테 맞춤 서비스를 하느라 시간 낭비할 필요는 없어. 네 보살핌이
필요한 부모님, 아이들, 배우자, 다른 친구들에게 봉사하면 되잖니. 정말
고맙긴 하지만, 난 나 자신쯤은 돌볼 자신이 있어."

지금까지 잠재적으로 바람직하지 못한 성향을 지닌 친구들의 21가지 유
형을 살펴보았습니다. 그런데 이상적인 친구에 대해서는 무엇을 알고 있습
니까? 이상적인 친구가 갖춘 성격적 특징은 무엇이고, 여러분이 친구에게
서 기대하는 특성은 어떤 것일까요?

이상적인 친구

위에서 열거한 21가지의 특성들 중에 몇 가지는 어떤 사람에게든지 어
느 정도 해당될 수도 있을 것입니다. 하지만, 이상적인 친구라면 그런 부정
적인 특징은 한 가지도 가지고 있지 않을 것입니다. 적어도 친구간의 관계
에서 바람직하지 못한 힘이 지배적이라고 평가할 정도는 아니라는 뜻입니
다. 때때로 사람들은 자기에게만 몰두하거나 혼자서 지내고 싶은 욕구에

빠지는 순간이 있습니다. 그래도 이상적인 친구라면 대체로 자신의 문제를 잘 관리해서 여러분의 삶이나 자신의 인생에 있어서 바람직한 사람이라고 평가하기에 충분한 품성을 보여줍니다. 그런 친구는 여러분을 보살펴줄 능력을 마음껏 활용할 수 있습니다. 여러분이 아플 때, 애인과의 이별로 마음 아파할 때, 가족을 떠나보냈을 때, 여러 가지 직장 일로 힘들어할 때, 이상적인 친구라면 여러분 곁에 있을 것입니다. 그러나, 친구가 여러분을 보살필 수 있는 경우는 적당한 방식으로 여러분이 필요한 순간이어야 한다는 전제 조건이 있습니다. 친구가 강박관념에 사로잡혀서 모든 상황에서 보살피겠다고 나서는 것은 안 된다는 것입니다.

이상적인 친구가 되기 위해서는 자립하고 자급할 능력은 물론이고 적당한 수준의 부족함과 의존성을 함께 가지고 있어야 합니다. 이상적인 친구는 우정을 자신의 인생에 있어서 고마운 관계로 받아들입니다. 하지만, 여러분이나 다른 사람들에게 지나치게 부담스럽게 행동해서는 안 되는 것입니다. 이상적인 친구는 자기 개발에도 충실할 뿐만 아니라, 친구들, 가족, 애인 등을 가리지 않고 다른 사람과의 관계도 잘 유지합니다. 그러므로 이런 친구와 나누는 우정은 두 사람 모두의 인생에서 바람직한 관계라 할 수 있습니다.

바람직하지 못한 친구들은 어린 시절이나 청소년기를 불우한 환경에서 지낸 경우가 많아서, 지나치게 비판적이거나, 소외감을 느끼게 하거나, 심지어는 학대하는 성향을 보이는 부모나 형제들이 있는 가정에서 자라온 것입니다. 이와는 반대로, 이상적인 친구는 대개 바람직한 유년 시절을 보냈기 때문에, 유년의 기억을 바탕으로 힘을 얻어서 현재 정서적으로 강하고 건전할 수 있습니다. 만일 학대받고 무시당하고 비판받은 경험이 있다면, 그런 사람은 전문적인 상담소를 통해서 자신의 문제를 해결하거나 혼자의 힘으로라도 치유해야 합니다. 좋지 못한 일들을 친구와의 우정에서 발산하지 않도록 충분한 노력이 필요할 것입니다.

이상적인 친구는 아마 부모 형제에게서 사랑받고 인정받고 관심을 받으면서 지내왔을 것입니다. 그러면서도, '너'와 '나' 사이에 분명하고 적절한 경계를 설정할 줄도 압니다. (이상적인 친구가 만일 바람직하지 못한 부모 형제를 가졌다거나 문제가 많은 어린 시절을 보냈더라도, 그 친구는 어떻게든 자신의 문제를 극복해 냅니다. 그런 해로운 유년의 경험으로 인해서 자신이 바람직한 친구가 되지 못하는 일은 없도록 노력하는 것입니다.) 다른 사람의 감정, 소유물, 인간 관계 등을 존중해 주면, 친구들이 필요할 때 곁에 있어주는 능력을 키우는 데 도움이 됩니다. 친구의 인생이나 결정, 다른 사람과의 관계 등에 지나치게 간섭하는 일도 없어지게 될 것입니다. 친구가 지닌 재능, 능력, 성과를 현실적이고도 애정이 넘치는 눈길로 인정해 준다면, 친구가 자신의 경쟁심과 시기심을 억누르는 데도 도움을 줄 수 있습니다.

이상적인 친구는 자신의 의견에 확신을 가지고 있지만, 개인적인 문제에 통찰력을 발휘하지는 않습니다. 예를 들면, 상대방이 특별히 조언을 구하는 경우가 아니라면 다른 사람의 인간 관계, 학교 문제, 직장 일, 양육 문제에 대해서는 언급하지 않습니다. 친구의 다른 점을 존중하는 것이야말로 이상적인 친구가 지니고 있는 핵심적인 특징입니다. 그런 친구는 자신에 대해 확신으로 차 있기 때문에, 다른 사람의 생김새, 목표, 생각, 기호 등을 똑같이 복사하고 싶은 마음은 추호도 없습니다.

이런 이상적인 친구는 대개 '관리에 소홀한' 경향이 있습니다. 물론 여러분은 친구에게 이렇게 말해 주고 싶을 것입니다. 여러분이 멀리 떠나게 되면 전화, 이메일, 편지가 올 때마다 언제나 바로 답해 줄 것이라고 말입니다. 여러분이나 여러분의 친구가 상대에게 되돌아가기까지 걸리는 시간이 보통의 경우보다 좀더 길어질 때도 있을 것입니다. 그래도 두 사람의 관계에 충분한 신뢰와 확신이 있기 때문에, 아무 문제도 없으며 결국에는 둘 중의 한 명이 상대에게 연락을 취할 것입니다.

여러분의 이상적인 친구는 여러분의 비밀을 지켜주며 여러분에 관한 나쁜 소문을 내는 일도 하지 않습니다. 그런 친구는 여러분을 정직하게 대하며, 여러분도 똑같이 정직하게 그 친구를 대할 수 있습니다.

여러분은 자신이 파괴적이거나 해로운 친구와 우정을 나누고 있는지에 대해서 아직도 확신할 수 없습니까? 만일 그렇다면, 다음에 제시되는 자가진단 설문을 풀어보십시오. 질문에 대해서 아니오, 가끔, 거의, 예 중의 한 가지로 대답해야 합니다. 이번 장의 끝 부분에는 여러분의 대답을 스스로 분석할 수 있도록 몇 가지 참고 사항을 적어두었습니다. 자신이 적은 대답을 보면서, 특정한 친구나 친구 관계에 대해서 도움이 될 만한 정보를 얻을 수 있을 것입니다.

설문 : 해로운 친구 알아차리기

1. 여러분의 친구는 믿을 만합니까?
2. 여러분의 친구는 전화를 받으면 응답을 해줍니까?
3. 여러분의 친구는 시간 약속, 모임, 맹세 등을 항상 잘 지키나요?
4. 다른 친구들이 이 친구를 칭찬합니까?
5. 여러분은 친구의 말을 듣는 것이 즐겁습니까?
6. 만일 여러분이 이성의 친구를 가지고 있고, 여러분과 친구가 각자 다른 사람과 연애를 하거나 결혼을 한 상태라면, 친구의 애인이나 배우자는 여러분과 나누는 우정에 대해서 알고 있습니까?
7. 여러분의 친구는 여러분이 자랑스러워할 만한 사람입니까?
8. 처음으로 친구가 되었을 때 두 사람이 하던 일이나 위치보다는, 지금

두 사람이 보여주고 있는 성품을 중요하게 생각하며 우정을 나누고
있습니까?

9. 여러분이 친구를 만나고 나면 혼자서 이런 생각을 하지는 않습니까?
"우와, 우리가 친구라서 정말 기뻐."

10. 여러분의 친구는 여러분이 지키고 싶어하는 경계나 사생활을 존중하
고 있습니까?

위에서 제시한 질문들은 모두 긍정적인 태도의 질문들입니다. 이상적으
로 말해서, 여러분이 건강한 우정을 나누고 있다면 여러분은 위의 모든 질
문이나 대부분의 질문에 대해 '예' 또는 '거의'라고 대답할 수 있어야 합니
다. 만일 여러분이 위의 모든 질문이나 대부분의 질문에 대해 '예' 또는
'거의'라고 대답했다면, 여러분의 우정은 낡은 인연에 연연하는 것이 아니
라 바로 현재의 이곳에 기반을 두고 있는 것입니다. 여러분과 친구는 상대
에게 요구하는 친밀함은 물론이고 사생활 또한 존중하고 있습니다. 필요하
다면, 감정적으로나 물리적으로 상대에게 거리를 두는 것도 허용할 수 있
을 것입니다. 여러분과 친구는 무의미한 약속을 만들지 않습니다. 여러분
은 약속이나 모임을 정하면 잘 지키고 있으며, 여러분과 친구가 제안한 것
이라면 어떤 일이라도 끝까지 성실하게 이행합니다.

만일 여러분이 2-3가지의 항목에서 '가끔'이나 '아니오'라는 답을 적었
다면, 여러분은 그 친구와의 우정에 대해서 심각해서 제고해 볼 필요가 있
습니다. '가끔'이나 '아니오'라는 대답을 적은 문항이 있는지 한 번 살펴보
십시오. 그런 문항이 건강한 우정의 특징이나 조건으로서 얼마나 중요한
역할을 하나요? 만일 여러분이 4번 문항인 "다른 친구들이 이 친구를 칭찬
합니까?"라는 질문에 '아니오'라고 대답했다면, 1번으로 제시된 "여러분의
친구는 믿을 만합니까?"라는 문항에서 '아니오'라고 대답한 경우보다는 덜

심각하다고 할 수 있습니다. 잠시 시간을 내서 여러분의 답안을 살펴보고, 여러분이 답한 '아니오', '가끔', '거의'라는 대답이 해로운 우정에 대해서 여러분에게 어떤 정보를 알려주는지 생각해 보십시오. 위의 질문들이 여러분 친구의 행동에 변화를 일으킬 수도 있는 새로운 상황을 근거로 작성된 것 같습니까? 예를 들면 결혼을 4달 정도 앞두고 있는 친구가 있다면, 그 친구로서는 여러분과 다른 친구들을 위해 쓸 수 있는 시간이 거의 남겨져 있지 않은 셈입니다. 중요한 감정적인 혼란을 겪는 것도 좋은 예라고 할 수 있습니다. 사랑하는 사람을 잃는다면, 여러분의 친구는 일시적으로 여러분에게서 멀어져서 혼자만의 세계에 빠지지 않을까요?

만일 여러분이 위의 항목들 중에서 네 번 이상을 '가끔'이나 '아니오'라고 대답했다면, 여러분은 당장 이 친구와 우정을 재평가해야만 합니다. 이런 우정을 지속시키는 것이 여러분이 할 수 있는 최선의 결정인지를 생각하십시오. 이렇게 특정한 우정의 경우에는 부정적인 측면이 더 많아서 친구를 사귈 때 얻을 수 있는 이득을 능가하기도 합니다. 여러분은 남이 넘지 말아주었으면 하는 경계와 사생활에 대해서 존중받을 자격이 있습니다. 여러분이 하는 말은 당연히 경청되어야만 하고, 맹세는 지켜지고, 약속은 이행되어야만 합니다. 여러분이 나누는 우정이 정직한 것이고 단지 과거의 추억이 아니라 지금까지 관계를 맺고 있는 것이라면, 여러분의 애인이나 배우자는 여러분의 우정에 대해서 알고 있어야만 합니다. 여러분은 친구를 자랑하고 싶어하며, 두 사람이 친구라는 사실을 기뻐해야 하며, 전화를 걸면 친구의 응답을 들을 자격이 있습니다. 무엇보다 중요한 사항은 여러분의 친구가 믿을 만하다는 사실을 가슴 깊이 느끼는 것입니다.

모든 사항을 간단히 요약해서 두 가지의 확인 목록에 담았습니다. 한 가지는 바람직한 우정에 대한 것이고, 나머지 것은 부정적이거나 해로운 우정을 확인해 볼 수 있는 항목입니다.

바람직한 우정

- 서로 아끼고 사랑합니다.
- 같이 있으면 즐겁습니다.
- 비밀, 활동, 대화를 나누고 감정적으로 서로 의지합니다.
- 믿음, 정직, 신의를 당연히 기대합니다.
- 질투는 거의 없거나 전혀 하지 않습니다.
- 경쟁은 최소한으로 줄이고, 건전한 경쟁을 합니다.
- 두 사람 모두가 필요하고 원하는 만큼 자주 연락합니다.
- 비밀은 반드시 지킵니다.
- 남의 이야기는 전혀 하지 않거나, 극히 드물게 합니다.
- 친구들을 타협해야 하는 입장에 놓이게 하거나 이용하지 않습니다.
- 맹세를 꼭 지킵니다.
- 빌려온 물건은 돌려줍니다.
- 재치있게 상대의 기분을 맞춰줍니다.
- 정직은 관계의 기본이지만 상대에게 상처를 줄 수 있는 방법으로 오용하지 않습니다.
- 우정은 융통성이 있는 관계라서 변할 수 있습니다.
- 친구 각자가 아무리 바빠지더라도, 우정은 여전히 가장 관심을 가져야 할 사항입니다.
- 친구라면 상황이 좋거나 나쁘거나에 관계 없이 상대가 원할 때 곁에 있어 줘야 합니다.
- 여러분은 공통점이 많지는 않더라도 차이점이 많아서 두 사람의 관계를 흥미롭게 만들어갑니다.
- 두 사람의 관계는 동등합니다.

- 질투심이 심합니다.
- 과도합니다.
- 친구들끼리만 아는 비밀을 상대의 동의 없이 외부에 알립니다.
- 돈이나 물건을 빌리면 돌려주지 않습니다.
- 맹세를 지키지 않습니다.
- 만나지 못하는 이유로 말도 안 되는 변명거리를 제시합니다.
- 기회주의적인 이유 때문에, 한 명이나 두 명의 친구 모두가 자신들의 우정을 다른 사람들에게 자랑거리로 내세웁니다.
- 각자의 친구가 새로운 행동을 취해야만 하는 예상할 만한 의례적인 전환이나 변화가 일어났는데도, 그저 현재의 상태를 유지하려고만 하기 때문에 우정이 엄격하고 융통성이 없습니다.
- 우정에 별로 큰 비중을 두지 않습니다.
- 대화가 부자연스럽고 즐겁지 않습니다.
- 친구와 함께 하는 것이 한때는 즐거웠지만, 지금은 기뻐서라기보다는 의무감 때문에 만나고 있습니다.
- 활동이나 비밀을 공유하는 일은 거의 없거나 일방적으로 이루어지며, 감정적으로 의존하는 경우도 드뭅니다.
- 관계가 대등하지 않습니다.

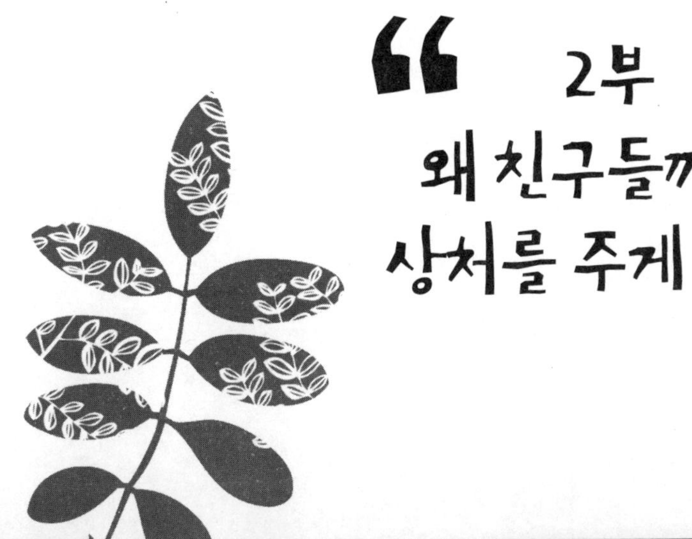

2부
왜 친구들끼리
상처를 주게 될까?

3. 사람들 사이에 어떤 일들이 벌어지고 있을까?

　사람들은 어떤 이유 때문에 배신을 하는 것일까요? 인간성이 아주 사악하기 때문일까요? 단순한 질투심, 분노, 복수심? 그것도 아니면, 단순히 의기소침해졌기 때문이라고 생각하나요? 배신의 원인으로 여기 나열된 것들을 쉽게 떠올릴 수 있을 것입니다. 그러나, 우정을 깨고 배신을 하게 되는 이유들 중에는 여러분이 꿈에도 생각하지 못했던 것들도 있습니다.

　예를 들면, 우정을 지켜나가고 싶은 바람을 상대가 알아주지 않는다면 앙갚음이라도 하고 싶은 마음이 들 수가 있는 것입니다. 잘못된 자긍심을 갖고 있다든지, 변화에 유연하게 대처할 능력이 부족한 사람인 경우에도 그럴 수 있습니다. 이런 원인들로 인해서 우정을 버리고 배반할 마음을 갖게 될 수도 있는 것입니다. 배신을 하는 사람에 따라서 당하는 사람이 배신의 조짐을 쉽게 알아차릴 수 있고, 빨리 처리할 수 있으며, 심지어는 상황을 금세 역전시킬 수 있는 경우도 있습니다.

💕 이제 배신에 대해 자세히 알아볼까요?

　언제 더 쉽게 친구와의 우정을 등지고 배신을 하게 되는 것일까요? 여러분이 처음부터 친구에 대해서 잘못 판단했을 가능성이 있는 몇 가지 상황을 생각해 봅시다. 혹시 너무 성급하게 우정을 키워 나갔다거나, 서로에 대해 충분히 알지 못한 것은 아닌가요? 친구와 함께 헤쳐나가야 할 위기 상황을 충분히 경험해 보지 못한 것은 아닙니까? 더구나 이런 상황은 우정의 깊이를 판단할 수 있는 시험대라고 할 수 있는 일인데도 말입니다.

　대부분의 경우에는 환경과 가치관이 비슷한 사람들끼리 우정을 쌓는 경향이 있기 마련입니다. 따라서, 지위와 능력, 가치관 등이 상이하게 다른 사람들이 친구가 된 경우라면 배신의 가능성이 훨씬 더 높다고 할 수 있습니다. 어쩌면 한 사람이 친구에 대해, 아니면 그 친구의 애인이나 배우자에 대해 낭만적인 감정을 품고 있을지도 모릅니다. 친구로 지내는 두 사람이 같은 것을 원하는데, 오직 한 사람밖에 그것을 차지하지 못하는 경우도 있을 것입니다. 우정을 배신하는 행위는 다음의 경우처럼 승진이나 직장 문제를 둘러싸고 일어날 수도 있습니다. 어느 교수가 제게 찾아와서 하소연을 한 적이 있었습니다. 그는 같은 대학 같은 학과에 세 명의 친구들과 함께 근무하고 있었는데, 자기 혼자만 종신 재직권을 받게 되어서 얼마나 슬픈지 모르겠다고 하는 것이었습니다. 이처럼 자신의 잘못으로 '배신'을 한 경우가 아니더라도 오랜 우정이 깨어질 수도 있습니다.

　여러분이 친구와 판이하게 다른 가치관을 가지고 있다고 생각해 보십시오. 친구의 입장에서는 바람직한 일이라고 생각하거나 여러분에게 도움이 될 것이라고 생각해서 한 행동이 오히려 여러분에게는 배신으로 여겨질 수 있다는 사실을 명심해야 합니다. 린다 트립이 친구로 지내던 모니카 르윈스키에 관한 사적인 정보를 공개했던 일도 이런 견지에서 이해해야 할 것입니다. 이 일은 우정을 배반한 경우라고 말할 수 있는 사건들 중에서 20세기에 일어난 가장 유명한 일의 하나였습니다. 1997년, 린다 트립은 자신의 친구와 국가를 위한 최선의 길이라는 생각에서 모니카 르윈스키와 나눈 대화 내용을 녹음했습니다. 르윈스키는 전화 통화를 하면서 당시 대통령인 빌 클린턴과의 애정 행각에 관해 자세히 털어놓았습니다. 잡지사인 〈조지〉에서 발행한 낸시 콜린스와의 대담에서, 트립은 배신에 관한 자신의 견해를 설명했습니다.

사적인·얘기를 털어놓는 행동은 친구를 배반한 것이 아닙니까?
저는 모니카 르윈스키를 배반하지 않았습니다. 제 행동으로 인해 어떤 결과가 발생한다고 해도, 인정머리 없는 사람들이 모니카가 대통령 때문에 얼마나 고통받고 있는지도 모르면서 그녀에 대해 모욕적으로 말하는 것보다는 나을 것이라고 생각했습니다. 진실을 밝혀내는 것만이 모니카의 집착을 없애는 길입니다. 게다가, 모니카는 두 사람의 관계를 비밀에 부치려고 신경을 쓰는 것 같지는 않았습니다. 이미 자신의 입으로 14명의 사람에게 말해 버렸으니까요.

낸시 콜린스와 린다 트립의 인터뷰 내용은 상당히 흥미롭습니다. 특히, 친구 사이의 배신을 바라볼 때 언제나 가해자와 피해자 모두의 입장에서 이해하고자 하는 사람이라면 반드시 읽어두어야 할 기사라 할 수 있습니다. 린다 트립과의 대담에서 마지막으로 던진 질문은 다음과 같습니다.

사람들이 당신에게 "밤에 잠은 잘 주무시나요?"라고 묻는다면, 어떻게 대답하실 겁니까?
저는 잘 자고 있습니다. 아무런 양심의 가책 없이 거울을 들여다볼 수도 있습니다. 저는 제가 한 일에 대해서 결코 후회하지 않습니다. 같은 상황에 다시 처한다 해도 제가 한 행동을 얼마든지 반복할 수 있습니다. 다만 좀더 나은 방법으로 빨리 실행에 옮기겠지요.

복수심과 원한

배신이란 여러분이나 친구가 두 사람의 우정을 발전시키는 데 방해가 될 만한 말을 하거나 행동을 하는 경우를 말합니다. 두 사람 사이에 좋지 못한 일이 벌어지고 있는 것을 알아차렸기 때문에 배신을 하게 되는 경우도 있습니다. 만일 여러분과 친구 사이에서 잘못이라고 추정할 만한 사건이 일어나거나 확실히 나쁜 일이 발생했다고 생각해 보십시오. 이때의 복수는 자신이 당한 것과 같은 수단으로 보복을 감행하는 '맞대응 전략'의 형태로 일어나게 됩니다. 이런 행위는 "다른 사람들이 자신에게 잘못하기를 바란다면 다른 사람에게 잘못된 행동을 해도 좋다"라는 경구에 함의되어 있는 유일한 교훈을 강조하고 있습니다. 만일 여러분이 배신을 당하고 싶지 않다면, 다른 사람을 배신하지 말라는 것입니다. 다른 사람들이 여러분의 험담을 하지 않기를 바란다면, 여러분도 결코 남의 험담을 해서는 안 됩니다.

지금까지 말한 내용의 핵심을 이렇게 정리해 봅시다. 우정을 나누는 사이에서 갈등을 겪기 시작했는데, 미처 화해하지 못한 채 지내다 보니 결국은 복수할 마음이 생겨서 상대를 배신하려고 하는 경우가 있을까요? 만일 우정을 나누다가 배신 행위를 하게 된 이면에 이런 진실이 숨겨져 있다면, 여러분은 현재 절교가 진행되고 있는 상황을 저지할 수 없을 것입니다. 그러나, 여러분이 두 사람의 우정을 지켜나가기 위해 노력하고 싶다면, 이 책의 제 5 장 "이런 우정도 지킬 수 있을까?"가 도움이 될지도 모릅니다. 제 5 장에서 저는 친구와의 우정이 갈등을 겪을 때 이를 해소하는 방안들에 관해 설명해 놓았습니다.

물론 친구에게 분노를 느끼는 이유는 셀 수 없을 만큼 많기 때문에, 제 3 장의 전반에 걸쳐서 이런 이유들에 관해서 자세히 이야기할 생각입니다. 분노를 느끼는 이유를 간단하게 정리하면, 질투, 시기, 과도한 경쟁심, 의기 소침, 노여움 때문이라고 할 수 있는데, 가벼운 노여움을 제때 다스리지 않으면 격한 분노로 돌변하기도 합니다.

물론, 이처럼 지나치게 단순한 관점은 조금 조정해야 할 필요가 있으므로, 여러분이 모든 일을 올바르게 처리할 가능성도 있다는 사실을 주지하면서 관점을 다시 정리해 봅시다. 여러분의 행동은 칭찬받을 만한 것인지도 모릅니다. 그런데도 여전히 여러분의 친구는 복수심에 불타서 복수를 위한 행동을 개시할 수도 있습니다. (여러분하고는 아무런 상관이 없는 일이었는데 이처럼 상대에게 뿌리 깊은 원인을 제공할 수도 있습니다. 이것에 관한 자세한 설명은 제 4 장 "모든 원인은 가족에 있다"를 참고하십시오. 여기서는 부모나 형제들로 인해서 우정을 배반하는 경우를 다루고 있습니다.)

이번 장에서는 대부분 비슷한 원인들로 인해서 복수하게 되는 경우를 다룰 것입니다. 즉, 사람을 배반하거나, 믿음을 저버리거나, 남에게 상처를 주는 행동에 동기를 부여하는 것이 바로 사람의 출신 환경입니다. 비록 친구가 여러분에게 가하는 행동을 여러분의 힘으로 변화시킬 수는 없겠지만, 적어도 친구의 행동을 이해할 수만 있더라도 자신의 감정을 다스리는 데한결 도움이 됩니다. 여러분은 충격, 거부, 분노를 느끼기도 하고, 심지어는 자신에게 배신을 가한 사람에게 복수나 원한의 감정을 품기도 하기 때문에 감정을 조절할 필요가 있는 것입니다.

《사랑과 배신》에서 존 아마디오 박사는 복수의 근원에 대해서 설명하고 있는데, 친구 관계보다는 연인 관계에 대해서 더 많은 지면을 할애하고 있습니다. 그렇다 하더라도, 아마디오 박사가 제시한 견해는 우정을 배신하게 만드는 원인들에도 적용이 가능한 것들입니다.

우리는 어떤 사람들에게 특별한 애정을 기대할 때가 있습니다. 우리에 대해 걱정해 주고, 우리를 좋아하고, 우리의 존재가치를 확인해 주는 등의 각별한 관심을 원하지만 도저히 그 사람의 마음을 돌려놓을 수 없을 때, 우리는 흔히 분노나 복수심을 갖게 됩니다. 이때 느끼는 분노는 일종의 도구로 볼 수 있는데, 다른 사람에게 우리의 가치를 인정해 달라고 요구함으로써 그 사람들을 지배할 수 있도록 도와주는 역할을 합니다. 우리가 복수에 찬 행동을 감행해서 상대가 우리의 존재를 다른 방식으로 느낄 수 있도록 확실한 조치를 취하는 것입니다. 예를 들면, 우리가 용서할 수 없는 옛 애인의 생활을 할 수 있는 한 최고로 비참하게 만들어버릴 수도 있습니다. 어떤 방법을 쓰더라도 결코 이 사람이 우리를 사랑하도록 만들 수 없다면, 우리는 그 사람이 다른 감정을 느끼도록 만들어버릴지도 모릅니다. 물론, 고통이나 비참한 기분이 들게 하는 것이죠. 그러면 우리의 옛 애인은 예전에 우리가 느꼈던 똑같은 고통을 겪게 됩니다. 즉, 자신에게서 아무런 가치나 존엄성을 느끼지 못하는 상태가 될 것입니다. 비록 우리가 원하던 것은 아니지만, 결국에는 우리도 남에게 충격을 줄 수 있다는 사실을 깨닫게 됩니다. 하지만, 적어도 우리는 다시 마음을 가라앉히고 평온을 찾을 것입니다. 가장 일시적이고 왜곡된 방법을 사용한 것은 사실이지만, 우리는 자신이 중요한 사람이라고 느낄 것입니다.

친구의 애인과 관계를 갖기

여러분이 물불을 못 가리고 분노를 느끼는 일 중의 하나는 친구의 배신이 여러분의 애인이나 배우자와 관련된 경우입니다. 친구와 자신이 사랑하는 사람이 성적인 희롱을 나눈다는 의심이 생기거나 그것이 사실로 밝혀지면 살인이 일어날 정도로 제어할 수 없는 격분에 휩싸이게 되는 것입니다. 예로부터 이런 일 때문에 분노를 느끼는 경우에는 대체로 난폭한 언사나 폭력적인 행동이 유발되곤 합니다. 여러분이 기억하고 있을지 모르겠습니다만, 제 1 장에서 저는 도날드가 겪은 일에 대해서 말씀드렸습니다. 도날드는 친구가 아내와 불륜을 저질렀다는 사실에 분노를 참지 못하고 친구를 살해했고, 종신형을 선고받아서 현재 15년째 복역 중입니다.

저는 범죄와 범죄의 피해자에 대한 연구를 해왔고, 이에 대해 강의도 해왔습니다. 《피해자들》이라는 제목으로 범죄의 희생자에 관한 책을 출간하기도 했습니다. 이런 연구 결과를 근거로 삼아 저는 피해자 유발 이론에 대해서 전반적으로 동의하지 않습니다. 피해자 유발 이론에 의하면, 피해자의 행동 양식에 문제가 있어 범죄를 유발할 수 있다고 합니다. 도날드가 그랬던 것처럼, 불륜으로 추정되는 자신의 친구 또는 애인을 공격하거나 살해하는 등의 부당한 행동을 한 사람은 법적으로, 도덕적으로, 그리고 윤리적으로 자기가 저지른 범죄 행위에 책임을 지게 됩니다. 친구를 배반한다거나 폭력을 휘두르게 되는 원인은 피해자의 행동과 분명한 관련이 있는 것처럼 보입니다. 그러나, 이런 식의 결정적인 배반에 대해 과격하지 않은 방법으로 대응할 수도 있습니다. 예를 들어서, 바람을 피운 애인과는 헤어지고, 불륜을 저지른 배우자와는 이혼하며, 배반한 친구와는 우정을 끝내고, 분쟁을 타결할 묘책을 써서 원만하게 사태를 해결한다거나, 배반을 저지른 사람과 냉각기를 가지면서 감정이 자연스럽게 정리되도록 하는 것입니다.

돈 문제로 인한 갈등

작가인 로이스 던컨은 우정과 돈에 관한 논문에서 자신의 경험을 들려

주고 있습니다. 정말 적은 액수의 돈 문제 때문에 친구와의 관계가 소원해
져서 오랫동안 힘들었다는 것입니다.

제가 초등학교 3학년이었을 때의 일이었는데, 올리비아라는 여자 아
이가 콜라를 사먹으려고 저한테서 돈을 조금 빌려갔습니다. 그런데 올리
비아가 돈을 갚지 않는 것이었습니다. 저는 난처한 입장이었고 돈을 갚으
라는 말을 할 수가 없었죠. 제가 그녀를 믿지 않는다는 생각을 올리비아
가 하게 될까 봐서 걱정이 되었던 것입니다.
어느 날 올리비아는 학교에 나오지 않았습니다. 필라델피아로 이사를
가게 된 것이었죠. 물론 제 돈도 그녀와 함께 영원히 사라져버린 셈이었
고요. 무척 화가 났습니다.
많은 시간이 흘렀지만 저는 아직도 그녀에 대한 화를 풀 수가 없습니
다.

어째서 친구가 돈 때문에 여러분을 배신하게 되는 것일까요? 특히 적은
액수의 돈 때문이었다면, 본질적으로 문제가 되는 것은 돈이 아니라 돈이
대치할 수 있는 가치가 과연 무엇이냐는 것입니다. 말하자면, 지위, 권력,
성공, 관계 부, 사랑 등이 될 수 있을 것입니다.
만일 여러분이 우정을 배신하게 될 가능성을 최소한으로 줄일 수 있는
확실한 방법을 알고 싶다면, 친구에게 절대로 돈을 빌려주지 마십시오. 다
시 한 번 말하지만, 돈을 빌려주고 되돌려 받지 못한 경우에는 우정이 갈라
질 가능성이 절대적입니다. 돈뿐만 아니라 귀중하고 값비싼 물건은 빌려주
면 안 됩니다. 특히 자동차, 컴퓨터, 소중히 간직해 왔다거나 다른 것을 대
체할 수 없는 책, CD, 비디오 등의 아주 고가의 물건들이라면 더욱 그렇습
니다. 해럴드는 올해 42세로 직장의 중역급의 위치에 있는데, '돈을 빌려

가고는 갚지 않는' 친구 때문에 심한 배신감을 느낀 경험이 있습니다. "친구가 여러분에게 정말 끔찍한 행동을 한 적이 있습니까?"라는 질문을 하자 해럴드는 "그렇다"고 대답을 하면서, 자신은 한 친구에게서 두 번이나 같은 일을 겪었다고 이야기했습니다. 해럴드의 설명에 의하면, 그의 친구는 "돈을 갚겠다는 약속을 하고 빌려갔지만 갚지 않았다"고 합니다.

불행하게도, 여러분이 돈이나 값나가는 물건을 빌려주었다면, 여러분은 무심코 여러분 자신, 여러분의 돈이나 물건, 여러분의 우정을 무의식적으로 연결지어서 파악하게 되는데, 사실은 여러분의 친구가 무의식적으로 돈이나 값진 물건에 연결되어 있는 것이지 여러분과는 전혀 상관없는 일일지도 모릅니다. 여러분의 친구가 만일 '돈으로 표현하는 애정'을 받으면서 성장했다면, 그 친구는 여러분의 돈이나 재산을 어린 시절의 경험의 연장선상에서 생각할 수밖에 없을 수도 있습니다. 아주 단순하게 파악하자면, 친구의 아버지나 어머니는 멀리 떨어져서 지냈거나 애정을 표현할 기회가 없었고, 돈이나 선물로 애정을 대신하려고 했을 것입니다. 시간이 지나면서, 여러분의 친구는 점차 돈이나 선물을 애정과 연결지어 생각하게 되었고, 결과적으로 돈이나 물건을 간직하는 것이 선택의 여지가 있는 문제라고 할 수조차 없게 된 것입니다. 돈을 돌려주거나 빌려온 물건을 다시 갖다주는 것은 사랑을 되돌려주는 것과 마찬가지라서, 여러분의 친구로서는 도저히 할 수 없는 일입니다.

만일 여러분이 돈이나 물건을 빌려주거나, 아니면 여러분 자신이 무엇인가를 빌려쓰고 있다면, 반드시 몇 가지 기본적인 규칙을 세워야 합니다. 물질적인 문제로 인해서 우정이 타격을 입을 가능성을 최소화시키기 위해서 필요한 예방 조치입니다. 무엇보다도 명심할 점은 규칙을 문서로 작성하는 것입니다. 둘째, 여러분이 친구에게 돈을 빌려줘도 괜찮은 경우는 다음의 두 가지뿐입니다. 여러분이 돈을 돌려받지 못할 가능성이 있다는 사실을 충분히 고려한 후에, 돈을 빌려줄 만한 여유가 있다고 판단되는 상황입니다. 또 하나는 돈 문제로 인해서 우정에 문제가 생기지 않게 이끌어 갈 자신이 있는 경우입니다.

이미 앞부분에서 수지와 글로리아가 나누는 이상적인 우정에 관해서 이야기한 적이 있습니다. 그런데, 글로리아는 다른 친구와 우정을 나누다가 수지와의 관계와는 완전히 반대의 결과로 치닫게 된 경험을 했습니다. 물론, 우정을 변하게 만드는 원인은 대체로 복합적인 경우가 많습니다만, 글로리아의 경우에는 그 원인이 너무도 분명했습니다. 문제는 바로 돈이었습니다. 글로리아는 정규 직업을 갖고 있었는데, 그녀의 친구가 합작 회사를 차려서 함께 일하자고 제안했던 것입니다. 미혼이고 생계를 혼자 꾸려가고 있는 글로리아는 사업을 착수하기 위해서는 빚을 낼 수밖에 없었습니다. 새로 시작한 사업은 간신히 버텨나가는 듯하더니 결국 망했고, 글로리아는 1만 달러의 손해를 보았습니다. 돈도 잃고 우정도 끝나버린 것입니다. 글로리아는 이 일에 관해 다음과 같이 설명합니다.

저는 학생 때 그 친구를 만났고 우정을 나누게 되었지요. 제가 사람들에게 말을 쉽게 거는 편이었거든요. 우리는 6-7년 가량이나 친구로 지내왔는데, 어느 날 그녀가 내게 찾아와서 내가 좋은 동업자가 될 것 같다는 말을 한 것이었습니다. 그 친구는 내가 직장에서 어떻게 일하는지를 눈여겨 보았다가 상당한 확신과 신뢰를 갖게 된 것이었죠. 그녀는 계속해서 제가 좋은 사업 동반자가 될 수 있다고 설득했습니다. … 게다가 그 친구는 당시에 저에게 상당한 영향력을 미치고 있었거든요.

정말 긴 이야기랍니다. 그 친구는 돈이 필요했고 저는 돈을 넘겨줘 버렸지요. 이 일은 저에게 상당한 대가를 치르게 했습니다. 결국 저는 돈 문제와 친구는 절대로 함께 연결시키면 안 된다는 사실을 깨달았습니다. 정말 대처하기 힘든 상황을 겪은 셈이죠.

저는 절대로 누구에게도 돈을 빌려주지 않습니다. 한 직장에서는 돈을 벌어서 다른 직장에 가서 그 돈을 다 날려버렸으니까요. 사실 그때 제 마음이 어땠는지는 저도 잘 몰랐습니다만, 지금은 아주 잘 알고 있습니다.

저는 문제를 그냥 덮어둔다는 지적을 가끔 받곤 합니다. 사실 저도 제 문제가 무엇인지 잘 알고 있습니다. 직장 일을 하면서는 모든 일에 있어서 대단히 자신감을 갖고 있지만, 사생활을 돌아보면 직접 맞대응하는 데 어려움을 겪습니다.

분명히 명심해 두어야 할 것이 있습니다. 가끔 여러분은 친구에게 돈을 요구할 때가 있겠지만, 그 결정은 친구 혼자서 내리는 것이 아닙니다. 배우자, 다른 가족, 사업 동업자 등이 그런 결정에 관여하고 있을지도 모릅니다.

무엇이든 친구에게 빌려달라는 부탁은 피하도록 하십시오. 여러분은 재미나 장난삼아 그런 물건을 쓰고 싶은지 모르지만, 여러분의 친구에게는 수입이나 경력과 관련된 중요한 물건일 수도 있습니다. 예를 들어, 작가의 컴퓨터나 음악가의 기타를 빌려서는 안 된다는 말입니다.

만일 여러분이 부탁을 거절당했다는 이유로 친구와 절교한 경험이 아직 없다면, 친구에게 돈을 빌려달라는 부탁을 하고 거절을 당했다고 가정해 보십시오. 감정적인 위로가 필요한 경우처럼 재정적인 문제가 관련되지 않은 상황일 때는 그 친구가 여러분 곁에 있어주는지를 여러분은 유심히 살펴봐야 합니다. 여러분이 어떤 차에 마음을 온통 뺏겨서 그 차를 사기 위해 친구에게 5천 달러를 빌려달라고 하다면, 그 친구는 빌려줄 수 없을지도 모릅니다. 그러나, 다른 방법으로 여러분을 도와줄 수는 있을 것입니다. 여러분의 능력이 미치는 한도 내에서 살 수 있는 차를 구입하려고 한다면, 그 친구는 선택을 돕기 위해 자동차 매장에 함께 가줄 것입니다. 아니면, 여러분이 충분히 감당할 수 있는 대출 상품들을 찾을 수 있도록 도움을 줄지도 모릅니다. 여러분이 현재 차를 갖고 있지 않은 경우라면 가끔씩 목적지까지 차편을 제공하는 방법으로 도움을 줄 수도 있습니다.

질투와 선망

남의 불행을 고소해한다는 뜻을 가진 독일어 단어인 Schadenfreude는 Schaden(손해)와 Freude(기쁨)의 두 가지 말로 구성된 합성어입니다. 저는 이 단어를 리즈 스미스의 칼럼에서 처음 보았습니다. 리즈의 정의에 의하면, 이 말은 "자신의 친구나 아는 사람이 실패하는 모습을 보면서 느끼는 전율을 뜻하며, 사회 전반에 존재한다"고 합니다.

자신의 질투심을 기꺼이 인정할 수 있는 사람은 거의 없지만, 사실 파괴적이거나 부정적으로 보이는 우정의 이면에 도사리고 있는 중요한 요소는 바로 질투라고 할 수 있습니다. 하지만, 대부분의 우정에는 어느 정도의 질투심은 으레 존재하기 마련입니다. 질투가 지나치다고 할 만한 상황은 언제일까요? 친구들 사이에 질투심이 생기는 원인은 무엇일까요? 특히, 부정적이거나 파괴적인 유형의 우정에서 왜 그런 일이 생기는 것일까요? 만일 친구가 여러분의 성공을 시기하고 있다면, 그 사람을 정말로 친구라고 할 수 있을까요? 우정을 끝내지 않고도 질투심이 많은 친구 관계를 회복할 수 있는 방법은 혹시 없을까요? 친구 관계에서 질투심을 줄이는 데 도움이 되는 행동들 중에 여러분이 받아들이거나 자신에게 맞도록 변환시킬 만한 것이 있을까요?

단지 친구가 여러분을 질투하거나 여러분이 친구를 질투한다는 이유로 자동적으로 우정을 끝낼 필요는 없습니다. 심지어 엄청나게 가까운 친구 사이라 하더라도 이따금씩 질투를 느끼는 일은 있을 것입니다. 어느 제조

업체에서 인적 자원부를 관리하는 부장은 다음과 같이 주장합니다. "여러분을 얼마나 많이 아끼고 얼마 만큼 좋아하는지에 상관없이 모든 사람이 분노와 질투의 감정을 갖게 된다는 사실을 이해해야 합니다. 여러분이 분명히 깨달아야 할 점은 이런 감정을 겪는 것은 그 사람들의 몫이지 여러분의 문제가 아니라는 것입니다."

질투심이 생겨나는 근원에 대해서 생각해 보십시오. 친구의 삶에서 질투심을 유발하는 것이 무엇인지에 대해 생각해 보면, 그런 질투의 감정들이 암시하는 내용은 여러분의 **친구**에 관한 것이지 여러분이 나누는 우정에 관한 것이 아니라는 사실입니다.

힘들겠지만 질투는 여러분 자신에 관한 것이 아님을 명심하십시오. 질투는 여러분의 성공이나 사례가 다른 누군가의 마음을 자극해서 여러분의 기분을 상하게 만들고 싶은 욕구를 갖게 된 것입니다. 여러분으로 인해서 다른 누군가가 능력이 없다거나 위기의식을 느꼈다고 생각해 보십시오. 안됐지만 그 친구는 여러분에게 복수하기 위해서 자신이 할 수 있는 유일한 일을 하게 되는 것입니다. 그 친구는 여러분을 비판하고, 여러분에게서 멀어지며, 칭찬을 억누르고, 여러분을 무시하며, 여러분이 이룬 성과를 과소평가하게 됩니다. 그 이유는 자신이 여러분 때문에 느낀 불쾌한 감정을 여러분도 똑같이 느끼게 만들기 위해서입니다.

친구가 여러분에게 느끼고 있는 질투 혹은 시기심 어린 분노를 여러분의 힘으로는 결코 변화시킬 수 없습니다. 만일 그 친구가 단지 가벼운 친구에 불과하다면, 여러분은 그 친구에게 맞대응을 하는 것보다 여러분 안에서 생겨나는 감정들을 처리하는 편이 훨씬 나을 것입니다. 맞대응을 하는 방법은 오히려 역효과를 일으켜서 복수를 향한 집념을 더 강하게 만들어 줄 뿐입니다.

만일 질투심을 내비치는 친구가 가까운 친구거나 가장 친한 친구라면,

여러분은 특정한 상황과 연결지어서 현재 벌어지고 있는 상황에 대해 좀더 구체적으로 친구와 대화를 할 수가 있습니다. 즉, 친구의 질투심을 겉으로 발산시켜서 갈등을 해소하기 위해 시간과 노력을 투자할 만한 가치가 있는 친구인 경우라면 맞대응을 한 가지 방법으로 고려해도 좋습니다. 예를 들어서, 여러분은 이제 막 승진을 했거나 상을 받았고 기쁜 마음에 그 소식을 친구에게 전했습니다. 그런데, 가까운 친구나 가장 친한 친구가 여러분이 한 말을 무시해 버리거나 여러분이 기대했던 만큼의 열광적인 반응을 보여 주지 않았습니다.

"내가 조금 전에 꺼낸 이야기를 들으면서 혹시 너는 자신의 처지에 대해 생각하느라 내 일을 기꺼이 기뻐해 주지 못한 것이 아니니? 나는 너를 가까운 (또는 가장 친한) 친구들 중의 한 명으로 소중히 여겨왔어. 당연히 너한테서 칭찬이나 축하를 받을 것이라고 기대했는데, 내가 기대하는 말을 네가 해줄 수 없는 이유가 그런 감정들 때문이 아니니?"

다행히 이런 말이 효과가 있어서 친구는 자신의 감정을 솔직히 털어놓을지도 모릅니다. 어쩌면 그 친구는 이렇게 대답할 수도 있습니다. "물론, 나도 얼마나 기쁜지 몰라. 하지만, 솔직히 '난 지금까지 무엇을 하면서 살아온 것일까?' 하는 의문이 들었어."

이런 식의 대화를 함께 나누면서 생기는 좋은 점은 '나 대(代) 너'로 나누는 편가르기를 더 이상 하지 않는다는 것입니다. 즉, 여러분의 행운과 그 행운에 대한 가까운 (또는 가장 친한) 친구의 불만족스러운 반응이 빚어내는 갈등은 더 이상 없다는 것입니다. 갈등이 생긴 초기에 아무런 노력도 없이 그대로 내버려둔다면, 갈등이 심각해져서 본격적인 말다툼으로 번지거나 그보다 더 나쁜 상황인 결별로 이어지게 됩니다. 우정은 서서히 금이 가기 시작하고 결국은 끝나게 되는 것입니다.

여러분의 가까운 친구나 가장 친한 친구는 "네가 그런 말을 해줘서 정말 기뻐"라는 대답을 던질 수도 있습니다. "내 입장에 대해 스스로 어떻게 느끼고 있는지에 관해서 오랫동안 너한테 말하고 싶었어. 하지만, 최근에 네가 하는 일들이 모두 다 잘 되고 있기 때문에 난 네가 이런 일에 관심을 두거나 알아차릴 것이라는 생각은 못했어. 내가 느끼는 좌절감을 너한테 말해서 네 기분을 망치거나 널 실망시키고 싶지 않았어."

친구의 입장과 상황에 대해 대화를 나누면서, 여러분은 무의식적인 자각을 통해서 친구의 태도와 행동이 변화될 가능성을 높인 것입니다. 여러분은 이런 경향을 친구와 함께 면밀히 바라보고, 분석하고, 교훈을 얻고, 변화를 시도해 볼 수 있습니다. 하지만, 만일 여러분이 친구에게 "너는 정말 질투심이 많구나"라며 비난하고, 그 대답으로 친구도 "말도 안 되는 소리 하지 마!"라고 일축한다면 어떤 상황이 벌어질까요? 만일 그 친구가 자신을 돌아볼 준비가 되지 않았다면, 여러분은 어떤 사람의 도움을 빌리더라도 그 친구가 자신의 무의식적인 행동을 직시하도록 만들 수 없습니다. 거절은 아주 강한 방어 체계입니다. 여러분은 친구가 드러내는 질투심은 자신하고는 전혀 관계 없는 일이라며 가볍게 무시한 채로 우정을 지속해 나갈 수 있는지를 결정해야만 합니다. 특히, 친구의 질투가 그저 일시적인 현상인지에 관해서도 판단을 내려야만 합니다.

올해 32세가 된 미란다는 8세의 아들을 둔 기혼 여성이며, 도서관의 사서로 근무하고 있습니다. 그녀에게는 어린 시절부터 함께 자라온 '평생 친구'가 한 명 있는데, 그 친구는 어렸을 때부터 "지금 이순간까지 여전히 질투심이 많은" 사람이라고 합니다. 친구가 공공연하게 질투심을 드러내는데도 불구하고 미란다는 우정을 지속해 왔습니다. 미란다는 그 점에 대해 이렇게 설명합니다. "그 친구는 저에게 모든 문제에 대해 굉장히 자주 말해 줍니다. 자기가 저를 항상 질투하고 있으며, 자기는 갖지 못했는데 제가 가진 것을 시기한다는 말도 한답니다."

25세의 데일 역시 미란다와 비슷한 결정을 내렸는데, 그녀도 평생 동안 사귀어온 가장 친한 친구의 질투심을 무시하고 있습니다. 데일은 가장 친한 친구와 함께 성장했고, 자연히 그 친구를 '친구라기보다는 자매처럼' 대하고 있습니다. 데일은 이렇게 주장합니다. "우리는 그 친구의 질투심이 우리 관계에 영향을 미치지 않도록 노력하고 있답니다." 그녀의 가장 친한 친구는 어떤 행동을 했던 것일까요? 특히 15세부터 22세가 되는 동안, "그 친구는 제가 데이트를 하는 사람이면 누구라도 가리지 않고 무례한 말을 하곤 했습니다. 그러고는 나중에 저에게 미안하다고 말하면서 자기는 그저 질투심에 사로잡혀서 그랬다고 인정하는 식이었죠."

두 사람이 서로에게 가장 친한 친구로 계속 남아서 관계를 발전시킬 수 있었던 이유로 몇 가지를 생각해 볼 수 있습니다. 친구가 자신의 질투심을 솔직하게 인정할 수 있는 능력이 있었기 때문이거나, 데일의 용서할 수 있는 품성 덕분이거나, 아니면 두 가지 요소 모두 영향을 미쳤다고 할 수 있습니다. 데일은 이렇게 말합니다. "저는 친구의 나쁜 점에 대해서는 관심을 두지 않고 오직 좋은 점만을 보는 방법을 배웠습니다. 그것이 우리가 25년 동안 최고의 우정을 지킬 수 있었던 비결입니다."

그런데, 질투심이 그렇게 흔히 생길 수 있는 감정인가요? 저는 최근에 180명을 대상으로 우정에 관한 설문을 실시했습니다. 설문에서 "가벼운 친구, 가까운 친구, 가장 친한 친구가 한 번이라도 여러분을 질투한 적이 있습니까?"라는 질문에 136명이 응답을 해주었습니다. 응답자 중의 62퍼센트인 85명이 "그렇다"라고 대답했고, 응답자의 38퍼센트인 51명이 "아니다"라고 대답했습니다. "그렇다"라고 대답을 한 사람들 중에서 56명은 자신들의 느낌을 근거로 친구가 질투한다고 주장했습니다. 응답자들이 질투의 원인으로 제시한 항목들은 대체로 4가지 유형으로 나눠볼 수 있습니다.

- 물질적이거나 실속이 있는 것을 대상으로, 응답자에게는 있었지만 친구에게는 부족했던 것을 질투하는 경우. 예를 들어서 돈, 직업적인 성공, 결혼 생활의 상태, 여행할 수 있는 능력: 22명 응답
- 응답자의 다른 인간 관계를 질투하거나, 다른 사람과 시간을 보내는 일을 시기하는 경우. 예를 들어서 애인이나 다른 친구들과의 관계에 대한 질투: 16명 응답
- 친구보다 응답자가 더 매력적으로 보이기 때문에 생기는 질투로, 외모 등과 관련있는 이유를 포함해서 다른 세 가지 항목이 다 해당될 수 있다: 9명 응답
- 성격적인 특징에 대한 질투. 예를 들어, 사람들을 편안하게 대하는 능력, 사람을 다루는 뛰어난 수완이 있거나 '사교적이고 친근한' 성격을 지닌 경우: 9명 응답

친구가 질투심을 느끼는 네 가지 유형을 살펴봄으로써, 우정에 관련된 질투심이 현실적인 근거를 바탕에 두지 않은 채 직관에만 의존해서 생기는 경우가 얼마나 많은지를 분명히 알 수 있었습니다. 즉, 한 친구가 다른 친구보다 못하다고 느낀다거나, 또는 다른 친구가 원하는 것을 한 친구가 가지고 있다는 생각으로 인해서 질투가 유발되는 것입니다. 불행하게도, 저는 이런 질문을 던져보지 못했습니다. "여러분은 가벼운 친구, 가까운 친구, 가장 친한 친구를 질투해 본 경험이 있습니까?" 이런 질문을 던져보았더라면, 자신에게 질투심을 느끼는 친구에 관한 응답과 자신이 친구에게 질투심을 갖고 있는지에 대한 답을 맞춰보고, 양편의 결과를 대조하여 비교해 볼 수 있었을 것입니다.

가족이나 연인 관계에 관련된 분노

저는 《미국에서 독신으로 살기》라는 책을 쓰기 위해서 독신들을 대상으로 인터뷰를 한 적이 있었습니다. 인터뷰에 응한 독신의 남녀들은 결혼한 친구들의 부부 생활이나 그들이 키우는 자녀에 관한 얘기를 들을 때 몹시 부러움을 느끼게 된다고 고백하는 경우가 많았습니다. 그런데, 기혼 남녀인 경우에는 독신으로 지내는 친구들이 누리고 있는 자유를 부러워한다고 고백하는 경우를 저는 많이 보았습니다.

친구의 가족이 누리고 있는 지위나 친구와 연인의 관계에 대해서 다른 친구들은 흔히 부러움과 질투를 품기도 합니다. 그런데, 이런 종류의 감정은 부러움을 사는 친구가 소유한 것의 실체가 무엇인지는 별로 상관이 없다고 합니다. 오히려 부러움을 느끼는 사람이 자신의 상황에 대해서 얼마나 행복하게 느끼는지에 달려 있다고 합니다.

다른 친구의 인간 관계에 대해 분노를 표현하는 친구는 실제로 어떤 주장을 하고 있을까요? 그들의 주장은 두 가지의 기본적인 유형으로 나눠볼 수 있습니다. 첫째, 한 친구가 절실히 원하는 관계를 다른 친구가 맺고 있을 때 느끼는 부러움입니다. 이런 종류의 부러움은 종종 연인과의 관계나 아이들 문제와 연결되는 경우가 대부분이기는 하지만, 친구의 입장에서 보면 자신의 삶에서 부족한 부분이라고 느끼는 것이 바로 친밀한 관계 형성이라고 생각할 수 있습니다.

린다는 호흡기 질환 전문의로 근무하고 있으며, 결혼해서 대학에 입학할 나이가 된 아들과 14세의 딸을 두고 있습니다. (제1장에서 린다의 이야기가 소개된 적이 있었는데, 그녀는 직장 동료와의 우정이 이메일로 인해서 어떤 식으로 망가졌는지에 대해 밝혔습니다.) 독신으로 자녀 없이 지내는 친구가 린다와 딸의 사이에 대해서 느낀 질투심을 린다는 다음과 같이 설명합니다.

　30년 동안 우리는 정말 좋은 친구로 지내왔습니다. 그 친구는 독신이었고, 결혼 경험은 없었습니다. 아이도 물론 없었죠. 어느 날 그 친구가 저에게 전화를 걸어서 함께 공연을 보러 가자고 제안했습니다. 제가 그녀의 가장 친한 친구였기 때문이었습니다. 저는 그 공연을 보러 가는 일에 별로 관심이 없다고 말했는데, 그 친구는 이 문제를 굉장히 크게 받아들였습니다. "우리는 다시는 아무 것도 함께 하지 않을 거야. 우리가 같이 할 수 있는 것이라고는 고작 외식뿐이야."

　(그렇지만) 저는 35년 동안 친구들과 만날 때면 언제나 식사를 함께 해왔습니다. 제가 정말 친구들과 하고 싶은 일은 그게 전부였으니까요. 보고 싶은 영화가 생기면, 저는 혼자 보고 싶습니다. 운동이 하고 싶다면, 그때도 저는 혼자 가고 싶습니다. 제가 친구들과 함께 하고 싶은 유일한 것은 대화를 나누고, 음식을 먹고, 커피를 마시는 일입니다.

　"너는 사귀는 동안 내 성격을 잘 알고 있었잖아. 왜 갑자기 그렇게 화를 내는 거야?"

　"너는 무슨 일이든지 네 딸하고만 하잖아."

　"우리 어머니가 나에게는 가장 친한 친구였어. (린다의 어머니는 2년 전에 돌아가셨습니다.) 지금은 내 딸이 나한테 가장 친한 친구나 다름 없고. 그래, 나는 딸하고 같이 쇼핑하러 다녀. 딸하고 함께 하는 것이라면 어떤 일이라도 특별하게 느껴지니까."

　"네가 딸하고 시간을 보낼 때마다 나는 우리가 우정을 나눌 수 있는 시간을 뺏긴다는 기분이 들어."

　나는 놀라서 할 말을 잃었습니다.

　"내가 딸아이를 얼마나 아끼고 사랑하는지 너도 알잖아. 딸과의 관계는 우리 우정에 어떤 식으로도 영향을 미치지 않아. 그러니까 너는 지금 나와 딸 사이를 질투하고 있다는 거야?"

"난 그저 너와 함께 나가서 무엇인가를 같이 하고 싶을 뿐이야."

"30년 넘도록 지속된 우리의 우정을 내가 얼마나 소중하게 여기는지에 대해 너에게 증명해야 할 의무는 없다고 생각해. 넌 정말 내가 우리 우정을 얼마나 소중하게 생각하는지 모른다는 거야? 내가 꼭 내 마음을 증명해야만 한다면 차라리 우리 우정을 끝내버리겠어. 우리가 지금까지 지내왔던 방식대로 내버려둘 수가 없다면, 네가 느낀 기분은 나로서는 정말 유감이구나. 나는 나름대로 조심해서 행동하려고 애써왔는데, 그런데도 너는 내가 내 아이들, 내 딸과 지내는 시간에 대해 타박하다니."

이런 말을 듣고 그 친구는 울기 시작했습니다. 저는 그저 친구를 달랠 수밖에 없었고요.

"내가 너를 얼마나 좋아하는지는 너도 알고 있잖아. 넌 정말 좋은 친구야. 그렇지만, 내가 너를 사랑한다는 사실을 그런 식으로 증명할 수는 없어. 그건 마치 내 남편이 '나하고 운동 경기를 같이 보러 가지 않는 것으로 봐서 넌 나를 사랑하지 않는구나' 하고 말하는 것과 같은 거야."

그 일이 있은 후에 우리의 관계는 완전히 달라졌습니다.

그 친구가 저에게 "우리 만나서 점심 먹을까? 아니면 커피는 어때?" 하고 물으면, 저는 "그래" 하고 대답할 것입니다. 그렇지만 그런 긍정적인 대답을 자주 하지는 않을 것 같습니다. 부분적으로는 그 친구가 한 말에 제 마음이 상했기 때문이고, 또 다른 이유로는 시간을 내기 어렵기 때문입니다. 저는 커피나 점심을 먹는 일이라면 기꺼이 만나겠다는 제 입장을 고수했습니다. 제가 어느 정도 거리감을 느끼게 되었다는 사실을 제외하면, 저와 그 친구와의 우정에 금이 간 것처럼 보이지는 않았습니다. 어쨌든 저는 관계가 달라졌다고 느꼈습니다. 그 친구도 그렇게 생각했는지는 잘 모르겠지만요. 제 생각에 그 친구는 그렇게 생각하지 않았던 것 같기는 합니다. (하지만) 분명히 저는 그 친구에게 애정을 가지고 있습니다.

… 우리의 우정이 예전만은 못하더라도 저는 여전히 그 친구에게 깊은 애
정을 느끼고 있답니다.

저는 사람들이 처음에 어떤 식으로 우정을 맺는지가 궁금합니다. 린다
의 경우에는 30년 전에 친구와 같은 직장에서 처음 만난 뒤에 일하면서 친
해졌다고 했습니다. 그녀의 친구 역시 당시에 호흡기 질환 전문의였습니
다. 몇 년 후에 그 친구는 도서관의 사서로 근무하기 위해서 직장을 떠나
학교로 돌아갔습니다. 친구와는 달리 린다는 소위 마당발이어서 엄청나게
많은 친구들이 이리저리 얽혀 있습니다. 린다의 친구는 350파운드의 몸무
게에 “매우 조용하고, 매우 수줍음이 많고, 우울해 보이며, 혼자서 지내는”
성격이었습니다. 린다는 이렇게 설명합니다. “저는 친구들이 아주 많았어
요. 그래서 그 친구를 제가 속한 모임에 끌어들였고, 덕분에 그 친구도 다
른 친구들과 사귈 기회가 생겼지요. 사람들은 제가 그 친구를 좋아한다면
분명 그 친구에게 좋은 점이 있기 때문이라고 생각했습니다.”
앞에서, 린다는 딸하고 보내는 시간을 친구가 질투했다는 사실에 크게
충격을 받았습니다. 그런데, 사실 두 사람의 우정이 시작된 방법은 린다가
나중에 충격을 받게 되는 이유에 영향을 미쳤던 것입니다. 린다는 다음과
같은 이야기를 합니다. “제 기분이 그랬나봐요. ‘나는 너한테 엄청난 도움
을 줬잖아. 그런데도 너는 지금 나하고 딸 사이를 질투하는구나.’ 이제 그
친구는 자기가 사는 동네에 친구들이 많이 있어요. 처음하고는 달리 지금
은 친구들이 훨씬 많아졌다구요. 그런데, 왜 저한테 더 많은 요구를 하는
거죠?”
저는 린다에게 물어보았습니다. 만일 친구가 어떤 행동을 취했더라면
린다의 기분을 그렇게 상하게 만들지 않았을까요?

제가 딸하고 가까운 관계로 지내는 사실에 대해서 제가 죄의식을 느끼지 않도록 한다거나, 그 친구가 저를 질투하고 있다는 사실을 모르도록 했다면 좋았을 것입니다. 저는 이런 말을 기대했습니다. "네가 가족을 위해서 할 일이 굉장히 많다는 것을 나는 충분히 이해하고 있어. 네가 딸하고 보내는 시간을 워낙 좋아하기 때문에 우리가 함께 하는 시간이 적다는 것을 알지만, 난 네 입장을 이해할 수 있어." 그렇지만, 그 친구는 그런 식으로 말해 주지 않았죠. 저는 "네가 딸아이를 얼마나 아끼는지, 그리고 너희 두 사람이 얼마나 가깝게 지내는지를 난 잘 알고 있어"라는 말을 기대했지만, 그 친구는 결코 그렇게 말하지 않았다구요. 제 기대를 저버리고 그 친구는 이런 말을 했습니다. "나는 기분이 나빠. 네 딸이 네가 나에게 말할 기회를 뺏어가는 것처럼 느껴진단 말야."

이봐, 아무렇게나 생각해도 좋아. 그렇지만 내 아이들 얘기는 꺼내지 말아달라구.

경쟁심

감당할 수 없는 질투와 시기심과는 달리, 약간의 경쟁심은 자연스러운 일이며 모든 관계에서 으레 생기기 마련입니다. 경쟁심은 사회학자들이 준거 집단이라고 부르는 것의 자연스러운 부산물입니다. 여기서 준거 집단이란 여러분이 자신에 대해 판단할 때 근거로 사용하는 집단이나 범주를 가리키는 것입니다. 준거 집단은 어떤 사람이 이미 속해 있는 집단이 될 수도 있습니다. 예를 들어서, 여러 명이 친구 관계를 맺고 있을 때 한 친구가 자기 자신을 다른 친구들과 비교하는 경우가 거기에 속합니다. 회사의 중역들이 자기 자신을 그룹 내의 CEO들과 비교하는 것처럼, 어떤 사람이 속하고 싶어하는 그룹도 준거 집단이 될 수 있습니다.

아주 약간의 경쟁심이라든지, 부도덕하거나 악의적인 마음으로 통제할 수 없는 수준의 경쟁심을 품은 것이 아니라면, 어느 정도의 경쟁심은 활력소가 될 수 있습니다. 여러분이나 친구가 다른 사람이 이룬 성과를 시샘하지만 않는다면, 혼자서 자신이 원하는 바를 추구하는 일은 결코 배신으로 이어질 이유가 없습니다. 그러나, 경쟁심이 도를 지나쳐서 통제 불능의 상태에 이르렀다면 문제는 달라집니다. 친구의 지속적인 성공을 방해하려는 시도를 할 수도 있고, 친구가 이룬 가치 있는 성과를 수포로 돌리기 위해 미묘한 방법을 쓸 수도 있는 것입니다. 예를 들면, 성공을 무시해 버릴 수도 있고, 아니면 경쟁거리를 최소한으로 줄이거나 아예 없애버리는 방법을 쓸 수도 있습니다. 마침내 자신이 이루지 못한 업적을 시기하는 말을 던지면서, 경쟁심으로 인해 자제심을 잃어버리게 됩니다. "누가 이따위 쓸모없는 큰 집을 원하겠어? 방이 많아서 청소하기만 힘들지 뭐!"라고 말한다거나, "그 친구가 작정하고 덤벼들었는데 대체 어느 누가 그 일을 할 수 있었겠어?"라고 말입니다.

교만

질투와 시기에 대해 앞에서 한 설명에 의하면, 질투심이나 시기심을 느끼는 친구는 직접 상대하거나, 이해해 주거나, 용서해 주어야 한다는 내용이 주를 이루었습니다. 그렇지만, 교만은 다른 사람들에게 배신과 복수에 대한 충동은 물론이고 질투심과 시기심을 유발할 수 있습니다. 교만한 사람이 여러분 자신이든 타인이든 상관이 없습니다. 여기서 교만이란 자아가 지나쳐서 우쭐거리기를 좋아하는 성격을 말합니다. 교만한 사람은 타인을 멸시의 대상처럼 느끼게 만들기 때문에 스스로 배신을 조장하는 셈입니다. 지난 수년간 저는 유명인사는 물론이고 자기 분야에서 확실한 성공을 거둔 남녀를 대상으로 인터뷰를 실시해 왔습니다. 인터뷰한 내용을 정리하면서 저는 한 가지를 깨달았습니다. 엄청난 권력을 가지고 있는데도 여전히 친구들을 가지고 있는 사람의 경우에는 겸손하고 남의 의견을 잘 수용하며, 결코 뽐내지 않는다는 것입니다.

이와는 대조적으로, 한 번 교만한 마음을 간파당하고 나면 친구들은 우쭐해하는 친구의 주변에 머물기보다는 곁을 떠나가는 경우가 많이 있습니다. 물론, 어떤 사람이 명성이 높거나 성공한 경우에는 그 사람이 교만하다는 사실을 알아차린다거나 그런 성격을 다루는 일이 종종 어렵게 느껴지기 마련입니다. 자극적인 말과 아첨하는 말에 온통 둘러싸여 있는 순간에 그것이 영원하지 않을 것이라는 사실을 기억하기란 힘든 일입니다. 일단 쉴 새 없이 걸려오던 전화가 더 이상 울리지 않고 추종자들이 보내는 편지가 줄어들면, 전적으로 신용할 수 있는 친구가 누구인지 가려지게 됩니다. 바로 언제나 여러분의 곁을 지킬 사람이며, 다른 사람의 도움이 절실하게 필요할 때 여러분과 함께 하는 사람입니다. 단지 화려한 성공을 거두는 시기뿐만이 아니라 여러분이 살아갈 모든 순간을 더욱 행복하게 만들면서 함께 어울릴 사람입니다.

만일 여러분이 교만하다거나 여러분이 아는 누군가가 교만하게 보인다면, 그 성격이 일시적인 현상에 불과한지, 갑작스러운 환경의 변화 때문에 일어난 반응인지에 관해서 생각해 보아야 합니다. 상을 받았다거나 거액의 보너스를 받은 경우라면 그저 자랑하고 싶은 마음이 잠시 들 수도 있기 때문입니다. 며칠이나 몇 주 정도는 그냥 두고 보십시오. 그래도 여러분이나 친구가 이전의 겸손한 모습으로 돌아가지 않는다면, 그 사람의 기본적인 품성을 다시 평가해 볼 필요가 있을지도 모릅니다.

분노

질투와 시기심은 분노와 밀접한 관련이 있습니다. 질투와 시기심으로 인해서 우정을 배반하게 되는 경우가 많은데, 이런 강렬한 감정들의 이면에 분노가 숨어 있습니다. 자신을 향해 분노를 터뜨린다거나 분노의 방향을 긍정적인 행위로 돌려서 발전과 변화를 모색하기는 어렵습니다. 따라서, 대체로 분노는 친구에게 향하게 됩니다. 여러분으로 인해서 친구들이 질투와 시기심을 느끼고 결국은 분노를 품게 되었을지도 모를 일입니다. 또, 여러분 자신이 친구에게 분노를 느낄 수도 있을 것입니다.

제가 이 책을 쓰기 위해서 분석해 본 180명의 표본들 중 30명은 104항목의 한층 세분화된 설문에 대답을 했습니다. 그 조사에는 다음과 같은 재미있는 질문이 포함되어 있습니다. "여러분이 지금까지 친구에게 한 행동들 중에서 최악이라고 할 만한 것은 무엇입니까?"

30명의 응답자가 제시한 답안을 검토하면서, 저는 응답자들이 자신이 친구에게 저지른 나쁜 행동을 마침내 은밀한 방식으로 털어놓을 수 있다는 사실에서 일종의 안도감을 느꼈다는 것을 깨달았습니다. 조사에 응하면서, 응답자들은 자신이 친구에게 적대적인 행위를 저질렀다는 사실을 드러낼 수 있는 기회를 가진 셈이었습니다. 과거의 행동이 어쩌면 그 사람들을 평생 동안 괴롭혀왔을지도 모를 일입니다. "여러분이 지금까지 친구에게 한 행동들 중에서 최악이라고 할 만한 것은 무엇입니까?"라는 질문에 일부 응답자들은 다음과 같이 대답했습니다.

- "제가 엄청나게 여러 차례에 걸쳐서(강조) 약을 먹은 경험이 있다고 말해 주어서, 제가 아침에 깨어날 수 있을지 없을지에 관해서 그 친구가 고민하도록 만들었습니다." (46세의 기혼 여성으로 자녀를 두고 있음)
- "친구가 관심을 가지는 여자와 장난 삼아서 연애했습니다." (28세의 독신 남성으로 트럭 운전수)
- "여러 사람들 앞에서 친구를 놀림감으로 만들었습니다." (42세의 기혼 교사)

● "저는 제 감정이 혼란스럽게 느껴졌지만, 제 혼란스러운 감정을 솔직하게 털어놓을 수는 없었습니다. 그래서, 되는 대로 모든 사람을 즐겁게 만들어줄 만한 일을 하려고 몇 명의 사람들을 놀렸습니다. 대개는 남을 놀리면서 동시에 제 자신도 웃음거리로 만든 셈이었습니다. 제가 그런 일을 저지른 사람 중에는 가까운 친구도 들어 있었기 때문입니다. 그 친구와 마주치게 될 때면, 저는 '물론, 우리는 친구야. 나는 네 친구가 되고 싶어'라고 말했습니다. 나중에는 그 말이 사실인지 저조차도 헷갈릴 지경이었습니다. 물론 더 이상은 그렇게 생각하지 않습니다. 여러 해 전에 저는 몇 명의 사람들에게 이런 식으로 상처를 주었습니다. … 저는 정말 나쁜 일을 저질러 왔습니다. 그렇지만, 지금은 어떤 나쁜 행동도 저지를 생각이 없습니다." (47세의 독신 간호사)

"여러분이 지금까지 친구에게 한 행동들 중에서 최악이라고 할 만한 것은 무엇입니까?"라는 질문에 대답하는 것은 일종의 연습입니다. 여러분이 친구에게 느껴왔던 분노에 대해 생각할 수 있는 한 가지 방법으로 이런 연습을 하고 싶을 수도 있습니다. 아니면, 여러분이 친구에게 분노를 느끼게 만들었던 일을 기억할 수 있는 방법이 될지도 모르겠습니다.

여러분이 느꼈던 감정이 우정을 배신하는 행위였는지, 아니면 여러분이 겪은 배신 행위가 그저 분노를 표현하려던 시도가 엉뚱한 결과를 빚은 것에 불과한지를 분석하는 일은 대단히 중요한 것입니다. 우리들 중에서 분노를 직접적으로 간결하게 표현하는 방법을 배운 사람은 거의 없습니다. 대신 우리들은 분노는 피해야 하고, 가라앉혀야 하며, 안으로 삼켜야 하고, 부인해야 하며, 객관화시켜야 하고, 무시해야 한다고 '배웠습니다'. "나 지금 화났어"라고 말하는 대신 분노를 인정하고, 자신을 분노하게 만든 당사자와 함께 분노를 해결하는 대신 그저 배신을 감행합니다. 그러면 행동이 분노라는 감정의 대치물이 되는 것입니다. 이런 행위는 분노를 직접적으로 표현하는 것이 아니라 그저 그 자리를 대신 메워주는 것에 불과합니다.

그렇다면, 어째서 사람들은 자신의 분노를 표현하지 않으려고 할까요? 사람들은 분노를 표현하면 다른 사람들이 자신을 멀리하고, 자신의 곁을 떠나가고, 자신을 거부하며, 다시는 자신의 주변에 오지 않으려 할 것이라는 두려움을 느끼기 때문입니다. 의도와는 달리, 분노의 감정을 배신이라는 행동으로 표현하게 되면 결과적으로 상대방을 거부한 것이고 상대에게서 결국 거부당하게 됩니다. 맨 처음에 자신이 가장 두려워하던 상황을 스스로 초래하는 셈입니다.

이런 불운한 운명의 수레에서 벗어나는 방법은 없을까요? 분노를 느끼고 자신의 감정을 말로 표현하는 것을 건강하고 긍정적인 행동이라고 받아들이십시오.

하지만, 누군가가 여러분에게 분노를 느끼고 있다면 어떻게 하시겠습니까? 분노는 우리들을 불편하게 만드는 감정입니다. 본능적으로 맨 처음에 드는 생각은 직접 분노를 제거하는 것입니다. 여러분이 생각을 행동으로 옮기기 전에, 자신에게 한 가지 질문을 던져볼 필요가 있습니다. 내 친구가 정말 나에게 화를 내고 있는가? 아니면, 사실은 다른 사람에게 화가 났으면서 그 감정을 나에게로 전이시키는 것은 아닐까? 안됐지만, 누군가가 여러분에게 화를 내고 있다면 조용하고 신중하게 화를 내는 원인을 제거하려고 하지는 마십시오. 그런 행동의 목적은 화를 가라앉히는 것이지만 종종 잘못된 결과를 낳기도 해서, 소리를 지르거나 욕설을 퍼붓고 상대방을 모욕하기도 하고, 일방적으로 전화를 끊어버리게 됩니다. 이런 행동보다 훨씬 용인되기 쉬운 대응 방법은 연락을 안 하거나 관계를 완전히 끊어버리는 것입니다.

자신에게 향하는 분노나 다른 사람에게 느끼는 분노를 적절한 방법으로 처리하는 방법을 배우면서 자란 사람은 아주 극소수에 불과합니다. 자신이 느끼는 분노를 부인하고 여러분에게 분노를 느끼는 사람과의 관계를 완전히 정리하려고 시도하는 것은 근본적인 문제로 나가기 전의 임시변통에 불과합니다.

극도로 격렬해질 수도 있을 만큼 엄청난 감정을 그대로 표출하지 말고, 분노라는 감정을 분노를 표현하고 있는 사람에게서 분리시키고, 분노의 이면에 자리잡은 말을 들으려고 하십시오. 그렇게 하면, 짧게든 길게든 지금까지 지속되어 온 여러분의 관계에 도움이 되는 것은 물론이고 여러분 자신에게도 결국은 유익한 영향을 미칠 정보를 얻을 수 있습니다.

결론적으로, 누군가가 여러분에게 분노를 느끼고 있을 때 과연 어떤 반응을 보이는 것이 이상적인 행동인지를 평가할 수 있는 좋은 방법이 있습니다. 여러분 자신에게 다음 사항들을 질문해 보는 것입니다.

1. 분노를 느낀다고 장담할 수 있습니까?
2. 그 분노가 정확히 나를 향한 것입니까? 아니면, 내 친구는 실제로 분노를 느끼는 상대를 대신해서 나에게 화풀이를 하는 것입니까?
3. 내가 대처해 나갈 수 있는 일시적인 행동입니까, 아니면 지속적인 행동입니까?
4. 나는 친구가 감정을 가라앉히도록 도와줄 능력이 있어서, 우리는 더욱 안정적인 마음가짐으로 친구의 분노를 해결할 수 있습니까?
5. 우리 문제에 다른 사람이 개입해서 친구가 분노하게 된 원인을 알아내고 처리하도록 도움을 요청할 필요가 있습니까?
6. 나는 친구가 자신의 감정을 분출시킬 필요가 있다는 판단을 내렸기 때문에 이런 상황을 내가 모르는 척하는 것이 낫다고 결정한다면, 이런

결정은 우리의 우정과 나 자신에게 도움이 될까요, 아니면 해가 될까
요?

여러분과 친구 중에서 누군가가 분노를 느끼고 있을 때 두 사람이 그 문
제에 대처하는 방법은 친구 사이에 발생한 갈등을 해결하는 방법만큼이나
중요합니다. 그런 상황의 처리 능력은 두 사람의 우정이 얼마나 신뢰할 만
한 관계인지를 예측해 볼 수 있는 기준이 될 수도 있기 때문입니다. (제 5
장 "이런 우정도 지킬 수 있을까?"에서 '친구와의 갈등 조정하기'라는 소
제목으로 다루고 있는 내용을 참고하십시오.)

변화

친구들 중의 한 명이 새로운 직업을 얻고 이사를 가게 되는 등의 구조적
인 변화들이 발생하면 자연히 우정에도 중요한 문제가 발생하게 됩니다.
직장에서 함께 일하면서 우정이 시작되었다면 직장이 바뀌는 일은 친구 관
계에 중요한 변수가 될 수 있으며, 여러분이 이웃에 사는 사람과 친해진 경
우라면 이사로 인해 관계에 변화가 생길 수 있습니다. 이런 문제를 연구하
면서 저는 친구를 배신하고 싶은 마음이 드는 원인에 대해 한 가지 결론을
얻었습니다. 상황 변화에 아무런 영향을 미치지 않은 사람은 흔히 상황을
변화시킨 장본인이 마땅히 책임지고 두 사람의 관계에 바람직한 의견을 제
안해야 한다고 믿는다는 것입니다. 아무런 변화 없이 뒤에 남겨진 사람은
새로운 환경에 들어서는 친구가 먼저 손을 내밀어주기를 바라게 됩니다.
마치 친구의 행동을 보면서 두 사람의 우정이 여전히 중요한지를 평가하려
는 것 같습니다. 이런 행동은 질투에서 비롯된 것일 수도 있고, 자기가 지
나치게 아쉬워하는 것처럼 보일지도 모른다는 두려움 때문일 수도 있습니
다. 한편, 변화된 환경에 놓이게 된 사람도 상대방이 먼저 연락을 취해 주

기를 기대하기도 합니다. 결국 생활이 실질적으로 불안정해진 사람은 자신이라고 생각하기 때문입니다. 환경이 더 안정적인 친구가 먼저 손을 내밀고 연락해 올 때까지 그저 기다리는 것입니다.

그렇지만, 이런 식으로 우정을 시험하는 것은 잘못입니다. 불행하게도 많은 친구들이 이런 시련을 견디지 못하고, 우정은 깨지게 됩니다. 예를 들면, 이사를 간 사람들은 1-2년이 지난 후에 이런 말을 하는 경우가 종종 있습니다. "예전부터 사귀던 친구들이 지금 한 명도 남지 않았어요." 어째서 이런 일이 일어나는 것일까요? 대부분의 경우에는 집을 옮긴 사람이 이사 후에 자신은 연락하지 않으면서 친구들에게만 연락할 책임을 떠맡기기 때문입니다. 그렇지만, 살다 보면 옛날 친구들에게 먼저 연락을 취하는 일은 이사를 가버린 사람이 하는 경우가 더 많습니다.

과연 왜일까요? 여러 친구들 중에서 단 한 사람만 남겨두고 떠나는 경우보다는 한 사람이 떠나가는 경우가 더 흔하기 때문입니다. 불가피하게 이사를 갈 수밖에 없는 이유는 많이 있습니다. 더 나은 직장을 얻었다든지, 결혼을 하고 배우자와 함께 살기 위해서라든지, 아직 독립하지 못한 나이라면 부모들의 결정에 따라야 하기 때문일 수도 있고, 색다른 환경에서 가정을 꾸리고 싶은 소망 때문인 경우도 있습니다. 아무리 합리적인 이유가 있다고 해도, 뒤에 남겨지는 사람의 입장에서는 그런 변화를 마치 자신이 버려지는 것처럼 여긴다는 것입니다. 결국 남겨진 친구는 여전히 아무 발전적인 변화도 없는 낡은 환경 속에서 지내야 하기 때문입니다.

변화는 질투심을 부채질합니다. 함께 하던 일상에서 멀어지는 일은 친밀한 우정에 위협이 될 수 있습니다. 예전에는 그토록 친했던 사람들이 변하는 환경에 영향을 받아서, 자신을 버리거나 완전히 헤어지게 되는 것은 아닐까 하는 의심에 시달리기도 하고 실제로 그런 감정으로 고통받기도 합니다. 단지 한 가지 변화가 일어난 것뿐인데도 여러분과 친구가 변화로 인해 생겨난 감정들을 제대로 처리하지 못한다면, 분노와 고통의 감정이 한층 커져서 결국은 두 사람의 우정을 깨뜨리고 말 것입니다.

예를 들어서, 어떤 사람이 승진을 했다고 가정합시다. 그 사람의 친구는 전화를 걸어서 "축하해"라고 말하는 대신, 그 사람이 자신에게 진정한 우정을 품고 있는지 '확인'할 기회라는 생각을 할지도 모릅니다. 승진 소식을 듣고 몹시 흥분해 있는 상태임에도 불구하고 특별히 시간을 내서 그 사람이 전화를 걸어 먼저 '인사'하기를 원하는 것입니다. 여러분의 친구가 만일 승진할 기회가 아직 없었다거나 그 친구가 이루려고 하는 목표를 여러분이 먼저 성취하게 된 경우에는 세심한 주의가 필요합니다. 여러분은 친구의 기분이 나아질 수 있을 만한 태도를 취하면서 극도로 신중하게 말을 가려서 건네야 합니다. "너야말로 나보다 승진할 자격이 있는 사람인데"라거나, "조만간에 너도 네 맘에 꼭 드는 이상형을 만나게 될거야"라는 표현은 잘못 선택한 말입니다. 친구의 자긍심을 높여주려고 애쓸 필요는 없습니다. 오히려, 은근히 여러분이 아직 이루지 못한 꿈이나 목표에 초점을 맞춰서 이야기하는 것이 좋습니다. 할 수만 있다면, 여러분이 달성한 성과와 친구가 여전히 달성하려고 애쓰는 목표를 구분짓도록 하십시오.

할 수 있다면 자주 옛날 친구를 여러분의 새로운 생활 환경으로 데려오십시오. 여러분 모두가 새로운 친구, 더 편하게 유지할 수 있는 우정을 찾을 수밖에 없다는 사실은 아마 모든 사람이 인정할 것입니다. 그렇다고 해서, 자주 만나지 못한다는 이유로 한때 친했던 친구나 지금 친하게 지내는 친구를 멀리할 수는 없습니다. 가능한 한 시간을 자주 내서 전화를 해보십시오. 또, '대규모' 모임은 물론이고 사적으로 만나서 점심이나 저녁을 함께 하자는 제안을 하십시오. 대규모의 모임을 통해서 여러분은 자신의 폭넓은 친구 관계에 대해 만족스러운 기분을 느낄 수는 있겠지만, 친구들과 개별적으로 인사를 하거나 은밀한 대화를 나눌 기회는 좀처럼 갖기 어렵습니다. 즐거운 마음으로 예전에 살던 동네를 방문해서 오래된 친구들을 만나보십시오. 일방적으로 한 쪽에서만 초대하는 것보다 번갈아 가면서 서로를 방문해서, 함께 모이는 데 드는 시간, 노력, 비용을 분담하도록 하십시오.

변화에 적응하기 위해서는 시간이 필요하다는 사실도 명심하십시오. 그 시간은 몇 주가 될 수도 있고, 몇 달이나 심지어 몇 년이 걸릴 수도 있습니다. 만일 여러분이 자기만의 독특한 행동 양식을 가지고 있는데, 그런 행동이 여러분에게 부정적인 영향을 미쳐서 지금 당장 좋은 친구가 될 수 없다고 가정해 보십시오. 여러분은 그런 사실을 친구들에게 알려야만 합니다. 마찬가지로, 만일 여러분의 친구들이 변화하기 위해서 필사적으로 노력하고 있는데, 변화로 인해서 지금보다 바람직하지 않은 친구가 될 가능성이 있다면 어떻게 하겠습니까? 여러분 자신은 이런 변화에 대해 의견을 제시할 수 있을까요? 그런 변화가 우정에 미칠 영향과 그 일로 인해 여러분이 느끼게 될 기분에 대해서 친구들과 의견을 나눌 수 있을까요? 적어도 한시적으로는 여러분의 친구가 할 수 있는 일이 아무 것도 없을지도 모릅니다. 변화가 일어난 원인이 친구가 수습할 수 있는 범위 밖의 것이기 때문입니다. 예를 들면, 새로운 직장에 나가거나, 아이가 태어나거나, 다른 나라로 이민을 가거나, 결혼을 한다거나, 이혼을 하거나, 아니면 다시 모든 시간을 학교 생활에 쏟아야 하는 등의 변화 때문에 혼란이 야기되는 경우입니다.

변화를 걱정하는 다른 이유는 친구들과 관련이 있습니다. 친구들이 일단 서로 떨어져 지내게 되면 우울해지거나 당황스러운 감정이 들기 쉽습니다. 따라서, 남자와 여자, 그리고 친구가 모이는 경우나 그냥 친구들이 함께 있는 상황이 부자연스러워 보이기도 하고, 억지스럽게 느껴지기도 하며, 때로는 부정적으로 보일 수도 있는 것입니다. 모든 상황을 분석해 보면 우정도 결국은 특정한 느낌에서 출발하는 연애 감정과 비슷한 것이어서,

화학 물질이라고 알려진 설명할 수 없는 성분 때문에 생기는 강한 감정을 기반으로 하고 있습니다. 따라서, 단지 여러분이 A라는 친구를 좋아하기 때문에 여러분의 애인이나 배우자도 A라는 사람을 좋아할 것이라든지, 마찬가지 이유로 A라는 친구가 여러분의 애인이나 배우자를 좋아하게 된다고 추정할 이유는 전혀 없습니다. A라는 친구의 애인이나 배우자를 더해서 산출 가능한 경우의 수를 만들어보십시오. 두 커플이 모였을 때 그 네 명의 사람이 전부 서로를 좋아하는 경우가 생기기 어렵거나 거의 없는 이유를 알 수 있을 것입니다.

새로운 커플의 모습으로 오래된 친구들과의 관계를 재정립하는 것은 어렵습니다. 오히려 변화를 맞은 순간부터 여러분이 만나게 될 다른 커플들을 찾아보면서, 여러분도 커플로 새롭게 출발하는 편이 가끔은 더 쉽기도 합니다. 더욱이, 여러분이 독신이었을 때 만나던 친구들 중에는 여러분이 커플이 된 상황에 적응하기 어려워하는 사람들도 있습니다. 차라리 커플로 새출발한 이후에 만난 새로운 친구들과의 관계를 돈독하게 하는 데 시간과 노력을 투자하십시오. 그러는 편이 길게 내다볼 때 훨씬 바람직한 결과를 낳을 수도 있습니다.

이런 문제에 있어서 수정할 수 없이 확고한 규칙이란 없습니다. 물론, 커플이 되어 두 사람이 함께 만날 수 있는 새로운 친구 관계를 만들어가는 것이 일종의 모험으로 느껴질 수도 있습니다. 하지만, 여러분이나 배우자에게 두 사람이 만나기 전에 사귀던 각자의 친구들이 있다고 해서, 커플이 된 이후에도 그런 관계를 그대로 유지하는 것은 옳지 않으며 불행한 일이라고 할 수 있습니다.

커플이 되는 것은 현재의 우정에 영향을 미치는 많은 변화들 중의 하나입니다. 사람들은 변화에 대해서 몹시 두려워하지만 실제로 경험하는 경우가 많습니다. 변화가 일어나면 다소의 욕구 불만이 생기기도 하고, 혼자 버려진 느낌이 들기도 하고, 혼란스러워하고, 마음의 상처를 입게 됩니다. 경우에 따라서는 복합적인 감정을 아주 과장되게 표현하기도 합니다.

몸무게와 관련된 변화들

우정에 영향을 미칠 수 있는 또 다른 변화는 몸무게의 감소나 증가입니다. 어떤 사람이 눈에 띌 정도로 심하게 몸무게를 줄였는데, 그 사람의 친구가 다소 불쾌한 기분을 갖거나 질투를 하게 되면 어떤 상황이 벌어질까요? 특히 몸무게가 많이 나가는 친구라면 불편한 심기를 드러낼 가능성이 더 많습니다. 결국 몸무게를 줄인 덕분에 우정은 중대한 위기를 맞을지도 모릅니다. 서론에서도 이야기한 것처럼, 40세의 브렌다는 몸무게를 줄인 뒤에 친구의 질투 때문에 우정을 끝낼 수밖에 없었습니다. 브렌다가 200파운드나 나가던 몸무게를 줄이면서 다이어트를 계속하고 있었을 때, 몸무게가 250파운드 정도 나가던 그녀의 친구는 브렌다가 몸무게를 줄이자마자 멀어졌습니다.

그러나, 친구의 질투심은 어쩌면 그다지 악의적이지도, 해가 될 만한 것도 아니었을지 모릅니다. 그런 사실을 브렌다가 깨달았더라면 두 사람의 우정은 구원받을 가능성이 있었을 것입니다. 이런 사례는 한 사람의 성공이 다른 사람의 신경을 건드린다는 사실을 증명하는 것처럼 보입니다. 예를 들면, 지금 여러분이 가지고 있는 것이 바로 여러분의 친구가 중요하게 생각해서 이루고 싶어하는 것일 수도 있습니다. 다른 사람이 가지고 있는 것을 여러분이 원하는 경우도 있을 것입니다. 어떤 경우더라도, 다른 사람이 가진 것을 여러분이 원한다고 해서 다른 사람은 그것을 가져서는 안 된다고 생각해서는 안 됩니다.

여러분이 친구의 다이어트에 대해서 질투심을 느낀다거나 다른 사람들이 여러분을 질투하는 것처럼 보인다면, 그런 감정들을 피하지 말고 정면으로 부딪히십시오. 친구들과 여러분 자신에게 시간을 주십시오. 특히, 오랜 기간 동안 여러분을 만나지 못한 친구들의 입장을 생각해 보십시오. 근처에 살기 때문에 '달라진' 여러분의 모습에 서서히 적응할 시간을 가졌던 친구들과는 다른 것입니다. 문제가 생기는 부분적인 원인은 변화가 너무 생경하게 느껴지기 때문이며, 또 스스로 정해 놓은 예전의 모습과는 사뭇 다른 시각으로 상대방을 보면서 충격을 받기 때문입니다. 몸무게가 많이 나가는 사람들과 비교해서 마른 사람들의 옷 입는 방식이나 행동 양식은 다르게 느껴지는 경우가 종종 있습니다. 몸무게가 줄어든 친구나 보기 흉하게 말랐다가 몸무게가 적당히 늘어난 친구는 갑자기 눈에 띄는 야한 옷을 입기도 합니다. 여러분이 친구와 함께 길을 걷다보면 차림새 때문에 친구가 더 많은 이목을 끌기도 할 것입니다. 이런 일은 두 사람 모두에게 낯선 변화라 할 수 있습니다.

몸무게가 너무 많이 늘어난 경우에도 역시 우정에 어느 정도 영향을 미칩니다. 예를 들어, 여러분의 친구들 중에서 자기가 같이 다니는 사람들의 외모를 기준으로 자신의 매력을 평가하려는 사람이 있다고 생각해 보십시오. 그런 사람들은 심각할 정도로 과체중인 친구를 사귀는 일이야말로 자존심이 걸린 심각한 문제로 느낄 수도 있습니다. 그런 사람들은 심지어 이유도 모르면서 몸무게가 많이 나가는 친구들을 사귀지 않으려고 피하기도 합니다. 그들이 자신의 개인적인 기분 때문에 과체중에 대해서 비방하는 의견을 낼지도 모르지만, 사실 여러분 개인의 몸무게가 증가하는 일이 그것과 무슨 상관이 있겠습니까? 어쩌면 그런 사람들은 이런 일들을 두려워할지도 모릅니다. "그 친구의 몸무게가 늘어날 수도 있었다면, 나라고 그런 일이 안 일어난다는 보장이 있겠어?" 그 사람들이 반응을 솔직하게 드러내도록 유도하십시오. 여러분은 친구에게 다음과 같이 설명하면서 대화를 시작할 수도 있습니다. "나는 무엇이 옳다거나 그르다는 식으로 말하고 싶지는 않아. 단지 나는 내 몸무게가 늘어났기 때문에 네가 나를 비난하는 것처럼 느낀다는 거야. 네가 나를 예전과는 다르게 대한다는 사실을 너도 알고 있니? 요즘 너와 함께 지내는 일을 내가 얼마나 힘들어하는지 너도 느끼고 있었어?"

직장과 관련된 변화들

직업을 바꾸거나 직장을 바꾸는 일은 질투심과 시기심을 불러일으킬 수 있는 변화입니다. 이런 문제로 우정을 영원히 끝낼 수도 있습니다. 그러나, 반드시 그렇게 나쁜 결론을 내릴 필요는 없습니다. 실제로 직장과 관련된 변화들은 친구들끼리 과도한 경쟁을 벌이게 만들어서 실질적으로는 우정에 도움을 줄 수도 있습니다. 서로 다른 직업이나 직종에 종사한다면 비교나 경쟁이 조금 줄어들 수도 있고, 아예 없을지도 모릅니다.

여러분이 새로운 직장을 얻었다는 이유로 친구와 여러분이 더 이상 관계를 지속시킬 수 없다면, 여러분의 잘못보다는 친구의 잘못일 확률이 더 높습니다. 다시 한 번 말하자면, 여러분과 친구가 가진 공통점과 아직 두 사람 사이에 변하지 않고 남아 있는 것이 무엇인지를 강조하는 노력은 기울여 보아야 할 것입니다. (여러분과 친구 모두가 여전히 소설 읽기나 외식하기, 야구 구경 가기, 또는 테니스 치기를 좋아하지는 않습니까?)

20대 중반의 한 남성은 "제가 승진한 뒤부터는 오래된 친구 녀석들과 만날 때 편안한 기분이 들지 않아요"라고 고백합니다. 그는 다른 사람들보다는 훨씬 솔직한 편이어서, 자기가 승진했기 때문에 자신의 높은 지위에 걸맞는 새로운 친구들을 더 좋아하게 되었다고 말하는 것입니다. 만약 이 사람이 오래된 친구들과 새로 사귄 친구들을 적당히 합치는 방법을 찾지 못한다면, 그는 앞으로 한 단계씩 승진하게 될 때마다 계속 옛날 친구에서 새로운 친구들로 옮겨다닐 수밖에 없습니다. '예전부터 자신을 알아주던'

오랜 친구는 결코 만들 수 없는 것입니다. 그런 식으로 행동하면서, 그 사람은 시간을 두고 우정을 지속시키는 가장 중요한 이유들 중의 한 가지를 놓치는 셈입니다. 다시 말하면, 친구들과 함께 만들어가는 추억이 얼마나 중요한지를 모르는 채 사는 것입니다.

수입과 관련된 변화들

수입이 달라졌다는 이유로 친구가 배신을 하는 일도 가능합니다. 한 친구가 갑자기 거대한 유산을 받게 되어, 다른 친구들로서는 도저히 엄두도 낼 수 없는 고급 음식점에 갈 수 있다고 생각해 보십시오. 반대로, 파산을 하는 바람에 친구가 집을 팔고 임대 주택에 들어간다거나 가난한 사람들이 모여 사는 동네로 이사를 가야 하는 경우도 있습니다. 수입의 변화에 영향을 받아, 안정적이고 평탄했던 친구 관계가 혼란과 불안한 상태로 바뀌기도 합니다.

이런 종류의 변화로 인해 생기는 배신을 피하는 데 도움이 되는 중요한 방법은 지금까지 다른 변화에 대해서 설명했던 것과 크게 다르지 않습니다. 즉, 친구들 사이에서 변하지 않고 여전히 닮았다고 생각되는 점을 강조하는 것입니다. 현재의 수입은 엄청난 차이가 난다고 해도, 사람들이 함께 영화를 보러 가면 똑같은 돈을 지불하고 영화를 봅니다. 여러분은 수입이 달라진 뒤로도 친구를 만나서 영화를 본다거나 함께 커피를 마시고 싶어할지도 모릅니다. 즉, 두 사람이 수입의 차이를 인식할 필요가 없는 장소를 택해서 지속적으로 만나려고 하는 것입니다. 현재 여러분과 친구가 비록 극단적으로 다른 환경에서 살고 있다고 하더라도, 그런 식으로 한다면 여러분의 우정은 지속될 수 있습니다. 여러 가지 물질적인 함정에 빠지지 않고, 여러분과 친구의 사이를 묶어줄 수 있는 상호작용과 두 사람이 함께 한 추억에 중점을 두면 됩니다.

만일 여러분의 수입이 어느 날 갑자기 천정부지로 뛰어오른다면, 교만하다는 비난만큼은 듣지 않고 싶을 것입니다. 여러분의 친구가 방금 50만 달러의 보너스를 받았다면서 여러분은 물론이고 자신이 아는 사람들에게 전부 그 소식을 알렸다고 가정해 보십시오. 여러분은 친구에게 우회적인 말투로 교만함이 추악한 모습을 드러내고 있다며 따끔하게 한 마디 하게 될지도 모릅니다. 여러분의 친구는 다른 사람이 시기할 만큼 수입이 크게 올랐다고 자랑하고 다니면서도, 스스로 자신의 행동을 인식하지 못했을 수도 있습니다.

이와는 대조적으로, 친구의 수입이 많이 떨어졌다면 여러분은 친구에게 돈을 주겠다는 제안을 하지 않도록 조심해야 합니다. 이 책에서 설명하고 있는 모든 배신의 원인들과 마찬가지로, 돈 문제로 종종 우정에 금이 가기 때문입니다. 더욱이, 수입이 감소했지만 친구의 생활 수준은 여전히 나쁘지 않다면, 여러분은 무의식적으로라도 친구를 모욕하고 싶지는 않을 것입니다. 만일 입장이 바뀌었다면 여러분은 누군가가 특별한 행동을 취해 주기를 기대했을지도 모릅니다. 그렇다고 해서, 자신이 원하는 일을 친구에게 그대로 적용시킬 생각은 하지 마십시오. 여러분과 친구는 서로 다른 사람이며, 다른 성격을 갖고 있습니다. 시간을 들여서 여러분의 친구가 어떤 도움을 필요로 하는지를 알아내도록 하십시오. 만일 친구가 바라는 일이 '아무 것도 하지 않는 것'이라면, 친구의 뜻을 존중해야 합니다.

결혼과 연애로 인해 생기는 변화들

앞에서도 소개한 것처럼, 저는 《미국에서 독신으로 살기》와 《친구 관계의 전환: 우정의 힘과 우정이 우리의 인생에 미치는 영향》을 집필하기 위해서 여러 가지 조사를 했습니다. 그런 작업을 하는 동안 저는 똑같은 종류의 불평을 수도 없이 반복해서 들었습니다. "제 친구들은 항상 제 곁에 있어주었는데, 제 남편이 세상을 뜨고 난 뒤로는 제 곁에 있어주는 일을 힘겨워하는 것처럼 보였습니다. 결혼 생활을 하거나 연애를 하는 친구들이 특히 불편해하는 것이었습니다." 이혼을 한 사람들도 이것과 똑같은 경험을 하게 되는데, "친구들이 편을 갈랐습니다"라는 불평을 늘어놓습니다. 저에게 불평을 하는 사람들의 대부분은 친구들에게 무시를 받게 되어 사교 활동을 더 이상 지속할 수 없는 입장에 놓인 사람들입니다.

물론, 이런 행동은 오래된 우정, 심지어는 몇 십 년간의 우정을 배신하는 일입니다.

그렇습니다. 이런 행태는 정말 불쾌하고 불공정한 일입니다. 그렇지만 이런 상황을 여러분의 일방적인 입장에서 받아들이지 않는 것이 중요합니다. 우정이란 선택적인 역할입니다. 여러분의 배우자가 세상을 떠났거나 여러분이 배우자와 헤어졌기 때문에, 예전 친구들이 지금으로서는 여러분과 우정을 지속하는 일을 불편하게 생각할 수도 있습니다. 여러분은 당연히 친구들의 감정을 있는 그대로 받아들여야 하며, 다른 친구들을 사귀는 것이 좋습니다. 물론, 여러분은 자신에게 부당한 대우를 한 친구들 모두에게 맞대응을 해볼 수도 있습니다. 간단하게 말하자면, 그 친구들은 여러분이 '돌연히 혼자'가 된 이후에 여러분을 배신한 셈입니다. 어쩌면 그 친구들은 자신들의 행동이 터무니없는 것이었으며 여러분이 받아들이기 힘든 일이었다는 사실을 인정할지도 모릅니다. 심지어 그 친구들은 다시 친구가 되자는 의견에 동의할 수도 있습니다. 여러분이 개인적으로 알게 된 새 친구를 데려오도록 함으로써, 세 명이나 네 명이 함께 만나자는 제의를 할지도 모릅니다.

이런 일들은 모두 품위 있고 세련된 행동입니다. 여러분의 친구는 올바른 일을 하기 위해서 노력하는 중입니다. 그렇지만, 다시 만나게 되면 어떤 기분이 들게 될까요? 편안하고 느긋한 기분이 들겠습니까, 아니면 긴장해서 마음이 편하지 않겠습니까?

　친구는 여러분을 배신하지 않기 위해, 그리고 일단 여러분과 맺은 우정을 버리지 않으려고 노력할 수도 있습니다. 하지만, 두 사람의 주변 환경이 변한 상황에서 감정을 무시할 수는 없는 노릇입니다. 만일 서로에게 편안함과 친숙함을 더 이상 느낄 수 없다면, 아닌 척 가장한다거나 강제로 관계를 유지할 수는 없습니다. '유유상종'이라는 말이 일 대 일의 친구 관계에서 가장 기본적인 원칙인 것처럼, 커플인 경우에도 그대로 적용됩니다. 커플이든 독신이든 상관 없이, 친구가 되려는 사람들은 서로에게 그런 유사한 감정을 가질 필요가 있는 것입니다. 대부분의 경우에, 커플은 커플끼리 모이는 경우에 훨씬 편안한 시간을 보낼 수 있습니다. 반면, 커플들은 독신들의 생활에는 적응하기가 쉽지 않다고 합니다.

　여러분이 이혼을 했다면, 여러분과 전배우자 중에서 누군가를 '선택'해야만 하는 상황 속에 친구들을 밀어넣지 마십시오. 그것은 여러분 두 사람의 문제입니다. 또한, 여러분이 미망인이 된 경우라면, 친구들이 이제 고인이 된 여러분의 배우자를 사랑하고 그리워하면서 떠올리도록 만들어서는 안 됩니다. 차라리 많은 추억을 떠올릴 필요가 없는 새로운 환경을 꾸미도록 노력하십시오. 여러분이 독신이 되었는데 친하게 지내는 커플이 있고, 두 사람 중 동성인 친구와 가까운 경우를 생각해 봅시다. 커플의 관계에 불화가 일어나지 않는 범위 내에서, 그 친구의 애인이나 배우자 없이 여러분하고 단둘이 만나는 자리를 만들어보십시오. 지금은 비록 세 명이 되었다고 해도 예전에 네 명이 만나던 방식을 그대로 유지하면서 관계를 이어가고 싶은 욕심이 있겠지만, 이렇게 수정한 방법이 훨씬 편안한 타협안이 될 수도 있습니다.

　친구인 남녀 중에서 한 사람이나 두 사람 모두에게 사귀는 사람이 생긴 뒤에도 계속 우정을 이어가는 경우도 무척 많이 있지만, 마음에 맞지 않는다고 느낄 때도 있기 마련입니다. 애인을 사귀기 전에 이미 정신적인 우정을 나누던 친구가 있었다거나 애인이 이성의 친구를 새로 사귀는 경우에는, 상대방의 이성 친구에게 질투심을 느낄지도 모릅니다. 우정 이상의 감정이 아니라는 사실을 모든 사람이 인정하고 있더라도 애인은 질투심을 느낄 수도 있습니다. 애인이 상대방의 이성 친구에게 질투를 느낀다면서, 자신의 마음을 달래주려면 이성과의 우정을 그만두어야만 한다고 부탁하거나 심지어 강력하게 주장한다면, 이것을 정당한 요구라고 할 수 있을까요? 이처럼 복잡한 상황이 얽혀 있는 문제에 있어서 확실한 정답은 없습니다. 어떤 사람들의 관계에서는, 배우자가 이성 친구와 우정을 나누는 것에 질투를 느낀다면, 그 원인은 기본적으로 상대에 대한 확신이 없기 때문입니다. 이성간의 우정을 전부 다 받아들일 수 없다거나 의심스러운 관계로 치부하기 전에, 여러분은 스스로에게 다음의 몇 가지 질문들을 던져보도록 하십시오.

- 두 사람이 연애 감정을 주고 받았다는 증거가 있습니까?
- 여러분은 애인이 이성과 우정을 나누는 일을 반대하고 있습니까? 아니면, 여러분의 마음을 불편하게 만드는 사람이 바로 이 친구가 분명합니까?
- 여러분이 유심히 지켜봐야만 하는 상황이 벌어지고 있다고 말해 준 사람이 한 명이라도 있습니까?
- 여러분이 온갖 노력을 다 해서 문제를 해결해야 할 정도로 이 관계가 여러분이나 여러분의 애인에게 정말로 중요합니까?
- 여러분의 애인은 정신적인 교감을 나누는 이성간의 우정을 지속할 것인지를 스스로 정하지 않고 여러분에게 결정을 떠넘기지는 않았습니까?
- 여러분은 애인이 건전하게 만나고 있는 이성 친구와 친하게 지내려는 노력을 해봤지만 실패로 끝났던 경험이 있습니까?

만일 여러분과 애인 사이에 갈등이 생겼거나 격한 감정이 끓어오르는 상황이라면, 위의 질문들에 답을 하면서 도움을 얻을 수 있을지도 모릅니다. 즉, 애인과 함께 각자의 상황을 해결할 수 있는 가장 좋은 방법을 결정하는 데 참고로 삼을 수 있습니다.

점점 멀어지기

- "저는 아주 오랜 동안 우정을 키워온 친구가 있었습니다. 그 친구와 저는 자신들도 모르는 사이에 점점 멀어졌고, 마침내 우리가 더 이상 예전에 알던 사람들이 아니라는 사실을 깨달았습니다. 이제 우정은 더 이상 남아 있지 않았던 것입니다. 어째서 우리는 처음 만났을 때 친구가 되고 싶어했을까요?"

- "우리들은 각자의 아이들이 갓난아기였을 때 만났습니다. 친구의 결혼 생활은 우리가 처음 만났을 때에도 위기를 맞고 있었는데 마침내는 헤어지고 말았습니다. 반면에, 제 결혼 생활은 그렇게 행복한 정도는 아니더라도 여전히 순탄한 생활을 하고 있습니다. … 오랜 세월 동안 저는 그 친구와 우정을 나누었고, 그 친구가 이혼으로 힘겨워할 때에는 힘이 되어주기도 했습니다. 그런데, 우리의 관계를 끝내게 만든 세 가지 사건이 일어났습니다. … 그 친구에 대한 저의 충실한 감정과 그 친구가 제 남편에게 잘못된 생각을 품고 내비치는 애착 사이에서 저는 선택을 내려야만 했습니다. 고민 끝에 결국 저는 남편을 선택했습니다. … 우정은 10년만에 끝이 나버린 것입니다."

오래 지속되는 우정이라면 대체로 몇 년 또는 몇 십 년은 계속될 것입니다. 우정을 나누는 두 명 중에서 적어도 한 명이 더 이상 관계를 지속할 필요성을 느끼지 못하게 될 때까지는 계속되기 마련입니다. 우정을 끝내면서 수반되는 고통과 잠재적인 절망감은 우정을 지속시키는 데 필요한 노력보다도 훨씬 크게 느껴집니다. 그러나 바로 그 순간에 두 사람 중에 한 명에게 특별한 사건이 발생하기도 합니다. 덕분에 자신들의 우정을 냉정한 시각으로 바라보고, 위기에 놓인 관계를 회복시키거나 관계를 유지해야 한다는 결정을 단호하게 내려야 할 경우가 있습니다. 바로 이런 일이 애니에게도 일어났습니다. 올해 58세의 사업가인 애니는 결혼해서 세 명의 장성한 자녀를 두었으며, 현재 남편과 함께 살고 있습니다. 부부는 서부에서 거의 40여 년간을 살다가, 퇴직한 뒤 살던 곳과 멀리 떨어진 중서부의 작은 마을로 내려갔습니다. 그곳은 바로 애니가 어린 시절을 보낸 장소였습니다.

애니는 서부에서 사는 동안은 어린 시절의 친구인 샐리와의 우정을 유지하는 데 어려움이 없었습니다. 애니와 샐리는 고등학생 시절에 교회에서 처음 만났습니다. 샐리가 부유한 남편을 만나 결혼을 하고 8년 사이에 네 명의 자녀를 낳은 후에도 두 사람의 우정은 지속되었습니다. 애니는 로스앤젤레스로 이사를 갔고 취직을 했습니다. 취직한 뒤 5년 후에 애니는 결혼을 하면서 학교에 다니기 위해 직장을 그만두었고, 한편으로는 자녀 양육에 힘썼습니다.

애니와 가족들이 고향을 방문할 때면 시간을 내어 샐리와 남편을 만나곤 했는데, 그때마다 '엄청나게 불편한' 기분이 들었다고 애니는 회상했습니다. 그렇지만, 멀리 떨어져서 지내는 동안에는 샐리의 남편을 만날 일이 거의 없었기 때문에 두 사람의 우정에는 아무 문제가 없었다고 합니다.

그후, 애니와 남편이 은퇴해서 고향으로 돌아가면서 모든 상황이 달라졌습니다. 너무 가까이에서 보다 보니, 애니는 갑자기 오래된 친구의 물질 만능주의가 참기 힘들다는 사실을 깨닫게 되었습니다. 애니는 우정을 끝낼 수밖에 없었던 이유에 대해서 이렇게 요약합니다. "그 친구에게 중요한 의미를 갖고 소중하게 여겨지는 것들이 저에게는 아무런 가치도 없는 것이라는 생각이 계속해서 들었습니다." 이렇게 말하고 나서, 애니는 오래된 친구 관계를 정리한 거의 모든 사람이 의문을 가지게 될 만한 질문을 던집니다. "어떻게 우리가 그토록 오랜 기간을 친구로 지낼 수 있었을까요?"

오랜 기간 동안 우정을 유지하는 것에 의문을 제기하는 사람들의 대부분은 흥미로운 반응을 보이고 있습니다. 처음 만났을 때 친구가 된 이유는 이해하면서도, 그렇게 오랜 기간 동안 우정을 지켜온 이유나 방법에 대해서는 모든 사람이 의아하게 생각하고 있습니다. 그런데, 점차 멀어지게 되는 것이야말로 우정을 흔들리게 하거나 어떤 경우에는 완전히 끝나게 만드는 분명하고 확실한 이유입니다. 여러분은 우정을 극적인 방법으로, 또는 '공공연하게' 끝낼 필요는 없습니다. (친구와의 관계 정리에 대해 중점적으로 다루면서 이미 제안했던 것처럼) 여러분은 우정이 서서히 정리되었으면 하는 바람을 가지고 있을지도 모릅니다. 그렇지만 마음 속으로는 관계를 완전히 끝낼 필요성을 느끼고 있습니다. 그렇다면, 여러분이 친구와 점차 멀어지고 있을 때, 그 관계에 의미를 적게 부여하거나 완전히 우정을 끝내버리는 것이 어째서 중요할까요?

첫째, 여러분과 점차 멀어지고 있는 친구와의 관계를 제대로 정리하지 않는다면, 여러분은 누군가에게 마음을 솔직하게 열어 보이기 힘들어질 수도 있습니다. 새로운 사람과 조금씩 가까워져서 친한 친구로 발전할 수도 있는 기회가 줄어드는 것입니다. 하루, 한 주, 그리고 일년을 보내기 위해서는 수많은 시간들이 지나갑니다. 여러분이 만일 자신에게서 점점 멀어지고 있는 친구에게 시간과 노력을 온통 쏟아붓고 있다면, 대체 누구에게서 여러분은 그런 애정을 받을 것입니까? 여러분이 진정으로 필요하고 만나고 싶은 친구들을 위해서는 어떻게 시간을 낼 수 있겠습니까?

이런 생각을 해보는 것은 대단히 중요합니다. 여러분이 살아가는 동안 얼마나 많은 친구들과 친분을 유지할 수 있는지에 관한 공식은 아직 없기 때문입니다. 물론 개인에 따라 차이가 난다고 할 수 있습니다. 예를 들면,

일하는 부모들은 직장의 업무와 가정 생활 사이에서 균형을 맞추기 위해서 노력하는 한편 취미 생활을 하고 친구를 만나는 일에도 여전히 시간을 할애합니다. 반면에, 어떤 부모들은 자녀 양육 문제로 너무 힘겨운 나머지 일이나 우정, 취미 활동 등은 등한시하기 마련입니다. 마찬가지로, 15명이나 되는 가까운 친구들, 또는 가장 친한 친구들과의 관계를 별 탈없이 유지해 가는 사람들이 있는 반면에, 친구라고는 1-2명밖에 사귈 수 없는 사람들도 있습니다. 만일 여러분이 한 번에 1-2명의 친구들밖에 사귈 여력이 없는데, 두 명의 친구 모두가 점점 여러분과 멀어진다고 생각해 보십시오. 여러분은 자신의 시간과 감정을 자유롭게 놓아주고 무엇인가 조치를 취해야만 합니다.

둘째, 가까운 친구나 가장 친한 친구 사이에도 지속적으로 연락하고 관심을 가지는 경우에 비해서 멀어져서 지내는 경우에는 배신이 발생할 가능성이 훨씬 높습니다. 표면적으로 본다면, 배신은 어떤 일과 관련되더라도 일어날 수 있는 것처럼 보입니다. 친구를 정말 화나게 만드는 것은 바로 상대에게서 멀어지려고 하는 행동입니다. 화가 난 친구는 상대방이 자신을 강제로 떼어내려는 것으로 느끼게 되고, 두 사람의 관계는 돌이킬 수도 없고 멈출 수도 없는 상황으로 치닫게 됩니다. 일단 누군가가 배신을 하면, 모든 상황은 극적인 상황으로 치닫게 됩니다. 여러분이 배신을 당하지 않도록 노력하고 싶다면, 친구가 그런 행동을 할 수밖에 없는 감정적인 실마리를 제공해서는 안 됩니다. 상대에게서 점차 멀어지는 것도 배신의 발판을 마련하는 행동이 될 수 있습니다. 물론 의도적으로 배신한 것이 아닐 수도 있습니다. 말하자면, 예전에 친하게 지내던 친구가 전에는 비밀로 간직하고 있던 은밀한 정보를 다른 사람들에게 무심코 알려주기도 하는 것입니다. 그러나, 이제 두 친구 사이의 유대감이 느슨해졌기 때문에 비밀을 지켜주려던 노력도 함께 약해진 것입니다. 만약 관계가 점차 멀어지면 입이 가벼워지는 것이 사실이라면, 이런 일이 앞으로 일어날 배신에 실마리를 제공해 주는 셈입니다.

친구와 멀어졌다는 이유로 배신을 당할 가능성은 여러분의 노력을 통해 줄일 수 있습니다. 더 이상은 예전처럼 친밀한 관계를 유지하지 않을 때 가끔은 상대의 부탁을 거절하고 싶은 감정이 들 수도 있습니다. 이때, 그런 감정을 잠재우는 것이 배신의 가능성을 줄이는 방법입니다. 운이 좋으면, 여러분의 친구는 교감을 느끼고 감정을 확신할 수 있는 다른 친구들을 사귄 후 여러분의 자리를 대신하도록 할지도 모릅니다. 그렇게 된다면, 여러분의 친구 관계는 배신이나 극단적인 결말을 맞을 필요가 없습니다. 만일 여러분이 친구와의 우정을 멀리하고 싶어졌다면, 재치있는 방법과 외교적인 수단을 써야 합니다. 다른 사람들에게 여러분의 관계나 친구에 대해서 나쁜 이야기는 절대 하지 마십시오. 이런 말들은 결국에는 친구의 귀에 다시 들어갈 수도 있기 때문입니다. 친구는 여러분의 말에 상처를 입을 것이고, 심지어는 여러분이 두 사람의 문제를 다른 사람들과 떠벌림으로써 자신을 배신했다고 느낄 수도 있습니다.

여러분의 우정을 정리하거나 다소 멀어지게 하기 위해서는 기술이 필요합니다. 교묘한 방법을 써서 친구가 '상황을 눈치채면서도' 여러분의 행동을 악의적이거나 비열하다고 생각하지 않도록 하는 것입니다. 하지만, 만일 여러분이 멀어진 관계를 다시 되돌릴 수도 있다고 생각한다면, 친구와 다시 연락하기 위해 노력할 수도 있습니다. 친구를 위해서 시간이나 마음을 조금만 더 쓴다면 예전과 같은 유대감을 불러일으킬 수 있는지 살펴보십시오.

그렇다면, 친구와의 관계가 멀어지고 있다는 사실을 어떻게 알 수 있을까요? 대부분의 경우에는 거의 본능적으로 알아차리게 됩니다. 요즘은 너무도 많은 사람들이 눈코 뜰 새 없이 바쁘게 지냅니다. 그러다 보니, 단순히 전화하고, 만나고, 편지를 보내거나 이메일을 쓸 시간이 없다는 것은 정확한 판단의 근거가 될 수 없습니다. 친구가 여전히 가깝고 친밀한지, 아니면 연락이 뜸해지면서 결국은 서로 멀어지게 되는지를 판단하는 데 가장 좋은 방법은 두 사람이 나누는 대화의 질을 평가해 보는 것입니다. 여러분과 친구가 사적인 내용이나 비밀스러운 일들을 서로 알려주는지도 한 번 생각해 보십시오. 만일 두 사람이 처음 친해졌을 때부터 비밀을 함께 나눠온 경우라면 도움이 될 것입니다. (어떤 사람들은 자신의 비밀을 아무에게도 알려주지 않습니다. 자신의 직계 가족을 제외한 사람에게는 사적인 이야기를 하지 않는 사람들이 있기 때문에, 여러분에게 이 방법이 적용되지 않을 수도 있습니다.) 또 다른 방법은 두 사람의 친구들 중의 한 명이 언제나 모임에 다른 친구들을 한두 명씩 데리고 오는지를 살펴보는 것입니다. 당연히 원래 친구였던 두 사람만이 보내는 시간도 줄고 친밀감도 감소하게 됩니다.

두 사람의 친구들 중에서 한 명만이 관계를 정리하고 싶어할 때 상대에게서 멀어지는 일이 가장 괴롭습니다. 특히 한 친구가 예전에 줄곧 유지해 왔던 친밀감이나 만나는 빈도를 계속 유지하고 싶어한다면 고통은 더 커집니다. 두 사람의 우정을 소중하지만 덧없는 관계로 만드는 상황이 있습니다. 바로, 두 사람이 같은 마음으로 친구가 되어 관계를 유지하다가 한 사람만이 일방적으로 상대를 떠나거나 관계를 끝내고 싶어하는 경우입니다.

그렇지만, 여러분은 누구보다 분명하게 원치 않는 우정을 천천히 끝내버릴 수 있습니다. 상대에게 직접 맞서는 것은 좋은 결과를 이끌어낼 수도 없고 바람직하지도 않습니다. 여러분이 우정을 끝내려고 하는 이유나 친구가 여러분을 떠나려는 이유에 대해서 직접적으로 밝혀낸다면, 이 역시 배신의 가능성을 한층 강하게 만들 수 있습니다. 제 6 장 "우정을 끝내는 시기와 방법"에서 설명하는 것과 마찬가지로, 단지 친구의 전화에 응답하지 마십시오. (친구가 여러분의 전화에 더 이상 반응을 보이지 않는다면 어느 정도 눈치를 채야 합니다.) 이런 방법이야말로 점차 멀어져서 회복할 기미가 없는 친구 관계를 정리할 수 있는 가장 좋은 길입니다.

친구 관계의 전환

여러분이 인생을 살아오면서 겪은 것처럼, 친구 관계가 전환되거나 변화하는 방식은 단순히 서로 멀어지는 것과는 다르다고 할 수 있습니다. '친구 관계의 전환(friendshifts)'은 제가 1985년에 만든 말인데, 저는 1997년에 출판된 우정과 우정의 유형을 주제로 한 책에 이 단어를 제목으로 사용했습니다. 친구 관계의 전환은 예상할 수 있는 일이며 자연스러운 현상입니다. 대부분의 경우에 이런 상황은 그저 갑자기 발생한 것처럼 보입니다. 예를 들어, 이사를 가고 시간이 조금 지나면 여러분은 문득 이런 생각이 듭니다. 예전에 살던 동네에서 가벼운 친구가 되어 우정을 나누던 이웃 사람과 더 이상은 그런 관계를 유지하고 있지 않은 것입니다. 또는, 여러분과 친구는 한때 같은 직장에서 근무했었습니다. 그러나 두 사람 모두 직장이 바뀌었고 주거지도 달라지게 되자, 서로에게 전화하는 일도 드물어지고 단 둘이 만나는 경우도 없어졌습니다.

친구 관계의 전환이라는 말은 관계가 자연스럽게 전환된다는 사실을 강조하고 있습니다. 예를 들어서, 나이가 많아지면서 친하게 지내는 사람들과의 인맥도 폭넓게 유지해야만 할 때 친구 관계는 달라질 수 있습니다. 또, 친구들이 이사를 가거나 유명을 달리해서 이제 친구라고는 아무도 남지 않았거나, 특히 주변에서 친구를 찾아보기 힘들 때도 있는 것입니다. 한편, 고등학교를 졸업하고 자신이 선택한 대학에 진학하기 위해서 뿔뿔이 흩어지는 경우도 있습니다. 대학 생활을 제대로 즐기기 위해서는 자연히 새로운 학교에서 다른 친구들을 사귈 수밖에 없습니다. 캠퍼스에서 벌어지는 소식을 알려줄 친구가 현재 전혀 없는 학생이라면, 친구가 거의 없거나 전혀 없다는 이유로 앓게 되는 여러 가지 증세에 시달리기 마련입니다. 의기소침해지거나 심지어는 성적이 점차 낮아지기도 합니다.

친구들끼리 점차 멀어지는 것은 관계의 전환 때문에 일어나기는 하지만, 친구들 중의 한 명이 예전에 해오던 방식으로 계속해서 우정을 지켜나가고 싶어할 여지도 어느 정도 남아 있습니다. 이런 입장의 차이는 갈등의 원인이 될 수 있습니다. 적절한 방식이나 효과적인 방법으로 해결하지 않는다면, 점차 멀어지려던 것이 오히려 배신을 불러일으킬 만한 화근을 제공하기도 합니다.

친구 관계의 전환으로 인해서 배신의 가능성이 생기는 경우는 다음과 같습니다. 둘 중의 한 명이나 두 명 모두가 얼마나 정상적이고 예측 가능한 상황에서 관계의 전환이 일어나는지를 전혀 인식하지 못하기 때문입니다. 친구 관계의 전환이 자신들의 우정을 되돌아볼 기회가 되기보다는 그저 살다 보면 으레 겪게 되는 일이라는 사실을 받아들이지 못하는 사람들은 분노, 울화, 복수의 다짐, 앙갚음, 그리고 배신 등을 할 수도 있습니다. 예를 들어봅시다. 한 사람이 결혼을 했는데, 그의 가장 친한 친구는 독신으로 지내고 있었습니다. 그 친구가 자신들이 원래 지켜오던 우정에 생긴 변화를 받아들이지 못하고 그 관계를 다시 한 번 생각하게 되었다고 가정해 봅시다. 온갖 종류의 불쾌한 일들이 다 발생할 수 있는데, 친구가 새로 맞은 배우자에 대한 험담에서부터 친구에게 심술을 부리는 것은 물론이고, 심지어는 배신까지 하는 경우도 있습니다.

자부심 부족

여러분의 자부심은 부정적이거나 바람직하지 못한 우정을 유지하는 일을 어떻게 받아들입니까? 일반적으로는 자부심이 높을수록 바람직하지 못한 우정을 맺을 가능성은 줄어듭니다. 그렇지만 이 문제는 인과 관계가 그렇게 단순하지 않습니다. 자부심이 높다고 하더라도 바람직하지 못한 우정을 경험할 수도 있는데, 이때 바람직하지 못하고 위험한 우정이 다소 호전되어 긍정적인 방향으로 나아갈 시기를 기다릴 수도 있습니다. 일시적인 어려움이 있다고 해도 과잉 반응을 되도록 자제해서 두 번 다시 돌이킬 수 없는 말이나 행동을 하지 않으려고 합니다.

만일 여러분의 친구가 자부심이 낮다면, 그 사람은 우정을 소중하게 생각하지 않을 것입니다. 의식적으로나 무의식적으로 여러분을 밀어내려는 말이나 행동을 할 수도 있습니다. 불행하게도, 여러분의 우정을 '시험'하려는 이런 행동들은 자부심이 낮은 친구들이 여러분을 골탕먹이기 위해 생각해 낸 일종의 방책으로, 강제로라도 여러분의 우정을 '증명'하게 하려는 의도인 것입니다. 자신이 선택한 우정이나 자신의 친구가 결정하는 일을 좋아하기 위해서는, 무엇보다 자신을 좋아해야 합니다. 만일 어떤 사람이 자부심이 낮고 자존심도 높지 않아서, 자신의 존재를 가치 없게 평가한다고 생각해 보십시오. 그런 사람이라면 당연히 자신의 친구도 평가 절하할 가능성이 농후합니다. 그런 점에서 본다면, 자부심이 낮다는 사실은 본인에게 문제가 될 뿐만 아니라 친구에게도 커다란 문젯거리를 안겨줄 수 있습니다.

자부심이 부족한 사람들은 친구들의 문제를 마치 자신의 문제라도 되는 것처럼 책임을 느껴서 떠맡기도 합니다. 거꾸로 말하면, 이런 사람들은 힘든 시기를 보내고 있는 친구들을 거부할 수도 있습니다. 친구들의 상황을 마치 자신의 일인 것처럼 생각하기 때문입니다. 이와는 대조적으로, 건전한 자부심을 가지고 있는 사람들은 친구의 좋은 점과 나쁜 점, 친구의 성공이나 패배를 자기 자신의 일과 정확히 구분해서 볼 줄 압니다. 당연히 친구가 지닌 특성을 다른 사람이 지닌 가치에 반영시켜 보는 행동은 하지 않습니다.

바람직하고 건전한 우정을 나누고 있다면 자신의 자부심을 높이는 데 도움을 받을 수 있습니다. 그러나, 자부심이 낮은 사람들은 자신의 우정을 위험에 빠뜨리고, 우정을 전체적으로 보려 하지 않고, 자존심을 한층 더 낮추게 됩니다.

친밀감의 도전

만일 여러분이나 친구가 거짓 없는 우정의 친밀감이 너무 지나쳐서 감당하기 어려운 수준이라고 생각하고 있다면, 과잉 반응을 보이지 않도록 조심해야 합니다. 이런 생각은 그저 친구의 성격을 말해 주는 것일 수도 있습니다. 어떤 사람들은 다른 사람들과 비교하면 의사를 교환하고 감정을 나누는 방법이 훨씬 소극적이기도 합니다. 어떤 사람하고 아무리 가까워져도 마찬가지입니다.

어떤 친구들은 유년 시절에 반드시 필요한 가족 관계를 가져본 경험이 전혀 없기 때문에, 성인이 되어서도 친구들과 관계를 맺고 헤어지는 경험을 하려고 하지 않습니다. 여러분은 그런 사람들의 문제를 해결해 줄 수 없습니다. 그 친구들은 인생의 경험이나 치료를 통해서 변할 수도 있습니다. 하지만, 여러분이 우정을 지속시켜 나가려고 한다면, 문제를 가진 친구가 변하기 전까지 여러분은 친구의 감정적인 한계를 받아들여야만 합니다.

그러나, 감정적인 거리로 인해 생기는 실망감 때문에 가끔은 우정을 유지하기 위해 시간과 노력을 투자하는 일을 너무 힘들게 느끼고 포기하게 될 수도 있습니다. 그런 우정에 대해서 여러분은 어떤 감정적인 보답도 기대할 수 없기 때문입니다. 여러분은 우정을 끝내거나 모르는 척 덮어두려고 할 수도 있습니다. 기꺼이 여러분의 시간과 노력을 투자할 수 있으려면, 여러분의 친구가 지금 이 순간은 물론이고 영원히 사람에게 다가갈 수 있는 능력이 부족하다는 사실을 완전히 이해해야 합니다.

반어적으로 말해서, 여러분이 친구를 사귀는 데 있어서 친밀성의 문제를 가지고 있다고 생각해 봅시다. 여러분은 우정이 깊어질수록 친구가 멀어진다는 사실을 깨닫고 좌절할 수도 있습니다. 그런 친구들은 실제로 상대에게 하는 요구가 적거나, 훨씬 피상적인 관계를 추구하게 됩니다. 친구가 관계를 끝까지 발전시키지 못한다는 사실을 여러분이 알기 때문에 관계를 뒤로 후퇴시키는 일이 너무 어렵게 생각될 수도 있습니다. 만일 여러분이 언제나 한 걸음 물러서기만 하는 사람과 우정을 지속시키기로 결정했다면, 친밀성의 문제는 여러분의 것이 아니라 친구의 것이라는 사실을 명심해야 합니다. 질투의 문제를 다룰 때와 마찬가지로, 현재 벌어지고 있는 상황을 객관화시키도록 하십시오. 그래야만 여러분은 자신의 자부심을 유지할 수 있습니다. 상대방이 가까워지기를 원하지 않거나 그렇게 할 수 없다면, 여러분이 강제로 그 사람과 가까워질 수는 없는 노릇입니다. 결과적으로 인내심이 생길 수도 있지만, 아닐 수도 있습니다. 여러분은 친구가 편안함을 느낄 수 있는 정도에서만 우정을 지속시켜야 합니다. 그리고, 여러분에게 감정적으로 한층 더 솔직한 다른 친구들에게서 여러분이 원하는 것을 구하도록 하십시오.

상대방의 암시 알아차리기

데이트를 하고 구애를 하는 것이 제 짝을 찾아내기 위해 구분하고 가려내는 과정이라는 것은 잘 알려진 사실입니다. 그런데도, 새로 친구를 사귈 것인지 또는 오래된 친구 관계를 유지할 것인지 등을 결정하는 것을 일종의 가지치기 과정이라고 생각하지 못하는 사람들이 있습니다. 친구를 처음부터 별로 마음에 들어하지 않았다거나 관계를 이어가는 것이 옳지 않다는 판단을 내리게 된 경우에, 어떤 사람들은 실제로 이런 우정을 끝내기 위한 필사적인 노력으로 배신을 감행하는 것이라고 생각하기도 합니다.

우정에 있어서 아주 가치있고 강력한 힘을 행사하기도 하는 요소는 친구가 선택적인 역할이라는 사실입니다. 여러분은 우정을 지속시키고 싶어하는지에 대해 스스로 결정할 수 있습니다. 또, 친구가 여러분에 대해서 같은 결정을 내릴 수도 있습니다. 어느 쪽이든 잘못된 것은 전혀 없습니다. 대부분의 경우에, 여러분이 원하지 않는 관계를 억지로 지속할 수밖에 없는 법률적·윤리적·재정적인 의무는 존재하지 않습니다. 그러나, 특별히 가까운 친구이거나 가장 친한 친구와의 우정이라면 연인 관계만큼이나 격렬한 감정을 쏟아부었을 것이고, 연인 관계보다도 더 오래 지속되는 경우도 있습니다. 그러다 보니, 우정을 끝내는 일은 엄청난 파장을 불러일으키기 마련이고, 사전에 아무런 얘기도 듣지 못했다거나 표면적으로는 어떤 분명한 '이유'도 없이 버림받은 사람은 특히 지독한 고통을 겪게 됩니다.

우정이 끝나게 되는 이유는 너무도 많습니다. 하지만, 자신들의 우정이 위기를 맞고 있다거나 상대방이 우정을 끝내고 싶어한다는 암시를 전혀 알아차리지 못하면, 상대 친구는 과감한 행동을 취해서 한층 더 극단적인 방법으로 관계를 끝낼 수밖에 없습니다. 결국, 상대의 암시를 감지하지 못했기 때문에 스스로가 더 힘든 상황을 유발하는 셈입니다. (제 6 장 "우정을 끝내는 시기와 방법"에서 알려드리겠지만, 이것은 전형적으로 우정을 끝낼 수밖에 없는 배신인 '선을 넘어서는' 행위들과는 대조가 되는 것입니다.)

여러분이 암시를 알아차렸거나, 또는 친구가 여러분이 주는 암시를 눈치챘다면, 극단적인 배신이 발생하기 전에 여러분은 관계의 진전을 좀 늦추거나 우정이 약해지도록 만들 수 있습니다. 환경이나 성격이 달라지거나 원숙해진다면, 여러분은 나중에 그 우정을 다시 받아들일 수 있을 것입니다. 즉, 여러분이 시간적으로 조금 더 여유가 있거나, 친구가 독신이라서 친구들을 절실히 필요로 하고 있는 경우입니다. 또는, 여러분이나 친구가

살아오면서 자신을 변화시킬 만한 여러 가지 경험을 했기 때문에 인격이
훨씬 성숙해진 경우도 그렇습니다.

우울증과 다른 정신 질환들

우울증은 역설적인 상황을 동반합니다. 말하자면, 고독하기 때문에 우
울증을 앓지만, 우울증 때문에 고독한 상황에 빠지기도 합니다. 이런 식으
로 우울증으로 인한 악순환이 계속될 수 있습니다. 만일 우울증을 앓는 친
구를 가지고 있거나 여러분 자신이 우울증을 앓고 있어서 두 사람의 관계
가 감정적인 배신을 할 지경에 이르렀다면, 전문가의 도움을 통한 외부의
개입이 절실합니다. 친구들을 마치 전문가처럼 활용해서는 안 됩니다. 가
까운 친구나 가장 친한 친구라면 당연히 여러분의 불평에 귀를 기울여줄
것이라는 기대를 가질 수도 있고, 우울증으로 인해서 그런 소망이 더 깊어
질 수도 있습니다. 하지만, 우울증이 만성적인 질환이라면, 여러분이나 친
구는 반드시 외부로 도움을 요청할 필요가 있습니다. 만약 어떤 사람이 사
랑하는 이의 죽음을 극복하는 데 몇 달이나 일년보다 더 오랜 시간이 걸린
다면, 이런 문제를 해결하기 위해서는 전문가의 도움이 절실합니다. (실직,
이혼, 배우자나 부모의 죽음 등과 같은 정신적인 상처나 상실감을 이겨나
가는 데에는 일반적으로 어느 정도의 시간이 필요할까요? 그 기간은 전적
으로 개인적인 차이를 보이며, 한 개인이 상황을 감당할 수 있는 능력은 물
론이고 그 상황에 속한 요소가 얼마나 다른지에 따라서 결정됩니다. 현재
의 상실감이나 정신적인 상처로 인해서 예전에 미처 아물지 않은 상실감이
다시 덧나는 경우도 있습니다. 사회적으로, 가족 혹은 공동사회에 대한 의
무감을 얼마나 강하게 느끼는가도 기간에 영향을 미치는데, 이런 감정들은
전이 단계 동안에는 도움이 될 수도 있습니다. 정신적인 상처가 어느 정도
예견된 것인지, 아니면 갑작스러운 것인지도 영향을 끼칩니다.) 어떤 사람

들은 전문가를 찾아가서 도움을 받기를 꺼리기도 하는데, 장기적인 치료를 받게 되는 것을 두려워하기 때문입니다.

　그러나, 우울증 환자의 유형이 다양한 만큼 치료를 담당하는 전문가의 유형이나 치료 방식도 다양하다고 할 수 있습니다. 단기간의 해결책에 중점을 두는 치료에서부터 장기간에 걸쳐서 환자를 살펴보는 치료, 단체 치료 등의 여러 가지가 있습니다. 또, 심리학자, 정신과 의사, 상담가, 정신 분석학자, 미술 치료사, 음악 치료사, 행동 치료사, 그밖의 여러 가지 분야의 전문가를 동원한 치료가 가능합니다. 최면술과 인지 치료는 물론이고 경우에 따라서는 약물 치료도 병행될 수 있습니다.

　여기서 정말 강조해야 할 중요한 점은 우울증으로 인해서 우정이 타격을 입을 수 있다는 것입니다. 심지어는 가까운 친구나 가장 친한 친구와의 관계조차 망칠 수 있습니다. 친구들은 교육을 받은 전문가도 아니고 우울증을 치료해 줄 수도 없습니다. 여러분이나 친구는 우울증을 우정과는 별개의 문제로 생각할 줄 알아야 합니다. 그런 후, 우울증으로 인한 마음의 짐을 벗고 그 우정을 재평가해 보십시오.

　심각한 정신적인 질환을 앓고 있는 사람들은 친구를 배신할 수도 있습니다. 그들은 자신조차 돌볼 수 없는 사람들이기 때문입니다. 예를 들어서, 누군가가 병적인 거짓말쟁이라면 여러분은 절대로 그 사람이 여러분은 물론이고 다른 누구에게도 진실을 말할 것이라는 기대를 가져서는 안 됩니다. 그런 증세는 반드시 전문적인 치료를 받아야 하는 정신적인 질환이라는 사실을 명심하십시오.

　만일 여러분이나 친구가 정신병을 앓고 있어서, 정서가 불안정하고 환각을 보거나 현실과 유리되어 살아간다거나, 정신 분열 증세를 보이기도 한다면, 이런 증상들은 분명히 우정에 심각한 영향을 미치게 됩니다. 여러분은 친구와 그 사람에 대한 우정을 구분하지 못합니다.

대부분의 경우에, 우정을 배신하게 만드는 진정한 원인은 어린 시절의 가족 관계에서부터 이미 싹트기 시작합니다. (이 내용에 관해서는 다음 장에서 본격적으로 다루도록 하겠습니다.) 친구의 배우자나 애인과 불륜의 관계를 맺는 경우에, 배신을 당한 사람이나 배신을 한 친구가 정신이 이상해지기도 합니다. 극단적인 예를 제외하고 이런 문제와 관련된 모든 경우에 정서적으로 불안정해지는 원인은 우정의 외적인 문제에서 비롯됩니다.

두 사람이 나누는 우정에 조금도 불건전한 요소가 없다면, 이런 관계는 모든 사람에게 그렇듯이 정신적인 질환을 앓고 있는 사람에게도 유익할 것입니다. 그러나, 여러분이나 친구가 정신 질환을 가지고 있다면, 배신으로 간주할 만한 행동에 대해서도 더 심각한 문제를 고려해서 다시 한 번 판단해 보는 것이 좋겠습니다. 저는 30여 년 전에 대학에서 친해진 어느 여성에게 너무 둔감한 반응을 보였던 일을 떠올릴 때마다 부끄러운 마음이 들곤 합니다. 그 친구의 실명을 밝힐 수는 없으므로 신디라고 해두겠습니다. 그 시절에 신디는 저에게 자살 기도를 한 적이 있었다고 고백했습니다. 제가 알기로는, 신디의 아버지는 자식에 대한 교육의 열정이 지나치게 높고 강해서 신디를 극도로 엄하게 키웠다고 합니다. 저는 항상 부녀 사이에 모종의 학대 문제가 관련이 있을지도 모른다는 의구심을 가져왔습니다. 물론 단정을 지을 만한 증거는 전혀 없었지만 의심을 떨칠 수가 없었습니다. 저는 그 학대가 정신적인 것인지, 신체적이거나 성적인 것인지, 세 가지가 다 해당되거나 전혀 상관이 없는지에 대해 전혀 알지 못했습니다. 하지만, 저는 실제로 신디가 다시 자살 시도를 함으로써 배신감을 느꼈습니다. 마치 우리의 우정이 얼굴을 갖고 있다면 따귀라도 맞은 것만 같은 심정이었습니다. 되돌아보면 제 생각은 이기적이었고 극도로 혼란스러워 보이지만, 그렇다고 해서 전혀 있을 수 없는 반응은 아니었다고 생각됩니다. 제가 보인 첫 번째 반응은 의구심이었습니다. 만일 신디가 나를 고통스럽게 만들려고 일부러 한 행동이라면 도대체 그녀는 친구로서 나를 얼마만큼이나 생각하고 있는지가 궁금했습니다. 자살 기도가 성공하기라도 했다면 저는 정말 고통스러웠을 것입니다. 결국 그 일이 있은 뒤 1-2년 후에 우리 두 사람의 사이는 점차 벌어지기 시작했습니다. 비록 두 사람이 다른 도시에 살고 있었지만, 우리가 멀어진 것은 결코 거리의 문제가 아니었음을 저는 알고 있습니다. 신디와 친했던 시기에 만나곤 했던 다른 친구와의 관계는 물리적인 거리에도 불구하고 여전히 유지하고 있었기 때문입니다. 중요한 이유는 제가 신디의 정신적인 병에 극도의 두려움을 느꼈기 때문이었습니다.

세월이 흐르면서 가끔씩 저는 그녀를 다시 찾아보려는 생각을 했습니다. 신디가 혹시라도 도움을 받아서 지금은 잘 살고 있는지 알아보고 싶었던 것입니다. 하지만, 저는 아직 전화도 걸지 못하고 있습니다. 저는 지금 바람직하고 건전한 우정과 인간 관계를 너무도 많이 맺고 있기 때문에, 결국은 겁쟁이의 길을 선택하고는 아무 행동도 취하지 않는 것입니다. 그러나, 아주 가끔은 "신디에게 어떤 일이 생겼을까?" 하며 궁금한 생각이 들곤 합니다.

성격 또는 기질

정신 질환의 경우는 심각해지면 정상적인 활동을 전혀 할 수 없기 때문에 반드시 치료와 도움을 받아야만 합니다. 이와는 달리, 사람의 성격이나 기질과 관련된 문제들은 친구를 배신하거나 친구에게서 배신당할 가능성을 훨씬 더 높게 만듭니다. 변할 가능성이 전혀 없어보이는 특정 친구의 성격이 상당한 원인으로 작용해서 친구들을 배신하고 싶은 욕구가 생기는지에 대해서 여러분은 판단을 내려야 합니다. 여러분이 굉장히 민감한 '배신 탐지기'를 가지고 있어서, 누구도 배신하려는 의도가 없는 행동을 배신으로 간주하고 있지는 않은가에 대해서도 깊이 생각해 보아야 합니다. 예를 들면, 여러분이 전화를 걸었는데 3일 동안이나 친구의 응답이 없었다고 가정해 봅시다. 이제 막 근사한 휴가를 보내고 돌아온 친구가 전화를 걸어서 그 소식을 알려줄 때 즈음에는, 버림받았다는 생각에 휩싸인 나머지 여러분의 감정은 극도로 격앙되어서 친구의 말은 도통 귀에 들어오지도 않게 됩니다. 친구는 여행을 떠나기 전에 여러분에게 전화로 알려주지 못한 일에 대해 사과를 할 수도 있습니다. 사실 친구는 늦게 출발하는 바람에 공항에 급하게 달려가야만 했고, 편안히 휴식을 취하기 위해서 며칠 동안은 메시지를 확인하지 않기로 결정을 내렸던 것입니다. 만일 친구가 다른 사람들을 배반하려는 마음을 먹었다면, 그는 분명히 달라져야 할 필요가 있습니다. 이때 잘못은 친구의 성격에 있는 것이지 여러분의 탓은 아닙니다. 하지만, 정작 친구는 배신할 의도가 전혀 없었는데, 여러분이 배신당할지도 모른다는 두려움 때문에 과잉반응을 보이고 오해를 하게 되는 경우도 있습니다. 그렇다면 여러분 자신을 변화시켜야 합니다. 자부심과 자신감을 높인다면, 친구의 입장에서 조금 더 생각해 볼 수 있는 여유를 가질 수 있습니다. 순수한 의도로 일어난 모든 행동에서 배신의 여지를 찾으려는 시도도 하지 않게 됩니다. 예를 들어, 여러분의 전화에 늦게 응답한다거나, 장난이나 농담으로 한두 마디 던진다고 해도 더는 심각하게 받아들이지 않을 것입니다.

중독

어떤 사람들은 단순히 자신이 빠져 있는 습관 때문에 배신을 감행합니다. 그런 사람들은 충실함과 신뢰감의 가치에 대해 전혀 생각해 보지 않았을 것입니다. 그들은 다른 사람을 배신하는 행위에 중독되어 있습니다. 어떤 사람들은 배신과 상처를 주는 행동만을 일삼는 우정을 그대로 유지하기도 합니다. 그런 사람들은 친구에게 실망하고, 화나고, 배신당하는 일에 오랫동안 중독되어 있기 때문에 벗어나려고 하지 않습니다.

마약이나 일에 중독되어 헤어나지 못하는 사람들이 있는 것처럼, 사람에게 중독되는 사람도 있습니다. 하워드 M. 핼펀 박사의 저서 《사람에게 중독된 자신을 구하는 방법》에는 이런 내용을 다루고 있습니다. 핼펀 박사는 책에서 건전하지 못한 결혼 생활이나 연인 관계에서 상대방에게 집착하는 성향을 극복하는 방법을 강조하고 있습니다. 이런 관계에 집착하는 증세를 극복하기 위해서 박사가 제안하고 있는 방법들은 친구에게 집착하는 증세에도 역시 적용할 수 있습니다.

- 관계의 목록을 만들어 그 관계와 관련된 모든 일들을 기록하도록 하십시오. 그런 후, 그 목록을 이용해서 여러분이 맺는 관계의 유형을 찾아낼 수 있습니다.
- 관계에 중독된 증세를 떨쳐버리기 위해서는 우호적인 사람들에게 도움을 요청하십시오. 핼펀 박사의 제안에 의하면, 여러분이 애인에게 중독된 것에서 벗어나고 싶다면 친구로 구성된 인맥을 활용해야만 합니다. 만일 여러분이 특정한 친구에게 중독되어 있어서 그 고리를 끊고 싶다면, 애인이나 가족에게 도움을 청하는 것이 좋습니다.
- 여러분이 사람에게 보이는 중독 증세를 극복하는 데에는 정신 치료가 도움이 됩니다.

이것이 정말 나?

다른 사람과 우정을 맺기 시작하면, 그 사람의 좋은 점보다는 해로운 점이나 부정적인 측면을 찾아내기가 훨씬 쉽습니다. 그런데, 여러분 자신이 바람직하지 못하거나 해로운 요소를 조금이라도 가지고 있을 가능성이 있습니까? 물론, 사람에게서 나쁜 점만을 발견하려고 하는 것은 좋지 않습니다. 하지만, 적어도 부정적인 친구들이 여러분에게 매력을 느낄 만한 요소가 여러분에게 있는지에 대해서는 깊이 생각해 볼 필요가 있습니다. (결국 그런 친구들은 여러분을 배신하고 실망시킬 것입니다.) '유유상종'이라는 오래된 격언을 뒷받침해 줄 만한 증거들은 세상에 너무도 많습니다.

닮은 사람들끼리 서로 끌린다는 말이 사실이라면, 여러분이 바람직하지 못하고 해로운 친구들에게 매력적으로 보이는 것에 대해서는 어떻게 설명하면 좋을까요?

부인

어떤 행동이나 행동의 결과를 인식하지 못하도록 만들어서, 어떤 사람이 자멸적인 행위들을 지속해 나갈 수 있도록 만들어주는 심리학적인 방어기제가 바로 부인입니다. 어떤 사람은 친구가 자신을 배반한다는 사실을 인식하지 못할 수도 있습니다. 그 사람 스스로가 친구의 배반을 목격하거나 분명하고도 구체적인 말로 배반 행위가 지적될 때까지는 배반당한 사실을 부인하게 됩니다. 만일 여러분이 건강한 우정을 나누거나 부정적인 친구를 대신할 만한 다른 인간 관계를 맺고 있지 못하다면 어떨까요? 당연히 자신이 부정적인 우정을 나누고 있다는 사실을 부인하거나 친구가 여러분을 배반한다는 사실을 부인하기가 훨씬 쉽습니다. 바람직하지 못한 우정의 실체를 그대로 직시한 결과는 매우 고통스러울 것입니다. 특히, 관계를 끝내는 것이 최선의 해결책이라면 더욱 그러할 것입니다. 그렇기 때문에, 차라리 배신이나 부당성 자체를 부인하게 됩니다. '선을 넘어서는' 극단적인 배신 행위가 일어나지 않고서는, 배반당한 사람은 우정이 더 이상은 의미가 없다는 사실을 받아들이지 못하고 부인하는 경우가 종종 있습니다.

공격자와 동일시하기

불안해하고 공포에 질려 있는 친구들은 공격 성향이 강한 사람과 자신을 동일시하는 경향이 있습니다. 따라서, 친절하고 상냥한 성격 대신, 거칠고 비열하고 부정적인 행동을 일삼게 됩니다. 이런 사람들은 어린 시절의 역할 모델들로 되돌아가는 셈입니다. 다음 장인 "모든 원인은 가족에 있다"에서 이 문제를 좀더 심도 깊게 다룰 것입니다. 여러분 친구의 부모님은 애정이 많고 긍정적인 분들이었나요? 친구의 형제들은 친절하고 우호적이었습니까? 여러분의 친구는 어린 시절이나 청소년기에 수줍음이 많고 조용하고 상냥하며 지나치게 순종적인 한편으로 학대받으면서 자라왔을지도 모릅니다. 그래서, 자기중심적이고 강하고 요구 사항이 많고 이기적인 친구들을 사귀게 되면, 학대받은 사람들은 자기의 친구가 공격적인 특성들을 너무 많이 가졌다고 느끼게 됩니다. 좀더 공격적인 사람이 되고 싶다는 소원을 갖고 있는 사람들은 친구의 행동이 실제로 얼마나 바람직하지 못한 것인지를 깨닫지 못하게 될 수도 있습니다.

"내가 너를 구해 줄 수 있어" 식의 동기 부여

만일 여러분이 내심으로는 자신의 친구가 정말 좋은 사람이라고 생각되어서, 그 사람이 멋진 친구가 될 수 있다는 믿음을 가지고 그 친구를 도와주려고 한다고 생각해 봅시다. 여러분은 그 우정을 지속시켜서 실제로 친구를 구해 낼 수도 있을 것입니다. 이런 식의 애타주의를 지속하기 위해서는 먼저 몇 가지 생각해 볼 문제들이 있습니다. 우선, 이 사람은 친구일 뿐이지 가족이나 여러분이 돌봐야 하는 어린아이가 아닙니다. 한 친구에게 충실한 것은 물론 칭찬할 만한 일이지만, 여러분의 직장 생활이나 다른 의무들을 이행하기 위해서는 시간, 노력, 자금이 필요하기 마련입니다. 특히, 여러분이 결혼을 했고, 부양할 자식이 있다거나, 직장이 있다면 더욱 그렇습니다. 여러분의 친구를 구해 내는 일은 평범하고 건전한 우정에서 기대할 수 있는 범위를 넘어선 행동입니다. 만일 여러분의 친구가 정말 도움이 필요한 사람이라면, 전문적인 치료나 재활 프로그램이 도움이 될 수 있습니다.

합리화하기

여러분의 친구가 저지른 행동을 합리화하거나 변명거리를 찾아내면서, 여러분은 우정을 지속시켜 나갈 수도 있습니다. 만일 여러분이 그 친구를 받아들이고 용서해 준다면, 여러분은 친구가 달라질 수 있는 동기를 박탈하게 될지도 모릅니다. 친구의 행동을 언제나 합리화해 주다 보면, 결코 받아들일 수 없는 특징이 있거나 그런 행동을 일삼는 친구를 무의식적으로 참아내게 됩니다. 뿐만 아니라, 여러분이 진지하고 심각하게 친구의 행동을 반대하더라도 친구는 그저 흘려버리게 됩니다. 그 친구의 진상을 밝혀 주는 데 도움이 되는 말이었는데도 아무 소용이 없게 되는 것입니다. 여러분이 보이는 반응이 변화를 일으키는 촉매 역할을 할 수 있습니다. 다음은 제가 오랫동안 들어온 전형적인 합리화의 예들입니다.

- "나도 밥이 항상 거짓말을 한다는 건 알아. 하지만, 밥의 아버지가 거짓말쟁이였잖아. 그러니 우리가 밥에게서 그 정도는 예상할 수 있잖아."
- "물론, 멜리사는 지난 몇 달 동안 심한 자기 도취 증세를 보여왔어. 하지만, 그 친구는 우리 반 연극에서 주인공을 맡았잖니. 그러니 달리 어떤 것을 기대하겠어?"
- "린다의 남자 친구가 다른 여자 때문에 린다를 떠났어. 지금 당장 린다가 관심을 가질 수 있는 마지막 희망은 자신의 마음을 알아줄 친구와 함께 있는 거야." 물론 린다는 한 번도 다른 사람의 마음을 알아준 적이 없지만 말야.

- "이봐, 그 친구는 요새 직장 일 때문에 너무 바빠서 친구 노릇을 제대로 하기 힘든 것뿐이야." 하지만, 여러분은 학창 시절부터 그 친구와 아는 사이였고 예나 지금이나 항상 이런 식이었습니다.

마조히즘(피학 성애증)

다른 사람이 자신을 가혹하게 다뤄주기를 바라는 심리적인 욕구를 가진 사람들이 있습니다. 이런 사람들을 피학 성애자 혹은 마조히스트라고 부릅니다. (가학 성애자 혹은 사디스트는 다른 사람들에게 상처를 주면서 기쁨을 느낍니다.) 따라서, 근본적으로 모든 마조히스트의 뒤에는 언제나 사디스트가 존재하기 마련입니다. 여러분은 고통받기를 원하는 마조히스트의 욕망을 비난하십니까? 아니면, 고통을 주고 싶어하는 사디스트의 욕망을 비난하십니까?

여러분이 친구와의 관계가 불만족스러운 유형으로 이어지고 있다는 사실을 깨달았다거나, 결국은 여러분을 배신하고 말 친구를 골랐다는 사실을 알았다고 생각해 봅시다. 어쩌면 여러분은 마조히스트적인 성향을 갖게 되어서 사람들에게 이해를 구하고 문제를 극복하기 위해 노력해야 할 수도 있습니다. 일단 여러분이 문제의 본질을 파악하게 되면 자신을 사랑과 존경, 신뢰, 변치 않는 마음으로 대할 친구들을 가려낼 수 있을 것입니다. (누구의 사랑과 존경, 신뢰, 충심을 받아들이고 거절해야 하는지도 판단할 수 있게 됩니다.)

죄의식

마조히즘은 죄의식과 깊은 연관이 있습니다. 대부분의 마조히스트들은 특별한 문제에 죄의식을 느끼고 있으며, 바로 그 문제 때문에 고통받기를 원하는 것입니다. 가족 중의 한 명에게 학대를 받은 후 여러분의 잘못으로 그런 일이 일어났다고 생각한 적이 있습니까? 어렸을 때 여러분은 누군가에게 나쁜 일이 일어나기를 원한 적이 한 번이라도 있었나요? 만약 바라던 대로 나쁜 일이 일어났다면, 여러분은 그 일에 대해서 죄의식을 느끼게 되었을까요? 이성적으로 그리고 의식적으로 판단해 볼 때, 생각만으로 실제 사건이 발생하지 않는다는 것은 우리 모두가 알고 있습니다. 그렇지만, '마치 마법이 일어난 것처럼' 머리 속으로만 생각했던 것이 실제로 사랑하는 사람에게 해를 입힌 것처럼 보인다면, 그것은 근본적으로 그 사람이 아무런 기쁨도 못 느끼고 자기 확신도 없기 때문입니다. 기쁨이나 자기 확신은 건전한고 소중한 우정을 나눌 때 생길 수 있는 것입니다.

어떤 것에도 만족할 수 없다

여러분은 어쩌면 매사에 "어떤 것에도 만족할 수 없다"는 식으로 느끼는 성격을 가지고 있을지도 모릅니다. 이런 성격이 형성된 원인은 어린 시절의 경험 때문으로, 여러분은 부모나 형제들이 여러분을 사랑하지 않고, 무시하거나 인정해 주지 않았다고 느꼈던 것입니다. 여러분의 친구는 누구보다도 애정이 깊고 헌신적이며 믿음직스러워서 어떤 사람이라도 친구가 되고 싶어하는 사람일 것입니다. 그런데도 여러분은 어떤 것에도 만족하지 못하기 때문에 약간의 불만족스러운 일이거나 모욕스러운 일도 곰곰이 생각하게 됩니다. 만일 여러분이 전형적으로 '어떤 것에도 만족할 수 없는' 성격을 지니고 있다면, 언젠가는 그런 경향을 고쳐야 할 상황에 놓일 수도 있습니다. 여러분이 생각하기에 자신에게 꼭 맞는 상냥하고 친절한 친구를 발견해서 지속적으로 사귀려고 하는데 막상 그 친구는 지금까지 여러분을 피하려고 해왔다면, 여러분은 성격을 고칠 수밖에 없을 것입니다. (여러분이 어린 시절에 경험한 일들이 현재의 우정에 어떻게 영향을 미치는가를 더 깊이 있게 살펴보려면 다음 장인 "모든 원인은 가족에 있다"를 읽어보기 바랍니다.)

완벽주의

"어떤 것에도 만족할 수 없다" 증세와 밀접한 것은 완벽주의로, 이런 사람들은 자신은 물론 친구에게서도 완벽함을 추구합니다. 만일 여러분이나 친구가 이런 증세를 보이고 있다면, 아무도 의도하지 않았는데 일어난 배신 행위에 대해서 상대방을 오해하게 되거나, 별로 중요하지 않은 행동이나 말 때문에 친구를 용서하지 못하게 될지도 모릅니다. 보통 사람이라면 그냥 넘길 수도 있는 일이지만 완벽한 친구를 간절히 찾고 있는 사람이라면 결코 가볍게 넘길 수 없습니다. 세상에 완벽한 사람이란 없기 때문에 완벽한 우정도 존재하지 않습니다. 완벽한 관계를 찾는 것은 스스로 실패와 좌절을 준비하는 것이나 마찬가지입니다. 만일 여러분의 친구가 완벽주의자라면, 여러분이 오히려 "세상에 완벽한 사람은 없어. 너도 완벽하지는 않잖아"라는 충고를 건넬지도 모르겠습니다. 물론 완벽주의를 추구하는 정도가 심각하다면 근본적인 치료를 위해서는 외부의 도움이 필수적이라 하겠습니다.

지나치게 예민해지기

여러분이 지나치게 예민해서 친구들이 여러분에게 무엇에 관해서든 이야기를 건넬 때마다 마치 계란 위를 걷고 있는 것처럼 불안하게 느낀다고 가정해 봅시다. 그런 상황에서 여러분은 친구들과의 관계에서 배신을 당했다고 생각하는데, 다른 사람들은 그에 대해서 다른 의견을 보일 수도 있습니다. 만일 여러분이 상대방의 반응이나 의견에 대해서 지나치게 예민한 반응을 보이면, 얼마 지나지 않아서 여러분은 친구들이 대립을 피하기 위해서 자신들의 의견을 숨기는 모습을 보게 될 것입니다. 여러분의 의견에 반대했을 때 생기는 결과를 두려워하다 보니 친구들은 생각과 감정을 함께 나누지 못하게 됩니다. 곧 여러분의 우정은 부자연스럽고 허위적인 관계로 보일 것입니다.

남의 평가를 받아들일 아량 부족

지나치게 예민해지는 성향은 남의 평가를 받아들일 아량이 부족한 성격과 밀접하게 연결되어 있습니다. 남의 평가를 받아들일 줄 모르면 가장 친한 친구들이 한 말에도 배신감과 혐오감을 느끼게 됩니다. 물론 그 친구들은 전혀 그렇게 할 의도가 없었는데도 말입니다. 아무도 의도하지 않은 일을 여러분이 부정적으로 보는 이유에 대해서 합당한 설명을 통해 이해하는 것은 어렵기는 해도 매우 중요한 개념입니다. 우리는 정직과 진실, 솔직함, 비밀 등을 이상적인 우정의 기초로 간주하고, 그 미덕에 대해 찬사를 아끼지 않습니다. 만약 여러분이 어떤 일에 대해서든 친구에게 말할 수 있어야만 한다면, 어째서 여러분은 자신이 비난받고 있다는 기분이 드는 내용을 친구가 언급할 때는 그처럼 화를 내는 것일까요? 특히 가까운 친구나 가장 친한 친구의 경우라면 더욱 생각해 볼 문제입니다. 마찬가지로, 친구가 한 말, 행동, 옷차림, 만든 것, 또는 생각에 관해서 여러분이 정직한 의견을 내세웠을 때, 단지 그런 이유로 그 친구가 여러분이 배신이라도 한 것처럼 행동하는 이유는 무엇입니까?

자신을 방어하려고 하고, 자신의 입장을 고수하며, 자신이 옳다는 것을 증명하려고 애쓰는 일은 지극히 인간적인 특징이라는 사실을 우리는 알고 있습니다. 하지만, 그런 식의 방어는 우정의 걸림돌이 될 수도 있고, 아무도 의도하지 않았는데도 배신이나 부정적인 측면을 찾아내도록 만들기도 합니다.

상대에 대한 비평이 정말 단순히 반응을 보이는 형식으로 전달되었습니까? 그런 평가는 누군가의 요구가 있었기 때문에 내려진 것입니까? 어떤 사람들은 정직한 반응을 요구하기도 하지만, 정작 상대의 반응을 듣는 것은 주저하게 됩니다. 상대에 대한 평가는 악의적인 방식으로 내려졌습니까, 아니면 도움이 될 만한 것이었습니까? 약간의 재치와 유머를 곁들여서 평가했습니까, 아니면 화가 나서 앙갚음이라도 하는 듯한 태도로 평가를 내렸습니까?

여러분이 상대의 비평을 비난이라기보다는 자연스러운 반응으로 받아들이는 일이 가능합니까? 그렇게 할 수만 있다면, 여러분은 적어도 친구가 하는 말이나 행동에 대해서 자신이 보이는 과장된 반응을 정확하게 이해하는 데 도움을 얻을 수 있습니다.

다른 사람의 비평을 받아들이기 어려운 사람이 다른 사람에게 비평을 전할 때에도 지나칠 정도로 힘겨워하는 경우를 저는 많이 보아왔습니다. 그렇다면, 이렇게 시작해 봅시다. 상대방이 실제로 몹시 고마워할 만큼 긍정적인 방식으로 친구들에게 반응을 보일 수 있는 방법을 찾아보십시오. 여러분의 우정에 부정적인 영향을 미칠 만한 요소들은 배제시킨 채로 친구들의 말이나 행동에 반응(또는 비평)을 보이도록 연습하십시오.

아무리 친구들이 여러분에게 비난하는 내용의 말을 건넨다 하더라도, 여러분은 친구들이 의견을 마음껏 제시할 수 있도록 격려를 아끼지 말아야 합니다. 그런 식으로 여러분은 실험과 연습을 통해 자신의 문제를 더 나은 방법으로 해결할 수 있게 됩니다.

지나치게 부정적이기

만일 여러분이 부정적인 시각을 가지고 모든 관계를 다룬다면, 여러분은 누구도 의도하지 않은 일로 인해서 우정에 배신감을 느끼게 될 것입니다. 이런 경우에는, 여러분과 친구 중의 한 사람이 말이나 행동하는 방식을 바꾸어야만 합니다. 말이나 행동 방식을 바꾸는 것은 결코 배신 행위라고 볼 수 없습니다.

여러분은 특정 친구나 우정에 대해서 스스로 어떻게 생각하고 있습니까? 여러분은 그 친구와 정말 멋진 우정을 나누고 있으며, 여러분의 인생에서 그 친구를 만난 일이야말로 행운이었다는 등의 이야기를 스스로에게 건네기도 합니까? 아니면, 그 친구와의 우정이 부정적으로 보이는 이유를 곰곰이 생각한다거나, 그런 우정을 끝내버려야겠다는 생각을 심각하게 하고 있습니까? 어디까지가 사실이고, 어디까지가 자기 달성적인 예언에 불과합니까? 만약 여러분이 특정한 친구나 그 친구와의 우정을 긍정적으로 보기 시작한다면, 여러분은 친구나 그 관계에서 곧 긍정적인 측면을 발견하게 될 것입니다.

투영 혹은 전이

여러분은 말이나 행동을 통해서 친구를 배반하고 있을지도 모릅니다. 그보다는 오히려, 여러분이 친구에게 하고 있는 바로 그 행동을 친구가 여러분에게 했다는 이유로, 여러분은 죄없는 친구를 비난할 수도 있습니다. 여러분이 극도로 강한 감정을 느껴서 그런 감정을 자신의 것으로 인정하는 대신 다른 누군가의 탓으로 돌리려고 할 때 작용하기 시작하는 심리적인 방어 기제를 투영이나 전이라고 합니다. 예를 들면, 친구가 전화를 걸어서 영화가 시작하는 시간을 물어보았는데 여러분이 갑자기 비약을 해서 이렇게 말하는 것입니다. "너 오늘밤에 영화보러 가기로 약속한 거 다시 생각하는 중이지? 그래서 나한테 영화가 시작하는 시간을 물어본 거 아니냐구." 친구는 정말로 극장에서 여러분을 몇 시에 만나야 되는지 알고 싶은 것뿐이었습니다. 오늘밤에 외출하는 것에 대해 일종의 죄의식을 느낀 사람은 바로 여러분이었습니다. 바로 다음날이 레포트 마감일이었는데 아직 다

끝내지 못했기 때문입니다.

투영이나 전이가 특정한 친구와의 관계에서 실제로 일어나고 있는지 알아보기 위해서는, 친구가 여러분을 배신했다는 생각을 갖게 된 원인에 대해서 여러분은 깊이 있고 오랜 성찰을 해야만 합니다. 만일 누군가가 우정을 저버리는 행동을 했다면, 그런 행동을 저지른 사람이 누구였는지를 정하기 위해서 필요하다면 사건이 일어난 순서대로 도표를 작성하십시오. 물론 그런 과정에서 가능한 한 객관적인 입장을 취해야 합니다. 친구가 정말로 여러분에게 상처를 주거나 여러분을 배신하고 있습니까? 또는, 여러분이 친구에게 해로운 일을 감행하고 있거나 친구를 떠나려고 하지는 않습니까? 정작 여러분이 특정한 친구를 멀리하고 싶거나 그 친구와의 관계를 끝내고 싶은 마음이 있으면서, 자신의 바람에 대해 책임을 지지는 않고 오히려 여러분을 고통스럽게 만든다는 이유로 친구를 (부당하게) 비난하고 있지는 않나요?

4. 모든 원인은 가족에 있다

여러분은 많은 것을 함께 나눌 수 있는 사람과 멋지고 도움이 되는 관계를 맺고 싶기 때문에 자신이 친구를 선택한다고 생각할지도 모릅니다. 하지만, 여러분이 미처 해결하지 못한 문제들을 안고 있다면, 여러분이 갖고 있는 무의식적인 갈등의 징후는 바로 친구들일지도 모릅니다. 부모님들이 여러분을 사랑받지 못하고 사랑스럽지 않은 사람이라고 느끼도록 만들었다거나, 부모님이 비판적이거나 부정적인 분들이었다거나, 또는 여러분에게 감정적으로나 신체적으로 상처를 입혔다고 생각해 보십시오. 여러분은 무의식적으로 여러분에게 친숙한 것을 선택하거나 여러분이 자연스럽게 기대하게 되는 것을 고르게 될 것입니다. 물론 모두 부정적인 것들입니다.

그렇다고 해서 여러분의 모든 우정이 해를 입힌다거나 파괴적이라는 뜻은 아닙니다. 실제로, 여러분이 맺은 많은 관계가 우호적이고 근사하고 긍정적인 것일 수도 있습니다. 부정적인 우정은 단지 한 가지 경우밖에 없고, 여러분을 배신한 친구도 한 명에 불과한지도 모릅니다. 그런 악연은 직장에서 만난 가벼운 친구일 수도 있습니다. 어쩌면 여러분의 사생활에서 알고 지내는 가까운 친구나 가장 친한 친구일지도 모릅니다. 단 하나의 부정적인 우정은 여러분의 인생에 있어서 그저 예외적인 경우일 수도 있습니다. 하지만, 반드시 그렇다는 법은 없습니다. 심지어 단 하나의 파괴적인 친구가 어떤 사람의 인생에 너무도 큰 영향을 미칠 수도 있는 것입니다.

우선 여러분은 자신의 어린 시절부터 친구 관계의 유형을 인식해야만 합니다. 물론 그렇게 하기란 쉬운 일이 아니고 전문가의 도움이 필요할 수도 있습니다. 아주 어린 시절에 받은 정신적인 상처가 우리의 무의식으로 파고들어서 마치 도로 지도처럼 미래의 행동에 연속적인 영향을 미치는 경우라고 생각해 보십시오. 이때는 종종 치료 전문가의 도움을 받아서 이런 사실을 알아낼 수 있습니다. 부정적인 유형의 관계들을 청산하는 일은 오랫동안 지녀온 다른 습관을 고치는 일만큼이나 어렵습니다. 여러분이 진심으로 해결을 위해 노력해야만 합니다.

물론, 나쁜 가족 관계는 종류와 정도에 있어서 상당히 다양한 형태로 나타납니다. 크레이그 벅이 쓴 《독이 되는 부모들》의 공동 저자이자 치료 전문가인 수잔 포워드는 이렇게 지적합니다. 아이들을 키우면서 모든 부모들은 때때로 잘못된 행동을 합니다. 그렇지만, 독이 되는 부모들은 자녀들에게 언어적으로나 성적으로, 또는 감정적으로 학대를 가합니다. 그런 행동들은 자녀들에게 상처를 남겨서 "자긍심을 손상시키고, 자기 파괴적인 행동을 하게 만듭니다. 어느 경우에 해당되더라도 아이들은 거의 모두 자신들이 쓸모 없고, 사랑스럽지 않고, 사회적으로 부적격하다고 느끼게 됩니다."

이렇게 부당한 대우를 받고 자란 아이들은 자라서 엄청나게 심각한 자부심 문제에 시달리게 됩니다. 우리가 이미 제 3 장에서 본 것처럼, 자부심이 부족하면 친구 관계에 부정적인 영향을 미칠 수가 있습니다. 따라서, 이런 성향을 가진 사람은 어린 시절부터 계속 친구들을 잘못 선택하게 되어서 부정적인 유형의 우정을 지속하게 됩니다. 자부심이 부족한 사람들은 심지어 어떤 친구와 사귀는 일도 무의미하게 느끼기도 합니다. 예를 들어 봅시다. 올해 50세의 클로디아는 결혼해서 두 명의 장성한 자녀를 두었으며 컴퓨터 프로그래머로 일하고 있습니다. 클로디아는 10세 때부터 4년 동안이나 오빠에게 성적으로 학대를 받아왔던 것을 시작으로 자신의 가족 관계와 가정에서의 생활이 친구 관계에 어떤 식으로 영향을 미쳐왔는가에 대해서 이렇게 설명합니다. 한 마디로 말해서 그녀의 가정 환경이란 "엄격하고, 긴장되어 있고, 경쟁적이며, 위협적이고, 감정 표현은 금지되어 있으며, 많은 성가신 일들로 가득한" 곳이었다고 합니다.

성적인 학대는 제 자부심을 부족하게 만드는 일에만 일조한 것이 아니라 '비참한 취급을 당해 마땅한' 사람이라는 자의식을 한층 견고하게 만들어주었습니다. 저는 친구들을 사귀는 것에 대해 매우 신중한 태도를 취했습니다. 남자들이 친근한 태도라도 보이면 저는 무조건 성적인 행동으로 몰아부쳤습니다. 저는 마음에 맞지 않는 행동이나 관점들에 부딪히기라도 하면 당장 이의를 제기하기에 바빴지, 그냥 내버려두고 좋은 점을 찾아서 즐겨볼 생각은 하지 못했습니다. 제가 다른 사람들에게 중요한 의미를 줄 수 있다고 믿지 않기 때문에 누구에게도 지속적으로 연락한 적이 없습니다. 저는 불신에 가득 찬 사람입니다. 그래서 이런 점이 의심스럽습니다. 단순히 저를 좋아하기 때문에 누군가가 저를 좋아하는 것일까요? 아니면, 우선 제 말을 잘 들어주고 농담을 던져서 제 태도를 부드럽게 만들어놓은 후에 저를 이용해서 자신들의 욕구를 만족시키기 위해서 나중에는 제게 부당한 요구를 (예를 들면, 성적인 학대) 하려는 것은 아닐까요?

가족 문제를 가진 사람은 심지어 단 한 명의 가까운 친구조차 사귈 수 없게 되기도 합니다. 정작 본인은 진심으로 친구들을 사귀고 싶어하는데, 어떤 행위들이 자신의 마음과는 정반대의 것을 나타내는 경우도 있습니다. 웃음을 지으면서 친밀함을 전달하는 대신, 얼굴을 찡그리면서 불평을 늘어 놓고, 자신도 모르게 사람들을 밀어내버리는 것입니다. 자신의 행위, 자신 의 어린 시절, 자신이 느끼는 두려움, 그리고 이 세 가지 요소가 자신이 그 토록 갈구하는 친구들을 사귀지 못하는 이유에 영향을 미치는 방식 사이의 관련성을 찾아낼 때까지, 아무리 불쾌하게 느끼더라도 이런 일은 지속적으 로 반복될 수밖에 없습니다.

현실은 비정하고, 여러분은 이 사실을 직면해야 할 필요가 있습니다. 여 러분은 배신으로 친구 관계를 끝낸다거나, 해가 될 만한 부정적인 태도로 여러분을 대하는 친구들을 사귀고 있습니다. 더 이상 이런 일을 반복하고 싶지 않다면, 여러분은 이런 종류의 친구들을 고르도록 만든 어린 시절의 문제를 해결해야만 합니다. 여러분이 이런 문제를 해결하기 전에는 부정적 이고 파괴적인 친구들이 마치 자석처럼 여러분을 끌어당길 것입니다.

아직 희망은 있습니다. 제대로 훈련을 받은 전문가들, 자기 수양 요법 서적들과 자기 수양 프로그램들의 도움을 받아서 여러분은 자신이 사랑스 럽고, 남을 잘 돌보고, 친절하고, 사려깊은 사람이라는 사실을 깨닫게 될 것입니다. 당연히 여러분은 남을 보살필 줄 알고, 헌신적이며, 긍정적인 친 구들을 사귈 자격이 충분한 사람입니다. 예를 들면, 올해 40세인 샐리는 결혼해서 판매 사원으로 근무하고 있습니다. 그녀는 어린 시절에 오빠와 아버지에게서 성적인 학대를 당한 것은 물론, 여러 가지 관계들로 인해 고 통을 받아왔습니다. 샐리는 치료 전문가의 도움을 받아서 어린 시절에 관 해 이야기를 나누면서, 현재의 감정과 어린 시절의 경험이 어떻게 밀접한 관련을 맺는지를 살펴보고 있습니다. 여기서 얻은 통찰력 덕분에 그녀는 더 긍적적인 관계를 맺고 한층 행복한 삶을 영위할 수 있는 능력을 향상시킬 수 있습니다. 성장기 동안 경험했던 부정적인 경험들과 부정적인 관계들을 반복하는 일은 없을 것입니다.

　우울증은 언제나 있었습니다. 치료를 받으러 가기 전까지는 제가 우울증이었다는 사실을 꿈에도 몰랐습니다. 저는 어렸을 때 모든 일은 그저 마음 속에 담아두기만 하고 누구에게도 말하지 않았습니다. 저는 말하는 것이 두려웠던 것 같습니다.

　제가 어렸을 때 그랬던 것처럼 지금도 두 가지 감정이 동시에 들곤 합니다. 아버지가 무슨 행동을 하고 있었는지를 깨달았을 때 저는 결코 그 일에 동참하고 싶지 않았습니다. 하지만, 저는 아버지가 하는 일이기 때문에 저도 할 수밖에 없다는 생각이 동시에 들었던 것입니다. 지금도 직장이나 가정에서 부딪히는 여러 가지 상황에서 동시에 정반대의 감정이 생기곤 합니다.

　분노는 제가 도저히 표현할 수 없는 감정입니다. 저는 스스로에게 상처입히지 않는 방법이 어떤 것인지 도저히 모르겠습니다. 불신이 너무 깊이 자리 잡았습니다. (어렸을 때) 제 인생에서 중요한 의미를 지닌 사람들 (아버지와 오빠)을 신뢰했었지만, 바로 그 믿음 때문에 저는 너무도 큰 고통을 받아야만 했습니다. 지금의 저로서는 누군가를 진심으로 믿기가 어렵습니다.

　격분은 분노에 수반되는 감정입니다. 당연히 저는 격분할 수도 없습니다. 제가 격분한 감정을 드러낼 때면, 가장 상처받는 사람은 바로 저 자신입니다. 저는 친밀성과 관련된 문제를 너무도 많이 가지고 있습니다. 제 남편에게 한 번 물어보십시오. 저는 누구와 가까워지려고 하든지 몹시 힘들어합니다. 접촉 또한 제게는 힘든 문제입니다. 가벼운 포옹이나 악수조차도 제게는 힘들게 여겨집니다.

저는 제 인생에서 그다지 가치 있는 것들이 있다고 생각하지 않습니다. 친구가 좋은 일을 한다고 해도 저는 그저 아무런 가치 없는 일로 느낍니다. 저는 베풀 수는 있지만 결코 받아들일 수는 없습니다.

지금 샐리는 자신을 열어 보이고 친밀성을 받아들일 수 있는 방법을 배우고 싶어하지만, 다행스럽게도 그녀는 이미 충분히 그런 행동을 해온 것이나 마찬가지입니다. 이런 문제들을 갖고 있는데도 그녀와 남편은 여전히 함께 하고 있기 때문입니다. 그녀는 가장 친한 친구도 두 명이나 있습니다. 한 친구는 그녀가 지금 근무하고 있는 직장을 구하는 데 도움을 줬는데, "그 일은 거의 25년 전의 일이었습니다." 두 사람은 여전히 함께 일하고 있으며 "휴식 시간도 매일 함께 보내고 있습니다."

어린 시절의 자부심 강화에 대해서 다룬 놀라운 책이 있습니다. 바로 도로시 코킬 브릭스가 저술한 《여러분 자녀의 자부심》입니다. 브릭스는 아이가 언어를 사용한 메시지를 통해서 자존심을 배우는 방법과 언어를 사용하지 않고 배우는 방법에 대해 설명하면서, "바디 랭귀지는 언어보다 항상 더 크게 말한다"는 내용을 강조하고 있습니다. (이것이 바로 제가 사이버 공간에서의 우정이 성인에게는 충분하지 않다고 그토록 힘주어 주장하는 이유입니다. 성인들이 아무리 시간에 쫓기고 바쁘다고 해도, 친구가 표현하는 신체적인 언어와 소리 언어를 접할 필요는 있습니다. 얼굴을 마주하고 만나거나, 적어도 전화를 통해 목소리라도 들어야 하는 것입니다.)

여러분은 해가 되는 친구들을 찾고 있는지도 모릅니다. 어린 시절에 여러분에게 꼭 필요했던 긍정적인 보살핌을 받지 못했기 때문입니다. 그러나, 이 상황은 거꾸로 적용될 수도 있습니다. 여러분이 바로 자신이 찾던 그런 사람일 수도 있다는 말입니다. 여러분은 어쩌면 놀라운 어린 시절을 보냈고, 높은 자부심을 지니고 있을지도 모릅니다. 여러분은 다른 사람이 부러워하는 자신감과 행복을 누리고 있기 때문에, 여러분이 가지고 있는 좋은 점을 가지지 못한 사람들은 여러분을 친구로 찾아내는 것입니다. 죄의식에서 벗어나기 위해서거나 친구가 성장기 동안 부족하다고 느꼈던 것을 해주고 싶다는 소망으로, 여러분은 분노에 휩싸인 불행한 친구를 치유하는 데 여러분의 우정이 도움이 될 것이라고 생각합니다.

슬픈 일이지만, 불행하고 울분을 느끼고 우울해 하는 친구를 좋아해 주는 행동들을 함으로써 오히려 여러분을 배신할 기회를 주는 일은 굉장히 자주 일어납니다. 그 친구가 한 번도 가져보지 못한 상실감을 부추기는 역할을 하기 때문에, 여러분의 우정은 그 친구를 만족시키지 못합니다. 그런 친구는 이렇게 고통스럽고 모순되는 감정들을 해결하려고 하지 않습니다. 실망스러웠던 어린 시절을 거치면서 그 상처를 극복해 낸 이후에 생기는 장기간의 긍정적인 결과물을 다루려고도 하지 않습니다. 차라리 그 친구는 여러분을 배신하고, 여러분이 자신을 거부할 수밖에 없도록 만듭니다.

낮은 자부심으로 인해 문제를 안고 있는 친구를 치료하는 것은 여러분의 일이 아닙니다. 그러나, 친구가 저지르는 행동의 원인을 이해한다면 적어도 여러분은 우정이 끝난 것에 대해 자신을 비난하는 일만큼은 하지 않아도 될 것입니다. 여러분이 실행하기에 무리가 없어 보이는 좋은 생각이라고 판단된다면 이런 식으로 한 번 해보십시오. 친구의 행동 유형을 이해하고, 지금의 친구나 예전의 친구들에게 그 문제를 지적해 주는 것입니다. 여러분의 도움으로 친구는 전문가에게 도움을 구해서 자신이 반복해 온 악순환의 고리를 끊어버릴 수도 있습니다. 하지만, 친구가 전문가에게 도움을 요청하지도 않고 어린 시절에 부모와의 관계로 인해 생긴 우정에 관련된 문제들을 변화시킬 수도 없다면 어떻게 해야 할까요? 여러분이 가진 자부심마저 친구의 수준으로 낮아지기 전에 그 관계에서 벗어나는 것에 대해 진지하게 생각해 보십시오.

4. 모든 원인은 가족에 있다　193

현재의 친구 관계를 개선하는 방법의 일환으로 어린 시절의 가족 관계에 대해 조사하는 것은 지나친 확대 해석으로 보일 수도 있습니다. 그렇지만, 우리 모두가 일반적으로 경험하는 감정적인 성장과 발육상의 성장에 있어서 제일 처음 맺게 되는 관계가 부모님과의 관계입니다. 그 뒤를 이어서 형제들과 관계를 맺고, 권위를 행사하는 또 다른 사람들이나 또래 친구들과 알게 되고, 사랑하는 사람들을 만나게 되고, 마지막으로 자신이 낳은 자식들과 관계를 형성하게 됩니다.

만일 우리가 제일 초보적인 관계인 부모와의 사이를 제대로 정립하지 못하고 '빠뜨리고 있으면', 우리는 결코 다음 단계로 나아갈 수 없습니다. 사회 심리학자인 더피 스펜서 박사는 이렇게 설명합니다. 그녀의 환자 중에서 우정 문제를 상담하러 오는 사람은 거의 없습니다. 우정이 중요하지 않기 때문이 아니라, 부모-자식간의 문제나 형제들과의 관계에서 생긴 문제들을 해결하는 데에 온통 정신을 다 쏟아붓고 있기 때문입니다. 우정은 아직 중요한 쟁점으로 떠오르지 않았거나 논쟁에서 힘을 발휘할 만한 이야깃거리도 아니라는 것입니다. (흥미롭게도, 박사의 환자들이 자주 상담하는 두 번째 문제는 동료나 상사와의 사이에서 생기는 문제, 즉 직장 관련 문제라고 합니다.)

여러분은 해를 끼치는 우정에 관해서 불평을 하면서도 여전히 그런 부정적인 우정에 빠지게 됩니다. 같은 유형을 반복하는 것이 상황에 정면으로 맞서서 변화하기 위해 노력하는 것보다는 쉽기 때문입니다. 대부분의 경우에 친구와의 관계는 어린 시절에 가족하고 겪은 관계 유형을 그대로 답습하기 마련입니다. 스펜서 박사는 이렇게 설명합니다.

우리는 언제나 자신의 가족 관계를 다시 만들어가고 있습니다. 대부분의 사람들이 처음부터 자신의 가족들과 해결하지 못한 문제들을 안고 있기 때문에, 형제나 부모를 떠올리게 만드는 사람들에 대해서는 적대적인 감정을 느끼기도 하지만 자신의 감정을 미처 깨닫지는 못합니다. 대다수의 사람들은 그런 사실을 결코 인식하지 못하는 것입니다. 이때, 마음 속으로부터 그럴듯한 경고가 찾아오기도 합니다. 말하자면, 여러분이 누군가에게 갈등을 느낄 때 그런 감정은 그 순간에 실제로 일어나고 있는 일과는 전혀 균형이 맞지 않는 것처럼 보이는 것입니다.

48세의 멜리사는 현재 무직이며 이혼을 한 뒤로 그림을 그리고 있습니다. 그런 그녀에게 우정이 부족한 것은 어린 시절의 영향으로 생긴 결과이며 어린 시절의 반복인 셈입니다.

저는 대가족에서 태어났기 때문에 친구들과의 관계가 그다지 중요하지 않았습니다. 저는 제 딸만큼은 그런 경험을 하지 않도록 변화를 시도했고, 그 결과 딸에게는 오랜 기간 사귀어온 가까운 친구들이 어느 정도 있습니다. 제 부모님들과 마찬가지로 제 전남편 역시 사교적인 성격이 아니어서, 일생 동안 제가 괜찮은 친구들을 사귈 수 있는 좋은 친구처럼 느꼈던 경험은 단 한 번뿐이었습니다. 결혼 생활을 청산하고 새로운 삶을 다시 시작하는 혼란스러운 시기이기 때문에, 지금 저는 주변에 친구들 없이 지내고 있습니다. 단지 먼 거리에 살고 있는 친구 한 명이 있을 뿐입니다. 저는 어떻게 관계를 다시 시작할 수 있는지 전혀 모르겠습니다. 당연히 저는 외롭습니다. 지금으로서는 기도와 명상을 제외하면 그림만이 저에게 위안을 가져다줍니다.

💕 형제간의 관계

　여러분이 부모들과 긍정적인 관계를 유지했다고 하더라도 형제들과의 관계가 부정적이었다면, 친구 관계에서도 이런 바람직하지 못한 형태를 반복하게 될 것입니다. 특히 중요한 것은 형제들과 성적인 문제로 얽혀 있는 경우입니다. 그렇다면, 어느 정도가 정상일까요? 어느 수준에 이르면 성적인 학대라고 말할 수 있습니까? 짓궂은 장난, 싸움, 욕설 역시 중요한 문제입니다. 이 경우에는 어느 정도가 정상입니까? 어느 수준이면 병적인 것이고, 여러분의 자부심의 문제와도 관련이 있을까요? 또한, 어느 정도 수준이면 현재 유지하고 있는 파괴적이며 부정적인 우정과 직접적이든 간접적이든 관련되어 있을 가능성이 있을까요?

　비키는 29세의 미혼 직장 여성입니다. 그녀가 정의한 가장 친한 친구에 대해서는 이미 제1장에서 소개된 바 있습니다. (비키는 TV 드라마인 《시빌》을 근거로 설명했습니다.) 비키는 4년간 가장 친한 친구로 지내온 요아킴과의 관계에서도 고민거리가 있습니다. 요아킴은 남자이지만 비키의 이상적인 친구로 지내오면서 함께 일도 하고 그녀에게 여러 가지 이야기를 하곤 합니다. 그런데 비키는 감정적으로 어려움을 겪을 때 자신의 곁에 있어주지 않았다는 이유로 요아킴에게 엄청나게 화를 냈습니다. 그제서야 겨우 그녀는 자신이 어린 시절의 문제 때문에 정신적인 우정을 나누는 남자 친구를 자기가 한 번도 경험한 적이 없는 이상적인 오빠의 모습으로 둔갑시키려 한다는 사실을 깨달을 수 있었습니다. 비키는 어린 시절부터 성인이 될 때까지도 유일한 형제인 오빠와 적대적인 관계로 거리감을 느끼며 지내왔습니다. 이런 사실을 이해하고 나자, 비키는 요아킴과 자신이 지속시킬 가치가 있는 우정을 나누고 있다는 것을 알 수 있었습니다. 친구와의 문제를 자신이 미처 해결하지 못했던 오빠와의 문제와 연결시켜서 생각하자, 비키는 요아킴이 보여준 한계에 대해 더 이상 화내지 않게 되었습니다.

　그레첸은 셋 중에서 가장 맏이였습니다. 아래로 한 살씩 차이나는 남동생과 여동생을 한 명씩 두고 있었는데, 동생들끼리 훨씬 친하게 지내는 편이었습니다. 부모님은 항상 세 명의 아이들을 비교했는데, 그것보다 훨씬 심각한 문제는 동생들끼리 너 친하게 시내는 것에 대해 그레첸이 오랜 기간 동안 질투심을 느껴왔다는 사실입니다. 그녀는 두 명의 친구들을 서로에게 소개시켜 줄 때의 감정을 이렇게 털어놓았습니다. 만약 그 두 친구들이 자기들끼리 친구가 되기라도 한다면, 자신이 느끼는 질투는 감당할 수 없는 정도라고 합니다. 이 문제는 아직 해결되지 않은 채로 남아 있는 어린 시절의 해묵은 질투심을 야기시킵니다. 물론 그레첸도 장기적인 안목에서 볼 때 더 좋은 해결책이 무엇인지는 분명히 알고 있습니다. 어린 시절의 갈등을 극복하려고 노력함으로써 자신의 친구들 사이에 새로 맺어진 우정을 이해하는 것입니다. 그럼에도 불구하고, 그레첸은 친구들 사이의 우정이 더 이상 깊어지지 않도록 안간힘을 쓰게 됩니다.

　성장기 동안에 여러분과 부모님이 형제들간의 경쟁 심리를 어떻게 조절하는가에 따라서 현재 여러분이 맺고 있는 우정에 어떤 영향이 미칠 것인지가 결정됩니다. 친구들을 대하는 여러분의 감정을 특징짓는 요소가 있습니다. 바로 여러분의 부모님이 자녀를 개별적으로 다루는 방식과 여러분이 차이점을 감정적으로 받아들이는 방식입니다. 그것에 따라서 여러분의 감정이 용인될 만한 것인지 시기와 질투가 지나친지가 결정됩니다. 부모들이 자녀들을 정확히 균등하게 대하는 것은 불가능합니다. 특히 나이나 능력에 있어서 자녀들이 차이를 보인다면 더욱 그렇습니다. 만일 자녀들이 장기간의 부정적인 형제 관계로 인해서 우정에 문제를 갖지 않기를 바란다면, 아이들이 공정함과 동등한 대우의 개념을 느낄 수 있도록 해야 합니다. 예를 들어봅시다. 만일 여러분도 다른 형제들과 똑같이 사랑받으며 유능한 사람이라는 느낌을 갖도록 부모님이 대해 준다면, 여러분은 친구가 이룬 성공과 성과에 더 적절한 방식으로 대응할 수 있습니다. 형제들과 비교당하면서 여러분은 성공할 가능성이 없고, 사랑스럽지 않으며, 가치없는 사람이라는 생각이 들도록 대우받는 경우와는 분명히 차이가 있습니다.

지금까지 여러분은 그냥 잘 지내오는 것처럼 보였습니다. 그런데, 이런 해결하지 못한 형제간의 문제가 5년, 10년, 20년이 지난 후에 친구 문제에 어째서 영향을 미치려고 하는 것일까요? 여러분과 친구는 두 사람이 동등하다고 할 만한 시기에 만났습니다. 여러분들은 같은 학교에 입학했거나, 같은 직장의 동료였습니다. 아마도 두 사람 모두 미혼에 사귀는 사람도 없었을 것입니다. 그런데 바로 그때 여러분이 약혼을 하거나 친구가 승진을 하게 되면서 해결하지 못했던 형제들간의 경쟁심 문제가 다시 쟁점으로 떠오르기 시작합니다. 무의식적으로 여러분이나 친구는 애인이 정작 자기 상대보다는 친구를 '좋아한다'고 느낄 수 있습니다. 또는, 승진으로 인해서 여러분이나 친구는 상대방에게 열등감을 느낄 수도 있습니다. 승진을 한 친구가 순간적으로 형제의 자리를 대신하는 것입니다.

만일 여러분이나 친구가 형제가 없는 외동이었다면 또 다른 문제에 직면합니다. 형제들이 없이 자란 환경이 현재의 친구 관계에 미치는 영향을 감당해야만 하는 것입니다. 형제들 사이의 경쟁의식이 비록 일반적인 경향이라고 해도, 형제들 사이에는 깊은 사랑과 우정 역시 존재하기 마련입니다. 이런 경험들을 긍정적인 훈련의 발판으로 삼아서 앞으로 바람직한 우정을 나눌 수 있습니다. 외동으로 태어났다고 해서 앞으로 가깝고 친밀하게 지낼 친구를 사귀고 관계를 유지할 능력을 박탈당한 것은 아닙니다. 가족 외에도 관심을 가질 친구들과 우정을 키워나갈 시간과 기회는 얼마든지 있기 때문입니다. 우정에 관한 조사를 하면서, 저는 외동으로 태어난 아이들은 바람직한 친구 관계를 유지하는 기술을 개발하라는 격려를 자주 받는다는 사실을 알게 되었습니다. 집안에 함께 놀아줄 또래가 없다는 사실을 아는 부모들은 자녀들에게 친구들(또는 사촌들)과 함께 놀 수 있는 기회를 만들어주려고 하는 것입니다. 2-3명이나 그보다 많은 수의 자녀를 두었거나, 특히 아이들의 연령대가 비슷한 경우에 부모들은 종종 "아이들끼리 놀면 되는데"라고 생각하는 경향이 있습니다. 결과적으로, 집 밖에서 친구들을 만날 기회를 만들어주기 위해 시간이나 노력을 투자하는 경우가 적어지는 것입니다.

형제들간의 신체적, 감정적, 성적인 학대가 있었다면, 훨씬 극단적인 문제들이 일어납니다. 비슷한 또래의 형제들이 성적인 호기심을 느끼는 것을 말하려는 것이 아닙니다. 그런 경우라면 가벼운 문제이며, 학대가 아니라고 간주할 수 있습니다. 성적인 학대 행동은 훨씬 심각한 경우로서, 입으로 하는 성적인 접촉, 가벼운 애무나 접촉 등이 포함됩니다. 형제들간의 성적인 학대 사건으로 보고되는 경우 중에서, 가벼운 애무나 접촉이 가장 흔한 형태입니다. 특히 10세에서 12세 사이가 처음으로 희생자가 나타나기 가장 쉬운 시기입니다. 만일 형제들간에 성교를 나누는 경우가 있다면, 성적인 학대라기보다는 형제간의 근친상간이라고 합니다.

피해자보다 나이가 많은 이성의 형제에게 학대를 당하는 경우가 훨씬 보편적이어서, 부모 자식간의 성적인 학대보다 무려 다섯 배가 많습니다. 그렇지만, 당국에 사례가 보고되는 경우는 드물기 때문에 정확하게 어떤 경우가 더 자주 발생하는지는 알기 어렵습니다. 부모 자식간의 성적인 학대가 밝혀지면, 이 경우는 거의 자동적으로 범죄로 취급됩니다. 그렇지만, 형제간의 성적인 학대는 똑같은 정도로 심각하게 다루어지지는 않습니다. 가해자가 아무리 나이 차이가 많이 나는 경우라도 마찬가지입니다. 서로 동의를 한 두 명의 아이들이 단지 탈선적인 행위를 한 것으로 간주하는 경우가 대부분이기 때문입니다. 신체적으로 위협을 가하거나 무기를 이용하는 경우도 가끔 있지만, 심리적으로 압박을 가해서 동의를 얻어내는 경우가 많습니다.

저는 어린 시절이나 청소년기에 형제에게 성적인 학대를 당한 뒤 어려움을 극복하고 성인이 된 사람들과 이야기를 나누기도 하고, 그 사람들로 구성된 협회가 주관하는 전국 연례 모임에 참석하기도 했습니다. 또, 어려움을 극복한 사람들을 위한 워크숍 중에는, 어린 시절에 근친상간을 경험한 뒤 이를 극복한 부인을 둔 부부들을 위해 하루 종일 열리는 프로그램도 있습니다. 이런 사람들을 보면서, 저는 그런 끔찍한 경험은 당사자들뿐만 아니라 배우자에게도 엄청난 영향을 미친다는 사실을 깨달았습니다. 가장 자주 발생하는 희생자는 오빠에게서 성적인 학대를 당하는 어린 여자아이입니다. 물론, 흔한 경우는 아니지만 남자 형제끼리나 여자 형제끼리도 성적인 학대를 가합니다. 그런 경험을 극복하고 어른이 된 사람들은 오빠가 가한 성적인 학대가 어린 시절에 나쁜 영향을 미친다는 것은 알지만, 사건이 발생하고 몇 십 년이 흘러 어른이 된 후에도 부정적인 영향을 미칠 수 있다는 사실을 아는 사람은 많지 않습니다. 어린 시절에 형제로부터 성적인 학대를 받은 경험은 친구 관계나 연인과의 관계에도 부정적인 영향을 행사할 수 있으며, 이 경우에는 수십 년은 물론이고 평생 동안 지속될 수도 있습니다. 즉시 발생하는 전형적인 증세는 다음과 같습니다. 피해자가 우울해지고, 죄의식을 느끼고, 자학 증세를 보이고, 슬퍼하고, 고립되어 있고, 충동적으로 먹어대거나, 식욕 감퇴나 이상 식욕 증진 현상을 보이기도 하고, 친구들을 피하려고 합니다. 장기간에 걸쳐서 나타나는 증세들은 이렇습니다. 분노, 부끄러움, 음식과 관련된 증세들(과식, 식욕 감퇴, 이상 식욕 증진 현상 등), 낭비, 죄의식, 성에 대한 모순된 감정들, 친밀성을 둘러싼 갈등 문제를 겪게 되며, 긍정적인 우정이나 연인 관계를 맺고 유지하는 데 어려움을 보이게 됩니다.

만일 어린 시절과 청소년기의 성적인 학대 문제를 추적하려 한다면, 우리들은 미묘한 징후들에 대해서 훨씬 많이 알아둘 필요가 있습니다. 신체적인 학대에서 생긴 상처들 중에서 이유가 밝혀지지 않는 것은 대부분 사라지기 때문입니다. 만일 우리가 어린 시절과 청소년기의 성적인 학대 문제를 추적해서 나루려고 한다면, 그 일이 있기 전에 나타나는 전조에 대해서 좀더 민감해져야만 합니다. 첫째, 성적인 학대를 유발하는 가족 특유의 환경이 있습니다. 형제들과 자매들은 부모들과의 사이가 가깝지 않습니다. (감정적으로 멀게 느낄 수도 있고, 언제나 바쁘거나 집을 비우는 경우도 있습니다.) 둘째, 부모와 교육자는 아이들을 대하는 태도를 ("너희들도 알겠지만, 사내는 모름지기 사내다워야 한다.") 언제나 스스로 점검해야만 합니다. 그런 태도로 인해서 아이들의 탐구나 호기심이 이미 정도를 벗어나버려서 현재로서는 성적인 학대로 분류할 수 있는 행동을 하고 있는지를 간과하는 경우도 있습니다. 셋째, 우리가 어린 아이, 청소년, 심지어 어른들을 부추겨서 한 번 일어났거나 오래 지속된 성적인 학대에 대해서 털어놓으라고 한다고 가정해 봅시다. 무엇보다 중요한 것은 피해자들이 자신의 이야기를 우리가 귀기울여 들어주고 믿어줄 것이라는 확신을 갖도록 해야 한다는 점입니다.

형제에게 성적으로 학대를 당하게 되면 시간이 지난 후에 갖게 되는 우정의 유형에 분명히 영향을 미칩니다. 하지만, 학대하는 친구 관계를 발견하고 반복하는 것이 반드시 이렇게 분명한 인과 관계를 보이는 것은 아닙니다. 어린 시절에 그처럼 끔찍한 경험을 한 사람은 실제로 자신이 어린 시절에 부족했던 것을 줄 수 있는 바람직한 친구들을 찾을 수도 있습니다. 바로 릴리안이 그런 경우에 해당되는데, 그녀는 올해 50세로 이혼을 했습니다. 릴리안의 설명에 의하면 "제 인생의 대부분 동안 제구실을 하지 못했던 가족들의 역할을 친구들이 대신 해주었습니다. 지금은 제 가족이나 다름없답니다.” “몇 명의 친구들하고 깊은 관계를 유지하는 성격이었던” 릴리안은 12세였을 때 18세인 오빠에게 강간을 당했습니다. (그녀에게는 3살 위의 오빠가 한 명 더 있었고, 4살이 어린 여자 동생도 있었습니다. 릴리안은 그 형제들과는 학대하는 관계가 아니었습니다.) 그녀는 자신에게 일어난 일과 그 이유를 설명하려고 노력합니다.

12세였을 때 저는 가족의 사랑과 관심에 ‘굶주려’ 있었습니다. 아버지는 알코올 중독에 일 중독이었기 때문에 거의 만날 기회도 없었고 당연히 정서적으로도 멀게 느껴졌습니다. 엄마는 우리와 함께 있기는 했지만, 몹시 냉정한 성격이어서 말로든 행동으로든 애정 표현을 전혀 하지 않았습니다. (예를 들면, 안아주거나 하는 일들 말입니다.) 우리 가족은 경계가 거의 없거나 아예 존재하지 않았고, 굉장히 가부장적인 특징을 보였습니다. 그래서 저는 죄의식과 부끄러움을 느꼈고, 그 일이 마치 제 잘못인 것처럼 생각되었습니다. 제가 믿고 사실을 말할 수 있는 사람은 아무도 없었습니다. 저는 가족간에 돌아가는 일을 발설하기가 두려웠고, 저도 모르게 어머니가 제 말을 믿어주지 않을 것이라는 두려움이 생겼습니다. 41세가 되어서야 겨우 부모님에게 따로 말씀드릴 수 있었습니다. 아버지는 조금의 의심도 없이 저를 믿고 격려해 주었습니다. 반면에 어머니는 제 말을 결코 믿지 않았습니다. 오빠의 첫 번째 부인이 그런 일이 실제로 발생했다는 사실을 확인해 주고 난 후에도 계속 부인했습니다. 결국 제가 어린 시절에 품었던 두려움은 사실이었던 것 같습니다.

오빠에게 성적인 학대를 당하게 되면서 저는 자신이 무기력하고, 더럽고, 수치스럽게 느껴졌습니다. 그 일은 저에게서 어린 시절과 저의 성 정체성, 그리고 제 자신을 빼앗아갔습니다. … 친구들을 사귀고 싶다면 먼저 여러분이 누군가의 친구가 되어야만 합니다. 지금까지 저는 노력하며 살아왔습니다. 가족들로부터 제가 간절히 받고 싶어했지만 결코 받을 수 없었던 것을 저는 다른 사람에게 베풀어주고 싶었습니다. 다른 말로 바꿔서 설명하자면, 사려깊고 지각있고 친절한 사람이 되고자 했던 것입니다. 덕분에 저는 사려깊은 선물과 충고를 건네는 사람으로 알려져 있습니다. 다른 사람의 말을 잘 들어주고, 도움이 필요하다면 힘이 되려고 노력합니다. 정기적으로 시간을 내서 친구들과 함께 모이려는 노력 역시 잊지 않고 있습니다.

물론, 어른이 된 지금은 여러분이 부모나 형제들과 전보다 좋은 관계를 유지하려 노력할 수도 있습니다. 하지만, 여러분이 어린 시절에 잃어버렸던 것들을 다른 사람에게서 받으려고 했거나 자신에게 보상해 주려고 한 적도 있었을 것입니다. 여러분은 과거를 변화시킬 수 없지만, 그것보다 정말 비극적인 일은 불행한 어린 시절을 이어나가는 것입니다. 즉, 배신과 좋지 못한 일들만 가득한 만족스럽지 못한 우정을 나누면서 과거의 기억을 무의식적으로 되풀이하게 됩니다. 앞에서 이미 이야기한 적이 있지만, 50세의 브렌다는 다이어트를 해서 몸무게를 어느 정도 줄이자마자 친구가 떠나버린 적이 있었습니다. 그녀에게는 가족에 관련된 아픈 경험도 있는데, 브렌다의 아버지는 허리띠의 버클로 그녀를 때렸고, 오빠는 자신의 친구들과 함께 브렌다를 집단 성폭행을 했습니다. 장기간의 후유증을 남겼던 사건이 친구 관계에 영향을 미치지 않도록 그녀는 무진 애를 썼던 것입니다. 브렌다는 이렇게 설명합니다.

어렸을 때, 저는 한 번도 친구들을 집에 데려올 수 없었습니다. 어떤 일이 벌어질지 짐작조차 할 수 없었기 때문입니다. 무엇보다도 제가 학대받고 있다는 비밀을 항상 감추고 싶었습니다. 게다가 제 가족을 보호하는 길이라고도 생각되었습니다. … 저는 아직도 새로운 관계를 만들어나갈 때 어려움을 겪습니다. 사람들에게 손을 내미는 일이 몹시 힘들게 생각되는데, 심지어 가장 친한 친구들에게조차 어려움을 느낍니다. 저는 친구가 될 만한 가치가 없다거나 친구가 될 만큼 좋은 사람이 아니라는 낡은 기억들과 아직도 싸워야만 합니다. 남을 신뢰하지 못하는 문제를 안고 있기 때문에, 저는 친구들과 가까워질 때 느끼는 불안함과도 싸워야 됩니다.

이런 일로 짐작해 볼 때, 여러분이 기억할 만한, 소중히 간직해 온 아름다운 어린 시절이 있다고 해도, 여러분이 친하게 지내는 모든 사람들이 긍정적인 가족 환경에서 자라지 못했다면 문제는 생기기 마련입니다. 친구들이 부모와 형제들간의 관계 속에서 어떤 식으로 성장해 왔는지의 문제도 여전히 여러분의 몫으로 남겨져 있습니다.

우정의 문제를 해결하는 것은 여러분이 어린 시절의 가족 관계를 해결하는 데 도움이 되는 최고의 기회입니다. 그렇지만, 여러분이나 친구가 특정한 친구들을 선택하게 되는 이유를 여러분이 이해하지 못한다면, 여러분이나 친구는 아무런 변화도 이루지 못하고 아마도 자신이 해오던 기존의 유형을 반복하게 될 것입니다. 어린 시절의 부모 자식 관계와 형제들간의 관계가 친구들을 선택할 때 미치는 영향에 대해서 지나치게 단순하게 생각하지 않는 것도 중요한 일입니다. 당연히 둘 사이에는 분명한 상호 연관성이 존재하지만, 미숙한 사람들의 눈에는 관련성이 분명하게 보이지 않을 것입니다. 정신분석학자인 멜라니 클라인은 유명한 논문인 〈사랑, 증오, 그리고 치유〉에서 다음과 같이 주장합니다.

성인이 되어서 맺는 사랑하는 사람과의 관계는 어린 시절에 부모, 형제, 자매들과 겪은 감정적인 상황에 기초를 두고 있습니다. 그렇지만, 새로운 관계가 반드시 예전의 가족 환경을 단순히 반복하는 것은 아닙니다. 무의식적인 기억들, 감정들, 그리고 환상들이 대단히 왜곡된 방식으로 새로운 연애 관계나 우정에 끼어들게 됩니다. … 평범한 성인들의 관계에는 언제나 새로운 환경에서 비롯된 새로운 요소들이 포함되어 있습니다. 말하자면, 우리가 새로 만나게 된 사람들의 성격과 제반 환경, 그리고 우리가 성인으로서 갖게 되는 감정적인 욕구와 실질적인 관심사들에 그 사람들이 어떻게 반응하는지도 관건이라고 할 수 있습니다.

3부
실질적인 대처 방법

5. 이런 우정도
지킬 수 있을까?

친구가 배신을 했을 때 여러분이 즉시 보이는 반응은 아마도 충격, 사실 부인, 믿을 수 없는 심정 등일 것입니다. 그 뒤를 이어서 분노를 느끼고, 마지막에 가서야 이미 일어난 일에 대응할 해결책을 생각합니다. 이런 순서들은 실제로 쿠블러-로스가 나눈 슬픔의 5가지 단계의 변형이라고 볼 수 있습니다. 정신과 의사인 엘리자베스 쿠블러-로스에 의하면, 병이 치명적이라는 사실을 알게 되었을 때 환자들과 그 가족들이 느끼는 감정을 5가지 단계로 나눌 수 있다고 합니다.

예상하지 못한 배신에 보이는 반응 단계
(슬픔을 느끼는 단계를 기초로 한 연구)

1. 충격

2. 사실 부인, 의혹

3. 그런 식의 상처를 다시 받는 것에 대한 공포와 두려움은 물론이고, 그런 감정에 밀착된 행동을 수반한다. 예를 들면, 그 사건에 대해 주체할 수 없이

떠들어대는 것이다.

4. 분노와 무관심이 교대로 일어난다.

5. 해결

배신을 알게 되었을 때 처음으로 드는 충동은 어쩌면 우정을 끝내버리는 것입니다. 그러나, 일단 여러분의 흥분이 진정되고 일어난 일을 곰곰이 생각해 보면, 여러분은 배신이 일어난 이유를 이해해 보고 싶을지도 모르겠습니다. 아니면, 우정을 끝내기보다는 여러분의 관계에 노력과 도움이 필요하다는 징조로 배신을 해석할 수도 있습니다. 이때 취할 첫 번째 단계는 다음의 질문에 대한 답을 신중하게 생각해 보는 것입니다. 나는 이런 상황을 바꿀 수 있을 정도로 충분한 관심을 보이면서 이 친구에게 시간과 노력을 투자하고 있는가?

여러분이 "그렇다"라고 대답할 수 있다면, 정말 멋진 일입니다. 이번 5장에서는 여러분이 지켜내고 싶은 우정에 갈등이 생겼을 때 여러분이 그것을 해결할 수 있도록 도움을 줄 것입니다.

긍정적인 우정이 부정적인 것으로 변했을 때, 여러분은 이런 관계를 회복시키기 위해서 반드시 필요한 시간이나 노력을 투자하고 싶지 않을 수도 있습니다. 자신이 원하지는 않더라도 어쩔 수 없이 할 수밖에 없는 상황도 있을 것입니다. 긍정적이었다가 부정적인 성향으로 바뀐 우정이 다음의 조건이나 상황에 해당되는 경우라면, 이런 우정을 버텨나가는 것이 여러분의 최고 관심사라고 할 수 있습니다.

1. 여러분은 그 친구와 함께 근무하고 있습니다.

2. 문제의 친구는 여러분의 직장 상사이기도 합니다.

3. 그 친구는 여러분의 고용주이거나 과거의 고용주입니다.

4. 그 친구는 현재 여러분의 의뢰인이나 고객이었거나, 과거에 그런 관계였습니다.

5. 그 친구는 사업에 관련된 서비스 제공업자이거나 과거에 그랬기 때문에, 여러분은 그 사람을 대신할 누군가를 구하고 싶지도 않고 구할 수도 없습니다.

6. 여러분은 친구가 복수를 감행할까봐 두려워하고 있습니다.

7. 여러분은 친구의 근처에 살고 있거나 이웃입니다.

8. 여러분과 친구는 배우자나 아이들을 통해서 연결되어 있습니다.

9. 여러분과 친구는 거주지나 그 근처에서 우연히 마주치는 경우가 생기게 됩니다.

10. 여러분과 친구는 같은 교회에 다니고 있습니다.

11. 여러분은 자신에 대해서 어떤 사람도 나쁜 감정을 갖거나 나쁜 얘기를 하고 다니는 것을 싫어하는 성격입니다.

12. 여러분은 현재 12단계 프로그램에 참가하고 있기 때문에, 우정이 변질된 이유를 이해하거나 여러분이 다른 사람들에게 무의식적으로 저질렀을지도 모르는 잘못들을 바로잡는 것이 아주 중요한 상황입니다.

여러분은 위에 제시된 상황에 대해서 한 가지 이상 해당될지도 모릅니다. 긍정적이었다가 부정적으로 달라진 우정에 얽힌 문제를 해결하지 않고도 여러분의 생활과 일을 상당히 즐겁게 영위할 수 있다는 생각이 들지도 모릅니다. 설사 이런 상황이라고 하더라도, 이런 관계를 회복하기 위해 적어도 노력이라도 해보는 일은 여러분의 가장 큰 관심사라 할 수 있습니다.

혼자의 힘으로 할 수 있는 것

제 1 단계 : 우정에 관심을 기울일 필요가 있음을 명심하십시오.

첫번째 단계는 여러분이 우정을 나누는 친구에게 관심을 갖고 배려를 해주어야 할 필요가 있다는 사실을 깨닫는 것입니다. 친구와의 관계는 너무 늦었다고 생각되기 전까지는 당연한 것으로 생각하고 대충 넘어가는 경우가 종종 있습니다. 특히 오랫동안 지속된 관계라면 더욱 그렇습니다. 여러분은 흔히 자신의 우정은 아무 문제 없다고 생각합니다. 여러분은 바쁜 데다가 친구와의 관계를 무척 안정되어 있다고 느끼기 때문에 전화를 걸거나 함께 모이는 일에 시간과 노력을 들이지 않습니다. 그러나, 여러분이 한참만에 겨우 전화를 걸었을 때는 절친했던 친구가 이미 여러분에게 냉담해졌다는 것을 알게 될 뿐입니다. 여러분보다는 훨씬 자주 그 친구에게 시간을 내주었던 다른 사람이 여러분의 자리를 이미 대신하고 있다는 사실도 깨닫게 됩니다.

제 2 단계 : 세부적인 일들을 분명히 하십시오.

처음 시작한 순간부터 바로 지금까지 여러분의 우정을 되돌아 보십시오. 관계를 망치는 원인이 될 수도 있는 행동을 여러분이 한 일이 있는지 알아내려고 노력하는 것입니다. 우정에 금이 가게 할 만한 일을 여러분이나 친구가 한 적이 있습니까? 여러분이 아는 내용과 기억하는 것들을 최대한 제대로 이해하기 위해서, 친구에게 직접 따지기 전에 여러분 자신의 상황부터 먼저 검토해 보는 것이 좋겠습니다.

제 3 단계 : 여러분이 친구에게 직접 맞서서 따질 것인지 아니면 사태를 한동안 지켜볼 것인지를 결정하십시오.

여러분은 다음과 같은 결정을 내릴지도 모릅니다. 크게 심호흡을 하고, 한 걸음 뒤로 물러서서, 적어도 한동안은 "아무것도 하지 않겠다"는 선택을 하는 것이 더 나은 실행 과정이라고 생각하는 것입니다. 그러나, 가끔은 개입할 필요도 있습니다. 사태를 그냥 지켜보겠다는 것이 오히려 상황을 악화시킬 수도 있기 때문입니다. 상황을 해결하지 않으면 여러분의 우정은 계속해서 퇴색할지도 모릅니다. 만일 토론해야 할 필요는 느끼지만 여러분이 "의혹을 완전히 잠재우지" 못한 채 당면하고 있는 갈등이 있다고 생각해 보십시오. 갈등의 골이 심화될 수도 있고, 의견 차이가 더 심해질 수도 있고, 분노가 끓어오르기라도 하면 우정을 회복하기는 한층 어려워질 것입니다.

제 4 단계 : 여러분과 친구 둘 다 관계를 개선할 수 있다고 믿고 있는지를 평가해 보십시오.

여러분과 친구가 현재 자신들의 우정이 처해 있는 상황을 바꿀 수 있다고 믿는지는 중요한 문제입니다. 여러분과 친구가 만일 선택의 여지가 남아 있다는 사실을 믿지 않는다면, 두 사람의 관계가 흘러온 대로 그저 내버려둘 것입니다. 두 사람의 우정이 만족스럽지 않다는 것을 당사자들도 알고 있고, 결국 두 사람의 우정은 사라지거나 끝날 것이기 때문입니다.

친밀한 관계를 변화시키는 경우들 중에서, 친구와의 관계를 개선시키는 일은 그 변화를 판단하기 가장 힘든 경우에 속합니다. 우정의 변화는 아주 미묘하게 일어날 수 있기 때문입니다. 말의 미묘한 차이나 동작의 변화로 나타나는 경우도 있습니다. 전보다 이야기를 잘 들어준다거나, 친구에게 부탁하는 일들이 줄어들기도 합니다. 또, 친구가 험담을 조금 적게 한다거나, 자신이 느끼는 질투심을 전보다 잘 억제하게 되기도 합니다. (이런 질투로 인해 여러분은 부당하게 난처한 입장에 놓이기도 합니다.) 여러분은 자신을 단련해서 비밀을 조금 적게 털어놓기도 할 것입니다. 친구가 일거리가 갑자기 밀려드는 바람에 여러분과 약속한 점심 모임을 취소할 수밖에 없다고 설명해도 여러분은 그대로 받아들이기도 합니다. 비록 친구가 상습적으로 그 이유를 댄다고 하더라도 말입니다. 친구와 만났을 때 즐거운 시간을 보내기 위해서 여러분은 갖은 노력을 다하기도 합니다. 물론 예전에는 한 번도 그런 적이 없었습니다.

저는 연구를 통해 몇 가지 사실을 발견했습니다. 계속 유지되는 우정은 갈등이 적은 관계이거나, 갈등이 일어났을 때 친구들이 문제를 해결할 수 있는 더 나은 대처 기술을 터득하고 있다는 것입니다. 다행스럽게, 갈등 해결 기술은 배워서 터득할 수도 있습니다. 여러분은 결코 회복할 수 없다고 생각했던 우정을 다시 살려낼 수도 있습니다.

친구와의 갈등 조정하기

친구와의 갈등을 해결하는 첫 번째 단계는 갈등이나 배신을 제대로 이해하는 것입니다. 어째서 그런 문제가 발생한 것일까요? 여러분은 이미 그럴듯한 이유들 중에서 자각하고 있는 것과 그렇지 못한 것들을 모두 살펴보았을 것입니다. 여기에 관해서는 제3장과 제4장에서 이미 세부적으로 설명했습니다만, 평가할 필요가 있는 추가적인 요소들을 여기서 더 알려드리겠습니다. 친구들 모두가 실제로 벌어지는 상황을 믿고 있습니까? 아마도 자기와 관련된 사실을 잘못 이해하고 있을 것입니다. 예를 들면, 두 명의 친구가 음식점에서 한 시간 동안 상대방을 기다리면서 화가 났습니다. 두 사람이 상황을 비교해 본 결과, 만나기로 약속했던 시간을 각자 다르게 알고 있었다는 사실을 발견했습니다.

사실을 명확히 밝혀냈기 때문에 실제로 두 사람의 사소한 갈등이 즉시 해결되었다면, 그것은 바람직한 소식입니다. 하지만, 갈등이 빠르고 쉽게 해결되지 않았다면, 여러분은 도움을 좀더 받을 필요가 있습니다. 해결되지 않은 갈등으로 인해서 돌킬 수 없이 끔찍한 사태로 치달을 수도 있음을 명심하십시오.

이제 9가지의 조정 기술을 알려드리겠습니다. 이 기술은 이웃간의 분쟁을 조정하거나 친구들과 부부 사이의 분쟁을 해소하기 위해서 전문가들이 일반적으로 사용하는 것은 물론이고, 커뮤니케이션 기법을 강의하는 사람들도 활용하고 있습니다. 당연히 친구 관계에서 분쟁이 생겼을 때도 유용하게 사용될 것이라고 믿습니다.

1. 관심사를 전제로 교섭하십시오.

이 기술의 도움을 받으면, 여러분은 문제가 생겨날 수밖에 없는 원인인 갈등 이면의 상황들을 살펴보는 법을 배우게 됩니다. 예를 들면, "나는 영화 보러 나가고 싶어. 그렇지만 너는 계속해서 공부하고 싶잖아", 또는 "네 컴퓨터를 좀 빌리고 싶은데, 너는 '대여 불가'의 원칙을 고수하잖아"라고 말하는 경우를 생각해 봅시다. 이들이 자신의 관심사를 전제로 교섭하는 형이라는 측면에서 다시 생각해 보면, 이런 말을 하는 사람들은 자신의 입장이 생긴 배경에 초점을 두고 있습니다. "우리 둘다 열심히 공부했잖아. 계속해서 공부만 한다면 너는 폭발해 버리고 말거야. 난 영화 보는 일이야말로 우리가 친구로서 시간을 재미있게 보낼 수 있는 방법이라고 생각해. 그렇기 때문에 나는 영화를 보러 나가고 싶어." "난 지금 당장 컴퓨터를 살 수는 없어. 회사에 제출할 서류를 만들기 위해서는 컴퓨터가 필요하단 말이야. 네가 전에 빌려줬던 물건 중에서 난 한 가지도 망가뜨린 적이 없잖아. 네 컴퓨터를 정말 조심해서 다루고 빨리 되돌려 줄거야. 약속할 수 있어. 그렇기 때문에 네 컴퓨터를 빌리고 싶어."

관심사를 전제로 교섭을 하거나 문제를 해결하는 일은 사실 특정한 질문을 하는 것입니다. "왜?"라고 하거나, 바꿔서 "왜 안 되는데?"라고 합니다. 그런 식으로 하면, 단지 성격 차이에 얽매이지 않고 여러분은 친구가 문제 그 자체에만 중점을 두도록 이끌 수 있습니다. 갈등 해결의 전문가이자 연방 정부의 중재인인 아일린 B. 호프만은 이렇게 말합니다. "각자의 관심사가 무엇인지는 '왜?'라는 질문을 통해서 알아내십시오. 일단 상대방이 특정한 것을 왜 원하는지 알아내기만 하면, 여러분은 방법도 알아낼 수 있습니다. 문제를 해결하는 방법은 한 가지 이상이 존재합니다. 사람들은 흔히 자신의 입장에 붙들려 있습니다. (하지만) 여러분이 상대방의 관심사를 만족시킬 수 있으면 문제를 해결할 수도 있습니다."

2. 다른 사람의 입장에서 생각하십시오.

친구의 동기와 여러분의 동기를 비교해서, 친구가 갖고 있는 동기를 이해하려고 노력하십시오. 언제 내 친구가 원하는 방식으로 내가 무엇인가를 원했습니까? 어떻게 하면 내 자신의 욕구를 만족시키는 동시에 친구의 욕구도 만족시킬 수 있을까요? 내가 새로운 직장이 생겨서 변화에 적응하려고 노력하느라 몹시 바쁠 때, 내게 전화를 걸어온 사람들에게 일일이 답을 할 수 있었습니까? 그런 것들에 열중하느라고 잠시라도 시간을 낼 수 있었습니까? 그냥 여러분이 친구의 입장이라고 생각하거나, 여러분의 친구에게 여러분의 입장에서 생각해 보라고 부탁하십시오. 그것만으로도 갈등을 줄일 수 있습니다.

3. 주의해서 사려깊게 들어주십시오.

갈등을 해소할 수 있는 가장 중요한 기술들 중의 하나가 상대방의 말을 듣는 것입니다. 주의해서 듣는 것만으로도 여러분은 친구 자신의 가치는 물론이고 친구가 낸 의견의 가치도 인정해 주는 것입니다. 여러분과 친구는 실제로 상대방의 말을 더 이상 듣지 않는다는 사실조차 아직 깨닫지 못했을지도 모릅니다. 만일 여러분이 서로에게 무관심해져 있다면, 두 사람 사이의 갈등을 해결하는 것은 어렵거나 아예 불가능할 것입니다.

4. 상황에서 한 걸음 물러나서 영화를 보듯이 바라보십시오.

여러분이 갈등의 중심에 서 있을 때는, 잠시 동안이라도 그 상황에서 빠져나오려고 노력하십시오. 마치 갈등은 영화인 것처럼, 여러분은 그 장면을 스크린에서 감상하는 관객의 입장인 것처럼 생각하십시오. 만일 여러분이 갈등의 상황에서 어느 정도 거리를 두고 서 있을 수 있다면, 상황을 한층 객관적으로 판단할 수 있습니다. 여러분은 지금 친구와 자신이 빠져 있는 상황이 아니라 다른 사람이 연기하는 장면을 보고 있기 때문입니다.

5. 의견의 차이를 서로 인정하십시오.

커뮤니케이션 전문가가 여러분에게 제안하는 것, 제가 그룹 조정자로 일할 때 사용하는 기술, 그리고 아이들과의 갈등을 해결할 때 부모들이 종종 활용하는 접근법을 실행하도록 하십시오. 상대방의 관점이나 입장을 이해함으로써 친구의 정당성을 확인해 보십시오. 흔히 말하듯이 "의견의 차이를 서로 인정하십시오."

6. 관계의 정당성을 확인하십시오.

여러분이 우정을 가치있게 생각한다는 사실을 친구에게 알려주십시오. 문제를 해결하려고 할 때 '상대에 대한 관심을 부각시켜서', 여러분과 친구 모두가 한 걸음 전진할 수 있는 동기를 주는 것입니다. 여러분의 우정을 공고히 만들어줄 수 있는 말을 예로 들어보겠습니다. "너와 우리의 우정이

내게 얼마나 소중한 것인지를 네가 알아줬으면 좋겠어. 나는 진심으로 우리 둘 사이의 문제를 해결하고 싶어."

7. 냉각 기간을 두십시오.

친구들간에는, 특히 가장 친한 친구나 가까운 친구인 경우에는 간단한 결정만으로도 관계가 회복되기도 합니다. 즉, 불편한 상황에서 한 걸음씩만 물러나서, 돌이킬 수 없는 말이나 행동으로 사태를 다루지 않도록 해결을 잠시 미루는 것입니다. 그런 말이나 행동은 화가 잔뜩 난 순간에 실행할 수 있기 때문입니다. 냉각 기간은 짧게는 몇 분, 몇 시간, 며칠, 몇 주이고, 필요하다면 좀더 길어질 수도 있습니다. 냉각 기간은 한 걸음 물러나서 상황을 다시 판단하고 마음을 진정시키고, 문제를 해결하기 위해서 스스로 부과한 기간입니다. 때로는 단지 시간을 조금 가진 뒤에 새로운 시각에서 바라보면, 여러분은 대부분의 문제나 말, 상황이 얼마나 중요하지 않은지를 깨닫고 깜짝 놀랄 것입니다.

그러나, 어떤 경우에는 맨 처음의 갈등과 타협하는 데 실패하고 그 다음 단계로 영구적인 불화를 맞이하기도 합니다. 만일 친구들의 우정은 차이를 기본으로 한다는 사실을 인정하게 되면, 갈등에 대해서 조용히 대화를 나눠 보십시오. 여러분의 친구와 갈등을 함께 다룰 수 있다면, 여러분의 친구는 자신이 심판받는다거나, 비판당하고, 비난받는다는 기분이 들지는 않을 것입니다. 만일 여러분이 친구와의 사이에 일어난 일을 시시한 일이라거나 아무 상관 없다고 생각한다면, 그대로 상황을 지켜보십시오. 모든 문제나 분쟁을 지속적으로 토론할 필요는 없습니다. 하지만, 맨 처음의 갈등이 가치관의 차이를 부각시키고 있다면, 여러분은 어쩌면 그 문제들을 해결할 필요가 있을 것입니다.

8. 이해를 구하십시오.

친구와의 갈등이 여러분의 무관심 때문이거나 여러분이 친구가 원하는 것을 들어주지 않았기 때문이라면, 그런 원인들은 일시적인 것에 불과하다는 사실을 친구에게 알려주십시오. 예를 들면, 어쩌면 여러분은 요즘 들어서 과중한 업무로 힘들어하고 있다거나, 여행이나 출장을 떠났기 때문에 친구를 만날 수가 없었을지도 모릅니다. 친구에게 여러분이 회복할 시간이 필요하다고 설명해 주고, 여러분은 전혀 그 친구에게 무관심하지 않다는 것도 증명해야 합니다. 만약 여러분이 새로운 직장, 원고 마감일, 가족의 질병, 또는 다른 관계들 때문에 바쁘다면, 여유가 필요하다는 사실을 친구에게 알리고 이해해 달라고 부탁을 하십시오.

9. "미안해" 하고 말하십시오.

갈등을 야기한 사람이 누구이든 그냥 자신의 책임을 회피하지 말고, "미안해"라고 말하면서 유감의 뜻을 전달해야 합니다. 친구를 화나게 만들었다거나 상처를 입혔던 말이나 행동을 인정하는 것만으로도 충분히 우정을 회복시킬 수 있습니다. 여기에 덧붙여서, "이런 일이 다시 일어나지 않도록 정말로 노력할거야"라는 말도 도움이 될 것입니다. 여러분의 부모님이 돌아가셨을 때 친구가 곁에 있어주지 않아서 실망스러웠다면, 그 감정을 그대로 친구에게 전하십시오. 친구는 자신의 무심함과 소원함을 유감스럽게 생각하고, "미안해"라고 말할 것입니다. 이것은 커다란 진전입니다. "미안해"라고 말하는 것은 듣는 것처럼 쉬운 말이 아닙니다. 이것은 여러분이나 친구에게 굉장히 큰 진척입니다. 특히 어린 시절이나 현재의 관계, 또는 경험을 통해서 과실을 인정하는 일이 그다지 환영할 만한 것이 아니라고 느꼈다면 더욱 그렇습니다. 그렇다고 해도, 이 방법은 신중하게 고려할 만한 갈등 해소 기술입니다. (마찬가지로, 다른 사람이 "미안해"라고 말하는 것을 듣거나 받아들이는 일도 쉽지는 않습니다. 하지만, 첫 번째로 할 일은 미안한 감정을 느끼는 것이고, 그 다음에 그것을 말하면 됩니다.)

갈등을 피하는 것은 꽤 구미가 당기는 일입니다. 갈등은 짧은 시간 안에 많은 스트레스를 안겨주기 때문입니다. 하지만, 어려운 상황을 정면에서 해결한다면 장기적인 안목으로 볼 때 스트레스를 훨씬 더 줄일 수 있습니다. 더욱이, 갈등이 잘 해결되기만 한다면 실제로 관계를 더 돈독히 만들 수도 있습니다. 친구 사이에서 갈등을 그저 피하기만 한다면, 결국은 우정이 파국으로 치닫게 되는 대가를 치를 수도 있습니다.

비현실적인 기대에 직면하기

비현실적인 기대에 직면한다는 것은 두 가지로 나누어 생각할 수 있습니다. 첫째, 지금까지 우리는 우정에 관한 연구들을 통해 몇 가지 사실을 배웠습니다. 우선, 우정이란 선택적인 역할입니다. 우정 문제가 여러분의 현재 생활에서 두드러지게 드러나는 것은 여러분의 전체 인생과 연결될 때이며, 의무가 따르는 가족 구성원들의 요구 사항이 친구의 요구와 부딪힐 때입니다. (배우자, 자녀들, 부모님, 형제들, 좀더 넓게 보면 친척들에게 지켜야 할 의무가 있습니다.) 뿐만 아니라 직장, 학교, 지역 사회의 구성원으로서 수행할 책임감과 충돌할 때도 우정 문제는 크게 부각됩니다. 여러분이 친구에게 하는 기대는 이런 연구의 결과에 바탕을 둔 현실적인 것들입니까?

만일 여러분이 친구에게 거는 기대가 비현실적이라면, 여러분은 끊임없이 실망하게 되고, 다른 사람들이 여러분의 기준에 꼭맞는 행동만을 할 수는 없다는 사실을 지속적으로 깨닫게 될 것입니다. 친구가 여러분을 위해 반드시 해야 한다고 생각하는 일들을 여러분의 기준으로 과장해서 기대하다 보면, 만족스러운 우정을 나누는 데 걸림돌이 될 수밖에 없습니다. 이런 경우에는, 달라져야 할 사람은 바로 여러분입니다. 친구가 여러분의 인생에서 담당할 수 있는 역할에 대해서 여러분이 비현실적인 기대를 갖는다거나 지나치게 모자람을 느낀다면, 결국은 그 친구를 떠나보내게 될 것입니다. 여러분의 지나친 기대로 인해서 친구가 어쩔 수 없이 상처가 되는 말을 하거나 행동을 할 수도 있습니다. 여러분이 필요로 하고 원하는 것을 해줄 수 없다는 이유로 죄의식을 느껴오다가, 이제는 그만두고 싶은 생각이 들면 자포자기의 심정으로 극단적인 말이나 행동을 하는 것입니다.

친구에 대한 실질적이지 못한 기대를 하고 있다는 사실을 직면하지 못한다면, 우정은 결국 파국으로 치달을 수밖에 없습니다. 이와 똑같은 일이 나탈리에게도 일어났는데, 그녀는 5학년 때부터 사귀어온 가장 친한 친구를 잃었습니다. 올해 40세의 나탈리는 자신이 친구인 클레어에게 과도한 요구를 했기 때문이 아니라, 자신의 부탁을 성실히 이행하지 못했다는 이유로 클레어를 비난합니다. 그녀는 오랜 우정이 끝날 수밖에 없었던 이유를 이렇게 설명하고 있습니다.

저는 예전과는 비교도 할 수 없는 정도로 최악의 상황을 맞이했습니다. 끔찍한 이혼을 경험했고, 경제적으로 저 혼자 자립할 수 있을 때까지 전남편에게 2년 동안이나 강제로 아이들을 빼앗겼습니다. 저는 지금 살고 있는 6평 짜리 싸구려 아파트로 이사를 왔는데, 아파트는 너무 낡아서 수리하지 않으면 안 될 형편입니다. 낮에는 한 시간 정도의 거리에 있는 회사에서 일을 했고, 밤에는 벽의 얼룩을 청소하고 페인트칠을 했습니다. 이사 가서 처음 5일 동안은 수돗물을 사용할 수가 없었기 때문에, 페인트 솔을 빨기 위해서 지하실 세면대에서 물을 퍼내서 쓰곤 했습니다. 냉장고도 조리용 가열 시설도 전혀 되어 있지 않았지만, 간이 침대가 있었고 전기 커피 포트가 있어서 수프와 차를 끓여 먹으면서 아쉬운 대로 전열기 대신으로 사용했습니다. 저는 '관계를 망치게 된 친구'에게 (클레어 말입니다) 그녀의 집으로 건너가서 간단히 씻을 수 있게 해달라는 부탁을 했습니다. 다음주면 집주인이 문제가 되는 시설들을 고쳐주겠다고 했기 때문에, 매일 씻으러 간다고 해도 그리 오랜 기간이 걸리지는 않았을 것입니다. 클레어는 싫다고 거절을 했습니다. 친구가 자신의 남편이 혹시라도 제게 마음이 끌리지는 않을까 하여 질투를 했다는 사실을 몇 년이 지난 후에야 저는 알게 되었습니다. 저는 결코 그 일을 잊을 수가 없었습니다. '친구'를 대하는 정말 끔찍한 태도였으니까요.

만일 나탈리가 자신이 클레어에게 친구로서 다소 부당한 기대를 걸었다는 사실을 그 당시에 깨달았고, 그래서 그런 부탁을 하지 않았다면 어땠을까요? 다시 말하자면, 나탈리가 지역 공동체 회관이나 값싼 숙박시설을 찾아서 씻으려고 했다거나 혼자 사는 여자 친구의 집에 가려고 했다면, 클레어와의 우정은 여전히 건재했을지도 모릅니다.

또 하나 더 생각해 볼 문제가 있습니다. 친구가 여러분의 기대치를 만족시키지 못할 때, 그 이유가 단지 친구의 성격이나 여러분이 그 친구에게 부탁한 시기 때문인지 곰곰이 생각해 보십시오. 이 문제는 지금 도리스가 겪고 있는 일과 관계가 있습니다. 48세의 도리스는 사업가로 활동 중인데, 곰곰이 생각한 끝에 친구가 자신과 우정을 나누면서 필요한 것을 받지 못한다는 사실을 깨달았습니다. 그 친구는 충분히 원하는 것을 받을 자격이 있는데도 말입니다. 도리스는 이렇게 설명합니다. "제 인생을 돌이켜볼 때 그 무렵에 저는 제 생각에만 골몰해 있었던 것 같습니다. 제 아들은 끔찍한 상태였고, 저는 어머니를 보살펴야만 했습니다. 친구는 당연히 관심 밖으로 밀려나 있었습니다. 우정을 지속시킬 만큼 충분한 여건이 갖추어지지 않았던 것입니다."

　도리스의 친구가 원하던 것은 현실적인 것이었습니다. 그러나, 그 당시 도리스로서는 친구가 원하는 것을 들어줄 수가 없었습니다. 자신의 개인 생활과 직장에서 많은 일들이 벌어지고 있었기 때문입니다. 친구가 도리스의 전화에 더 이상 응답하지 않으면서 두 사람의 우정은 갑자기 끝났고, 많은 세월이 흐르는 동안 도리스는 상황에 대한 올바른 판단이 서지 않았습니다.

복합적 상호 관계의 문제를 다루기

　여러분들이 피할 수 없는 의견의 충돌이 생기기도 하는데, 우정이 더 이상 유지되지 못하는 한 가지 원인으로 볼 수 있습니다. 한 사람이나 두 사람의 친구 모두가 '커플을 이루게' 되면 이런 상황이 자주 생깁니다. 두 명이 짝을 만나면 결과적으로 네 명이 되는데, 이 경우에는 조화를 이루기가 쉽지 않기 때문입니다. 이런 변화가 두 사람의 친구들에게 얼마나 힘든 일이었을지 한 번 생각해 보십시오. 항상 함께 시간을 보내는 데 익숙해 있었는데, 지금은 두 사람에게 완전한 이방인이나 다름없는 또 다른 두 사람이 모임에 합세한 것입니다. 그러다 보니 이들은 공통점이 있을 수도 있고, 공통점이라곤 전혀 없을지도 모릅니다. 친구 중의 누군가가 연애를 시작하거나 결혼을 하게 되면, 자신의 인생에서 새로 시작한 애정 관계에 대해 친구들이 어떻게 반응하는지에 따라서 그런 관계가 축복이 될 수도 있고 재앙이 될 수도 있습니다.

　여러분이 친구의 새로운 애인에 대해 느끼는 감정이나 친구의 애인이 여러분에 대해서 느끼는 감정이 복합적 상호 관계의 문제에 중요한 영향을 미치는 것은 사실입니다. 그렇지만, 친구들간에 문제를 일으키는 다른 잠재적인 이유들과 마찬가지로, 이런 문제에 많은 영향을 미치는 요소로 유년기의 가족 관계나 형제 관계를 빼놓을 수 없습니다. 예를 들면, 어머니(또는 아버지)는 가족 중에 단지 나만을 사랑하는 것이 아니라 아버지(또는 어머니)나 형제들을 골고루 사랑합니다. 여러분의 친구나 남자 친구는 성장기 동안에 그 사실을 얼마나 무리없이 받아들일 수 있었습니까? 사랑하는 사람을 나누는 것이 고질적인 문제가 되어왔다면, 애인의 사랑을 친구와 '함께 나누어' 받는다면 질투나 소유욕 같은 여러 가지 감정이 생겨날 것입니다.

무엇보다도 우선으로 생각해야 할 것이 있습니다. 변화가 일어나서 이제 여러분과 친구가 두 사람의 우정뿐만 아니라 새로운 관계들도 관리해야만 할 때, 복합적 상호 관계의 문제는 사실 원래 두 사람이 나누는 우정과는 아무 상관이 없다는 사실입니다. 새로운 애인이 생겼든, 가까운 친구나 가장 친한 친구가 한 명 더 있든, 형제가 동네로 다시 이사를 오든, 아니면 새로 아기가 태어났든, 두 사람의 우정은 전혀 영향을 받아서는 안 됩니다. 물론, 이렇게 생각한다고 해도 여러분의 상처받은 감정을 달랠 수 없는 경우도 있습니다. 예를 들어, 여러분이 가장 친한 친구를 곁에 두려고 붙잡으려고 할 때마다 친구의 갓난아기가 정신없이 울어댄다거나, 여러분이 남편과 함께 친구의 기념일을 축하하기 위한 저녁 모임에 참석했는데 친구의 남편이 여러분이나 여러분의 남편에게 전혀 말을 걸지 않기도 합니다.

이런 상황에서, 여러분과 친구는 우정을 지속시킬 수 있는 방법을 강구할 수밖에 없습니다. 단, 여러분들이 새로 관계를 맺은 사람들은 배제해야 합니다. 만일 여러분과 친구가 다니는 직장이 근처에 있다면, 근무시간 중에 만나서 점심을 같이 하는 것도 괜찮은 방법입니다. 아기가 생긴 경우에는 여러분이 친구와 만나서 시간을 보내는 동안 아기 보는 사람을 고용할 수도 있고 남편에게 아기를 잠시 부탁할 수도 있습니다.

절대로 같은 공간에 있고 싶어하지 않는 사람들을 기어코 함께 만나게 하는 일은, 결과적으로 모든 사람들에게 끔찍한 경험이 될 것입니다. 긍정적인 말씀을 드리자면, 단지 여러분이 살면서 다른 관계를 더 맺었다는 이유로 친구를 떠날 필요도 없고 친구에게서 버림을 받을 필요도 없습니다. 의식적인 이유든 무의식적인 이유든, 복합적인 상호 관계는 여러분이 새로운 출발을 했다고 해서 생긴 것도 아니고, 앞으로도 그런 이유로 생기지는 않을 것입니다.

복합적인 상호 관계의 문제가 발생했을 때, 우정을 계속해서 지켜나가기 위해 여러분이 할 일은 어느 정도 독창적인 아이디어를 내는 것입니다. 다만 현재 진행되고 있는 상황에 대해서 분명히 이해하고 있어야 하며, 그 문제에 대해서 친구와 의논을 하되, 화를 내거나 섣부른 판단을 하거나 극단적인 결론을 내려서는 안 됩니다. 이 모든 조건을 지킨다면 상황을 호전시키는 데 반드시 도움이 될 것입니다.

새로운 관계 때문에 여러분이 오래된 친구에게 소홀해진다거나, 애인이나 아기 문제를 이유로 내세워서 친구가 여러분과의 관계를 끝내려고 하는 경우를 생각해 보십시오. 이때 여러분은 그런 이유들이 정말 문제로 삼을 만한 것인지 아니면 단지 변명에 불과한지 판단해야만 합니다. 여러분의 우정은 지금까지 억지로 이어져 왔었는데, 현재 맺고 있는 관계들로 인해 친구가 그런 사실을 자각했을 수도 있습니다. 만일 새로운 '관계'에 더 관심을 보이는 쪽이 바로 여러분이라면, 여러분도 친구와 마찬가지의 결론을 내릴 것입니다.

그러나, 여러분이 전혀 영향력을 행사할 수 없는 사람들 사이에서 복잡한 관계로 인해 약간의 문제가 발생한 경우라거나, 여러분이 오랜 우정을 대단히 가치 있게 생각하고 있으며 친구 역시 여러분을 좋아하고 있다면 문제는 달라집니다. 다른 사람 때문에 여러분의 우정을 끝내는 일만큼은 당연히 피해야 합니다. 만일 여러분이 언젠가 그 우정을 끝낸다면, 여러분

과 친구가 더 이상은 서로를 좋아하지 않는다거나 함께 시간을 보내고 싶
어하지 않는다는 등의 직접적인 이유가 있어야 합니다.

침묵으로 일관하기

친구 관계나 특정한 사건에 대해서 분노나 갈등의 감정을 주체할 수 없
게 되었을 때, 불행히도 어떤 사람들은 침묵으로 일관하는 경우가 있습니
다. 문제가 생긴 친구 관계에서 '과열된 감정을 가라앉힐 수 있는' 기회를
주는 '냉각 기간'과 이런 침묵은 전혀 의미가 다릅니다. 냉각 기간은 단지
약간의 시간을 보내는 것이지 결코 영구적인 것은 아닙니다.

이와는 반대로, 침묵으로 일관하는 행동은 친구 사이에 발생한 갈등을
대처하는 영구적인 방법입니다. 대처한다기보다는 피한다는 말이 더 적절
할 것 같습니다. 침묵으로 일관하는 것은 전적으로 힘을 견주는 일입니다.
또한, 자신은 현재 문제가 되고 있는 일을 거론할 사람이 아니라는 사실을
증명하는 무언의 방법입니다. 화가 난 사람의 입에서 마구 쏟아져 나올지
도 모르는 욕설이나 비난을 두려워한 나머지 침묵을 지키는 것입니다.

어떤 면에서 보자면, 침묵을 지키는 사람은 자신의 행동을 정당화할 수
도 있습니다. 욕설을 내뱉는 것과는 달리, 실질적인 문제의 대처 방법이 침
묵이기 때문에 갈등을 피한다고 생각하는 것입니다. 말을 한 마디도 하지
않기 때문에, 다른 사람에게 오해를 산다거나 계속해서 말이 퍼져나갈 일
도 없습니다. 불쾌한 내용의 이메일이나 편지를 주고받지 않아도 됩니다.
그저 침묵만이 있을 뿐입니다. 그외엔 아무 것도 필요 없습니다.

그러나, 표면적으로는 아무런 움직임도 없는 것처럼 보이지만 침묵의
이면에는 행동이 감춰져 있습니다. 여러분이 침묵으로 일관한다면, 그것을
당하는 사람의 입장에서는 편지, 이메일, 전화나 마찬가지로 강력한 행동
입니다.

침묵으로 일관하는 대처법을 먼저 시작한 사람은 어쩌면 다른 의도가 있었을지도 모릅니다. 후회가 될 만한 말을 하지 않는 것이 좋겠다고 판단했기 때문에 침묵을 지키는 경우도 있을 것입니다. 예를 들면, 망가진 우정을 다시 시작하고 싶다는 소망이 있는 경우입니다. 더 그럴 듯한 이유는 서로를 피해 갈 방법이 전혀 없기 때문입니다. 여러분이 가까운 곳에 살고 있다면, 같은 직장에서 근무할 수도 있고, 수퍼마켓 등에서 우연히 마주치기도 합니다. 심지어는 길에서 부딪힐 수도 있을 것입니다.

침묵으로 일관하는 방법을 쓰는 사람들은 단지 갈등으로 인해 생긴 모순적인 상황을 극복하고 싶은 욕심에 어찌할 바를 모르는 경우도 있습니다. 뉴멕시코에서 우체국 직원으로 근무하고 있는 27세의 맥스의 예를 생각해 봅시다. 어린 시절에 형에게서 학대를 당한 뒤로 맥스는 누구도 믿지 못하게 되어 힘든 시간을 보내고 있습니다. 깊은 우정을 나누던 이성 친구가 맥스에게 침묵으로 일관했던 일은 특히 잔인한 경우였습니다.

그 친구는 제가 정말로 보고 싶어하던 콘서트 표를 사주겠다고 약속했습니다. 우리는 데이트를 하는 사이는 아니었습니다. 저는 그 친구는 물론 친구의 남자 친구와도 함께 갈 생각이었으니까요. 우리는 단지 친구였습니다. 그날 밤새도록 저는 두 사람을 기다렸지만, 아무도 나타나지 않았습니다.

그 친구는 자신이 앞으로 끔찍한 상황으로 발전할지도 모를 일을 저질렀다고 생각했을지도 모릅니다. 맥스와 계속해서 데이트를 한다면 거추장스러운 관계가 될 수도 있다고 판단하고, 그 상황을 맥스와 솔직하게 의논하는 대신 바람을 맞게 한 것입니다. 친구가 침묵으로 일관하는 방식을 선택한 덕분에 맥스는 실망스러움과 무안함을 느낄 수밖에 없었습니다. 더욱

이, 어린 시절이나 청소년기에 성적으로 학대를 당한 사람들은 누군가를 계속 기다리는 일에 특히 예민하게 반응합니다. 그 사람들은 자신을 지배하고 학대하는 형제들, 부모, 권위있는 사람들이 어서 다녀가기만을 기다려야 했습니다. 아무런 예고도 없이 오는 경우도 자주 있었기 때문에 그저 기다릴 수밖에 없었습니다. 당연히 자신들이 감정적으로 애정을 느끼게 된 사람들만큼은 분명하고 예측이 가능한 행동을 해주기를 바라게 됩니다.

불행하게도, 맥스는 자신의 문제를 친구들과 의논을 하는 대신 우정을 끝내버리는 방향으로 결정을 내렸습니다.

만일 여러분이 친구에게 침묵으로 일관하고 있다면, 그 방법이 여러분의 가벼운 친구, 가까운 친구, 가장 친한 친구에게 어떤 영향을 미치는지 알고 있어야 합니다. 어떤 경우에는, 직접 맞서는 것보다는 침묵이 나을 수도 있습니다. 하지만 여러분은 그런 행동으로 인해 생겨나는 결과에 대해서도 분명히 알고 있어야 합니다. 여러분은 당연히 별 문제 없이 우정을 끝낼 수 있는 방법이라고 예상해서 침묵으로 일관하는 방법을 썼겠지만, 정작 그런 취급을 받은 사람은 분노, 노여움, 절망을 느낄 수도 있습니다.

만일 누군가가 여러분에게 침묵으로 일관하는 방법을 쓰고 있다면, 여러분은 우정이 멀어지거나 완전히 끝날 것이라는 아주 강한 암시로 받아들일 필요가 있습니다. 침묵으로 일관하는 상대에게서 여러분은 버림받은 기분이나 배신의 감정을 느낄 수도 있습니다. 그런 감정이 저항할 수 없는 정도로 여러분을 나약하게 만든다면, 여러분은 문제의 친구 외에도 다른 사람들까지 상대해야 할지도 모릅니다. 예를 들면, 여러분이 신뢰하는 다른 친구들, 배우자, 애인, 가족, 전문 치료사 등입니다. 여러분이 어린 시절에 화가 난 부모님이 늘상 침묵으로 일관하는 방법으로 여러분을 벌주곤 했었다면, 여러분은 침묵으로 일관하는 일에 대해 특히 예민하게 느낄 수도 있습니다. 아무리 짧은 기간 동안이라고 해도 여러분으로서는 가볍게 느낄 수가 없을 것입니다.

도움을 구하기

우선 친구에게 달라지도록 노력해 달라는 부탁을 하고, 여러분이 혼자서 해볼 수 있는 일은 전부 시도하도록 하십시오. 그런 후에도 여전히 어디에도 속하지 못한 것처럼 느낀다면, 외부에 도움을 청해야만 할 시기인지도 모릅니다. 제3자에게 도움을 요청할 시기인지를 판단하기에 좋은 단서는 여러분이나 친구가 상대방에게 다음과 같이 말하거나 혼자 생각을 하게 되는 경우입니다. "너는 내 말을 전혀 듣고 있지 않구나!"

여러분과 친구가 서로의 말을 전혀 들어줄 수 없는 시기에 도달했다면, 제3자의 개입이 실제로 도움이 될 수 있습니다. 분노, 노여움, 오해, 배신감, 불평거리는 물론이고 온갖 종류의 감정이 다 생긴다면, 여러분과 친구의 문제를 우호적인 방법으로 해결하는 데 걸림돌로 작용할 것입니다. 다른 친구, 가족, 종교 지도자 등은 모두 문제를 중재해 줄 가능성이 있습니다.

'변형적인 중재'라는 제목으로 새로 실시한 연구에서, 제3자의 역할은 분쟁 상태에 있는 두 친구가 서로를 인정하고 서로에게 능력을 부여하게 만드는 것입니다. 변형적인 중재는 영향력이 큰 수단입니다. 그 중재법의 구성 요소 중의 하나는 논쟁을 하는 두 사람이 서로에게 말을 할 때 지켜야 할 사항입니다. 상대방을 평가하려는 듯한 말투를 배제하고 말하는 사람의 느낌을 분명히 하기 위해서 '나'라는 단어를 사용하라는 것입니다. 다른 말로 하면, 논쟁을 하는 친구 각자는 무슨 말을 하든 다음과 같은 형식을 취해야만 합니다. "아무개가 이런 행동을 했을 때, 나는 ______한 기분이 들었다."

앞에서 언급한 것처럼, 제3자는 가장 중요한 갈등 해결 방법을 강화시키는 데 도움을 줄 것입니다. 즉, 상대의 말을 열심히 듣게 만들어줍니다. 갈등 해결의 전문가들은 사람들이 실제로 남의 말에 귀기울이는 때와 무시하는 때를 알 수 있도록 훈련을 받습니다. 만일 누군가가 다른 사람이 지금 하고 있는 말을 들을 수도 없고 들을 생각도 없다면, 문제점을 해결하는 것은 불가능해집니다. 친구 관계에서 일어난 문제가 심각해져서 누구도 상대 친구와 대화를 하지도 않고 상대의 말에 귀를 기울이지 않는 정도에 이르렀다면, 제3자가 도움을 줄 수 있습니다. 예를 들어, 신문의 소식란과 같이 서로 간접적으로 대화할 수 있는 기회를 만들어주거나, 조정자나 중재자처럼 행동하거나, 심지어는 문제를 직접 해결해 주기도 하는 것입니다.

치료 전문가는 친구와의 갈등을 해결하는 데 도움을 줄 수 있는 또 하나의 관계자입니다. 그렇지만, 전통적으로 치료 전문가는 논쟁하는 친구들 중 단 한 명만을 상대하게 됩니다. 커플 치료나 가족 치료의 경우에는 다양한 치료 방법도 있고 공동으로 치료를 받는 전통도 있습니다. 이와는 달리, 우정에 관련된 문제로는 일반적으로 친구들이 함께 치료를 받지 않습니다. 더 보편적인 방법으로, 친구들은 개별적으로 상담을 받거나 집단 상담에 참여해서 우정에 얽힌 갈등을 논의하게 됩니다.

친구들을 바꿔가며 잇달아 일어나는 유형의 갈등은 여러분과 친구, 치료 전문가에게는 좋지 않은 신호입니다. 그런 경우에는 과거에 해결되지 않은 문제들이 현재의 관계에 영향을 미치기도 합니다. 이런 친구들간의 갈등을 해결하기 위해 치료 전문가에게 상담을 받는다면, 일반적인 제3자의 중재인이나 다른 친구에게 도움을 요청한 것과는 달리 특별한 이점이 있습니다. 잘만 되면, 유능한 치료 전문가는 현재 문제가 되는 한 가지 상황만을 해결하는 것이 아니라 여러분이 영구적인 변화를 모색하는 데 도움이 되는 자의식을 촉진시켜 줄 것입니다.

그렇지만, 만일 여러분이 대부분의 경우에 자신의 잘못으로 좋지 않은 친구를 선택한다는 사실을 깨닫는다거나, 계속해서 좋은 친구를 잃어버리거나 밀어내 버린다는 사실을 알게 된다고 생각해 봅시다. 더구나 그 이유가 갈등이 생겼을 때 친구와의 관계에서 갈등을 효과적으로 해결하는 능력이 부족하다거나 자신이 잘못된 행동을 했기 때문이라면, 치료에서 자의식을 촉진시키는 것은 중요한 일이 될 것입니다.

6. 우정을 끝내는
시기와 방법

좋습니다. 지금까지 여러분은 제가 앞장에서 제시한 갈등 해결 기술들을 모두 시도해 보았습니다. 어쩌면 여러분의 친구가 문제들을 해결하기 위한 시도를 그저 거부했을지도 모릅니다. 또는, 이런 우정이라면 끝낼 수밖에 없다고 결정을 내린 사람이 바로 여러분일 수도 있습니다.

가장 친한 친구나 가까운 친구와의 우정이 끝났다면, 대개는 별안간 생긴 사건이기 때문에 친구들 중의 누군가가 '넘어서는 안 될 선을 넘었다는' 기분이 듭니다. 그런 감정의 원인은 종종 배신 행위인 경우가 많습니다. 그러면, 가까운 친구나 가장 친한 친구와의 우정을 끝내는 이유로 제시되는 배신이나 의견 차이에 관한 예를 들어보겠습니다.

• "저는 여자 친구가 한 명 있었는데, 그 친구는 제가 관심 있어하는 남자들을 점수매기는 일을 좋아했습니다. 우리는 10년 동안이나 가장 친한 친구로 지내왔습니다. 저는 그 당시에 몇 달 동안 남자를 사귀었는데, 그 사람은 자동차 사고로 죽었습니다. 그 일이 있은 후에 그 여자 친구는 만나는 사람에

게 죄다 제 남자 친구가 저보다는 자기한테 더 관심이 많았다고 떠벌이고 다녔습니다."

• "그 친구는 제 어머니가 돌아가셨을 때 오지 않았습니다."

• "친구들의 믿음과 제 믿음은 논점이 완전히 정반대의 것이었습니다."

• "제 가장 친한 여자 친구는 저와 저의 재능을 몹시 질투한 나머지 기회가 생길 때마다 저를 방해하곤 했습니다."

• "저는 친구를 받아들여서 지낼 거처를 마련해 주었는데, 그 친구는 제게서 도둑질을 해갔습니다."

• "고등학교 시절에 제 가까운 친구가 여러 가지 방식으로 저를 배신했습니다. 정말 비열하고 악의에 찬 짓이었습니다."

• "저는 가장 친한 친구에게 몇 가지 개인적인 비밀을 알려주었는데, 그 친구가 다른 사람들에게 그 이야기를 하고 다녔습니다."

• "친구가 제 비디오 게임들을 몇 가지 빌려갔습니다. 그런 후에 중고 게임기를 사고 파는 가게에 그 물건을 팔아버렸습니다."

• "돈 때문에 저를 이용하고, 말로 저를 모욕하고, 신체적으로 저를 학대했습니다."

• "제 가장 친한 친구는 제가 그녀의 남자 친구와 나눈 대화를 오해했습니다. 제 친구가 이사를 가버린 뒤에 저는 그 남자에게 밖에서 만나고 싶다는 말을 했습니다. 가장 친한 친구를 떠나보냈기 때문에 저는 그저 누군가와 이야기를 나누고 싶었을 뿐이었습니다. 그런데, 두 사람은 제가 친구의 남자를 유혹한다는 오해를 했고 다시는 제게 말도 걸지 않으려고 했습니다."

♡♡ 부정적인 우정을 끝내겠다는 결심하기

우정을 끝내기 위해서 여러분은 힘을 얻을 필요가 있습니다. 우정을 끝내는 일은 가볍게 생각하거나 가볍게 처리할 문제가 아닙니다. 특히 가까운 친구나 가장 친한 친구와 나누었던 우정이라면 엄청나게 심한 감정적 혼란이 생기게 됩니다. 여러분의 친구가 여러분에 관한 비밀을 알고 있을 텐데, 두 사람이 더 이상 친구가 아니라면 그 비밀은 다른 사람들에게 널리 공개될 가능성도 있습니다. 그로 인해 여러분은 상처를 입거나 당황하게 될 것입니다. 여러분이 만약 누군가를 거부하고 있다면, 타당한 이유도 없이 할 수 있는 행동은 결코 아닙니다.

그러나, 여러분이 우정을 끝낼 수밖에 없다고 생각되는 타당한 이유를 가지고 있다면, 이제 여러분은 관습을 벗어나는 행동을 하기 위한 힘이 필요합니다. 특정한 우정을 더 이상 유지하고 싶지 않다고 단호히 결정을 내리십시오. 여러분의 결정을 굳건히 유지하는 데 도움이 될 만한 몇 가지 진술을 알려드리겠습니다.

우정을 끝내겠다는 여러분의 결심을 강화시켜 줄 진술들

1. 나는 최선을 다했지만, 이런 부정적인 우정을 변화시킬 수는 없다.
2. 나는 이런 우정을 끝내고 있다. 왜냐하면 이것이 가장 나를 위한 길이며, 나는 이 친구를 포함해서 누구보다도 나 자신을 우선시해야만 한다.
3. 나는 좋은 사람이고, 이런 결정을 가볍게 내린 것이 아니다.
4. 나는 가능한 한 친절하고 동정심을 발휘한 방법으로 이 우정을 끝낼 것이다. 그렇지만, 관계를 끝내겠다는 결정만큼은 반드시 고수할 것이다.
5. 나는 복수심에 불타거나 잔인한 사람이 아니다. 이것이 나를 위한 최선의 길이기 때문에 이 일을 하는 것뿐이다.
6. 나는 친구가 나의 결정에 동의하지 않고 나를 설득해서 우리의 우정을 지속시키려는 노력을 할 가능성이 있음을 알고 있다. 하지만, 내가 심사숙고

해서 내린 결정이 더 낫기 때문에 반드시 실행에 옮길 것이다.

7. 나는 친구나 우리의 실패한 우정에 대해서 나쁜 말을 하고 다니지 않을 것이다.

8. 나는 우정이 끝난 후에도 친구의 비밀과 사생활을 존중할 것이다. 마찬가지로, 내 친구도 나의 비밀과 사생활을 존중해 주기를 바란다.

9. 우정이 끝나면, 나는 이미 내린 결정을 계속해서 돌이켜보지 않을 것이다.

10. 나는 자신에게 이 실패한 우정에 대해 슬퍼하고 한탄할 수 있는 시간을 줄 것이다.

11. 파괴적인 하나의 우정이 끝났다고 해서 내가 인생을 살아가면서 해가 되는 친구만을 반복해서 사귄다는 뜻은 아니다.

12. 나는 낙관적이고, 긍정적이며, 믿을 만한 우정을 가질 자격이 있다.

13. 비록 이 우정을 회복시키지 못했다고 하더라도, 나는 이 경험에서 많은 것을 배웠고 앞으로의 내 인생에서 다른 우정을 나눌 때 여기서 배운 지식을 활용할 것이다.

♡ 우정을 끝낼 때 알아야 할 지침들

파괴적인 우정을 끝내는 방법은 아주 중요합니다. 감정이 깊었고 친밀한 정보를 서로 교환해 왔던 가까운 친구나 가장 친한 친구라면 더욱 그렇습니다. 여러분은 예전의 친구를 화나게 하고 싶지 않기 때문입니다. 대부분의 경우에, 여러분은 극단적인 방법으로 우정을 끝내기보다는 관계가 자연스럽게 멀어지기를 바랄 것입니다. 다른 사람이 여러분에게 복수하고 싶은 마음을 품게 될 가능성을 줄이기 위해서, 직접적으로 상대에게 맞서기보다는 관계를 서서히 끝내고 싶어합니다. 또한 여러분은 극적인 결말을 피하고 싶어합니다. 자신을 이미 지나치게 많이 소모하게 만들었다고 느끼는 관계를 끝내기 위해 다시 과도한 감정과 힘을 낭비하고 싶지는 않기 때문입니다.

여러분은 그 친구가 만나자는 제안을 하면 단지 '바빠지기를' 바랄지도 모릅니다. 잠시 후에 그 친구는 사태를 짐작하게 됩니다.

만일 여러분의 친구가 '사태를 짐작하지' 못하고 병적인 관심이나 극단적인 수준의 관심을 보인다면, 경찰이나 적당한 기관에 도움을 청하는 것도 생각해 보십시오.

여러분은 이런 우정을 끝내는 것만이 유일한 해결책이라는 결론에 도달했습니다. 지금 당장은 물론이고 장기적인 안목에서 본다고 해도 방법은 그것 하나뿐입니다. 하지만, 여러분은 이미 끝나버린 우정이 서로에게 해를 입히는 경우에 대한 이야기를 많이 들었거나, 그 일이 자신에게도 일어날지 모른다는 생각에 두려움을 느끼고 있습니다.

우정을 정리한 후에 보복이 일어날 가능성을 피할 수 있는 최선의 방법은 무엇일까요? 특히 여러분이나 여러분의 명성에 타격을 줄 수 있는 위치에 있는 친구의 경우에 관계를 정리하는 최선책은 무엇일까요?

이제 우정을 끝낼 때 알아야 하는 7가지 지침을 알려드리겠습니다.

• 결별에 대해서 여러분의 입을 함구하십시오.

우정을 끝낸 사실에 대해서 뒷말을 하는 것은 역효과를 불러일으킬 수 있습니다. 아무리 '가슴에서 털어버리는' 편이 기분이 좋다고 해도, 문제가 된 우정과는 전혀 관계가 없는 여러분이 믿고 있는 배우자나 애인, 또는 치료 전문가나 고해소의 신부님이 아니라면 뒷말을 해서는 안 됩니다. 비밀을 통제하기란 정말 힘이 드는 일인데, 특히 흥미진진한 내용이라면 더욱 그렇습니다. 여러분이 절교에 대해 아주 신중하게 대처하고 싶다면, 여러분이 하고 있는 일을 누구에게도 알리지 말아야 합니다.

• 예전 친구에 대해서 험담을 하지 마십시오.

앞의 경우와 마찬가지로, 여러분은 실패한 우정이 호사가들의 손에 떨어지는 먹이감이 되기를 원하지 않습니다. 또, 헤어진 후에도 그런 이야기를 퍼뜨렸다는 명성을 얻고 싶지도 않습니다. 더욱이, 여러분이 그런 행동을 하는 순간 친구도 여러분에 관한 이야기를 할 수 있는 '자격'이 생겼다고 느낄 것입니다.

• 직접 맞서기보다는 '바쁘게 살면서' 우정을 서서히 멀리 하십시오.

편지를 쓰거나, 친구에게 직접적이고 공식적인 방법으로 맞선다거나, 전화를 걸거나 직접 만나서 "문제를 끝내자"라고 선언하는 것과 같은 극단적인 행동을 자제하십시오. 대신 친구에게서 멀어져 지내면서 사태를 진정시키십시오. 올해 52세인 테레사의 예를 들어봅시다. 그녀는 직장에서 60명의 부하 직원을 두고 있는 간부 사원입니다. 테레사는 가까운 친구임에도 불구하고 관계를 끝내야겠다는 결심이 섰을 만큼 부정적인 관계를 경험했습니다. "그녀와 저는 같은 직장의 다른 부서에서 근무했습니다. 저는 친구에게 제 감정을 정직하게 표현하는 일은 조심해 왔습니다. 그 친구는 자신의 상사와 동료 직원들이 하는 행동에 대해서 항상 제 의견을 물어보았습니다. 그녀의 부정적인 태도는 제 기분마저 우울하게 만들었기 때문에, 저는 그녀의 전화에 더 이상 응답을 하지 않았습니다."

• 감정을 가라앉히고 억제하십시오.

여러분이 마음을 가라앉힐수록 예전 친구의 마음 속에 복수의 감정이 불타오르게 만드는 기회를 적게 주게 됩니다.

• 우정을 끝내겠다는 결심에 대해서 이야기할 수밖에 없다면, 여러분이

일방적으로 친구를 거부하는 것이 아니라 그런 결정에 서로 영향을 미쳤다는 사실을 분명히 하십시오.

거절을 당한 경우에 종종 가지기 쉬운 분노를 줄이기 위해서는, 이런 방법으로 여러분의 친구가 '체면'을 살릴 수 있도록 도와줘야 합니다.

• 여러분이 한 말과 행동이 오히려 여러분을 괴롭힐 수 있으므로 주의해야 합니다.

어떤 친구와의 관계는 연인 관계나 가족 관계처럼 많은 감정과 열정으로 가득 차 있기도 합니다. 여러분이 '그냥 친구'에 불과했다고 말했다거나, 그 우정의 친밀도를 언급하면서 가까운 친구나 가장 친한 친구라기보다는 가벼운 친구라고 이야기한 경우를 생각해 보십시오. 그런 이유 때문에 우정이 끝난다면, 여러분의 예전 친구가 얼마나 화가 났을지에 대해 과소평가해서는 안 됩니다. 수십 년 동안 지속되어 온 가벼운 친구와의 우정이 여러분의 삶에서 친숙하고 긍정적인 힘이 되는 경우도 많습니다. 우정을 끝낼 때, 특히 논쟁으로 인해서 갑작스럽게 우정을 끝낸다면 엄청난 정신적 중압감을 불러일으킬 수 있습니다. 따라서 여러분은 나중에 원망을 들을 수 있는 어떤 말이나 행동도 하지 않으면서 '냉각 기간 갖기'와 '냉정해지기'를 실시해야 합니다. 특히, 지금은 피해를 받으면서 우정을 끝냈지만 언젠가는 여러분이 회복하고 싶은 관계라면 더욱 명심해야 할 사항입니다.

• 모든 우정에는 분명히 모순으로 보이는 두 개의 관점이 존재한다는 사실을 기억하십시오.

여러분은 친구 관계에서 일어난 일을 다른 사람에게 말해서 공감을 얻고 싶지 않을 수도 있습니다. 이야기를 듣는 사람들이 "정말 무슨 일이 일어났는데?"라고 말하며 의아해할지도 모르기 때문입니다. 결국 여러분이 한 일과 하지 않은 일의 정당성을 입증하기 위해서 그 사람들에게 보이는 모습을 조심해야 합니다. 오직 여러분과 예전의 친구만이 두 사람 사이에서 실제로 벌어진 일을 알고 있습니다. 우정을 끝낼 때는 가능하다면 품위를 지키면서 개인적인 방식으로 상황을 처리할 필요가 있습니다.

분노와 노여움이 생기면 종국에는 복수를 불러일으킬 수도 있습니다. 이런 가능성을 줄이는 방법으로 부정적인 우정을 끝내고 싶다면 다음의 제안들을 기억하십시오.

- 접촉을 줄이십시오. 만일 친구가 접촉을 시작하려고 하면 '바쁘게' 지내십시오. 그 친구가 마침내는 '암시'를 받을 것이라는 희망을 가지십시오.
- '냉각' 기간을 제안해서 갑작스럽게 우정을 끝내지 않도록 하십시오. 냉각기를 가지면 자연스럽게 영원한 절교에 이를 수 있습니다.
- 만일 여러분과 친구가 두 사람이 우정을 끝내는 이유에 대해서 대화를 하기로 결정했다면, 여러분이 친구를 일방적으로 거절하는 것이 아니라는 점을 강조하십시오. 두 사람의 입장이 모두 개입되어 있다고 주장해야 합니다. 친밀한 관계를 끝낼 때 생기는 절망의 가능성을 줄이기 위해서 "네 탓이 아니라 나 때문이야"라고 말하면서, 여러분은 자신에게 무거운 책임을 지울 수도 있습니다.
- 부정적인 우정을 긍정적인 우정으로 대치하십시오.

우정을 끝낸 후의 대처법

여러분이 우정을 끝낼 수밖에 없었던 이유도 분명하고, 더구나 우정을 끝낸 장본인이 여러분이 아닌데도 혹시 여러분은 실패로 끝난 우정에 계속

사로잡혀 있다거나, 그것을 극복하지 못하고 문제를 안고 있지는 않습니까? 만일 그렇다면, 제3장에 언급된 사람에 대한 중독 증세를 극복하는 방법에 관한 논의를 참고해 보십시오.

저는 지금 임상 치료를 하는 방식으로 '사로잡혀 있다는' 말을 사용하지는 않았습니다. 이런 식으로 사로잡힌 것은 강박 신경 질환을 앓고 있는 사람의 경우와는 같지 않기 때문입니다. 강박 신경 질환이란 지속적으로 손을 씻고, 청소를 하고, 확인을 하고, 일상의 일에 순서를 부여한다고 명백히 증명되는 경우입니다. 이 문맥에서 사로잡혀 있다는 말이 의미하는 것은 실패했거나 해를 입힌 우정을 계속해서 생각한 나머지 매사에 무기력해질 정도가 되었다는 뜻입니다. 실패했거나 부정적인 우정에 계속 사로잡혀 있을 필요가 없다고 간단히 말하는 것은 어쩌면 여러분이 거기에서 벗어나는 데 하등의 도움이 되지 않을 수도 있습니다. 도움이 되는 것은 오히려 그 우정에 대해 다시 한 번 생각해 보는 일입니다.

첫째, 여러분에게 이토록 깊은 고통을 안겨준 채 결국 실패로 돌아간 우정이 어떤 의미를 지니고 있는지 알아내 보십시오. 저는 이런 상황을 일으킨 가장 큰 원인이 갑작스러운 절교에 있다는 사실을 발견했습니다. 친구와의 관계가 서서히 멀어지도록 내버려두는 경우와는 전혀 다를 수밖에 없습니다. 어떤 친구가 이제 막 전화하는 것을 그만두었고, 상대 친구가 걸어온 전화나 만나자는 요구도 거절하거나 무시했다고 생각해 보십시오. 어떤 친구가 부정적인 행동을 저질렀기 때문에 더 이상의 대화나 만남도 갖지 않고 우정을 끝냈다거나, 단순히 '사라져버리는' 행동을 할 수도 있습니다. 상대 친구가 자신을 다시 찾아내지 못하게 하려고 어떤 단서도 남기지 않고 이사를 가거나, 전화번호를 바꾸거나, 심지어는 이름까지 바꾸기도 합니다. 이런 상황들이 가지고 있는 공통점은 결별에 대한 심리적 확실감이 부족하다는 것입니다.

이미 일어난 일을 제대로 이해하려고 노력하면서 여러분의 친구가 전화도 받고 여러분과 만나겠다는 약속도 해준다면, 여러분은 예전의 친구를 찾아내서 관계가 완전히 끝났다는 심리적인 확실감을 찾아내려는 시도를 할 수도 있습니다. 하지만, 어떤 경우에는 이런 상황을 해결하기 위한 노력을 시작하는 것 자체가 전적으로 잘못된 방법일 수도 있습니다. 그뿐만 아니라 여러분을 위험에 빠뜨릴지도 모릅니다. 여러분의 친구가 살인이나 자살을 할 가능성이 있거나, 반사회적 이상 성격자라거나, 고질적인 거짓말쟁이거나, 정신 이상을 앓고 있거나, 그냥 심하게 부정적인 성향의 소유자인 경우를 생각해 보십시오. 어떤 식으로 접촉을 시도한다고 해도 여러분을 지금 걷고 있는 긍정적인 길에서 벗어나서 잘못된 길로 이끌 것입니다.

그러므로, 만일 여러분이 예전의 친구와 직접 부딪히는 것이 여러분의 집착 증세를 해결해 줄 수 있는 올바른 방법이 아니라는 판단을 내렸다면, 여러분의 능력으로 제대로 다룰 수 있는 사람에게만 그런 방법을 쓰는 것이 좋겠습니다. 여러분 자신에게 다음의 몇 가지 질문들을 물어본다면 문제의 해결에 도움을 얻을 수도 있습니다.

1. 실패한 친구 관계에 대해서 내가 집착하는 이유는 무엇일까?
2. 이런 실패한 우정에 내가 더 이상 사로잡혀 있지 않도록 만들어주는 것은 무엇일까? 새로운 친구들을 구하는 일일까? 우정을 끝내버린 것에 대해서 내 자신을 용서하면 될까? 우정을 끝낼 때 내가 담당했던 역할에 대해서 책임을 지면 되는 것일까?
3. 새로운 긍정적인 우정을 찾으려는 노력을 하면서 나의 힘을 다른 방향으로 돌리면 될까? 아니면, 내가 지금 가지고 있는 소중한 우정이나 연인 관계에 더 많은 시간과 노력을 쏟으면 되는 것일까?
4. 만일 이런 집착 증세가 계속되어서 내가 인생에서 즐거움을 느끼는 데 방

해가 된다면, 내가 참여할 수 있는 프로그램이 있을까? 내가 도움을 청할 수 있는 전문적인 기관이나 전문가는 없을까?

5. 이런 집착 증세는 나의 신체적인 안전에 대한 명백한 위험을 반영하는 것일까? 만일 그렇다면, 이렇게 감지된 위험으로부터 내 자신을 보호할 수 있도록 많이 조심하고 있는 것일까?

6. 내가 예전에 한 번이라도 비슷한 상황에 처해 본 적이 있었던 것은 아닐까? 덕분에 현재의 사태를 감지하고, 과거의 교훈을 통해서 지금의 이런 집착 증세를 극복하는 방법을 배우는 데 도움을 얻을 수 있을까?

7. 내가 걱정을 털어놓을 수 있는 다른 친구나 가족이 있을까? 그 사람들이 나와는 다른 관점을 가지고 있어서 나의 집착 증세를 해결하는 데 도움을 줄 수도 있지 않을까?

8. 예전의 친구와 우정에 관한 나의 생각을 글로 써보려는 시도를 한 적이 있었던가? 친구와의 사이에 일어난 일에 대해서 미처 해결하지 못한 감정을 극복하는 방법이 될 수도 있지 않을까?

어린 시절과 청소년기의 부정적인 우정

지난 5년간 미국에서 벌어졌던 비극적인 학교 폭력은 부모들, 교육자들, 정부 관료들, 그리고 사회 봉사 단체들을 변화시켰습니다. 이들은 초등학교, 중학교, 고등학교에 재학 중인 아이들의 우정에 대해 어쩔 수 없이 더 많이 강조하게 되었던 것입니다. 학창 시절 동안 언제나 귀찮은 골칫거리였던 불량 학생의 문제는, 더 이상은 "애들은 그저 애들일 뿐이다"라는 말로 간단히 해결되지 않습니다. 깊이 자리잡은 감정적인 문제들은 물론이고 괴롭힘을 당했기 때문에 생긴 분노를 극복하지 못한 채 불만이 가득한 학생들은 권총을 뽑아 들고 반 친구들과 선생님에게 폭력을 가하거나 살해하기도 합니다.

학생들은 주변에서 폭력적인 행동을 하겠다는 위협에 대해서 알고 있는 내용이 있다면 어떤 것이라도 침묵을 지켜서는 안 된다는 사실을 이제 배우고 있습니다. 부모들 역시 자녀들의 행동과 친구 선택에 대해 제대로 인식하고 개입해야 한다는 사실을 절실히 깨닫는 중입니다. 만일 폭력적이거나 불법적인 행동이 발생할 것으로 의심된다면, 부모나 교사들은 더 많은 정보를 알아내서 필요한 조치를 취할 의무가 있습니다. 특히 외부에서 개입할 경우 비극적인 사태를 예방할 수 있다는 판단이 선다면, 그에 합당한 조치를 취해야만 할 것입니다.

이외에도 연구를 통해서 밝혀진 결과가 몇 가지 더 있습니다. 긍정적인 우정을 유지하고 있는 아이들은 학교 생활을 훨씬 더 잘하는 것으로 나타났으며, 장기 결석률도 더 낮고, 더 높은 자부심을 지니고 있다고 합니다.

왕따 만들기, 폭력, 약물, 범죄 행동, 사회적 역기능, 그리고 폭력 집단에 대처하기

학교에서 힘이 없는 친구들을 따돌리는 행동을 하는 일은 근래에 새로 나타난 현상이 아닙니다. 어린 아이들과 십대 청소년들이 상호작용을 해온 이래로 특정 친구를 따돌리는 행동은 지속되어 왔기 때문입니다. 그러나, 이 모든 일은 콜럼바인에서 두 명의 학생이 일으킨 비극적인 사건이 일어나기 전의 일입니다. 당사자들이 주장한 바에 의하면 학교에서 괴롭힘을 당하는 것은 물론이고 무리에 받아들여지지도 않았기 때문에, 두 학생들은 미친듯이 날뛰며 총을 난사해서 12명의 반 친구들과 교사를 살해했을 뿐만 아니라 자신들의 목숨도 끊었습니다. 콜럼바인과 다른 학교에서 일어난 총기 난사 사건은 심각한 부상자들과 사상자들을 만들어냈고, 결과적으로 학교에서 친구들을 왕따로 만드는 문제에 새로운 변화를 가져왔습니다.

요즈음 들어서 왕따 문제는 학교 내에서 발생하는 각종 폭력 사건의 배후에 자리한 원인이라고 추정되고 있습니다. 왕따 사건의 희생자라고 짐작되는 학생들이 전혀 학생 신분에 어울리지도 않고 용인할 수도 없는 과장된 반응을 보이기 때문입니다. 사회 운동가이자 상담가이며, 《힘 없는 친구들을 왕따로 만들고 남을 못살게 구는 아이들을 다루는 방법》의 저자이기도 한 케이트 코헨-포우지는 학교에서 벌어지는 이런 불미스런 행동에 대처할 필요가 있는 부모들과 아이들을 위해 조언을 아끼지 않습니다. 그녀는 집단 따돌림 현상에 대처하는 중요한 3가지 전략을 제안하고 있습니다.

1. 모욕을 칭찬으로 바꾸기

힘없는 아이들을 괴롭히는 불량스러운 학생들이 던지는 말을 무시하십시오, 마치 듣기 좋은 말이라도 들은 것처럼 행동하십시오. 불량스러운 친구들에게 대응해 줄 만한 특별한 말이 생각나지 않는다면, 그저 언제나 "고마워"라고 말해도 좋습니다.

2. 질문 던지기

남을 왕따시키는 아이나 불량스러운 행동을 하는 아이는 전혀 생각을 하지 않습니다. 그 아이들은 그저 습관적으로 말을 하곤 합니다. 질문은 사람들을 생각하게 만드는 힘이 있습니다.

3. 동의하기

남을 왕따시키는 아이는 사람들이 자신의 의견에 동의해 주지 않을 것이라고 예상합니다. 누군가가 자신의 말에 동의를 해준다면, 그 아이들은 놀랄 것입니다.

어린 아이나 십대 청소년을 키우는 부모들이 알아두어야 할 사항이 있습니다. 자녀들에게 현재 벌어지고 있는 일들을 제대로 인식하고 지속적으로 거기에 관여해야만 한다는 것입니다. 그렇지만, 부모가 지나치게 자녀의 일에 간섭하게 되면 오히려 역효과를 불러일으켜서, 자녀가 스스로를 지켜야겠다는 의식이 생기지 않을 수도 있습니다. 그러므로 적절한 수준에서 관심을 두어야 하겠습니다. 부모의 이런 관심은 최근 몇 년 사이에 미국은 물론이고 전 세계 각지에서 벌어지고 있는 비극적인 사건들을 줄일 수 있는 중요한 방법인 것입니다. 인도에서 온 어느 어머니의 예를 들어보겠습니다. 이 부인은 올해 46세로 장성한 두 명의 자녀를 두고 있습니다. 성장기 동안, 자녀들은 실제로 지속적인 관계를 나누어야 할 대상은 새로운 친구라는 사실을 스스로 이해하게 되었습니다. 그런 마음을 알아차린 어머니는 자녀들의 우정 문제에 대처하기 위해서 조치를 취했습니다. 그녀가 회상한 내용은 다음과 같습니다.

부모들이 눈에 드러나게 간섭하지 않으면서 자녀들의 친구를 유심히 관찰하는 것은 정말 좋은 생각입니다. 보통의 아이들처럼 잘 적응하고 지내오던 자녀가 갑자기 달라진다면 자녀의 행동을 주시하십시오. 배타적이고, 비밀이 많고, 화를 잘 내고, 터무니없이 반항적인 기질을 보이고, 스터디 그룹이나 모임에서 탈퇴하지는 않는지 살펴보아야 합니다. 무엇보다 중요한 변화는 자녀가 더 이상 새로운 친구들을 집으로 데려오지 않는다는 것입니다. 제 남편과 저는 항상 집을 열어놓은 채 아이들의 친구를 맞을 준비를 해놓고, 적당한 시기가 되면 새로운 친구들을 저희 부부에게 소개해 달라고 말하곤 했습니다. 아이들이 여전히 친구들을 소개하기를 꺼리기라도 하면, 저희들은 아이들에게 분명한 이유를 설명해 달라고 요구합니다. 이런 방법은 정말 효과가 있답니다.

자녀가 집으로 친구들을 데려올 때, 여러분의 마음에 흡족하지 않은 친구들도 있을 것입니다. 무기, 약물, 불법적인 행동, 폭력 등에 연루되었다는 의심이 들기 전까지는 여러분은 아마 자녀들의 선택에 대해서 별로 상관하고 싶어하지 않을 것입니다. 물론 자녀들이 선택한 친구 관계를 귀중한 정보로 활용해서 여러분은 자녀들이 스스로를 바라보는 시각이 과연 올바른 것인지 평가할 수 있습니다. 부모인 여러분이 이런 통찰력을 갖추고 있다면, 자녀가 올바른 자아상을 확립하고 행동을 변화시킬 수 있도록 도움을 줄 수 있습니다. 자녀의 친구 선택은 자아상의 변화에 따라서 어쩌면 달라질 것입니다.

자녀의 나이가 아직 어리거나 십대 청소년이라면 이 점을 명심하십시오. 만일 아이의 친구들이 위험하거나 범죄적인 행동에 연루되어 있다면, 여러분은 단호한 판단을 내려서 사건이 나기 전에 대처할 필요가 있습니다. 첫 번째 단계로, 자녀들을 도와서 그런 친구들과 함께 어울리면서 시간을 보낼 경우에 자신에게 미치게 될 영향을 직시하도록 합니다. 신문이나 잡지의 기사들, 텔레비전이나 영화 자료 등을 십분 활용해서 예상할 수 있는 진행 상황을 자세히 알려주십시오. 그래야만 자녀들은 자신의 안전, 행복, 건강, 심지어는 생명에 닥친 실질적인 위험을 구체적으로 인식할 수 있게 됩니다.

만일 자녀가 부정적인 영향을 미치는 친구와의 교제를 혼자 힘으로는 도저히 그만둘 수도 없고 그만두려고 하지도 않는다면, 이제 책임은 여러분에게 넘겨집니다. 나쁜 친구들이 여러분의 자녀에게 (다른 아이들에게도) 실질적으로 해를 입힐 수 있다는 사실에 확신을 가지고 계속해서 설득해 나가는 것은 여러분의 몫이라 할 수 있습니다. 필요하다면 자녀에게 몇 가지 제약을 가하십시오. 기회가 생길 때마다 자녀들이 지금까지와는 다른 형태의 우정을 키워나가거나 아니면 전혀 새로운 친구를 선택할 수 있도록 권해 주십시오. 자녀들은 그런 기회를 충분히 활용해서 더욱 긍정적인 관계로 이어갈 수 있을 것입니다.

사실, 친구들에게 애정을 받고 무리의 일원으로 어울리는 일은 아이들에게는 대단히 중요한 일입니다. 그렇기 때문에 여러분은 아무리 부정적인 영향을 주는 친구라 해도 당장 자녀의 곁에서 떠나게 하고 싶지는 않을 것입니다. 긍정적인 영향을 줄 친구들이 그 자리를 대신할 때까지는 그저 지켜보는 수밖에 없습니다.

중산층이 거주하는 도시 근교의 지역에서 지난 몇 년간 발생한 학교 폭력 사건을 경험으로 얻은 교훈은 모든 아이들과 그 부모들, 교육자들이 탈선과 폭력에 관심을 가져야만 한다는 사실입니다. 집단 폭력은 도시에서 한층 더 빈번하게 발생하고 널리 퍼져 있기는 하지만, 학교 폭력은 도시 내에서만 일어나는 일이 아닙니다.

모든 비행 청소년 집단의 공통점은 불만에 가득찬 아이들로 구성되어 있다는 사실입니다. 불만에 가득찬 아이들은 자신들을 추방자처럼 생각하고, 주류 집단의 일원이 되어서 지위와 명성을 얻을 수 없다고 생각합니다. 그런 아이들은 앨버트 K. 코헨과 다른 사회학자들이 소위 '비행성 저문화'라고 부르는 성향을 만들어냅니다. 이 분야의 고전적인 명서인 《비행 청소년들》에서 코헨이 충고한 바에 의하면, 일단 청소년이 폭력 집단의 일원이 되고 나면 극단적인 (동시에 부정적이기도 한) 변화가 일어날 수도 있다고 합니다. 그리고, 그런 변화를 설명해 주는 것은 조직(또는 폭력 집단)과 그런 조직의 특성이라고 할 수 있습니다.

세상의 무수한 어머니들은 자신의 아들인 '자니'는 특정한 무리와 어울리기 전까지는 착한 아이였다고 단언하곤 합니다. 하지만 자니가 사귀는 친구들의 어머니도 각자의 자식들에 대해서 똑같은 생각을 갖고 있습니다. 어떤 어머니들은 나쁜 무리에 속한 아이들이 다른 아이에게 나쁜 영향을 끼치는 '썩은 사과'와도 같다고 여기는 것입니다. 고지식한 일부 어머니들로서는 예상해 볼 수 있는 일이며, 당연히 그렇게 생각할 수밖에 없는 일이기도 합니다. 모든 어머니들의 생각이 옳다는 것은 인정합니다 만, 아이들이 속한 집단의 환경에서 특별한 상호작용이 일어난다는 것도 이해해 달라는 제안을 하고 싶습니다. 집단의 분위기란 예전에는 없던 성 향을 만들어내기도 합니다. 집단 내의 상호작용은 일종의 촉매제와도 같 아서, 집단에 참여하지 않았더라면 결코 드러나지 않았을 잠재적인 성향 이 드러나는 것입니다.

만일 여러분의 자녀가 탈선 행각을 일삼는 집단의 일원이 되었다고 생 각해 보십시오. 특히 그 집단이 불법적인 행동에 연루되어 있는데다가 무 기까지 사용한다면, 직접적이고도 신속한 개입이 필요하다고 할 수 있습니 다. 여러분이 아이들의 일에 개입하는 방법에 관한 조언이 필요하다면, 청 소년 탈선이나 청소년 문제를 담당하고 있는 각 지역의 믿을 만한 공공 기 관에 연락하는 것도 좋겠습니다. 이런 상황에 처했다면 여러분의 자녀가 자신의 처지를 '깨닫고' 혼자의 힘으로 조직에서 벗어나겠다는 결정을 내 릴 때까지 기다려줄 일이 아닙니다.

지금까지의 내용을 요약하면, 여러분의 자녀가 해가 되거나 부정적인 유형의 우정을 나누고 있다는 조짐은 다음의 몇 가지 형태로 나타날 수 있 습니다. 자녀의 행동이나 정황이 자못 심각한 수준이라면, 여러분이 개입 할 필요가 있는지 아니면 자녀가 스스로의 힘으로 일을 해결할 수 있는지 를 결정하는 데 도움이 될 것입니다.

• 아이들이 저지르는 행동은 무자비하고, 불법적이며, 괴상하거나 단지 철저

히 공격적이기 때문에 '옳지 못하다는 기분이' 들 수밖에 없습니다. 그런데도, 여러분은 자녀의 친구가 연루되어 있는 수많은 행태들을 어떤 식으로든 설명하거나 정당화시키려고 애쓰는 자신의 모습을 스스로 발견하게 됩니다.

- 여러분의 자녀가 사귀는 친구는 병적인 거짓말쟁이입니다.
- 여러분의 자녀가 사귀는 친구는 도둑입니다.
- 여러분의 자녀가 사귀는 친구는 폭력적인 행동에 연루되었습니다.
- 여러분이 다른 사람에게서 다음과 같은 말을 들었던 경우가 한 번이 넘습니다. "자녀분이 사귀는 친구에 관해서 꼭 말해 드려야 할 것 같아서요."
- 여러분의 자녀가 사귀는 친구가 불법적인 약물을 복용하고 있습니다.
- 여러분의 자녀가 사귀는 친구가 잘 알려진 폭력 조직의 일원입니다.
- 여러분의 자녀가 사귀는 친구가 자녀의 생활에 '전적으로 관여하는' 것처럼 보입니다. 지나치게 빨리 친해지고 너무 철저하게 어울려 지내면서 서로의 집에 번갈아 가면서 지나치게 많은 시간을 보내고 있습니다. 말하자면, 하루종일 '어울려 지내는' 셈입니다.
- 여러분의 자녀는 이 친구와 사귀기 시작하면서 학업 성적이 전과는 다르게 지나칠 정도로 나빠졌습니다.
- 여러분의 자녀가 사귀는 친구가 여러분에게 견디기 어려울 만큼 불손한 태도를 보입니다. 욕설을 사용할 뿐만 아니라 상황이나 처지에 맞지 않는 말을 하기도 합니다.
- 여러분의 자녀가 파티에 초대받았을 때 초대한 아이에게서 이런 말을 듣습니다. "제발 네 친구 아무개는 데리고 오지 마."
- 여러분의 자녀가 사귀는 친구가 자신의 계획 하에 실행된 폭력이나 불법적인 행동을 자랑하고 다닙니다.

비록 찬성하지 않는 친구 관계라 하더라도, 여러분은 자녀가 선택한 친구 관계가 어떻게 해서든지 원만하게 유지되기를 바랄 것입니다. 상황이 지나치게 심각해져서 자녀는 물론이고 학교와 지역 공동체의 안전, 생명, 자유, 건강이 위험에 빠질 정도가 아니라면, 여러분은 자녀의 선택을 존중하려고 합니다. 무엇보다도, 단지 주관적인 이유만으로 자녀의 친구를 좋아하지 않는 것이 여러분이나 여러분의 배우자, 심지어는 여러분의 다른 자녀들이 가진 문제라면, 그런 의견을 당사자에게 강요하는 것은 부당한 일입니다. 친구들과 우정을 나누면서, 여러분의 자녀는 태어날 때부터 함께 해온 가족들과 있을 때보다 훨씬 폭넓은 성격과 감수성을 기를 수 있습니다. 더욱이, 충분히 수긍할 만한 이유도 없이 친구를 고르는 여러분의 기준을 자녀에게 일방적으로 강요한다면 여러분은 자녀가 다양한 경험을 할 기회를 박탈하는 것입니다. 여러분의 개입이 없다면 자녀는 친구와의 관계를 처음부터 직접 헤쳐나갈 수 있으며, 관계를 끝내겠다고 결심한다면 우정이 끝날 때까지 혼자서 대처하게 됩니다. 뿐만 아니라, 자녀는 관계를 끝내는 방법과 그때 느끼게 될 자신의 감정도 직접 감당하게 되는 것입니다. 물론, 자녀의 친구에게 여러분의 심기를 건드리는 성향이 있다면 여러분은 부모로서 분명히 그 점을 지적할 권리를 가지고 있습니다. 하지만, 자녀에게 그 친구와의 우정을 끝내라는 요구를 한다면, 그것은 다소 지나치다고 할 수 있습니다. 만일 여러분이 지켜본 내용에 타당성을 부여하되 비판이 아니라 단지 사적인 의견이라는 뜻을 자녀에게 전하고 싶다면, '나는'이라는 주어를 써서 문장을 시작할 것입니다. 이때 여러분은 몇 가지 희망을 품게 됩니다. 특정한 행동이나 특성을 말로 표현하고 나타냄으로써, 여러분의 자녀가 문제의 친구나 그 친구와 나누는 우정에 대해 제대로 인식하고 자신의 힘으로 그런 관계를 개선해 나가기를 바라는 것입니다. 예를 들어 봅시다. 자녀의 친구가 여러분의 집에서 많은 시간을 보내고 가족들과 저녁을 함께 먹기도 하는데 절대로 "감사합니다"라는 말을 하지 않습니다. 이 일로 여러분의 심기가 불편하다면, 여러분은 자녀에게 이렇게 말을 할 수도 있습니다. "네가 친구의 집에 손님으로 가게 된다면, 그 댁의 부모님이 어떤 음식을 주시더라도 넌 그분들께 항상 감사하다는 말을 잊지 않았으면 좋겠구나." 이렇게 한다면, 여러분은 자녀의 친구를 직접적으로 비난하는 것은 아닙니다. 그 대신, 여러분이 자녀에게 기대하는 행동을 더욱 강조하는 효과를 거둘 수 있고, 결론적으로 자녀가 친구의 행동에 대해서 스스로 결론을 내리도록 유도하는 셈입니다. 재치있고 교묘한 방법을 시도한다면 여러분이 직접 나서지 않고도 실효를 거둘 수 있습니다. 여러분의 자녀가 실제로 친구에게 자신이 생각한 것을 말하면, 친구는 자신의 행동을 고칠 수 있게 됩니다.

여러분의 자녀가 지속적으로 어울리지 않는 친구들을 선택하는 것처럼 보인다면 어떻게 할까요? 그 친구들이 자녀에게 나쁜 영향을 미칠 것처럼 보이기는 하지만 여러분이 개입해야 할 만큼 병적으로 심각한 증세는 아니라고 생각해 봅시다. 아이의 친구 관계를 정보로 활용해서, 여러분은 자녀가 요즘 시간을 보내는 장소와 그 친구가 자녀에 관해서 하는 말을 알아낼 수 있습니다. 자녀 혼자의 힘으로 또는 전문가의 도움을 받아서 자녀의 자아상을 개선시킬 수 있는 방법을 여러분이 발견했다고 생각해 봅시다. 새로운 친구를 만날 기회를 가지면서 자아상을 개선해 나간다면, 여러분의 자녀는 여러분이 훨씬 좋아할 만한 친구들을 선택할 수도 있을 것입니다.

그런데, 여러분의 자녀가 친하게 지내는 사람이 자녀를 직접적인 위험으로 몰아넣는다고 생각해 보십시오. 이와 같은 상황이라면, 여러분은 이런 사태를 해결하기 위해서 좀더 적극적인 역할을 맡아야 할지도 모릅니다. 여러분의 자녀를 폭력적이거나 범죄적인 집단으로부터 떼어놓아야 한다면, 아무리 극단적인 방법이라 해도 아이를 다른 학교로 보낼 수밖에 없습니다. 또, 사회적·법적 문제나, 학교 내의 문제들을 일으키는 부정적인 친구들과 헤어지게 하려면 어쩔 수 없이 전학을 시켜야만 합니다. 여러분은 다른 지역으로 이사를 가서 자녀가 새로운 출발을 하도록 돕고 싶은 마음도 있을 것입니다. 어쩌면 이 방법이 여러분의 자녀를 '나쁜' 무리들에게서 떼어놓을 수 있는 유일한 길일지도 모릅니다.

4부
업무, 직장, 그리고 친구들

7. 직장에서의 우정

: 다른 원칙을 적용해야 하는가?

개인적인 교우 관계에서 배신을 당하게 되면 마음이 괴롭고 감정적으로 완전히 탈진하게 됩니다. 이런 배반 행위는 친밀한 관계를 파괴시키거나 심지어 한 가정의 파탄을 초래하기도 합니다. 업무 관계로 알게 된 사람들과 우정을 쌓을 때는 관계의 진전과 퇴보를 일정하게 반복하면서 점진적으로 관계를 진행시켜 나갑니다. 특히 우리가 직장에서 점점 더 많은 시간을 보내게 되면서 직장 내의 우정은 특정한 유형으로 발전됩니다. 업무 관계로 알게 된 친구들 사이에서 발생하는 배신 행위 역시 특정한 결과를 낳게 됩니다. 배신을 당한 사람은 명성에 먹칠을 하게 되고, 출세가도를 달리던 경력에 손상을 입고, 해고를 당하는 경우도 있으며, 심지어 지금까지 쌓은 경력이 완전히 없어지는 경우도 생깁니다.

직장에서 우정이 도움이 될 때

업무 관계로 알게 된 친구들과의 관계가 조금씩 악화되다가 결국 끔찍하게 변한다면, 왜 그 사람들을 완전히 피해 버리지 않습니까?

왜냐하면 그런 친구들은 다른 사람으로 대체할 가능성이 적기 때문입니다. 직장에서나 업무상 만나는 사람들과 긍정적이고 건강한 우정을 나눈다면 하루를 더욱 즐겁게 보낼 뿐만 아니라 실제로 일의 생산성을 높여준다는 것은 그리 놀랄 만한 사실도 아닙니다. 그리고, 이런 우정은 분명히 직장에서의 승진과 성공을 도와주는 요인이라고 할 수 있습니다.

직장에서 친구들을 사귀는 것이 직원들의 이직률을 낮춰주기 때문에 직장 상사들 역시 이런 견해에 동의하고 있습니다. 만일 함께 일하는 사람들이 여러분을 좋아하고 여러분 역시 그 사람들을 좋아한다면, 여러분은 그 직장에서 계속 머물고 싶은 생각이 들 것입니다. 직장에서 우정을 만들어갈 때 여러분이 중점을 두고 고려해야 할 요소가 세 가지 있습니다. 첫째, 친구들이 비슷한 능력이나 지위를 가지고 있습니까? 둘째, 어느 정도로 친밀한 관계입니까? 셋째, 여러분은 친구를 신뢰할 수 있습니까?

직장이나 업무상 만나게 되는 친구들이 비슷한 능력이나 지위를 가지고 있다면 갈등이나 문제가 생기는 일이 훨씬 줄어들 것 같습니다. 직장 상사와 부하 직원이 친구가 된다거나, 비록 같은 부서에서 일하는 것은 아니라 하더라도 지위가 같지 않은 사람들끼리 친구가 되는 경우에는 갈등과 문제가 발생하기 쉽습니다.

직장 내에서 사귄 사람과 가까운 친구나 가장 친한 친구가 되어 신뢰하게 되고 좋은 관계를 유지하고 있다면, 직장이나 업무에서 커다란 자산이 될 수 있습니다. 그렇다고 하더라도, 두 사람이 함께 일하기 전에 그 우정을 시험해 볼 필요는 있습니다. 또는, 우정을 서서히 조심스럽게 발전시켜서 한층 강하고 신뢰할 만한 관계가 되도록 만들어야 합니다. 직장 내에서 지위가 다른 사람들끼리 우정을 나누고 있다면 관계에 무리가 생기기 쉽다는 사실을 주의하십시오. 정보 처리 회사에서 경영 간부로 근무하고 있는

40세의 베벌리는 친구를 부하 직원으로 고용하는 일이 좋은 생각인지 확신하지 못하고 있었습니다. "제가 다른 부서로 보직을 옮겼을 때, 그 전의 부서에서는 저와 동료로 근무하고 있던 친구가 제 부하 직원이 될 기회가 생겼습니다. 우리는 그 문제의 장점과 단점에 대해서 의견을 교환한 뒤에, 근본적으로 그 일에 우리의 우정을 걸어보자고 말했습니다. 만일 직장에서 우정을 이어가는 것이 우리의 생각대로 되지 않는다면, 우리의 우정은 위기를 맞을 수도 있었을 것입니다. 그러나 우리는 상사와 부하 직원으로 만나도 우정이 지속될 것이라고 생각했고, 실제로도 결과는 좋았습니다. 지금 저는 그 회사를 그만두었지만 (저는 창업을 해서 제 사업을 시작했습니다.) 우리의 우정은 여전히 건재합니다."

만일 여러분이 친구와 함께 실적을 쌓았고 친구를 신뢰할 만한 이유를 가지고 있다면, 여러분의 우정을 시험해 볼 더 좋은 기회를 맞게 될 것입니다. 즉, 부가적인 업무상의 문제들을 견디고, 그 보상으로 이익을 얻게 되는 것입니다. 건강 관리 공단에서 연구원으로 일하고 있는 29세의 바바라는 이렇게 말합니다.

여러분이 어느 직장에서 하루에 8시간을 보내고 있다면, 아주 쉽게 가까운 친구를 사귀고 진정한 우정을 키울 수 있습니다. 제 생각에 그런 관계를 만든다면 아주 좋은 일일 것 같습니다. 우리는 직장을 하나의 공동체로 간주하며 너무도 많은 시간을 보내고 있습니다. 또, 우리는 직장을 또 하나의 가정이라고 생각하기도 합니다. 그렇기 때문에, 직장에서의 관계를 기분 좋게 유지하는 일은 아주 중요합니다. 직장에서의 우정은 서로를 신뢰할 정도로 깊을 수도 있지만, 부정적인 경우에는 우정을 잃으면 신뢰도 부서지기 마련입니다. 따라서, 우정은 직장 내의 관계를 크게 강화시킬 수도 있고 심하게 상처를 입힐 수도 있습니다.

그러나, 만일 직장에서 사귄 친구가 여러분을 배신한다고 가정해 보십시오. 그 경험을 교훈으로 삼아서 여러분은 업무로 만나는 사람과는 절대로 친밀한 관계를 맺지 않으려고 할지도 모릅니다. 이와 같은 일이 27세의 어느 이사 보좌관에게도 일어났습니다.

제가 아주 작은 사무실에서 근무하고 있을 때 뜻하지 않게 이혼을 하게 되었습니다. 저는 직장에서 함께 근무하는 친구가 있었는데, 그녀는 퇴근 후에 매일 제게 전화를 걸었습니다. 그 친구는 저를 얼마나 걱정하고 있는지에 대해 강조해서 말했고, 덕분에 저는 사적인 이야기를 많이 하게 되었습니다. 몇 달 후에 그 친구는 제 상관에게 찾아가서 제 사생활이 업무에 지장을 주고 있다고 알려주었습니다. 제 상관은 얼마 후에 그 일로 저를 불러서 이야기를 했습니다. 상관의 주장에 의하면 제 친구는 저의 사생활로 인해 일에 지장을 초래한다고 생각하고 있으며 제 동료들도 마찬가지 의견이라는 것이었습니다.

저는 다시는 직장 동료와 친하게 지내지 않겠다고 다짐했습니다. 저는 지금 다른 직장에서 일하고 있는데, 직장 동료들은 제 사생활에 대해서는 거의 아는 것이 없습니다.

그러므로, 일반적으로 직장이나 업무로 만나는 사람들과 나눌 수 있는 가장 안정되고 권장할 만한 관계는 가벼운 친구 사이입니다. 가까운 친구나 가장 친한 친구로 발전되는 것은 좋지 않습니다. 물론 예외의 경우들도 수없이 많을 것입니다. 예를 들면, 가까운 친구나 가장 친한 친구와 힘든 시기를 성공적으로 넘겨 왔다면 그 우정은 대단히 오래 지속될 것이고, 강하게 연결되어 있으며, 관계 유지에 별로 노력이 필요 없을 것입니다. 따라서, 함께 일을 하는 위험을 다시 감수한다고 하더라도 우정은 존속될 것입니다. 이런 경우에라도 여전히 잊으면 안 될 진리가 있습니다. 즉, 가까운 친구나 가장 친한 친구들끼리 나누는 개인적인 정보가 너무 은밀한 내용이라면, 경우에 따라서는 한 직장 내의 친구들 사이에 이해 관계의 충돌이 야기될 수도 있습니다. 예를 들어서, 여러분과 가까운 친구 또는 가장 친한 친구가 직장 동료라고 생각해 봅시다. 친구들 중의 한 명이 다른 사람보다 빠르게 승진했다면, 승진한 사람은 다른 친구에게 그 사실을 어떻게 전해야만 하겠습니까?

그래도, 가장 좋은 상황에 놓인 경우라면 직장 내의 친구들을 단순히 같은 조직에 있다고 말할 수는 없습니다. 두 사람은 일종의 가족인 것입니다. 특히, 두 사람이 같은 공간에서 같은 업무를 맡아 함께 작업하고 있는데다가 두 사람의 능력도 같다면, 더욱 가족 같은 기분이 들 것입니다. 회사의 크기가 작은지, 아니면 엄청난 규모인지는 관계가 없습니다.

제 지위도 지금 자영업을 하는 사업가나 마찬가지라서, 세미나나 인터뷰를 주재하기도 하고, 프리랜서들과 함께 작업하기도 하며, 교육을 담당하기도 합니다. 그렇지만, 대학원을 졸업한 이래로 저는 계속해서 처음 다녔던 직장에 대한 향수를 떨쳐버리지 못하고 있습니다. 저는 맥밀란 출판사에서 편집 보조자로 일을 시작했습니다. 그곳의 사람들과 저는 대략 일 년 정도 가족 같은 분위기로 일을 해나갔습니다. 단지 매일 같은 기획안을 처리하면서 일했기 때문에 친해진 것은 아니고, 우리들은 함께 점심을 먹는 일도 자주 있었습니다. 우리들의 상관은 부하 직원을 마치 친구처럼 대했던 분이어서, 우리들을 퇴근 후에도 함께 모일 수 있도록 집으로 초대하곤 했습니다. 그곳에서 일하는 동안 저는 동료 직원들에게서 끈끈한 우정을 느꼈고, 두 명의 제 상사들은 제 근무 시간을 풍요롭게 만들어주었습니다. 그곳의 우정어린 근무 환경 덕분에 학창 시절에 느끼던 일상의 동료 의식이 거의 재현되고 있었습니다. 유치원에서부터 고등학교 시절까지 여러분은 매일 같은 반 아이들을 만나고, 그들 중의 일부와는 친구가 되었을 것입니다. 그리고, 수업은 물론이고 학교 이외의 활동에도 같이 참여하곤 했을 것입니다. 수십 년이 지나고, 저는 그 당시에 만났던 직장 동료인 게일과 아직도 친구로 지내고 있습니다.

캐런 린지는 《뉴스위크》 잡지사에서 시간제 교정자로 일하게 되면서 에드, 데일, 그리고 제인과 친해졌습니다. 이들 네 명은 직장 동료간의 우정이 지닌 가치에 대해서 지금까지도 견해를 같이 하고 있습니다. 지금은 작가이자 교사로 일하고 있는 린지는 1981년에 《가족 같은 친구들》이라는 책을 집필했는데, 이 책은 출판되었던 당시로서는 시대를 상당히 앞서간 것으로 우정을 옹호하는 메시지를 담고 있습니다. 린지는 자신의 저서에서 다음과 같이 기술하고 있습니다.

우리들은 비록 서로의 개인적인 문제에 대해서 자주 이야기를 나누지는 못했지만, 상대에 대해서 정확히 알고 있었습니다.…

물론, 때때로 우리는 서로의 신경을 건드리기도 했습니다. 가끔씩 상대방의 마음을 아프게 한 적도 있었습니다. 요즘도 우리는 서로의 개인적인 문제에 대해서는 이야기하지 않습니다. 그렇지만, 대부분의 경우에 우리는 그저 함께 어울려서 시간을 보내고, 수다를 떨고, 상대가 데려온 친구들과 즐거운 시간을 보냅니다. 아주 편안하고 가벼운 마음으로 서로를 받아들이고 있는 것입니다.

10년 전에 제가 뉴욕을 떠나서 보스턴으로 이사를 갔을 때, 가장 견디기 힘들었던 일은 뉴스위크를 그만두어야 한다는 것이었습니다.…

에드, 제인, 데일, 그리고 저의 관계는 직장 가족의 좋은 예라고 할 수 있습니다. 상당히 긴 세월 동안 우리들은 매일 여러 시간을 같이 보내 왔습니다. 우리 중의 누구도 다른 사람과 보내는 시간보다는 네 명의 친구들과 보내는 시간이 훨씬 더 많습니다. 심지어 데일은 아내와 아들과 함께 보내는 시간보다 우리들과 보내는 시간이 더 많을 정도입니다.

릴리안 버논은 뉴욕 주의 라이시에 본거지를 두고 우편과 인터넷으로 상거래를 하는 릴리안 버논 주식회사의 창립자이자 CEO입니다. 버논은 직장에서 강한 유대 관계를 갖는 것은 바람직한 일이라고 믿습니다. 그러나 가장 친한 친구가 되지는 않아야 한다고 생각합니다. 버논은 이렇게 주장합니다.

저는 여러분이 함께 일하는 사람들과 친하게 지내되 결코 가장 친한 친구로 지내지는 않아야 한다고 믿습니다. 저는 사업에 관련된 일 때문에 일년이면 몇 주일씩 세계 각지를 여행해야 합니다. 다름 아닌 우리 회사의 통신 판매 책자에 실을 새로운 상품들을 찾아내기 위해서입니다. 이런 여행을 하는 동안, 저는 주요 소매 상인과 두 명의 다른 상인들과 함께 다닙니다. 우리들은 여행을 하면서 함께 보내는 시간이 너무 많기 때문에 점차 친해지게 됩니다. 우리들은 주로 일주일 동안 하루도 빼놓지 않고 일을 하고, 함께 밥을 먹습니다. 그러다 보니 당연히 우리들이 나누는 대화는 점점 개인적인 것으로 바뀌게 됩니다. 여행을 할 때면 가족과 친구들에게서 멀리 떨어져 지내기 때문에 여행을 같이 간 사람들끼리 의지할 수밖에 없습니다. 그렇지만, 일단 회사로 되돌아오면 직원들과 사적인 문제에 대해서는 거의 이야기를 나누지 않는 것을 원칙으로 하고 있습니다. 따라서, 회사에서 함께 모일 때면 언제나 사업에 관련된 이야기를 하게 됩니다. 또한 저는 사무실을 벗어나서 직원들과 어울리는 일도 하지 않습니다. 다만 사업적인 문제로 약속을 했을 경우에는 예외적으로 근무 시간 외에 만남을 갖기도 합니다. 이런 원칙으로 인해서 우리 회사의 인간 관계는 다른 곳보다 훨씬 편견이 없고 직업적이라고 할 수 있습니다.

가까운 친구나 가장 친한 친구들의 입장에서는 사소한 개인적인 일들과 직업적인 상황을 정확하게 구별하는 것이 특히 어렵게 느껴질 수도 있습니다. 예를 들면, 여러분의 상관이 여러분을 새로 기획된 업무에 참가시키려고 생각 중이라고 가정해 보십시오. 여러분은 그 일을 할 준비가 되어 있고 그 일을 기꺼이 하고 싶으며, 그 일을 해낼 능력도 갖추고 있습니다. 하지만, 바로 며칠 전에 여러분은 직장에서 친하게 지내는 친구에게 여러분이 지금 떠맡고 있는 일들을 전부 감당하느라 얼마나 지쳐있는지에 관해 이야기한 적이 있습니다. 여러분은 회사에서 맡고 있는 업무는 물론이고, 배우자와 부모님에게 해야 할 의무들로 인해서 힘겨운 상황을 친구에게 말했던 것입니다. 상관이 새로운 업무를 여러분에게 맡길 계획이라고 그 친구에게 이야기했을 때, 친구는 아무런 생각 없이 여러분이 과중한 업무로 인해 몹시 힘들어한다고 불쑥 말해 버릴지도 모릅니다. 그 친구는 '친구들 사이에' 나눈 대화의 내용을 상관에게도 알릴 권리는 전혀 없다는 사실을 바로 깨닫고, 사적인 이야기를 누설한 것에 대해 재빨리 사과할 것입니다. 물론 그 상관도 방금 전에 들은 말은 전부 다 잊었다고 이야기해 주겠지만, 이미 피해가 생길 만한 상황은 벌어진 셈입니다. 한 번 입 밖으로 나온 말은 주워 담을 수가 없습니다. 이미 지각된 내용은 사실로 굳어지는 것입니다. 당연히 그 일은 다른 사람에게 주어질 것입니다. 새로운 업무를 맡았다면 여러분은 경력에 많은 도움을 받을 수도 있었을 것이고, 어쩌면 큰 액수의 상여금을 받았을지도 모릅니다. 죄의식을 느낀 친구가 자신이 저지른 일에 관해서 털어놓지 않는다면, 여러분은 어쩌면 이유를 알 수도 없을 것입니다.

위에서 이야기한 내용은 제가 여러 해 동안 듣고 관찰해 온 상황들을 기초로 해서 가정한 것입니다. 사실, 이 정도의 줄거리는 상당히 완곡한 내용으로 고쳐서 만든 것입니다. 다른 일반적인 예를 살펴보면, 빠른 시간 내에 친구가 되기 위해서 새로 입사한 사원에게 감언이설을 하는 경우도 많이 있습니다. 이런 행동을 하는 목적은 그 신입 사원이 잘 하는 것과 잘 하지 못하는 것을 알아냄으로써 그 사람을 누르고 경쟁에서 우위를 차지할 수 있는 방법을 궁리하기 위해서입니다.

관리자와 평사원이 나누는 우정이라고 해도, 여전히 직장에서의 우정은 때때로 권장할 만한 것이라고 할 수 있습니다. 윌리엄 D. 머레이리치도 《HR 포커스》에 실린 〈우리도 친구가 될 수 있을까?〉에서 이와 같은 주장을 한 바 있습니다. 머레이리치는 관리자와 평사원이 나누는 우정이 가진 수많은 장점에 대해서 언급했는데, 예를 들면 이런 것이 있습니다. "관리자와 평사원이 친구가 되면 직장에서 함께 일하는 것을 즐겁게 생각합니다. 우정으로 인해서 작업 환경에도 긍정적인 효과가 나타나는 것입니다. 즉, 걱정과 스트레스가 줄어들게 됩니다. 바람직한 작업 환경을 갖추게 되면 생산성의 증가도 꾀할 수 있습니다."

서열 체계가 분명한 직장에서 똑같은 직위에 있을 때 우정을 쌓기 시작했다면, 어떤 유형의 친구들이라도 가장 큰 어려움을 겪는 순간은 공통적이라 할 수 있습니다. 친구들 중의 한 명이 승진을 하는 것이야말로 우정을 '시험'하는 가장 어렵고 힘든 상황인 것입니다. 극도로 경쟁적인 업무 상황이나 직장 환경에서 직원들은 같은 고객이나 의뢰인들을 대상으로 경쟁을 벌이게 될 것입니다. (부동산 사업을 예로 들 수 있습니다.) 또는, 단 한 사람만이 더 높은 직책으로 승진할 수 있습니다. (대학의 학과에서 종신 재직권을 받을 때와 마찬가지입니다.) 이런 경우에 직장 내의 경쟁 관계와 사적인 우정을 쌓아가는 일 사이에서 균형을 잡는 것은 너무도 어려울 것입니다.

CEO인 릴리안 버논이 지적한 것에 의하면, 가장 친한 친구들이라고 해도 함께 일하다 보면 잠재적인 위험이 생기는데다가 친근한 우정을 안전하게 보호하는 일도 중요하게 여기기 때문이라고 합니다. 따라서 버논은 가장 친한 친구들끼리 같이 일하는 것을 강력히 반대하고 있습니다. 그녀는 다음과 같이 설명합니다.

우리 회사에서는 가장 친한 친구들끼리 함께 일하는 것을 장려하지 않고 있으며, 제 의견도 이와 마찬가지입니다. 저는 가장 친한 친구들이 사업을 함께 시작하는 경우에 대해서 잘 알고 있습니다. 문제가 발생하면 서로 합의를 하는 일은 없고 그저 친구 관계를 망가뜨리기만 할 뿐입니다. 함께 일하는 두 사람 사이에 개인적인 문제라도 생기면 친구들은 서로를 비난하기 시작하고, 덕분에 생산성은 저하되는 것입니다. 일을 하는 당사자들이 분노와 불만에 가득 차 있기 때문입니다. 사업을 생각해 볼 때, 두 사람의 상황은 대단히 절망적인 것이라 할 수 있습니다. 개인적인 인생에서 보더라도, 괜찮은 직원을 뽑는 것보다는 가까운 친구를 만나는 일이 훨씬 더 어렵습니다.

제가 180명의 남녀를 대상으로 실시한 우정에 관한 조사의 결과는 버논의 의견을 뒷받침하고 있습니다. 직장 내의 우정에 관한 질문에 대답한 139명 중에서, 극소수의 응답자들만이 직장에서 가장 친한 친구를 사귀고 있었습니다.

평균적인 숫자로 얘기하자면, 직장에서 사귀는 가장 친한 친구의 평균적인 숫자는 '0'이라고 말할 수 있습니다. (직장, 학교, 사업상의 만남에서 가장 친한 친구를 한 명 이상 사귄다는 사람은 139명 중에서 단 24명뿐이었습니다. 평균적으로 보면 한 명보다 작은 수, 즉 0.25명이라는 결과가 나오게 됩니다.) 직장에서 사귀는 가까운 친구들의 평균적인 숫자는 고작한 명이었고, 가벼운 친구의 경우에는 6명이라는 숫자를 기록했습니다. (이 결과는 180명의 표본을 대상으로 직장 밖에서 사귀는 가벼운 친구, 가까운 친구, 가장 친한 친구들을 조사했을 때 높은 수치를 기록했던 것과는 대조적이라 할 수 있겠습니다. 제1장에서 언급한 것처럼, 응답자들은 가벼운 친구 26명, 가까운 친구 6명, 가장 친한 친구 2명을 평균적으로 사귀고 있습니다.)

제가 인터뷰를 했던 높은 직책의 경영진들은 직장 밖에서 우정을 키워갈 수밖에 없는 필요성을 역설했습니다. 이해 관계의 충돌, 사업상 선호 사항의 노출, 개인적인 정보가 유출되었을 때 미칠 영향 등을 사전에 피하기 위해서입니다. 이와는 다른 도시에서 실시된 어느 시장 조사 전문가의 사례에서도 마찬가지의 결과가 나왔습니다. 심지어 어떤 사람들은 일부러 직장에서는 가까운 친구들을 만들지 않는다고 털어놓기도 합니다. 어떤 사람들은 직장 상사와 자신이 가장 친한 친구 사이라고 말하기도 합니다. 그렇지만, 그런 사람들조차 직장에서의 관계를 만들기 전부터 쌓아온 우정을 유지하는 데에 세심한 주의를 기울일 필요가 있습니다.

우정의 문제에 있어서 아주 오랜 역사를 가지고 있는 남녀 성별의 차이가 가장 극명하게 드러나는 경우가 바로 업무로 관련된 우정에서입니다. 남성들은 아주 기본적인 것도 함께 하는 것을 원칙으로 하는 우정을 키워가는 경향이 있습니다. 그 대신 비밀스러운 정보와 감정적인 도움을 나누는 것은 거의 중요하게 생각하지 않습니다. 이와는 반대로, 여성들은 대화, 감정적인 도움, 비밀스러운 고백 등을 기본으로 하는 우정을 나누는 경향이 있습니다. 어느 작은 회사의 남성 대표이사는 제가 요청한 직장에서의 우정에 관한 설문에 완벽하게 대답을 해주었는데, 직장에서 사귀고 있는 친구 숫자가 얼마나 되느냐는 질문에는 무려 '100명'이라고 말했습니다.

회사에서 근무하고 있는 직원들의 숫자가 얼마인가에 대한 질문에도 그 대표이사는 역시 '100명'이라고 대답했습니다. 분명히 그 친구들은 가벼운 친구임에 틀림없습니다. 하지만, 100명의 직원 모두와 친구가 될 수 있다는 점을 고려해 볼 때, 그는 아마도 바람직한 작업 환경을 조성했으며, 노사간의 관계도 긍정적이라고 볼 수 있을 것 같습니다. 그리고, 그 대표이사가 직장에서 친하게 지내는 사람의 숫자가 '2명'이나 '0명'이라고 대답했을 경우와 비교한다면 직원의 만족도가 훨씬 높은 회사라고 할 수 있습니다.

이와는 대조적으로, 4천 5백 명의 직원을 가진 건설 회사의 여성 인사 관리 담당자는 현재 근무하고 있는 직장에서 단 한 명의 친구도 사귀지 않는다고 대답했습니다. 그녀는 이렇게 덧붙여서 말합니다. "이런 조직에서는 사람에 대한 신뢰도가 아주 낮을 수밖에 없습니다. 대부분의 사람들이 두려움을 느끼고 있기 때문입니다."

여성들 중에서, 특히 직장에서 승진 가도를 달리고 있는 사람들의 경우에는 "정상에서 외로움을 느낀다"고 생각하는 경우가 많습니다. 이런 여성들은 다른 회사에서 같은 지위에 있는 사람, 또는 완전히 다른 직종에서 자신들보다 낮은 직책으로 근무하는 사람들과 친하게 지내는 것이 더 낫다는 사실을 발견하고 있습니다. 올해 58세의 애니는 유명한 법인 회사에서 근무하다가 은퇴한 뒤에 중서부의 고향으로 다시 돌아갔습니다. 그곳에서 애니는 자신의 회사를 시작했는데, 자주 들르던 손톱 손질 가게에서 일하고 있던 마가렛과 친구가 되었습니다. "마가렛은 제 손톱을 손질해 주기 시작했습니다. 그리고 우리는 빠른 시간 안에 절친한 친구가 되었답니다."

프랜신은 현재 교육 자료 회사를 직접 운영하고 있는데, 60명의 남녀 부하 직원을 두고 있습니다. 그녀는 "상사일 때 직장에서 친구들을 사귀는 방법"을 몹시 알고 싶어합니다. 지금 프랜신은 직장 밖에서 만나는 친구들

과의 우정에 더 중점을 두고 있습니다. 현재 일하는 직장에서 가까운 친구
와의 관계를 완전히 정리한 뒤에 그런 결정을 내리게 된 것입니다. "제가
그녀의 도덕적인 조언을 필요로 할 때 그 친구는 전혀 저를 도와주지 않았
습니다. 그녀는 마치 저의 상황에 대해서 전혀 모르는 것처럼 행동하는 것
이었습니다." 프랜신은 가정에서 남편과 딸을 보살펴야 되는 것은 물론이
고 직장의 일도 처리해야 하기 때문에 친구에게 낼 수 있는 시간이 사실 충
분하지 않습니다. 그러나, 프랜신에게는 우정이 더 우선입니다. "저는 가
족과 직장, 교회를 위해서는 거의 시간을 내지 못하고 있는 형편입니다"라
고 그녀는 설명합니다. 프랜신의 가장 가까운 친구는 직장에서 알게 된 사
람으로, 지금은 비록 같은 직장에서 일하지 않지만 우정은 이어가고 있습
니다. 프랜신은 "우리는 일주일에 1-2번 정도 전화로 이야기를 나누고 있
습니다"라고 말합니다.

　제가 또 발견한 사실이 있습니다. 많은 사람들은 함께 일하면서 가벼운
우정을 키워가고 있는데, 친구들이 더 이상 같은 직장에서 일하지 않게 된
후에도 가까운 친구나 가장 친한 친구로 우정을 꽃피울 수 있는 계기를 마
련하기 위해 노력하고 있습니다. 글로리아가 친구인 수지를 처음 만나게
된 계기는 수지가 글로리아의 담당 업무 내용에 대해 자문을 구하러 왔을
때였습니다. (당시에 글로리아는 먼저 승진을 한 상태였습니다.) 두 사람은
그 자리에서 친해지기는 했지만, 본격적으로 우정을 키워나가기 시작한 것
은 그로부터 2년 후에 수지가 직장을 그만두면서부터입니다. 그때부터 20
여 년이 넘는 세월 동안 친구로 지내왔습니다. 처음에 함께 일했기 때문에
글로리아는 수지에 대해 자세히 살펴볼 기회를 가질 수 있었고, 결국 같은
직장에서 근무한 것이 두 사람의 우정에 도움이 되었습니다. 두 사람이 우
정을 쌓을 수 있는 초석이 된 것은 수지에 대한 긍정적인 인상이었고, 그것
이 오늘날까지 지속되었기 때문에 우정을 이어갈 수 있었던 것입니다. 글

로리아는 다음과 같이 이야기합니다.

저는 수지가 사람들과 교류를 하는 방법과 의도가 전부 마음에 들었습
니다. 그녀에게는 남다른 능력이 있었는데, 다른 사람들이 스스로 중요한
인물이며 사랑받고 있다는 느낌을 갖도록 만드는 것이었습니다. 수지의
능력은 제 인생도 달라지게 했습니다. 이런 것들이 제가 수지에게서 받은
인상입니다. 그녀의 주변에 있으면 즐거운 기분이 들었고, 제가 많이 인
정받고 있다는 느낌을 가질 수 있었습니다.

거짓말, 속임수, 그리고 복수 : 직장과 업무로 만나는 친구들을 악용하기

물론 이런 주제에 관련된 끔찍한 이야기들은 많이 있습니다. 대표적인
예들은 다음과 같습니다.

- "신입사원 채용 심사 위원회에서 (한때 친구였던 사람이) 다른 위원들에게
  제가 이혼으로 인해서 '지독하게 마음의 상처를 받았기' 때문에 지원한 부
  서의 업무를 감당할 수 없을 정도라고 말했습니다." (48세의 이혼 경력이
  있는 예술가)
- "기본적으로 (그 친구는) 제가 가진 전문적인 지식을 투자 전략에 이용하기
  위해서 우리의 우정을 이어가고 있었습니다." (51세의 남성 재무 전문가)
- "직장 상사에게 저의 사적인 비밀을 말했습니다." (50세의 여성 직업요법 치
  료사)
- "저를 해고했습니다." (43세의 미혼 여성 사업가)
- "거짓말을 해서 제가 해고당하게 만들었습니다." (24세의 미혼 여성 조교)

- "가끔은 제 사정에 대해서 지나치게 많이 알고 있는데, 결국은 그것이 문제를 불러일으켰습니다."(건강 관리 공단에서 일하는 36세의 남성 인사 부장)
- "제 개인적인 일들에 관해서 말했습니다." (45세의 이혼 경험이 있는 여성 판매부 대표)
- "제 고객을 빼앗아가려고 했습니다." (20세의 여성 자영업자)

위에서 예로 든 상황들은 각기 관련된 사람들의 특성에 따라서 대응해야 합니다. 위 사건에 관련된 친구들은 우정을 계속 유지하고 싶어합니까? 그 사람들은 지속적으로 같은 직장에서 일하고 싶어합니까? 그 사람들은 이미 '돌아올 수 없는 지점'을 건너버렸기 때문에, 우정을 유지한다거나 같은 직장에서 근무하는 것을 선택할 상황이 못 되는 것이 아닙니까?

올해 50세의 로저는 직장에서 사귄 친구에게서 배신당했던 경험과 두 사람의 관계가 달라진 과정을 떠올려 봅니다. 그 친구는 로저의 직장 상사였습니다. 당시 회사에서는 두 부서 사이에 힘의 갈등이 있었는데, 로저의 상사는 로저가 앞으로 담당하게 될 일을 다른 부서에서 결정할 수 있도록 권한을 넘겨줘 버렸습니다.

그 친구는 근본적으로 저를 버린 것이나 마찬가지였습니다. 그는 저에게 하던 일을 그만두라고 종용했고, 저는 그 친구에게서 배신감을 느꼈습니다. 그 일로 저는 그 친구를 겁쟁이라고 불렀는데, 그 친구에게 몹시 실망했기 때문이었습니다. 그 친구는 기분이 몹시 상한 나머지 그만 울어버렸습니다. (하지만) 그는 더 이상 그 일에 관해서 자신이 할 수 있는 일이 남아 있지 않다고 느꼈습니다.

그러나 저는 아직도 시도할 만한 일이 있다고 생각했습니다. 그 친구는 저를 위해서 싸워줄 수도 있었습니다. 그는 저를 두둔하고 편들어 줄 수도 있었습니다. 그 상황에서 제 입장을 옹호하거나 제 잘못이 없다는 사실을 밝혀줄 수도 있었지만 그렇게 하지 않았습니다. 대신 그 친구는 그저 포기해 버렸습니다.

이런 진행 방식은 로저의 경력을 위해서 반드시 긍정적인 처리였다고 할 수는 없습니다. 두 사람은 그 사건 이후에도 계속 같은 직장에서 일을 했고, 로저의 친구도 여전히 상사로 남아 있었기 때문입니다.

저는 그 친구가 미웠습니다. 그 친구와는 어떤 일도 함께 하고 싶지 않았습니다. 사실 이런 태도는 제 입장에서 좋은 것은 아니었습니다. 그 친구가 저를 평가하는 지위에 있었기 때문입니다. 저는 그 친구를 그다지 신뢰한 적이 없었는데, (그런 사건이 발생하자) 이전의 불신감은 한층 더 깊어져 갔습니다. 그런 일로 인해서 몹시 화가 났기 때문에 그 이후로 저는 누구에게도 마음을 열고 가까워질 수가 없었습니다.

로저는 그 친구가 "그저 두려움을 느꼈고, 자기의 안위만을 생각했기 때문에" 자신을 배신했다고 생각합니다. 배신을 하게 된 이유와는 상관 없이, 몇 달이 지난 후에 이런 부정적인 상황은 로저에게 너무 큰 후유증을 남겼습니다. 그는 직장을 관두어야만 했을 뿐 아니라, 지금까지 경력을 쌓아 왔던 일을 더 이상 할 수 없게 된 대신 다른 일을 선택해야만 했습니다.

♡♡ 직장과 업무로 만나는 친구 관계를 위한 규칙들

직장에서 나누는 우정을 제대로 이끌어가기 위한 10가지의 간단한 규칙은 다음과 같습니다.

• 직장에서 특정한 파벌을 만들지도 말고, 그 일원이 되지도 마십시오.

파벌이나 친목 모임은 직장에서 비생산적인 집단입니다. 집단 내부에 편애의 감정을 조성하기 때문에, 그 파벌의 외부에서 의욕이 떨어지는 문제가 생기게 됩니다. 과도한 사교 활동은 직장에서의 파벌 조직과 함께 일어날 수 있습니다. 파벌의 구성원들이 차별적인 우선 대우를 받는다는 의혹을 받을 수도 있고, 실제로 그런 일이 일어날 수도 있습니다. 신입사원들은 특히 소외감을 느끼고 무시당했다는 생각이 들 수도 있습니다. 결과적으로 필요한 수준 이상으로 새 환경에 적응하는 데 어려움을 느끼고 시간도 많이 걸리게 됩니다. 만일 관리자들과 부하 직원들이 같은 파벌에 속해 있다면, 직원을 관리하기가 한층 어려워집니다. 결국 객관성과 생산성이 저하됩니다.

• 직장에서의 우정을 조심하십시오.

동지 의식이나 가벼운 우정 정도라면 좋습니다. 이런 감정들은 생산성을 증가시키기 때문입니다. 조심스럽게 관리하지 않는다면, 가까운 친구나 가장 친한 친구와의 우정이 직장 분위기를 저해할 수도 있습니다. 특히 개인의 비밀스러운 정보가 알려지면 질투와 시기심의 원인이 될 수도 있습니다. 예를 들면, 어떤 사람이 받는 월급이나 상여금의 액수가 알려지는 일 같은 것입니다. 그런 사적인 친밀한 관계들은 가능한 한 공적인 업무와 분리시키도록 해야 합니다. 그런데, 여러분과 가까운 친구 또는 가장 친한 친구의 관계가 신뢰할 만하다는 사실을 확인하는 데 충분한 시간을 두고 지켜보는 경우도 있을 것입니다. 또, 여러분은 직장에 관련된 문제가 발생했을 때 이를 처리할 수 있을 정도로 친구에 대해 충분한 정보와 증거를 가지고 있을지도 모릅니다. 이런 경우들이라면, 직장에서 가벼운 친구, 가까운 친구, 가장 친한 친구들과 우정을 나누는 일은 축복이라고 할 수 있습니다.

• **친구의 비밀에 대해서 신중하게 행동하십시오.**

직장이나 업무와 관련되어 만나는 사람과 가벼운 우정을 나누든지, 가까운 우정이나 가장 친한 우정을 나누든지 상관 없이, 여러분은 친구의 비밀을 발설해서는 안 됩니다.

• **남의 뒷말을 하지 마십시오.**

여러분은 우연히 남의 말을 듣게 되기도 합니다. 우정을 나누면서 알게 된 직장 동료, 부하 직원, 상사, 고객, 의뢰인, 공급업자에 관한 정보를 퍼뜨리고 싶은 유혹을 받는 경우도 있을 것입니다. 어떤 경우라 하더라도, 남에 관해서 뒷말을 하는 것은 특히 나쁜 행동입니다. 그런 뒷말에는 '비밀을 지켜야만 하는' 업무상의 계획은 물론이고 누군가의 개인적인 정보가 포함될 수 있습니다. 또, 아직 공식적으로 출시되지 않은 신상품에 대한 정보가 포함되기도 합니다.

• **기회주의적인 이유로 직장에서 나눈 우정을 악용해서는 안 됩니다.**

상대가 받아들일 수 있는 적당한 수준의 부탁을 하는 것과 적정선을 넘어서 기회주의로 빠지는 것 사이에는 분명한 차이가 있습니다. 여기에 관한 몇 가지 지침을 알려드리겠습니다. 여러분의 요구는 친구에게 부탁해도 좋을 만한 타당한 것입니까? 만일 두 사람의 입장이 바뀌어서 친구가 여러분에게 똑같은 부탁을 한다면, 여러분은 어떤 기분을 느낄 것 같습니까? 여러분의 부탁이 친구가 가진 지식이나 전문적인 기술과 관련된 내용입니까? 여러분의 부탁을 받아들이려면 친구는 어느 정도 명예를 손상시켜야만 합니까? 부탁을 하기에 의심스러운 경우라면, 부탁보다는 우정을 먼저 생각하십시오. 그렇지 않으면 여러분의 관계는 치명적인 손상을 입게 될 수도 있습니다.

• 우정을 자랑하거나 과시하기 위해 일부러 친구 이름을 대지는 마십시오.

친한 사이라거나 인기가 있다고 보이는 대신, 여러분은 어쩌면 자신의 이익만을 위해서 우정을 이용하고 있는 것처럼 보일지도 모릅니다. 우정이란 그 관계를 나누는 것 자체로 기쁨을 얻어야 하며, 그 관계를 통해서 덕을 보려고 해서는 안 됩니다. (이것은 적절한 방법으로 여러분의 친구를 돋보이게 만들어주는 일과는 분명히 다릅니다. 여러분이 준비하고 있는 활동에 친구가 참여하도록 한다거나 친구를 의장으로 추천하는 일 등이 좋은 예입니다.)

• 여러분과 친구를 이해 충돌의 사태에 빠지게 만들 소지가 보이는 어떠한 상황으로부터도 벗어나기 위해서, 여러분의 본능과 판단을 활용하십시오.

예를 들어봅시다. 여러분의 친구가 다니는 회사에서 의뢰인들에게서 선물을 받지 못하도록 금하고 있는 상황인데, 여러분도 그 친구의 의뢰인이라고 가정해 봅시다. 친구의 생일선물이라 하더라도 사무실로는 절대 보내면 안 됩니다. 만일 여러분의 친구가 구인 광고를 내고 있지만 친구를 고용하는 것은 꺼리고 있다면, 친구에게 절대 인터뷰 기회를 달라는 부탁을 해서는 안 됩니다.

• 바디 랭귀지, 몸짓, 비언어적인 신호들을 조심하십시오.

사무실에서, 또는 여러분이 영화 시사회에 참석해서 아주 가까운 친구나 가장 친한 친구를 우연히 만났다고 생각해 보십시오. 여러분의 행동이 주변 사람들에게 어떤 식으로 보일 것인지 절대 잊지 마십시오. 만일 여러분이 직장 내에서나 업무로 누군가를 만나는 장소에 있다면, 친구와 다시 만난 순수한 기쁨을 표현하기 위해서 반드시 껴안고, 입을 맞추고, 팔짝팔짝 뛰고 싶습니까? 친구에게 말을 걸 때 너무 친숙하게 들리는 언어나 음

색은 피하도록 하십시오.

• 만일 이성 친구와의 우정이 사랑으로 발전했다면, 전혀 새로운 종류의 관심이나 애정을 표현할 필요가 있습니다.

직장에서 나누던 우정이 이제 막 사랑으로 변했다 하더라도, '전혀 달라진 것이 없는' 관계인 직장 동료, 직원들, 상사의 앞에서, 또는 혼자 있을 때 장난을 치지 마십시오. 일단 직장에서 나누던 우정이 사랑으로 자라났다면, 직장에서 질투나 분노를 유발시킬 가능성을 최소한으로 줄이기 위해서 고려해야 할 몇 가지 지침들이 있습니다. 관계의 변화로 인해서 성희롱이나 부적절한 행동을 했다는 억측이 나올 수도 있기 때문입니다. 이제 막 우정에서 사랑으로 변한 여러분의 관계가 영원히 지속되지 않을 수도 있다는 사실을 명심하십시오. (애인이 된 후에) 예전의 친구를 직장 상사로 모시거나 동료로 대하며 근무하는 일이 그저 불편하고 참기 어려운 일인 것에 비해서, (한때 친구였으며) 이제 헤어진 애인을 상사로 모시고 일하거나 동료로서 같이 근무하는 것은 훨씬 더 힘든 일이 될 수도 있습니다.

• 만일 여러분이 직장에서 만난 이성 친구와 진심으로 순수한 우정을 나누게 되었다면, 여러분의 행동을 조심하십시오. 무의식적으로도 어떤 소문을 확인시켜 줄 행동을 해서는 안 됩니다.

요즈음 이성간의 우정은 예전에 비해서는 한층 보편적인 현상이 되었습니다. 특히 직장에서라면 더욱 평범한 일이라고 할 수 있습니다. 여러분이 동성의 친구를 만날 때보다는 이성의 친구를 만날 때 말과 행동에 있어서 더 많은 주의를 기울여야 한다는 사실을 명심해야 합니다. 그래야만 여러분의 우정이 정신적인 것을 넘어선 감정이라는 쓸데없는 소문에 휘말리지 않을 수 있습니다.

우정에 관련된 직장 내의 갈등 상황에 대처하기

제5장 "이런 우정도 지킬 수 있을까?"의 '친구와의 갈등 조정하기' 부분에서 다루었던 갈등 해결을 위한 기법들이 모두 여기에도 적용됩니다. 요약하자면, 여러분과 여러분이 다니는 직장, 또는 여러분과 갈등을 빚고 있는 사업상의 친구들에게 적용시킬 수 있는 기본적인 대처 방안들은 다음과 같습니다.

- 여러분이 달라질 수도 있습니다.
- 여러분의 친구가 달라질 수도 있습니다.
- 여러분과 친구 모두가 달라질 수도 있습니다.
- 여러분은 갈등에서 한 걸음 물러서려고 노력하며, 마치 여러분이 객관적인 관찰자인 것처럼 사태를 주시할 수도 있습니다.
- 여러분은 토론을 통해서 갈등을 해결할 수도 있습니다.
- 여러분은 두 사람 사이에 냉각 기간을 허용할 수도 있습니다.
- 여러분은 제3자에게 도움을 요청해서 친구들 사이에 벌어진 분쟁을 조정해 달라고 할 수도 있습니다. (전문적인 조정자, 중재인, 인적 자원부의 전문가 등에게 도움을 구할 수 있습니다.)
- 여러분은 친구와의 접촉을 중단하겠다는 결정을 내릴 수도 있습니다. 우정을 완전히 끝내버리거나, 다른 부서로 옮겨가거나, 회사를 그만두는 방법이 있습니다.

만일 여러분이 직장 친구와 갈등을 겪고 있다면, 여러분이 제일 처음 알아야 할 것이 있습니다. 즉, 문제가 두 사람의 우정에서 비롯된 것인지 직장의 업무로 인한 것인지를 밝혀야 합니다. 만일 두 사람이 친구 사이가 아

니라면, 여러분은 이 상황을 다르게 처리하려고 하겠습니까? 만일 대답이
"예"라면, 여러분이 취할 행동에 대해서 곰곰이 생각해 보십시오. 그저 이
질문에 대한 답을 알아내는 것이 여러분에게 도움이 될 수도 있습니다. 직
장 일이나 업무적인 사안에 중점을 두어서 여러분은 즉시 문제를 해결할지
도 모릅니다.

만일 갈등이 두 사람의 우정에서 비롯된 것이라면, 여러분이 개인적으
로 알게 된 친구와의 사이에서 발생한 문제를 다룰 때와는 다르게 이 상황
에 대처해야 할 필요가 있을 것입니다. 여러분과 친구는 어떤 일을 막론하
고 전부 다 서로 경쟁하기 때문에 서로의 신경을 건드리는 방법은 물론이
고 '사건의 계기를 만든' 경위를 알고 있다고 가정해 봅시다. 여러분이 공
동으로 참여하고 있는 업무를 피해서 서로에게 그런 행동을 한다면 크게
지장은 없을 것입니다. 하지만, 만일 직장에서 생긴 문제라면, 여러분은 자
신을 통제할 줄 알아야 합니다. 즉, 직장에서 친구에게 대응하는 방법과 사
적인 문제로 대응하는 방법을 분명히 구별해야 하는 것입니다.

예를 들어서, 여러분과 친구가 직장이나 업무를 벗어나서 오랫동안 해
결하지 못한 문제가 있었다고 가정해 봅시다. 자세히 설명하자면, 여러분
의 친구는 함께 보러 갈 영화나 같이 들어갈 식당을 쉽게 결정하지 못해서
항상 골치를 썩여 왔습니다. 직장에서나 업무로 만났을 때도 여전히 그런
망설이는 버릇이 남아 있다면 엄청난 결과를 초래할 수도 있습니다. 만일
친구가 공적인 일을 결정할 때도 똑같이 더디게 군다는 사실을 여러분이
알아차렸다면, 친구가 그런 식으로 일을 처리하도록 내버려두지 마십시오.
그런 성향을 어떻게 생각하는지에 대해 그 친구에게 직접적으로 의견을 물
어보십시오. 친구가 확신을 갖도록 여러분이 의견을 보강해 주어서 친구로
하여금 얼버무리고 이리저리 미루는 경향을 고치도록 도와주면서, 친구에
게 그의 의견이 반드시 필요하다고 설명하십시오.

　여러분이 알기에 어떤 친구는 사적인 시간을 쪼개서 설거지를 한다거나 명절에 감사 카드를 보내는 일은 결코 하지 않을 성격입니다. 만일 친구의 이런 성격이 업무에까지 지장을 줘서 마감일마저 잊어버린다는 사실을 여러분이 알았다면, 친구에게 사실대로 말해 주어야 합니다. 친구를 사귀어 본 결과, 여러분은 그 친구의 전체 생활을 볼 때 이런 무책임한 행동을 반복할 사람이라는 것을 알고 있습니다. 그렇다면, 여러분은 사생활과 공적인 일에서의 유사성을 신중하게 지적해 줌으로써 친구가 그 문제를 해결할 수 있도록 도와줄 수도 있을 것입니다. 여러분은 친구에게 "우리 마감 날짜와 먼저 처리해야 할 일들에 대해서 얘기해 보자"라고 말하면서, 이렇게 덧붙이는 것입니다. "이번에 맡은 일들 중에서 어떤 것을 너에게 위임할 건지 같이 살펴보자. 그러면 네가 정말로 중요한 것부터 중점을 둬서 처리할 수 있잖니."

　직장에서 우정을 나누는 사람들에 대해서 여러분의 회사는 어떤 정책을 취하고 있습니까? 일부 회사들은 그런 관계를 권장하지 않습니다. 물론 직장에서의 우정을 많이 권장해 주는 회사도 있습니다. 이런 회사들 중에는 심지어 친구들을 모아서 회사에 입사하는 데 결정적인 역할을 한 사원들에게 경제적인 보상을 해주는 곳도 있습니다.

5부
정해진 유형 깨뜨리기

8. 좋은 친구들 발견하기

　이제 여러분이 바람직하지 못한 우정을 처리하는 방법을 알고 있다면, 그런 상대를 처음 만났을 때 피할 수 있는 방법을 궁금하게 여기고 있을지도 모르겠습니다. 여러분이 만난 누군가가 앞으로 긍정적인 친구가 될지, 아니면 부정적인 친구로 바뀔 것인지를 어떻게 미리 알 수 있을까요? 사실 이런 질문에는 명확한 해답이 존재하지 않습니다. 공적인 일로 만나게 되든 아니면 사적인 관계로 만나게 되든, 누군가와 새롭게 친구가 되는 일은 언제나 위험을 수반하기 마련입니다. 그렇다고 해서 만일 여러분이 기회를 포착해서 새로운 우정을 발전시키려고 하지 않는다면, 여러분의 생활은 좁아질 수밖에 없습니다. 여러분의 친구들 모두가 멀리 떠나가 버린다거나, 너무 바빠서 만날 시간이 없다거나, 나이가 들면서 자연히 세상을 떠나게 되면, 여러분은 외로움을 느낄지도 모릅니다.

　처음으로 쓴 책인 《친구 관계의 전환》에서, 저는 〈우정 적합성에 관한 설문〉이라는 이름을 붙인 설문을 새로 개발했습니다. 15개의 문항으로 구성된 이 설문은 새로운 환경에 대한 것은 물론이고 여러분 자신에 대해서 되돌아볼 수 있는 편리한 방법을 제공해 줍니다. 여러분이 이런 남성 또는 여성과 우정을 키워나가고 싶어하는지에 관해서 생각해 볼 수 있는 손쉬운 길이기도 합니다. 이번 장에서 저는 이 설문을 조금 수정하고 범위를 확장시켰습니다. 새롭게 태어난 〈우정 조율에 대한 설문〉에는 여러분에게 도움이 될 5가지의 문항이 더 첨가되었습니다. 이런 설문의 도움을 얻어서, 여러분은 친구가 될 가능성이 있는 이 사람이 앞으로 여러분을 배반할 것인지, 아니면 여러분의 관계가 파괴적이고 해를 입히는 우정으로 변하게 될 것인지를 간파할 수 있습니다. 다시 한 번 말하면, 어떤 보장도 못하고 확실한 예상도 할 수가 없습니다. 이런 문항들이 고안된 이유는 단지 여러분이 위험한 신호가 될 수도 있는 몇 가지 쟁점과 걱정에 관해서 생각해 보는데 도움을 주기 위해서입니다. 환경과 성격은 여러 가지 이유들로 인해서 달라질 수도 있습니다. 예를 들면, 직장에서의 경력, 경제적인 좌절, 승진에서부터 개인적인 인간 관계의 변화, 이사 등에 이르기까지 다채로운 요인들이 있습니다. 자신의 대답이 달라졌는지를 알아보기 위해서, 여러분은 때때로 이 설문을 다시 한 번 풀어보고 싶을지도 모릅니다.

우정 조율에 대한 설문

1. 여러분이 이번에 알게 된 사람은 언제나 진실만을 이야기합니까?

2. 이 사람은 (업무 관계로 알고 지내는 관계에서) 직장 동료들, 부하 직원들, 상사들, (만일 직장과 상관 없는 곳에서 알게 된 관계라면) 또는 가족이나 애인을 존중하고, 믿음직하며 정중한 태도로 그들을 대하고 있습니까?

3. 만일 이 사람을 보면서 여러분이 현재 알고 있거나 과거부터 알고 지내온 누군가를 연상한다면, 이때 연상된 사람은 여러분이 좋아했고 동경했고 존경했던 사람입니까?

4. 여러분은 이 사람의 다른 친구들이 얼마나 충실하고 좋은 사람인지에 영향을 받게 됩니까?

5. 여러분은 이 사람을 다시 만나거나, 그 사람에게서 이메일이 오거나 전화가 걸려오기를 스스로 기대하고 있다는 사실을 깨닫고 있습니까?

6. 여러분은 아는 사람이 여러분의 친구가 되고 싶다는 마음을 말이나 비언어적인 기호로 표현한 것을 감지한 적이 있습니까?

7. 여러분은 이미 사귀고 있는 친구들 외에 이 친구를 새로 사귀기 위해서 투자할 시간과 힘이 있습니까?

8. 여러분은 이 사람을 조금씩 알아갈 수 있도록 충분한 시간을 들이고 있습니까?

9. 여러분과 이 사람은 함께 있을 때 즐거운 시간을 보내고 있습니까?

10. 여러분과 이 잠정적인 친구는 비슷한 관심사를 가지고 있습니까?

11. 여러분은 이 사람과 전화로 대화를 나눌 때 편안한 기분을 느끼십니까?

12. 여러분은 이 사람과 다른 가치관을 가지고 있다는 사실을 알고 있지만, 이런 가치관의 차이가 문제가 되지 않는다고 믿으십니까?

13. 만일 여러분과 친구의 종교, 인종 집단, 인종적인 배경, 또는 연령이 같지 않다면, 두 사람 모두 그 사실을 받아들일 수 있습니까?

14. 만일 여러분과 친구의 사회 · 경제적인 계층이 다르다면, 두 사람 모두가 이 사실을 그다지 중요하지 않은 차이라고 생각합니까?

15. 여러분과 친구는 서로에게 전화를 하고 만날 약속을 하는 빈도에 대해서 어떤 협정을 맺었습니까?

16. 여러분과 친구는 가까운 곳에 살고 있다거나 가까운 직장에서 근무하고 있습니까? 또는, 아주 멀리 떨어져서 살고 있다면, 여러분들은 물리적인 거리가 우정의 발전에 지장을 초래한다면 그것이 어떤 장애라고 해도 극복할 것입니까?

17. 여러분의 친구가 전화를 걸었다면, 시간에 관계 없이 여러분은 24시간 안에 친구에게 응답을 해줄 것입니까?

18. 여러분의 애인, 데이트 상대, 배우자가 동시에 여러분에게 갑작스러운 부탁을 한다면, 여러분은 이제 막 알게 된 사람과 미리 한 약속을 지킬 것입니까? 아니면, 적어도 새로 사귄 친구와의 약속을 재조정할 생각입니까?

19. 여러분은 이 사람을 좋아한다는 본능적인 느낌을 받고 있습니까?

20. 여러분은 이제 막 알게 된 사람이 18번과 19번의 질문에 "예"라는 대답을 할 것이라고 생각하십니까?

만일 여러분이 위의 질문에 모두 "예"라는 대답을 했다면, 여러분이 이제 막 알게 된 사람의 성격은 매우 훌륭하며 긍정적인 것처럼 보입니다. 여러분은 만난 지 얼마 안 된 사람에게 헌신적인 것으로 보이며, 그 친구와 화목하게 지낼 것처럼 생각됩니다. 이 사람이 여러분의 친구가 되어서 믿을 만한 존재가 되어줄 가능성이 상당히 높습니다.

만일 여러분이 단지 몇 가지 질문에만 "아니오"라는 대답을 했다면, 그렇게 "아니오"라는 대답이 나온 문항에 대해서 생각해 보십시오. 위에서 제시된 상황, 감정, 가치관의 갈등은 여러분이 간과할 수 있거나, 여러분 자신이나 여러분의 새 친구가 경험한 일입니까? 아니면, 이런 장애들은 이겨내기 어려운 것이라고 밝혀질지도 모르는 것들입니까? 이제 여러분이 위의 질문에 대해서 나름대로 대답을 생각해 두었다면, 여러분이 아는 사람이 이 질문들에 대해서 어떤 대답을 내릴 것인지에 대해서도 반드시 생각해야 합니다.

인터넷의 발달 덕분에, 오늘날에는 예전 친구들과 다시 연락할 수 있는 여러 가지 방법들이 생겨났습니다. 그러나, 여러분이 꼭 연락을 해야만 할까요? 옛날 친구와 다시 친하게 지내기 위해 여러분이 노력해야만 할 가치가 있는지를 판단하는 데 도움을 얻기 위해서, 다음의 몇 가지 질문들에 스스로 대답해 보시기 바랍니다.

설문 : 나는 다시 연락하기를 원하는가?

다음의 질문들에 대해서 항상, 자주, 가끔, 전혀 중에서 한 가지로 대답하십시오.

1. 제 친구와 저는 함께 있을 때 즐거웠습니다.
2. 제 친구는 제가 가진 가장 좋은 점들을 부각시켜 주었습니다.
3. 저는 그 친구를 그리워하고 있다는 사실을 깨달았습니다.
4. 저는 제 친구가 지금 하고 있는 일을 궁금해 한다는 사실을 깨달았습니다.
5. 저는 이 친구를 찾아내기 위해서 노력해 보았지만, 사는 곳도 모르고 관계를 재개할 방법도 아직 모릅니다.

만일 여러분이 위의 질문에 네 문항이나 다섯 문항 모두 '항상' 또는 '자주'라는 대답을 했다면, 여러분은 이 오랜 친구를 찾을 준비가 되어 있으며 찾는 일에 관심이 있는 것으로 보입니다. 만일 여러분이 위의 문항들에 적어도 세 문항은 '항상' 또는 '자주' 그리고 '가끔'이라는 대답을 했다면, 여러분은 이 오랜 친구의 자취를 추적함으로써 여전히 좋은 일이 생길

지도 모릅니다. 그러나, 무엇보다도 함께 보낸 두 사람의 과거를 재평가해 보고 싶은 마음이 있기 때문인지도 모릅니다. 여러분은 그 특정 친구를 정말로 찾고 싶어하는지 자신에게 물어보고 싶을 것입니다. 또는, 여러분은 단지 과거로 되돌아가고 싶은 것인지도 모릅니다. 왜냐하면, 이번 주말이면 여러분의 모든 친구들이 동네에서 떠나거나, 여러분은 이제 막 다른 도시로 이사를 왔는데 새로운 사람을 만나는 일을 두려워하고 있기 때문입니다. (여러분은 친구를 다시 만나려고 하는 동기를 분명히 깨달아야 합니다. 여러분이 생활에 일시적인 무료함을 느꼈기 때문에 옛날 친구를 이용하려고 하는데, 실상 그 친구와의 관계란 그다지 좋지 못한 것이었다고 가정해 보십시오. 결국 여러분은 옛날 일들이 그대로 재현되면 친구를 다시 밀어낼지도 모릅니다.)

하지만, 만약 여러분이 위의 질문에 대해서 두 문항 이상 '전혀'라는 대답을 했다면, 아마도 지금 당장에 다시 연락을 취하기에 이 친구는 적당한 후보가 아닐 것 같습니다. 그렇다고 해서 여러분이 이 친구를 다시 한 번 생각해 볼 필요가 전혀 없다는 의미는 아닙니다. 만일 여러분과 그 친구가 달라졌다거나, 두 사람을 둘러싼 환경이 변화했다면 만나는 것도 나쁘지 않습니다.

♥♥ 과거로 돌아가면서 미래로 나아가기

위에서 부정적인 이야기를 하기는 했지만, 과거로 돌아가서 옛날 친구들을 만나서 이득이 생기는 경우도 가끔 있습니다. 여러분은 이 오래된 친구와의 사이에 여전히 해결하지 못한 문제들이 남아 있어서 함께 풀어나갈 필요가 있을지도 모릅니다. 그때나 지금이나 여러분이 알고 있는 사실이 친구가 이해한 내용과 맞아떨어지는지를 확인하기 위해서, 여러분은 몇 가지 상황을 조사해 볼 필요가 있을 것입니다. 자아 개발이나 단지 호기심을 충족시키기 위해서 여러분은 특정한 친구와의 우정을 다시 회복하고 싶어 할지도 모르겠습니다.

올해 38세의 로렌은 결혼해서 두 명의 십대 자녀를 두고 있으며, 현재 간호 보조사로 근무하고 있습니다. 그녀는 학창 시절 동안 친하게 지냈던 오래 전의 친구를 다시 만나서 관계를 재개하면서 좋은 경험을 가졌습니다. 스스로를 '수줍어하는 성격'이라고 설명하는 로렌은 성장기를 아시아 지역에서 보냈고, 인도에서 기숙 학교에 다녔습니다. 지금은 그곳에서 멀리 떨어진 캘리포니아에서 살고 있습니다. 로렌은 고등학교 시절에 가벼운 우정을 나누던 친구와 다시 만남을 재개하게 된 이유와 과정을 다음과 같이 설명합니다. 지금 두 사람은 가장 가까운 친구로 지내고 있습니다.

저는 애정을 쏟을 대상을 만들려고 부단히 노력하는 중이었습니다. 정말이지 어떤 사람이라도 상관없을 정도였습니다. 그래서 학창 시절에 함께 다니던 사람들을 전부 떠올려 보았습니다. 그 친구는 누구보다도 제가 다시 연락을 하고 싶어했던 사람이었습니다. 사실 학교에 다닐 때는 그녀에 대해서 제가 어떤 행동을 취한 일은 거의 없었습니다. 제가 왜 그녀를 선택했는지는 아직도 전혀 알 수가 없습니다. 어쨌든 저는 그녀의 부모님이 영국에 살고 계시다는 것을 알았습니다. 다행히 그분들이 사용하는 이메일 주소를 알아낼 수 있었습니다. 그리고 저는 부모님을 통해서 그녀에게 연락을 시도해 보았지만, 아무런 대답을 얻어낼 수 없었습니다. 한 달 정도가 지났을 무렵, 그 친구가 저에게 이메일을 보내왔습니다. 동창회 주소록에서 제 이메일 주소를 알아낸 모양이었습니다.

우리는 서로를 떠나왔던 그 시절로 다시 돌아간 것처럼, 그때부터 거의 2년 동안 거의 매일 서로에게 이메일을 쓰고 있습니다. 우리는 가슴

속에 담아둔 것을 다 털어냈고, 각자의 슬픔을 쏟아냈으며, 기쁨을 함께 나누었습니다. 우리는 거의 22년 동안 직접 만난 적은 없었습니다. 하지만, 그녀는 (이제) 저의 가장 가까운 친구가 되었습니다.

다시 관계를 이어가는 일이 로렌과 그녀의 오랜 친구에게는 도움이 되었습니다. 그러나 사람마다 자기들만의 독특한 상황이 있기 마련입니다. 관계를 다시 시작하면서 어느 정도 교육적으로 좋은 일을 한 셈이라고 해도, 여러분은 분명히 옛친구와의 재회를 신중하게 생각해야 할 것입니다. 특히 여러분이 만약, 친구가 예전이나 지금 연루되어 있는 일에 대해 두려움을 느낀다면 더욱 신중할 필요가 있습니다. 예를 들어, 친구가 불법적이거나 위험하거나, 어떤 식으로든 반사회적이거나, 살인과 관련되어 있다거나, 자살할 소지가 다분히 보이는 일을 하는(했던) 경우입니다. 우정을 나누는 사이에는 다른 강한 감정이 생길 수도 있습니다. 특히 여러분이 관계를 끝내려고 하는 입장이라면, 실패한 우정으로 인해 상대 친구는 연애에서 실패했을 때만큼이나 강한 정도의 거부감과 절망감을 느끼기도 합니다. 이미 관계를 정리해서 더 이상 강렬한 감정과 비애감을 느낄 수가 없게 되었는데, 여러분이 관계를 재개한다면 그런 감정이 회복되거나 다시 되돌아와서 여러분을 사로잡을지도 모릅니다.

갈등이나 배신으로 인해 절교하게 된 경우와는 대조적으로, 이사를 가거나 직장을 바꾸거나 하는 등의 구조적인 변화로 인해서 우정이 끝나기도 합니다. 이런 이유 때문이었다면 관계를 다시 시작하는 것이 두 사람 모두에게 좋은 일이 될 것입니다. 여러분이 먼저 상황을 살펴볼 수도 있을 것입니다. 이를테면, 이메일을 보낸다거나 전화를 걸어볼 수도 있고, 편지를 보내는 것도 좋은 방법입니다. 그런 후에 상대가 보이는 반응을 지켜보십시오. 서로가 보이는 반응을 기본으로 해서 여러분은 다음 단계로 나아가서 두 사람이 함께 만날 자리를 마련할 것인지에 대해 결정하면 됩니다. 친구를 직접 만났을 때, 또는 전화 너머로 친구의 목소리를 들었을 때 우리들이 감정적으로 느끼는 것이 모든 것을 대변해 주는 경우도 가끔 있습니다. 여러분은 흥분되고 행복하고 즐거운 마음이 들었습니까? 아니면, 화가 나거나 당황스럽고, 심지어는 따분하게 느껴지기도 했습니까? 그런 자신의 감정들을 알아내고 염두에 두어야 합니다.

어디서부터 시작하면 좋을까요?

모든 우정은 인터넷으로, 전화로, 아니면 개인적인 만남을 통해서 두 명의 낯선 사람들이 만나면서 시작됩니다. 두 사람의 이방인들은 그 순간에 아는 사이로 발전하는 것이며, 시간이 흐르면서 이론적으로 알던 관계의 법칙들을 실질적으로 경험하게 됩니다. 그런 후에 우정을 나누는 사이가 되기도 하고, 전혀 연락을 하지 않게 되기도 하고, 심지어 더 나쁜 경우라면 적대감을 불태우게 될 수도 있습니다.

분명히, 관계를 발전시키기 위해서는 상호작용이 일어날 수밖에 없습니다. 혼자 지내오던 사람들에게, 집에서 일하는 사람들에게, 또는 새로운 관계를 시작할 기회가 줄어들었을지도 모르는 은퇴한 사람들에게는 이런 일이 생각만큼 쉽지 않아서 선뜻 시작하기 힘이 들 것입니다.

하지만, 단지 한 걸음 더 내딛는 것만으로도 사람들은 긍정적인 우정을 나눌 수 있는 준비를 시작합니다. 이렇게 맺은 우정 덕분에, 혼자 지내거나 사람들과의 관계가 없이 지내다 보면 흔히 생기기 쉬운 우울증을 떨쳐버릴 수도 있습니다. 여러분이 새로 이사를 왔다거나 이제 막 새로운 일을 시작했다면, 분명히 여러분이 제일 먼저 시도해야 할 것은 새로운 사람과 안면을 익혀나가는 것입니다.

잠정적인 친구를 만나본 후라면, 다음 단계는 접촉 가능성을 늘려가는 것입니다. 연애와 마찬가지로, 우정도 사소한 일들부터 차곡차곡 쌓아가야 성립되는 관계입니다. 그런 식으로 단단한 기초를 다져갈 필요가 있습니다. 그저 조금씩 안면을 익혀가는 관계라고 해도 여러분과 상대방 모두가 가치있다고 생각할 수 있는 요소가 있어야 하는데, 두 사람이 나누는 관계가 깊어지면서 점차 깨닫게 됩니다.

여러분이나 친구가 아무리 바쁘다고 하더라도, 두 사람은 관계가 발전하고 우정이 꽃필 수 있도록 서로를 위한 시간을 내주어야만 합니다. 제가 발견한 결과에 의하면, 두 사람이 처음으로 만나서 아는 사이가 된 순간부터 진심으로 서로를 믿을 수 있는 우정으로 발전할 때까지 평균적으로 3년 정도의 시간이 소요됩니다. 우정에 관한 이 시간의 틀은 일견 타당합니다. 그 정도의 시간이 지나면, 아는 사이로 지내던 대부분의 사람들은 더 이상 만나기 쉬운 환경에 있지는 않을 것입니다. 두 사람은 일종의 시험을 거친 관계가 됩니다. 누군가는 졸업을 했거나, 학교를 옮겼거나, 승진을 했거나, 직업을 바꾸었거나, 이사를 갔거나, 결혼을 했거나, 이혼을 했거나, 아니면 아이를 낳았을 것입니다. 이처럼 모든 변화들은 여러분의 관계를 '시험'하는 계기가 됩니다. 흥미롭게도, 심리학자인 도로시 테노프도 사랑에 관한 연구서인 《사랑과 낭만적 연애의 기준》에서 저와 비슷한 주장을 펼쳤습니다. 그녀가 내린 결론에 의하면, 연인 관계에 있는 사람들은 진정한 사랑인지 일시적으로 평정을 잃었던 것인지를 판별하기 위해서 평균적으로 3년 정도의 시간을 보낸다고 합니다.

새로운 직장을 얻거나 다른 동네로 이사를 가는 것과 같은 구조적인 변화를 겪으면, 친구의 관계에 진정한 어려움이 닥칩니다. 구조적인 변화를 겪으면서 여러분은 알고 지내던 친구를 포기하고 만나기 쉬운 다른 사람을 선택할 수도 있고, 예전에 알고 지내던 친구와 서로 연락하는 횟수가 줄어들거나 전혀 연락하지 않게 될지도 모릅니다. 여러분이 만약 그런 행동을 했다면, 예전보다 노력을 더 들이고 싶을 만큼 그 관계에 대해서 관심을 갖지 않았던 것이라고 볼 수 있겠습니다. 만일 여러분의 관계가 계속 이어지고 두 사람이 여전히 서로를 위해서 시간을 내고 있거나 여러분과 그 친구가 여전히 서로에 대해 마음을 쓰고 있다면, 그 관계는 진정한 우정입니다.

서로 알고 지내는 두 사람 모두가 공통적으로 친구가 되고 싶다는 소망을 가지고 있다고 하더라도, 여러분과 친구가 가지고 있는 마음은 똑같을 수가 없습니다. 이런 사실을 인지하고 있다면, 친구들 사이에서 서로에게 거는 기대가 일치하지 않기 때문에 생기는 수많은 갈등을 피하는 데 도움을 줄 것입니다. 단지 친구의 전화를 받는 것만 좋아하고 거는 것은 싫어하는 사람들도 있습니다. 물론 성격 탓이라거나, 재정적인 문제가 있다거나, 시간이 부족하다는 등의 이유는 여러 가지입니다. 친구들 중에는 만날 장소를 추천해 보려는 생각을 전혀 하지 않는 사람들도 있습니다. 또, 자기들이 결정한 장소로 인해 문제가 일어날 것을 두려워해서 어떤 종류의 제안도 하지 않으려고 하는 사람들도 있습니다. 그런 행동을 한다고 해서 나쁜 친구가 되는 것은 물론 아닙니다. 그 사람들은 단지 관계를 유지하면서 상대와는 다른 기호와 성격을 가지고 있을 뿐입니다. 그런 사람들과 사귀고 있는 친구들은 사람의 다양성을 존중해 줄 필요가 있습니다. 물론, 서로에게 주고 받는 행동이 균형을 이루고 평등하다면 이상적인 관계라고 하겠지만, 모든 일에서 그렇게 할 수는 없는 노릇입니다. 더 이상 해야 할 필요가 없는 일들을 '실행하는' 친구도 있기 때문입니다.

우정을 발전시키는 과정에서 중요한 요소는 여러분이 생각할 때 잠정적인 친구가 앞으로 여러분과 진정한 교류를 나눌 것인가 하는 문제입니다. 즉, 함께 행동을 하고, 대화를 나누고, 관심사를 공유하고, 어려움이 생기면 마음의 위로를 해줄 사람인가를 판단해야만 합니다. 앞에서 이야기한 것처럼, 친구라면 서로 비슷한 경향을 가지고 있어야 합니다. (흔히 유유상종이라고 하지 않습니까?) 대부분의 경우에, 아는 사람들 중에서 여러분과 닮은 점이 가장 많은 사람이 친구가 될 가능성도 가장 큽니다.

'시험 기간'을 거치는 것 이외에도, 그저 알고 지내는 사람과의 관계를 우정으로 발전시키는 데 도움을 주는 구체적인 방법들이 있습니다.

- 공통적인 가치관과 관심사를 강조하십시오.
- 만나는 빈도와 감정의 강도가 어느 정도일 때 그 친구가 가장 편안하게 느낄 수 있는지 측정해 보십시오.
- 여러분의 관계에 대해서 뒷말을 하지 마십시오.
- 여러분과 알고 지내는 사람이 감정적으로 불편하다거나, 이용당했다거나, 당황스럽게 느낄 수도 있는 부탁이라면 절대 하지 마십시오. 친구가 되고 싶다는 여러분의 마음이 순수한 감정인지 기회주의적인 생각에 기반을 둔 것인지 의심스러워할 만한 부탁은 삼가는 것이 좋습니다.
- 정기적으로 의견 교환을 하십시오.
- 알고 지내는 사람의 생일, 또는 그 사람의 인생에서 중요한 의미를 지닌 것은 무엇이든 기억해 두십시오. 가깝게 지내는 가족 구성원의 새로운 직장, 기념일들, 수상 경력, 업적들, 활동 등에 대해서도 알아두어야 합니다.
- 여러분이 알고 지내는 사람의 생활에 관심을 보여주십시오. 예를 들면, 가족, 일, 취미, 개인적인 문제들이 있습니다. 그렇다고 해서 지나치게 간섭을 해서 비난을 받는 일은 피해야 합니다.
- 만일 알고 지내는 사람이 여러분에게 고쳐 달라는 점이 있으면, 부탁대로 해주십시오. 여러분이 상대의 의견을 중요하게 생각한다는 사실을 보여주십시오.
- 알고 지내는 사람을 만날 때, 가능하면 다양한 상황 속에서 많이 만나도록

하십시오. 상대를 만나는 범위가 너무 좁아지면 어쩔 수 없이 친해질 수도 있기 때문입니다.

- 우정이 발전하는 것을 너무 당연하게 받아들이지는 마십시오. 지나치게 그 친구에게 의존하려는 태도도 버리십시오.
- 즐거움과 가벼운 장난을 나눌 수 있는 관계라는 점을 강조하십시오. 여러분과 마찬가지로, 여러분이 알고 지내는 사람도 다른 경쟁적인 관계에 많이 시달리고 있을 것이며, 마땅히 지켜야 할 의무도 많이 있을 것입니다. 지금 발전하고 있는 관계의 기쁨과 즐거움을 강조하려고 부단히 노력하십시오.

옛말에도 있지 않습니까? "친구를 사귀려면 먼저 친구가 되어 주어라." 그런데, 대체 이것이 무슨 뜻일까요?

이제 막 관계를 시작하는 사람들이라면, 그저 자신의 이야기만 해서 가슴이 후련해지려고 하는 사람들보다는 (말을 잘 하는 것은 물론이고) 다른 사람의 말을 잘 들어주는 친구들이 더 소중하게 느껴집니다. 비판적이거나 평가하려는 태도를 보이지 말고, 상대의 말에 공감을 하고 호의를 보이는 태도로 경청하십시오.

이 책의 제 1 장 "우정이란?"에서 설명했던 것처럼, 남의 말을 잘 듣는 것은 관계에 필수적인 다른 요소들을 추가하는 데 상당히 효과가 있습니다. 다른 요소들이란 신뢰를 쌓고, 신중하게 자신의 내면을 드러내고, 사생활을 존중해 주는 것입니다.

대부분의 관계에서, 함께 여러 가지 활동을 하면서 비밀스러운 정보들을 공유함으로써 사람들은 천천히, 그러나 분명하게 신뢰를 높여 갑니다. 달리 별 뾰족한 방법은 없습니다. 이야기를 나누는 것과 더불어 함께 여러 가지 활동을 하면서 경험을 늘려가다 보면 우정은 자연스럽게 발전되고 강화됩니다.

정기적으로 만남을 갖는 것은 여러분의 우정을 좋은 상태로 유지할 수 있는 가장 좋은 방법입니다. 그뿐만 아니라 갈등이 생겼을 때 해결하기도 훨씬 수월해집니다. 어떤 식으로 친구들과 연락을 유지하는 것이 여러분에게 가장 잘 맞는 방법인지를 결정하십시오. 여러분이 친구들과 관계를 유지하기에 가장 바람직하다고 생각하는 방법은 파티를 여는 것입니까? 아니면, 기회가 닿는 대로 '일 대 일'의 만남을 갖는 것을 더 선호하십니까?

만일 친구가 자신의 인생에서 중요한 의미가 있는 날에 여러분을 초대했다면, 무슨 일이 있어도 참석하도록 노력하십시오. 함께 데려갈 배우자가 시간을 낼 수 없어서 부득이 혼자 가야 하는 경우라 하더라도, 친구의 초대를 우선으로 생각하십시오. (물론, 여러분이 참석할 형편이 못 된다면 다른 방법을 써서 축하의 뜻을 전하면 됩니다.)

공휴일들을 충분히 활용해서 친구와의 관계를 개선하도록 노력하십시오. 그리고, 그 친구들이 여러분에게 소중한 사람들이라는 점을 확인시켜 주십시오. 휴일에 전화를 한다거나, 정성스럽게 쓴 카드나 편지를 보낸다거나, 적당한 선물을 보내서 마음을 표현할 수도 있습니다. 그렇지만, 오직 휴일에만 여러분이 친구들에 대해서 생각해야 한다는 것은 아닙니다. 여러분이 휴일에만 연락을 한다면 친구들은 여러분과의 관계가 어느 정도 깊은지 의심스러워하기 시작할 것입니다.

만약 여러분이 시간을 내는 일에 심한 압박감을 느끼기는 하지만 그래도 친구들과 지속적으로 연락하고 싶다면, 여러분이 해야 할 일과 친구들을 만나는 일을 조화시키려고 노력하십시오. 예를 들어보겠습니다. 만일 여러분이 밤이나 주말에 단 일분이라도 시간을 내기가 어렵다면 평일 점심시간에 친구를 만나면 됩니다. 만일 여러분이 배우자와 함께 영화를 보러 갈 계획을 세우고 있다면, 친구 커플에게 같이 가자고 초대를 하십시오. 그렇게 기회를 마련해서, 영화가 시작하기 전이나 끝난 뒤에 함께 커피라도 마시면서 이야기를 나눌 수도 있습니다. 휴일이면 꼭 해야 하는 쇼핑을 같이 하자고 친구에게 부탁하는 것도 좋은 방법입니다. 이렇게 쇼핑을 하면서 여러분의 우정은 지속될 것이며, 덕분에 처리해야 할 가사일마저 더욱 즐겁게 만들어준 셈입니다.

생일과 기념일을 모두 정리해서 목록을 작성하고, 외워두어야 할 날짜들을 달력에 표시해 두고, 수첩에도 적어두십시오. 자연히 여러분의 친구들과 관련된 중요한 날짜를 해마다 기억하는 일이 훨씬 쉬워질 것입니다.

우정에 대한 두려움

저는 이 책에서 건강한 우정에 대한 긍정적인 이야기를 많이 들려주었다고 믿고 싶습니다. 단 한 명이라도 가까운 친구나 가장 친한 친구를 갖는 일이 얼마나 여러분에게 도움이 되는지에 대해서도 충분히 알려드렸기를 바랍니다.

하지만, 여러분이나 여러분이 아끼는 누군가가 만일 우정에 대해서 두려움을 느끼고 있다면 어떻게 해야 할까요? 이런 두려움은 기본적으로 특정한 사건이나 관계로 인해서 생길 수 있습니다. 여러분이 우정을 나눈 사람에게서 배신을 당한 희생자라면, 다시 친구를 사귀는 일에 대해서 두려움을 느낄지도 모릅니다. 똑같은 일이 다시 일어날 것 같아서 두려움을 느끼는 것입니다.

희망적으로 생각하면, 이 책에서 여러분이 배운 것에서 도움을 받아서, 여러분은 친구를 고를 때 더 나은 선택을 할 것입니다. 그러면 배신이 다시 일어날 가능성은 줄어들게 됩니다. 만일 배신이 일어난다고 해도, 여러분은 그런 상황에 유연하게 대처할 수 있는 여러 가지 방법을 활용할 것입니다.

하지만, 이런 두려움이 오랫동안 지속되면서 깊이 자리잡은 것이라거나, 두려움이 너무도 강해서 다시는 친구를 사귈 수 없게 되었다면 어떻게 해야 합니까? 이런 일은 실제로 존재합니다. 저는 오랜 세월 동안 많은 성인 남녀는 물론이고 십대 청소년들에게서 이런 일에 대한 편지를 받아왔습니다. 그 사람들은 단 한 명의 친구조차도 사귀지 못 했다고 저에게 고백했습니다. 저는 성인들을 대상으로 인터뷰를 실시한 적도 있었는데, 응답자들은 친구와의 관계에서 한 번의 끔찍한 경험을 한 뒤부터는 다시 친구를 사귀는 것이 두려워졌다고 대답했습니다. 그 사람들은 몇 년, 또는 몇 십년 동안이나 친구가 없이 살아왔던 것입니다.

이렇게 친구가 없이 지내는 사람들 중에는 가끔 친밀한 기분이 드는 모든 종류의 관계를 거부하는 증세를 보이는 사람들도 있습니다. 친구가 없이 지내는 사람들은 결혼을 하지 않고, 우울증을 앓고 있으며, 사람들을 피하고, 수줍어하고, 겁에 질려 있습니다. 그런 경우에는, 일단 누군가의 친구가 되어준다면 마음을 터놓는 방법과 거절당할 것과 받아들여질 것을 각오하고 시도하는 방법을 배우게 됩니다. 그리고, 사교적인 관계를 발전시켜 나가기 위해서는 전체 치료 계획 중에 꼭 이런 부분을 포함시켜야만 합니다. 전문적인 상담가나 전문 치료사의 도움을 얻어서 단기 치료나 장기 치료를 받는다면 이런 증세의 개선에 도움을 얻을 수 있습니다.

여러분이나 여러분에게 소중한 누군가가 모든 분야의 사교적인 관계에서 뛰어난 태도를 보이는데 우정만큼은 예외적으로 문제를 가지고 있다면 어떻게 하시겠습니까? 그러면 아마 여러분은 스스로에게 질문을 던지고 싶을 것입니다. 연인 관계, 가족 관계, 심어는 업무상 만나는 관계에서보다 우정을 나눌 때 여러분이 극도로 겁에 질리게 되는 이유는 무엇일까요? 만약 여러분이 우정, 또는 특정한 친구에 대해서 그토록 강한 두려움을 느껴서 더 이상은 어떤 사람과도 전혀 우정을 키워나갈 수 없게 된 이유를 이해할 수 있다면, 여러분은 지금 자신을 변화시킬 가능성이 있는 상태입니다.

여러분의 인생에 변화가 일어난다거나 여러분이 맺고 있는 친밀한 관계에 급격한 변동 사항이 생기기 전에는 진정으로 친구를 원하고 있다는 사실을 깨닫지 못하는 경우가 가끔 있습니다. 이와 똑같은 일이 30세의 마릴린에게 일어났습니다. 마릴린은 결혼해서 간호 보조사로 근무하고 있는데 이 책의 앞에서 돈과 관련된 주제로 언급한 적이 있습니다. 다시 상기해 보면, 결혼식 전날의 파티에서 자신의 결혼식 들러리를 서주기로 한 친구가 그녀의 돈을 훔쳤던 사건이 있었습니다. 친구가 자신을 배신할 것이라는 두려움 때문에, 마릴린은 그저 부모님, 남편, 직장에서 알게 된 (우정이 아닌) 일반적인 관계에만 전적으로 의지하려고 했습니다. 그렇지만, 그 당시에 마릴린의 부모님은 '상당히 멀리 떨어진' 곳으로 이사를 갔고, 그녀는 갑자기 친구가 몹시 필요한 처지에 빠졌습니다. 아직 아이가 없는 마릴린은 다음과 같이 설명합니다.

저는 최근까지는 가까운 친구들을 사귀는 일에 대해서 그다지 많은 관심을 두지 않았습니다. 제 부모님들은 상당히 멀리 떨어진 곳으로 이사를 가셨고, 그래서 저에게는 사교적인 관계를 유지하는 사람들이라고는 아무도 남아 있지 않았습니다. 그저 남편과 남편의 친구들, 그리고 제가 직장에서 어느 정도 알게 된 사람들이 전부였습니다. 한동안은 그런 사실 때문에 신경이 쓰이지는 않았습니다. 저는 직장 일로 몹시 바쁘게 지내고 있었기 때문에 그런 일에 신경을 쓸 시간적인 여유가 전혀 없었습니다. (제 생각에는 다분히 의도적으로 그랬던 것 같습니다. 그래야만 제가 현실적인 일에 부딪히지 않아도 되었으니까요.) 그런데, 오늘 저는 남편과 남편의 직장 상사와 함께 점심을 먹으러 갔습니다. 그때 제가 혼자라는 사실을 깨달았습니다. 저는 그저 사람들과 수다를 떨던 시절이 그립습니다. 저는 절대로 전화기를 붙들고 쓸데없이 수다나 떠는 사람은 아닙니다. 그렇지만, 개인적으로 친구들과 만나는 일은 무척 좋아합니다. 저는 지금 친구들과 많은 시간을 함께 보내다가 결국에는 상처만 받고 관계를 끝내게 될 것 같아서 몹시 신중한 태도를 취하고 있습니다.

어떤 사람은 의식적으로 우정을 두려워하는 것은 아닐지도 모릅니다. 그럼에도 불구하고, 그 사람들의 행동을 살펴보면 친구가 될 가능성이 있는 사람들을 곁에서 밀어내고 있습니다. 사회 심리학자인 더피 스펜서 박사는 마음을 열고 우정을 발전시키는 일을 꺼려하는 환자에 대해서 다음과 같이 묘사합니다. 그 환자는 자신이 '충분히 괜찮은' 사람이라고 생각하지 않기 때문에 친구를 사귀지 않는다고 합니다. "그 환자는 자신이 친구를 전혀 사귀지 않는 이유에 대해서 조금도 이해하지 못하고 있습니다. 그녀가 깨닫지 못하고 있는 것은 자신의 감정에 대해서 비언어적인 방식으로 다른 사람에게 알려줄 수 있는 방식입니다. 그 환자는 심하게 상처를 받아서 마음을 굳게 닫고 있습니다. 언제나 얼굴을 찡그리고 있으며, 항상 불행해 합니다. 그녀는 다른 사람을 받아들일 태도로 다른 사람에게 다가가려는 시도를 하지 않는데, 자신의 상태를 전혀 이해하지 못하고 있습니다. 친구들을 원하지만, 자신이 하는 행동은 오히려 친구들을 밀어내는 것이라는 사실도 알지 못합니다. 그 환자는 자신에 대해 완벽주의를 추구합니다."

앞에서 말한 예에서도 알 수 있듯이, 이런 식으로 사람을 밀어내고, 얼굴을 찡그리고, 친밀함에 대해서 깊은 두려움을 느낀다면, 이방인들과 안면만 있는 사람들의 근처에서 두려움을 느끼는 수준과는 상당한 거리가 있습니다. 이런 증상을 통상적으로 우리는 수줍음을 느낀다고 설명합니다.

다행스럽게도 수줍음의 원인과 수줍음을 극복하는 방법에 관해서 수많은 연구가 시행되어 왔습니다. 수줍음을 극복하기 위해서 제일 처음 단계로 시도할 방법은 우정에 대한 두려움을 극복하는 일입니다. 수줍음을 심하게 타는 사람들은 다른 사람들과 교류를 맺을 때 극도로 신중한 태도를 보이기 때문에, 잠정적으로 친구가 될지도 모르는 사람들과 일체 접촉하려고 하지 않습니다. 심지어는 눈조차 마주치지 않으려는 경우도 가끔 있습니다. 수줍음을 타는 사람들은 자부심과 자신감을 갖추는 방법을 배울 필요가 있습니다. 또, 친구가 될지도 모르는 사람들에게 서로 연락을 주고 받자는 제안 정도는 할 줄 알아야 합니다.

♥♥ 이성과의 우정에 대한 근심

이성 친구와의 우정을 두려워하는 것은 일반적으로 친구를 사귀는 일을 두려워하는 것과는 전혀 다른 문제입니다. 위에서 이야기했던 경우는 동성의 친구를 사귈 때 느끼는 두려움에 관한 설명이었습니다. 어느 여성이 이성의 친구와 우정을 나누면서 느끼게 되는 걱정에 대해서 제게 알려온 적이 있었습니다. 자신을 '평범한 여자'라고 소개하면서, 이 여성은 다음과 같은 질문을 던졌습니다. "저는 한 남자와 개인적으로 알게 되어 깊은 우정을 나누면서 아주 오랫동안 관계를 지속해 왔습니다. 물론 우리 둘 사이에 성적인 문제는 전혀 없습니다. 그런데도 많은 사람들이 이 친구와의 관계를 문제 삼아서 저를 놀리곤 합니다. 그 사람들은 성적인 측면을 배제하고 남녀가 친구로 지낼 수 있다는 사실을 전혀 믿지 않습니다. 이런 종류의 우정은 지극히 비정상적이고 부적절한 관계인가요?"

그녀의 질문은 제가 이제까지 설명한 어떤 문제보다도 사람들이 아주 흔히 의문을 가지는 내용입니다. 물론 이 질문에 대해서 저는 그렇지 않다는 대답을 하고 싶습니다. 예전과 달리 오늘날에는 순수하게 정신적인 교감을 나누는 이성 친구들의 우정은 훨씬 받아들이기 쉬운 보편적인 현상이 되었습니다. 만일 여러분이 연애를 하고 있거나 결혼을 한 상태라면, 다른 누구보다도 애인이나 배우자가 여러분의 이성 친구를 어떻게 받아들이느냐가 관건이라고 할 수 있습니다. 이론적으로 본다면 이성간의 우정에 절대로 낭만적인 연애 감정이 끼어들어서는 안 됩니다. 단지 그런 이유로 애인이나 배우자가 여러분이 이성 친구와 나누는 우정을 질투할 수도 있다는 가능성을 무시해서는 안 됩니다. 애인이나 배우자가, 여러분이 동성의 친구들과 보내는 시간에 대해서는 완벽하게 편안한 기분을 느끼는 사람이라고 하더라도, 여러분이 이성 친구와 나누는 우정에 대해서는 성적인 질투심을 느낄 수가 있습니다.

심리학자인 린다 A. 새퍼딘은 156명의 남녀 직장인을 대상으로 동성의 우정과 이성의 우정에 관해서 대단히 흥미로운 연구를 수행했습니다. 연구를 통해서 그녀가 발견한 내용은 여성들은 이성 친구와의 우정보다 동성의 친구와 나누는 우정에 대해서 전반적인 특성, 친밀도, 즐거운, 성숙도의 측면에서 볼 때 높은 점수를 준다는 것입니다. 반면에, 남성들은 같은 비교 대상을 놓고 볼 때 이성 친구와 나누는 우정을 더 높이 평가하고 있습니다. 예외적으로 친밀도는 그리 높게 평가하지 않았습니다. 본질적으로 여성들에게 이성 친구와 나누는 우정이란 그저 또 하나의 긍정적인 우정에 불과합니다. 그렇지만, 남성들은 동성 친구와 나누는 우정에 비해서 이성 친구와 나누는 우정을 더 선호하고 있습니다.

이 분야를 전문적으로 연구하고 있는 R. 랜스 샷랜드와 제인 M. 크레이그는 또 하나의 중요한 문제를 제기했습니다. 즉, 남성들과 여성들이 똑같은 행동에 대해서 "친근하다"고 해석하는지, "성적으로 흥미를 유발한다"고 느끼는지에 관한 질문을 던진 것입니다. 두 사람이 내린 결론은 이렇습니다. 남성들과 여성들이 모두 다 두 가지 종류의 행동에 대해서 구별할 수 있는 능력을 갖추고 있더라도, 여성들과는 달리 남성들은 행동에 자신의 성적인 관심사를 반영하는 경향이 더 높습니다. 이런 사실을 통해 알 수 있는 것은 타고난 경향 때문에 남성들은 친구가 되고 싶어하는 마음을 연인 사이로 발전하고 싶어하는 욕망으로 잘못 이해할 가능성이 더 많다는 것입니다.

여러분과 여러분의 이성 친구는 두 사람이 사귀는 동기에 대해서 명백히 밝히는 것에 대해 조심스러운 태도를 취할 수도 있습니다. 또, 여러분과 친구 모두가 자신들의 애인이나 배우자가 두 사람의 우정을 충분히 이해하고 있다고 확신할지도 모릅니다. 이런 경우라면 이성간의 우정은 가능하며, 어떤 사람들에게는 더 선호하는 유형의 우정이 되기도 합니다.

그렇지만, 이성간의 우정이 순수하게 정신적이고 정상적인 관계가 될 수 있다는 사실을 알고 있다고 해서 여러분이 반드시 그런 관계를 추구해야 한다는 뜻은 아닙니다. 올해 28세인 메리는 오직 한 명의 가까운 친구 또는 가장 친한 이성 '친구'를 가지고 있습니다. 그녀는 다음과 같이 이야기합니다. 저는 "남편이야말로 가장 친한 친구라고 생각합니다. 우리는 감정적으로도 재정적으로도 끔찍한 경험들을 모두 함께 헤쳐왔기 때문입니다."

♡♫ 남성들도 여성들만큼 친구를 필요로 할까요?

고대에는 남성들이 결혼보다 더 값진 우정을 나누었다고들 이야기합니다. 현대에 들어서도 사랑의 감정보다 우정에 실질적으로 더 많은 관심을 두어야 한다고 생각하고, 또 그렇게 하는 경우가 종종 있습니다. 20세기에 접어들 때까지만 해도, 여성들이 우정을 "나눌 수 있다"는 생각을 하는 사람들은 없었습니다. 우정은 결혼보다 훨씬 '고귀한' 관계이기 때문에 여성들이 나눌 수 없다고 생각한 것 같습니다.

더욱이, 우정을 나눌 때의 성별 차이를 주제로 한 사회과학적인 내용을 다룬 문학 작품에서는 남성들과 여성들이 우정을 상당히 다른 방식으로 정의한다는 사실을 언제나 강조해 왔습니다. 전통적으로 이런 남녀의 차이가 드러나기 시작하는 시기로 거슬러 올라가보면 초등학교 시절에서 출발해서 십대 청소년기와 대학 시절을 거쳐 성인이 된 이후에도 지속됩니다. 남성들과 소년들이 우정을 나눌 때 보이는 경향은 감정을 나누기보다는 활동을 함께 하는 것에 더 중점을 둡니다. 또, 남성들은 일 대 일로 만나는 것보다는 집단적으로 모여서 우정을 나누려는 경향이 있습니다. 이와는 대조적으로, 여성들과 소녀들은 한층 개인적인 수준의 우정을 원하는 경향이 있습니다. 그래서 두 사람이 친구가 되어 단짝 또는 짝꿍처럼 다니고 싶어합니다.

지난 10년 동안 제가 지켜본 결과에 의하면, 몇 가지 이유 때문에 우정을 나눌 때의 성별 차이가 한층 두드러져 보이는 경우는 점차 줄어들고 있습니다. 1980년대와 1990년대에 남성들의 친목회가 급증했고, 각종 논문이나 책에서는 "남성들이 자신의 마음을 느끼고 교감을 나누는 것은 바람직하다"는 사실을 강조했습니다. 그러다 보니 남성들이 나누는 우정의 유형이 일반적으로 여성들의 경우에 더 가까워졌습니다.

지난 몇 년 사이에 정신적인 교감만을 나누는 이성간의 우정이 급증하게 되면서, 남자들은 결혼 생활의 영역 밖에서도 '안전한' 우정을 나눌 수 있게 되었습니다. 이런 친구는 다분히 감정적으로 열정을 느끼는 관계나 상황에 대해서 더 몰두할 필요가 있을 때 함께 할 수 있는 사람입니다. 만일 한 남자가 어느 여자 친구에게 마음을 열었다면, 그 사람은 남자 친구와도 한층 더 친밀한 관계를 나누고 싶어할지도 모릅니다. 남성과 여성이 '그냥 친구 사이'일 뿐이라고 말했을 때, 분명히 두 사람의 사이에 다른 감정이 있을 것이라고 자동적으로 추정하는 일은 더 이상 없습니다. 남녀가 공동으로 사용하는 기숙사가 증가하고, 직장에서 여성들이 높은 직위에 있는 경우가 늘어가고, 초등학교부터 중학교, 고등학교 시절 동안 이성 친구들끼리 여는 모임이 훨씬 더 쉽게 받아들여지고 있습니다. 이런 현상들 덕분에, 이성간의 우정도 단지 우정이지 그 이상은 아니라는 생각이 지배적이 되었고 실질적인 사례들이 많이 생겨나게 되었습니다.

여성에 대한 남성의 정신적인 우정이 '실질적으로는' 사랑의 감정을 감추기 위한 속임수에 불과하다고 생각되었던 시절부터 지난 20여 년 간, 우리들은 아주 먼 길을 걸어왔습니다.

도움 구하기

여러분이 알고 있는 것처럼, 우정은 여러분의 직업적인 성공은 물론이고 개인적인 행복에도 중요한 의미가 되고 있으며, 심지어는 신체적인 건강과 정서적인 건강에도 영향을 미칩니다. 우정에 관련된 어려운 상황이나 걱정거리가 생기게 되면, 여러분은 도움을 구하는 일에 대해 생각해 볼 수도 있습니다. 여기서 말하는 어려움이란 우정에 대한 두려움, 결국은 여러분을 배신하게 될 친구들을 반복적으로 선택하는 일, 여러분을 실망시키는 친구들과 친하게 지내는 일 등입니다.

전문가에게 도움을 구하는 것도 한 가지 방법입니다. 여러분이 쉽게 상담이나 치료를 받을 수 있는, 자격을 갖춘 전문 치료사들이 많이 있습니다. 적당한 전문 치료사를 발견하는 방법은 어쩌면 이 책 전체의 주제가 될 수도 있겠습니다. 이런 점에서, 여러분과 여러분의 새로운 전문 치료사는 서로 호흡이 잘 맞는 '찰떡 궁합' 이어야만 한다는 사실을 강조하고 싶습니다. 여러분이 새로 찾아간 전문 치료사가 현재 담당하고 있는 환자들과 과거의 환자들에게서 듣는 평가를 고려하는 것은 물론이고, 그 전문가의 자격과 훈련 과정도 자세히 알아보아야 합니다. 여러분을 정말로 변화시킬 수 있다는 확신을 심어주는 전문가와 상호관계를 갖게 될 것이라는 기대를 할 필요가 있습니다.

그러나, 여러분이 안고 있는 우정에 관련된 문제들을 해결하기 위해서 전문가에게 상담을 받는 방법 말고 또 다른 방법이 있을까요? 지금 형편으로는 여러분이 전문 치료사를 일 대 일로 만나러 갈 수가 없다면 어떻게 해야 할까요? 더피 스펜서 박사는 친구에게 도움을 청하라고 제안합니다. 물론 친구는 분명히 전문적인 치료사는 아니겠지만, 여러 가지 방법으로 여러분을 이끌어서 여러분이 스스로 자기 발전을 할 수 있도록 도움을 줄 것입니다. 스펜서 박사가 지적한 바에 의하면, 여러분이 친구를 도와주기 위해서는 능력있는 전문 치료사가 활용하고 있는 한 가지 방법을 배워야만 할지도 모릅니다. 그 효과적인 방법이란 상대방의 입장에 공감하면서 이야기를 들어주는 것입니다. 여러분이 어떤 종류의 고민거리를 나누려고 한다 해도 친구들은 언제나 기꺼이 문제에 개입해서 좋은 해결책을 제시해 주고 있다고 생각해 보십시오. 이때 여러분이 먼저 의견을 내고 친구들에게 그에 대한 적절한 반응을 요구하는 대안적인 방법을 제안해야 할지도 모릅니다. 스펜서 박사는 다음과 같이 설명합니다.

제가 제안하고 싶은 첫 번째 방법은 기본적으로 친구의 말을 들어주려는 태도를 취하고 동감을 느꼈다는 표현을 하면서 친구와 교제를 하라는 것입니다. 즉, 공명판과 같은 역할을 해주어야 합니다. 저는 의뢰인들과 학생들에게 5분이나 10분 정도만이라도 다른 사람이 자신의 말에 귀를 기울이도록 만들어보라고 권합니다. 그런 후에 적당한 시기가 오면 똑같은 방법으로 호의에 보답해 주라는 충고도 잊지 않습니다.

여러분은 실제로 친구와 일종의 계약을 맺을 수도 있습니다. 말하자면, "나는 네가 내 편을 들어줘야 한다고 생각하지는 않아. 네가 나와 함께 화를 내주는 것을 원하지도 않아. 그런 것들이 도움이 되지는 않기 때

문이야. 그것은 주어진 상황을 타협해서 받아들이는 것에 불과하잖아. 평
가하려는 생각을 하지 말고 그냥 내 감정에 귀를 기울여줘. 내가 원하는
것은 그게 전부야.”

물론, 친구들은 분명히 전문적인 치료사가 될 수 없습니다. 반대로, 전
문적인 치료사가 여러분의 친구가 되어줄 수도 없는 노릇입니다. 그렇지
만, 친구들은 적어도 상대를 위해 한 가지 은혜를 베푸는 방법을 배울 수는
있습니다. 즉, 안도감을 심어주는 것입니다. 어려움에 처한 사람의 인생,
고민거리, 두려움을 함께 나눈다면 사실 여러 가지 도움을 줄 수 있는데,
그 중에서 안도감은 친구와 공감대를 형성하다 보면 자연히 느끼게 되는
감정이기 때문입니다. 누군가가 여러분의 말을 공감하며 듣고 있다는 사실
을 느끼게 되면, 두 사람 사이에 긴밀한 유대감이 형성됩니다. 물론 이 방
법은 여러분에게 이로운 일입니다. 여러분이 다른 사람에게 자신의 마음을
그대로 전달하는 것만으로도 현재의 상황을 다른 방법으로 볼 수 있는 기
회를 얻기 때문입니다. 이런 행동을 통해서 여러분이 배울 수 있는 교훈은
놀라운 것입니다.
　친구 관계를 유지하는 데 도움이 되는 몇 가지 방법들이 더 있습니다.
아래 항목들을 참고로 하십시오.

• 긍정적인 우정을 나누고 있는 사람들을 주변에서 찾아보십시오. 그런 후에,
그 사람들의 관계에서 본받아야 할 점이 무엇인지 주의깊게 살펴보십시오.
이것은 마치 문제가 있는 커플들에게 행복하게 사는 다른 커플들과 만날 기
회를 자주 만들라고 권하는 것이나 마찬가지입니다. 서로에게 공감하며 발
전하는 우정을 모범으로 삼아서 여러분이 자신을 교육할 수 있게 된다는 것
입니다.

• 우정과 특정한 친구들에 대해서 여러분의 견해를 표현할 수 있는 우정 일지를 꾸준히 적어 나가십시오. 특히 여러분이 화가 난 상태에서 감정을 못 이겨서 너무 빨리 친구들에게 심한 말을 한다면, 결국 나중에는 자신이 내뱉은 말을 후회하게 됩니다. 그렇지만 이미 우정은 커다란 상처를 받고 말았습니다.

• 우정에 관련된 문제 중에서 여러분이 다루고 싶은 것을 한 가지만 골라보십시오. 그런 후에, 몇 주 동안 그 문제만 중점적으로 생각해 보십시오. 예를 들어, 친구간의 신뢰, 서로에게 공감하기, 남의 말을 들어주는 기술, 새로운 친구를 발견하기, 이미 우정을 나누는 친구들에게 더 많은 시간을 투자하기, 친구 관계를 유지하는 기술을 연마하거나 특정한 친구와의 우정을 가꾸는 데 시간을 투자하기 등이 있습니다. 이 모든 방법이 여러분과 친구들의 우정을 돈독히하는 데 도움을 줄 것입니다.

• 제가 예전에 들어본 적이 있는 '몸을 직접 이용하기'의 또 다른 예는 독특한 가게에 관한 것이었는데, 이 가게에서는 돈을 받고 손님들이 벽에 그릇들을 집어던지게 하고 있습니다.

• 친구에게 보낼 편지를 쓰되 보내지는 말고 잠시 옆으로 밀어두십시오. 여러분이 편지를 보내고 싶다는 생각에 진심으로 확신을 가질 수 있게 되는 때에만 그 편지를 보내십시오. 다만, 그 편지에는 여러분이 가진 느낌과 생각들을 솔직하게 적고, 어떤 종류의 불만이라도 전부 적어보십시오. 이런 행동만으로도 여러분은 이 우정이 지속적으로 발전하기 위해서 반드시 해결해야 할 문제를 이해할 수 있으며, 심지어 해결할 수도 있을 것입니다.

• 만일 여러분이 우정에 관련해서 어떤 두려움을 느끼고 있다면, 여러분의 두려움과 관련된 가장 나쁜 일도 일어날 수 있다는 사실을 생각해 두십시오. 예를 들어, 이런 상상을 해보는 것입니다. 여러분이 최근에 만난 사람에게 전화를 해서 차나 한 잔 마시자는 제안을 했는데, 그 사람은 자신에게 필요

한 친구는 이미 다 가지고 있으며 여러분과 시간을 함께 보내고 싶지 않다고 말하는 것입니다. 이제 여러분이 그런 거절을 당하고 나서 어떻게 극복해 내는지를 상상해 보십시오. 그대로 여러분의 자부심이 손상되도록 내버려두지 마십시오. 자신에게 용기를 북돋워주면서 다른 새로운 사람에게 손을 내밀라고 충고하십시오.

• 우정을 주제로 한 강의나 실습에 참가해 보십시오. 분노, 친밀감, 갈등 다스리기, 의사 소통의 기술 등과 같은 문제들을 다루는 강의나 실습도 좋습니다.

🫰 친구들을 위한 시간

저는 친구들을 위해서 자신의 시간을 내주는 일에 대해서 설명해 왔습니다. 그것은 우정에 관한 문제 중에서 제가 종종 질문을 받는 주제이기도 합니다. 하지만, 제 새로운 연구에서 제가 던진 질문은 "여러분이 우정에서 배우고 싶어하는 한 가지 요소는 무엇입니까?"였습니다/ 그때, "친구들을 위해 시간 내주기"는 그 질문에 대해 답해 준 사람들이 두 번째로 가장 많이 걱정하는 주제였습니다. (첫 번째로 많이 하는 걱정거리는 "친구와의 갈등을 해결하는 방법"이었습니다.) 그러므로, 여러분의 새로운 친구들과 오랜 친구들을 위해 시간을 만드는 데 가장 좋은 10가지 방법들을 요약해서 설명하는 것은 가치있는 일입니다.

1. 여러분의 친구들과 만날 시간을 미리 잡아두는 일에 우선을 두십시오.
2. 함께 강좌에 등록을 하거나 동호회를 만들어보십시오. 예를 들어, 요리, 독서, 볼링 모임 등을 위해서 정기적으로 만나는 것입니다.
3. 함께 자원 봉사를 하십시오.

4. '친구들과 보내는 신나는 밤'을 계획해 보십시오.

5. 생일이나 명절에 함께 시간을 보내도록 하십시오. 단지 여러분과 친구만 모여도 좋고, 가족을 함께 동반해도 좋습니다.

6. 만일 여러분이 친구와 멀리 떨어져서 살고 있다면, 자주 만날 기회를 만들고, 휴가를 함께 보낼 계획을 세우는 것도 좋습니다. 당일에 다녀올 수 있는 여행도 괜찮습니다.

7. 만일 여러분과 친구가 가까운 곳에서 근무하고 있다면, 점심 시간에 만나도록 해보십시오.

8. 만일 여러분과 친구 모두가 너무 바빠서 서로 만나지도 못하고 전화할 시간조차 없다면, 이메일이나 편지를 보내도록 하십시오.

9. 여러분은 친구와 만났을 때 다음에 만날 약속을 미리 정해 두십시오.

10. 친구 관계의 전환이 일어날 수도 있다는 사실을 염두에 두십시오. 친구간의 변화를 모두 인정하십시오. 그러면, 친밀도나 연락하는 빈도가 예전과 달라진다 하더라도 여러분의 우정은 지속될 것입니다.

9. 지금부터 할 일들

만일 이 책을 읽은 덕분에 여러분이 우정에 관한 문제들에 대해서 예전보다 더 능숙하게 대처할 수 있다면, 저는 제 임무를 성공적으로 완수한 셈입니다! 하지만, 여러분은 단지 여러분이 가진 능력의 일부분을 활용했을 뿐입니다. 여러분의 나머지 능력은 부정적인 우정을 적절하게 극복해서 이미 존재하던 긍정적인 우정을 되살리거나 강조하는 일에 전력을 기울이는 것입니다.

그런 긍정적이고, 자기 확신에 넘치며, 신뢰할 수 있는 우정에서 얻을 수 있는 기쁨을 찬미하는 일에 온 마음을 쏟으십시오. 그렇게 유익한 관계들은 여러분의 인생을 다시 설계할 수 있는 힘을 줍니다. 더욱이 여러분이 친구들과 함께 있을 때 더욱 행복하다고 느낀다면, 여러분은 자신에 대해서는 물론이고 자신의 인생에 대해서 더 만족스러워할 것입니다. 양질의 삶을 살고 있다는 느낌은 여러분이 사는 인생의 다른 분야들과 인간 관계들에까지 전반적으로 영향을 미치게 됩니다. 이 범주에 연인 관계, 가족 관계, 사업 관계도 전부 포함이 됩니다.

• "저는 지나칠 정도로 신경을 거슬리게 만드는 몇 명의 가까운 친구들과의 관계를 천천히 정리해 나갔습니다. 그 친구들은 우리가 좋은 친구 사이였으며, 친구들로서 적절한 행동을 취해 왔다고 생각하는 것 같았습니다. 그래서, 그 친구들은 예전에 나빴던 것보다 한층 더 못된 행동들을 하게 되었습니다." (26세의 프리랜서 예술가)

• "지난 몇 년 동안 제가 유지해 왔던 대부분의 친구 관계들은 지나치게 일방적으로 유지되어 온 것으로 보였습니다. 대부분의 사람들은 상대방에게 주는 것보다 더 많은 것을 받고 싶어합니다. 또, 자기들의 온갖 고민거리를 다 털어놓고 싶어하면서 남의 이야기를 들어주는 일은 꺼려합니다. 우정은 일방적인 관계가 아니라 서로가 노력해야 하는 관계입니다. 그런데도 대부분의 사람들은 그렇게 행동하지 않습니다." (55세의 은퇴한 기혼 남성. 7명의 형제가 있으며, 현재는 친구들을 사귀지 않고 있습니다.)

• "직장에서 만나는 친구는 제가 도움이 필요할 때 전혀 저를 도와주지 않았습니다. … 제가 느끼기에 그 사람은 저와 친해지고 싶지 않았던 것 같습니다. 왜냐하면 저는 소위 '실세가 있는 사람들'과 어울리지 않았기 때문입니다. 저는 그 친구와 다름없는 낮은 직위의 사원에 불과했던 것입니다." (51세의 기혼 여성 관리자)

• "저는 예전에 사귀던 남자 친구와 가까운 친구 사이로 지내왔습니다. 그런데, 그 관계를 끝낼 수밖에 없었습니다. 그 친구는 결혼을 하려고 생각했는데, 결혼할 여자가 저와의 관계를 질투했기 때문이었습니다." (35세의 기혼 여성. 광고 문안 편집장)

• "저에게는 고등학교 시절 내내 사이좋게 지내온 좋은 친구가 한 명 있었는데, 그 친구는 학교를 졸업하면서 바로 악질적인 사람으로 변해 버렸습니다. 대략 2년 정도 전부터 저는 그 친구의 전화를 더 이상 받지 않았습니다. 그 친구는 모든 사람에게 저에 관한 이야기를 하고 다녔고, 심지어는 제 아

이들에게까지 고약하게 굴었습니다. 제 생각에 우리는 옛날부터 의견이 엇갈리기 시작했던 것 같습니다. 이런 관계는 제 가족들에게 많은 피해를 주었습니다."(27세의 이혼한 이사 보좌관)

극단적인 배신이 개입되었는가의 여부는 상관 없이, 모든 종류의 부정적인 우정이 끝나면서 사람들은 자신의 인생에서 자유로운 행동을 취하게 됩니다. 즉, 다른 친구 관계나 친밀한 관계를 통해서 더 큰 즐거움을 발견하게 되는 것입니다.

자신의 인생을 되돌아볼 때 여러분에게 지속적으로 도움을 주는, 가치 있고 상냥하고 진실하며, 믿음직한 친구들을 가지고 있다면, 여러분은 누구보다도 빨리 앞으로 나아갈 수 있고 인생의 여정을 즐길 수도 있습니다. 가벼운 친구, 가까운 친구, 가장 친한 친구들이 어떤 사람인지에 관해서 진지하게 생각해 본 일이 있습니까? 여러분 자신의 인생에 대해서는 어떻습니까? 그렇다면, 여러분이 하는 일에 관해서는 생각해 보셨나요? 현재 가지고 있는 우정을 지켜나가기 위해서 여러분은 어떤 일을 하고 있습니까?

여러분은 어쩌면 개인적인 생활을 위해 단지 한두 명의 가까운 친구나 가장 친한 친구들만을 원하고 있을지도 모릅니다. 반면에, 가벼운 친구들이나 이웃이라면 관계를 잘 조절할 수 있는 만큼 사귈 수 있습니다. 그렇지만, 직장이나 업무와 관련된 장소에서는 아마 10명이나 20명 정도의 가벼운 친구들이 필요할 것입니다. 왜냐하면 이 친구들은 여러분이 현재 담당하고 있는 분야에서 자리를 유지할 수 있도록 도움을 주며, 일에 대한 자신들의 의견도 잊지 않고 들려줍니다. 특히, 여러분이 프리랜서이거나, 자영업자이거나 사업을 하고 있다면 더욱 이런 친구들이 필요합니다. 이미 서로의 마음이 입증되었기 때문에 특별히 시간을 내어 노력하지 않아도 관계가 유지되는 한두 명의 가까운 친구나, 가장 친한 친구들을 사귄다는 생각은 그저 이상에 불과합니다.

개인적으로 만나는 친구들의 목록을 작성한 뒤에, 사업상 만나는 친구들의 목록을 만들어보십시오.

여러분은 이 친구들과 얼마나 자주 만납니까? 전화는 얼마나 자주 합니까? 약속은 얼마나 자주 합니까? 대화는 얼마나 자주 나누십니까?

여러분은 친구들과 관련된 중요한 날짜를 외우고 있습니까?

만일 사적인 생활이나 업무상의 관계를 볼 때 여러분이 필요로 하고 원하는 우정을 나눌 기회가 부족했다면, 이런 상황을 개선하기 위해서 여러분은 앞으로 어떤 행동을 취할 생각입니까? 단지 기대를 갖는 것만으로는 여러분에게 절실한 변화를 일으킬 수가 없습니다. 변화를 통해서 여러분이 진정한 우정을 나눌 수 있는 인맥을 구성한다면 개인적인 행복과 직업적인 성공을 증가시킬 수 있다는 사실을 증명할 수 있습니다.

여러분의 개인적인 생활과 직장에서 바람직한 친구를 찾아내서 긍정적인 우정을 키워나가기 위한 행동 계획을 수립하십시오. 첫째, 가장 우선적으로 목표로 삼아야 할 것은 우정에 헌신하는 것입니다. 둘째, 친구들이 될지도 모르는 새로운 사람들을 만나기에 충분할 정도로 여러분이 눈에 띄는 사람인지 그리고 사람들이 다가갈 수 있는 성격인지를 확인하십시오. 여러분이 새로운 사람을 만났다면, 언젠가는 그 사람들이 친구가 될지도 모를 일입니다. 그런데도 여러분은 혹시 일을 하거나 아이들을 돌보느라, 나이드신 부모님을 봉양하느라 너무 바빠서 사람들과의 관계를 발전시킬 시간이 없지는 않습니까? 여러분이 반드시 해야 할 행동이 만약 운동이라면, 반드시 체육관에 가서 하도록 하십시오. 늘상 집에서 혼자 작업을 해오던 사람의 경우에는 체육관이나 헬스 클럽에 등록함으로써 사람들을 만날 수 있는 계기를 만들기도 합니다. 만일 여러분이 스스로 검진해 보고 싶은 개인적인 걱정거리가 있다면, 자기 수양 모임에 참여하는 것도 고려해 볼 수 있습니다. 예를 들어서 지나치게 과식하는 습관이 있다거나 슬픔을 극복하지 못하고 있다면, 자기 수양 모임에서 만난 사람들과 함께 여러분의 문제를 고민해 볼 수도 있습니다. 강좌를 수강할 때에는 항상 늦게 도착한다거나 항상 일찍 도착하지 않도록 주의하십시오. 제시간에 도착하지 않다 보면 여러분은 잠정적인 친구들과 교류를 할 가능성을 놓칠 수도 있습니다. 만일 여러분이 수줍음이나 다른 성격적 장애, 직장 문제 등으로 고민하느라고 새로운 친구를 사귀는 데 방해를 받는다면, 전문적인 도움을 요청할 필요가 있습니다. 자부심과 자신감을 기른다면, 더 대담하고 적극적으로 새로운 친구들과 대화를 시작할 수도 있고 새로운 우정을 키워나갈 수도 있습니다. 여러분이 너무 바빠서 다른 사람이 건 전화가 제대로 연결되지 않을 경우에는, 친구들이 다양한 방법으로 여러분에게 연락할 수 있도록 도와주십시오. 즉, 이메일을 하거나, 휴대 전화나 호출기를 이용하는 것도 괜찮은 방법입니다.

　개인적으로나 직업적인 일로 보상을 받는다면, 시간과 노력, 자기 탐구가 반드시 없어서는 안 될 요소로 당연시 여겨지게 될 것입니다. 정상적인 궤도를 벗어난 우정을 나누고 싶은 유혹에도 불구하고, 우정은 상처를 치유하는 강력한 힘을 지니고 있습니다. 나타샤 레이몬드가 저술한 《현대의 심리학》에 실린 짧은 논문에는 한 가지 연구가 인용되어 있는데, 이 연구는 우정을 대단히 강력하게 옹호하는 입장에서 실행된 것입니다. 그 소논문의 제목은 〈우정: 애정의 약물〉입니다. 연구원들은 여성 지원자를 모집하여 일년의 기간 동안 그 사람들이 친구들과 우정을 나누는 모습을 지켜보았습니다. 이 연구의 결과 레이몬드는 72퍼센트의 사람들이 우울증이 완화되는 경험을 했다고 밝혔습니다. 이와는 반대로 정규적인 친구의 방문을 받지 못하도록 통제된 집단의 사람들은 단지 45퍼센트 정도만이 우울증이 완화되었다고 합니다. 이 연구에 의하면, 항우울제 치료나 인지 요법 등과 비교해 볼 때 이러한 성과는 상당히 성공적인 것이라고 합니다.

이보다 조금 앞서서 전염병 학자인 리사 F. 벌크만 박사는 우정이 생존율을 증가시킬 수 있는 방법에 대한 연구를 실시했습니다. 실험 대상으로는 심장 발작을 겪은 194명의 65세 이상의 남녀 환자를 참여시켰습니다. 최근의 연구에서 밝힌 내용에 의하면, "중증 정도의 유방암 진단을 받은 여성들을 대상으로 조사한 결과, 우호적인 친구들과 친척들을 많이 알고 있는 환자는 7년 동안 병의 재발이나 사망의 확률이 60퍼센트 정도 줄어들었다고 합니다."

♡ 해가 되는 우정을 극복하기: 해가 되는 친구를 사귀게 된 이유를 전혀 알 수 없다면 어떻게 해야 할까요?

저는 다음과 같은 내용의 이야기들을 많이 들어왔습니다. "나는 무슨 일이 일어난 것인지 도대체 모르겠어. 우리는 언제나 아주 가깝게 지내왔거든. 그런데, 분명한 이유도 없이 어느 날부터 그 친구가 내 전화를 받고도 연락을 하지 않는 거야. 마치 우리는 전혀 가까운 친구 사이가 아니었다는 듯한 태도였어. 사실 우리들은 지난 15년 동안이나 친구로 지내왔는데도 말이지."

오늘날 우리는 정보화 시대를 살고 있으며, 그런 이유 때문인지 대부분의 사람들은 어떤 사건의 이면에 숨겨진 '이유'를 알아내고 싶어합니다. 그래서, 여러분이 친구에게서 배신을 당하게 되었다면 여러분에게 중요한 일은 친구가 그런 식으로 자신을 대할 수밖에 없었던 이유를 알아내는 것입니다. 얼마나 가깝게 지내던 친구였는지, 두 사람이 사적인 관계로 만났었는지 아니면 업무 때문에 공식적으로 만나던 관계였는지는 중요하지 않습니다.

사실 여러분은 부분적인 이유에 대해서는 이미 알고 있기 때문에, 그 친구가 관계를 '완전히 끝낸' 가장 중요한 이유를 알아내려고 하는 것은 좋은 생각이 아닙니다. 절교를 하게 된 친구는 자신이 여러분에게 '저지른' 행동에 대해서 완전히 깨닫지 못할 수도 있습니다. 그 친구는 심리적으로 부정적인 상태에 빠져 있기 때문에 자신의 행동에 대해서 제대로 인식하지 못할 것입니다. 일종의 무의식적인 방어 기제를 발동해서, 문제의 본질을 인식하는 것을 거부함으로써 다른 사람이 불쾌한 일들을 처리하도록 만드는 것입니다. 아니면, 그 친구는 자신이 저지른 일은 완벽하게 잘 이해하고 있을지도 모릅니다. 그렇지만, 상황을 솔직하게 인정한다면 자부심에 커다란 타격을 받게 될 것이라는 생각으로 자신의 행동을 막연히 거부할 수도 있습니다.

48세의 사업가인 도리스는 두 명의 친구와 각기 다른 종류의 우정을 나누고 있습니다. 둘 다 가까운 친구이며 오랜 기간 동안 지켜온 우정입니다. 한 친구와의 우정은 10년이 넘었고, 다른 친구와의 우정은 25년이 넘게 지속된 관계입니다. 두 경우 모두에서, 가까운 친구가 전화를 걸지도 않고 걸려온 전화를 받지도 않으면서 우정을 끝내버렸습니다. 오늘까지도, 도리스는 두 친구들을 다시 만난 적도 없고 두 사람에게서 연락을 받아본 적도 없습니다. 사실 모든 일은 도리스에게 달려 있습니다. 도리스는 친구들 사이에서 일어난 일로 계속 괴로움을 느끼면서 분노와 화를 쏟아내며 자신을 소진시킬 수도 있습니다. 또, 친구들 사이에 발생한 문제를 이성적으로 이해하기 위해 노력하면서, 그 경험을 바탕으로 중요한 삶의 교훈을 얻을 수도 있습니다. 도리스는 다음과 같이 설명합니다.

두 사람의 친구들을 만나면서 똑같은 사건이 발생했습니다. 두 사람 모두 아무런 이유도 없이 저에게 연락을 끊은 것입니다. 늘 걸려오던 전화도 갑자기 끊어졌고, 제 전화는 받으려고도 하지 않았으며, 제가 보낸 편지들은 모두 돌려 보냈고, 저와는 어떤 식으로든 대화를 하려고 하지 않았습니다. 그런 행동을 하는 이유를 설명하려는 노력은 전혀 없었습니다.

이런 일이 일어났을 때, 저는 누군가가 칼을 뽑아 들고 제 심장을 도려 내서 마구 비틀어 놓은 것처럼 느껴졌습니다. 심리적으로 뿐만 아니라 신체적으로도 고통을 느꼈던 것입니다. 제 가슴이 몹시 아팠습니다. 아주 불공평하다고 생각되었고, 몹시 겁에 질려 있었습니다. 가끔씩 울화가 치밀어 오르기도 했습니다.

처음에는 죄의식과 부끄러운 감정이 들었습니다.

그런 후, 저는 완전히 화가 나서 어쩔 줄 몰랐습니다.

그런 두 가지 상태가 한동안은 교대로 일어났습니다. 그러다가 저는 극심한 슬픔을 겪었습니다. 이런 친구들은 정말 커다란 손실이었던 것입니다.

슬픔을 극복하기 위해서 반복적으로 노력을 기울였습니다. 가끔씩 이런 말도 중얼거렸습니다. "이제는 제발 그만 두어야만 해. 그 친구들도 내가 어떤 상태인지 알고 있을 거야."

두 친구들 중의 한 명과 저는 함께 전문 치료사에게 상담을 받은 적이 있었습니다. 그래서 저는 그 전문 치료사를 중개인으로 이용하기도 했습니다. "그 친구가 저에게 더 이상 전화를 걸어주지 않아요. 그 친구가 함께 이 문제에 대해서 이야기를 나눌 의사가 있는지에 대해 선생님이 저 대신 물어봐 주실래요?"

전문 치료사가 친구의 대답을 전해 주었습니다. "그 친구는 같이 이야기하고 싶지 않다더군요. 당신하고는 아무 일도 함께 하고 싶지 않다고 했습니다"라는 말이 제가 들은 전부였습니다.

도리스는 대답이 그리 단순하지만은 않을 수도 있다는 사실을 깨닫게 되었습니다. 그 당시에 도리스가 자신의 인생에서 처해 있던 모든 입장이 복합적으로 작용하고 있었기 때문입니다. (그녀의 남편은 요구가 많은 사람이었고, 어린 자녀의 교육 문제에 대해서 생각해야 했으며, 일정이 빡빡하게 짜여진 직장 일도 있었습니다.) 또한, 도리스의 친구들 역시 전혀 다른 개인적인 입장이 있기 마련이었습니다. (두 사람 모두 미혼이었습니다.) 원래 도리스가 우정에 대해 이상적으로 생각하던 것은 주는 것보다는 받는 것이 훨씬 많은 관계였습니다. 시간이 지나면서 그런 생각이 변하게 되었는데, 두 번의 실패한 우정도 부분적인 원인이라고 할 수 있습니다. 도리스는 다음과 같이 설명합니다.

제 낙심은 몹시 컸습니다. 이제는 과거를 돌아보면서 이해할 수도 있을 것 같습니다. 제 입장에서 생각해 보기도 하고, 그 당시에 제가 생각했던 우정이란 과연 어떤 것이었는지도 이해할 수 있게 되었습니다. 결국 깨닫게 된 것은 친구와의 관계에서 제가 맡은 몫을 충실히 해내지 못했다는 사실입니다.

제 인생에서 친구들과의 우정이 끝나던 바로 그 순간에, 저만의 생각에만 지나치게 빠져 있었습니다. 남편과의 관계는 원만하지 못했고, 아이들에게는 특별한 보살핌을 쏟아야 했으며, 직장 일에도 대단히 헌신적으로 매달리고 있었습니다. 그러다 보니 자연히 저는 간신히 생활을 꾸려나가기도 힘든 형편이었습니다. 아이도 키우지 않고 독신으로 사는 여성들은 저에 비해서 자유롭게 쓸 수 있는 시간들이 많았습니다. 최근에게 깨달은 사실이지만 저는 두 친구들을 위해서 할 수 있는 일이 거의 없었습니다.

제가 늘 유지해 왔던 우정의 방식은 그냥 친구들을 내버려두고 가려는 순간에 다시 붙잡으려고 하는 식이었습니다. 그러던 어느 날 갑자기 모든 것이 사라져버리는 것입니다. 저는 제 행동에 정말 커다란 충격을 받았습니다.

도리스가 처한 가정적인 환경 때문에, 두 친구와의 우정을 끝내는 일은 그녀에게 한층 더 고통스럽게 느껴졌습니다. 도리스는 아버지에게서 성적인 학대를 받은 경험이 있었고, 그로 인해서 사람들을 신뢰하지 못하고 힘들어 했습니다. 특히 여자들을 믿지 못하는 경향이 있었습니다. 그녀를 학대한 사람은 정작 아버지였지만, 도리스는 그 일을 말려주지 않은 어머니의 잘못이 더 크다고 생각했습니다.

저는 도리스에게 두 사람의 가까운 친구들이 의도적으로 그녀를 피하는 행동을 보였을 때 어떤 식으로 그 상황을 극복했는지 물어보았습니다.

저는 (완전히 끝나버린 우정에 대해 생각하면서) 거의 일년이나 그 이상의 시간을 보냈습니다. 모든 상황이 제 자신을 돌아보게 만들었습니다. 그런 생각들이 사방을 구석구석 기어다니고 있었습니다. (그렇지만) 그 일 때문에 제 자신을 돌아볼 수 있게 되었습니다. 다양한 방식으로 저를 볼 수 있었습니다. 제 자신을 진심으로 돌아보고 제가 친구들과의 관계에서 원하던 것을 진지하게 살펴보았습니다. 그런 행동의 도움을 받아서 마침내 제 자신으로부터 벗어날 수 있었습니다. 제가 인생에서 가장 우선으로 생각하던 것은 무엇일까요? 저는 항상 가족과 친구들이 가장 우선이라고 말해 왔습니다. 하지만, 실제로 저는 그런 식으로 살고 있지는 않습니다.

슬픔을 완전히 털어버리고 자신의 일부분을 돌아보는 것은 여러 가지 측면에서 일종의 은총이라고 할 수 있습니다. 저는 마침내 제가 가진 다른 측면을 진심으로 깨닫게 되었습니다. 그 덕분에, 더 건강하고 한층 상호 보완적이며 서로를 아껴주는, 진정한 우정을 키워가고 있습니다.

로저는 친구이자 직장 상사에게서 배신을 당했는데, 도움이 절실하게 필요할 때 그 친구는 로저에게 적극적인 원조를 보내지 않았던 것입니다. (직장과 우정에 관해서 이야기했던 제 7 장을 참고하십시오.) 로저 역시 도리스처럼 전화위복의 경험을 한 셈인데, 끔찍한 배신을 촉매제로 삼아서 새로운 직장을 발견할 수 있었던 것입니다. 사이가 틀어진 친구 밑에서 근무할 수가 없었기 때문에, 로저는 결국 원래 다니던 직장을 그만두고 자신의 꿈을 쫓아서 프리랜서의 경력을 쌓아가게 되었습니다.

친구와의 우정을 끝내면서 자신에 대해 교훈을 얻으려고 노력하는 것 이외에도, 여러분은 친구를 용서하는 방법을 찾는다면 자신에게 어떤 이익이 될 것인지에 대해서도 생각해 보는 것이 좋겠습니다. 대부분의 사람들은 배신을 한 친구에게 앙갚음을 해줄 수 있는 방법을 생각하느라 여념이 없습니다. 그러나 사실 복수를 하는 것이 얼마나 힘을 낭비하는 일인지 한번 생각해 보십시오.

여러분이 더 이상 친분을 유지하고 싶지 않은 사람들에게 정면으로 맞서야 할 필요는 없습니다. 다른 사람들이 여러분을 자극하기 위해 온갖 노력을 다하고 있는 대치 상황에도 전혀 반응을 보일 필요가 없습니다. 선택은 전적으로 여러분의 몫입니다. 그렇지만, 도리스의 예가 증명하고 있는 것처럼, 여러분은 언제든지 우정, 배신, 배신을 불러일으킬 가능성이 있는 이유들을 신중하게 살펴볼 수 있습니다. 그렇게 하면, 여러분의 현재 관계는 물론이고 미래의 관계들을 선택하는 데 도움이 될 것입니다.

아는 것이 많으면 힘과 자신감이 생겨납니다. 다행스럽게도 이 책을 읽으면서 여러분이 얻게 된 지식은 여러분에게 자신감을 부여해 줄 것입니

9. 지금부터 할 일들　321

다. 자신감이 생긴 여러분은 친구와의 사이에 오해가 생겼을 때 그 뒤에 감춰진 진실을 알아내려고 노력할 것입니다. 어쩌면 여러분은 자신의 본능을 바탕으로 그럴듯한 동기와 이유들을 해석해 냄으로써 예전에는 도무지 알 수 없었던 상황을 혼자의 힘으로 이해해 볼 수도 있을 것입니다. 여러분은 진실을 정확히 알아낼 수 없을지도 모르며, 배신을 한 진짜 이유나 여러분이 부정적인 친구를 선택했던 이유는 더더욱 이해하기 어려울지도 모릅니다. 그렇지만, 여러분이 자기 인식을 통해서 분명한 이유를 밝혀내지는 못하더라도, 그 문제에 대한 고민을 완전히 끝낼 수는 있습니다. 사실 이것이야말로 여러분이 진심으로 바라던 것이 아닙니까? 도리스가 해낼 수 있었던 것처럼 여러분도 분명히 할 수 있을 것입니다.

저는 여러분이 우정과 배신에 대해 충분히 배웠기를 희망합니다. 또, 긍정적인 우정과 부정적인 우정의 차이를 깨달아서 우정에 대한 두려움을 줄일 수 있기를 바랍니다. 우정을 바람직하지 못한 방향으로 만들어갈 가능성이 많은 21가지 유형의 우정을 구분하는 방법도 배웠습니다. 여러분은 이 책에서 수많은 종류의 실례를 살펴보았고, 어쩌면 앞으로 자신의 실제 인생에서 긍정적인 우정을 나눌 기회들을 수없이 많이 만들어갈 것입니다. 진실, 정직, 성실함에 바탕을 둔 멋진 우정을 추구하게 될 것입니다. 물론, 결국은 끝나버리는 우정도 있을 것이고, 반드시 끝내야만 하는 우정도 있을 것입니다. 배신, 거짓말, 속임수, 질투, 철저한 복수 등을 감행한다면 우정을 지속시킬 수 없기 때문입니다. 저는 지금쯤은 여러분이 바람직하지 못한 친구들을 인식하고 다룰 수 있는 준비가 더 잘 되어 있기를 희망합니다.

그러나, 부정할 수 없이 명백한 사실도 있습니다. 우정은 인생의 지평을 넓혀주고 인생의 질을 높여준다는 사실입니다. 여러분이 마음 속으로 충분히 확신을 갖고 있다면 위기에 놓인 우정을 되살리는 경우도 가끔은 있을 것입니다. 친구와의 사이에 약간의 틈이 생겼을 때 해결한다면, 영구적으로 사이가 멀어지는 일은 방지할 수 있습니다.

이렇게도 저렇게도 할 수 없는 힘겨운 상황에서 변해야 될 사람은 바로 여러분입니다. 변화를 통해서 여러분은 더 좋은 친구가 되고, 우정을 받아들일 줄도 알게 되며, 이미 친구로 지내고 있는 사람들을 이해할 수도 있어야 된다는 것입니다. 어느 기혼의 중년 여성은 어린 시절에 받은 학대의 기억을 극복하기 위해서 자신과 힘든 싸움을 하고 있다고 제게 알려왔습니다. "저는 인생을 살아오면서 가치가 있다고 느낄 만한 것을 본 적이 없습니다. 친구가 좋은 행동을 하더라도 저에게는 의미 없는 일로만 여겨집니다. 저는 베풀고 싶기는 하지만 반대로 받을 수는 없습니다. 저는 스스로 남을 받아들이는 방법을 배우고 싶습니다."

저는 친구를 변화시키지 않으면서 그 친구와의 우정과 우정의 유형을 바라보는 태도에 있어서 긍정적인 변화가 일어나는 것이 가능하다는 사실을 증명하려고 노력했습니다. 제 처녀작인 《친구 관계의 전환》을 집필하기 위해서 1996년에 처음으로 인터뷰를 한 사람이 바로 보니였는데, 그녀는 당시에 49세의 여성이었습니다. 보니는 자신의 개인 버스터야말로 "이제껏 사귀어온 친구들 중에서 가장 친한 친구"임에 틀림없다고 생각했습니다. 계속해서 그녀는 개가 사람보다 더 좋은 친구가 될 수 있다는 믿음을 주장했습니다. 보니는 "저는 개에게 한 표 던집니다"라는 표현으로 사람과 개에 대한 비교를 결론지었습니다.

그후로부터 5년이 지났을 때였습니다. 보니는 스스로 여러 가지 노력을 계속했고, 여러 가지 상담 프로그램에도 참여했으며, 우정에 대해서도 더 많은 것을 배웠고, 인생을 바꿀 만한 개인적인 경험도 겪었습니다. 그런 후에 그녀의 인생과 우정의 유형은 완전히 달라졌습니다.

(이제) 저는 개가 사람보다 낫다고 말할 수는 없을 것 같습니다. 지금은 그렇게 생각하지 않기 때문입니다. 저는 여전히 개를 사랑하고 있습니다만, 제가 살면서 알게 된 사람들에게 진심으로 감사하는 마음을 갖고 있습니다. 사실 (5년 전에는) 화가 많이 나 있는 상태였습니다. 몹시 불행하기도 했습니다. 지금도 제가 행복하다고 말할 수는 없지만, 불행하다는 표현도 하고 싶지는 않습니다.

저를 결정적으로 변화시킨 사건은 (하나뿐인) 제 여동생이 죽었던 일이었습니다. 만일 여러분이 희곡을 한 편 써서, "변화가 일어나게 만든 사건은 어떤 일이었을까?"라고 쓴다면, 바로 이런 일이 될 것입니다.

(제 가장 가까운 친구인) 레지나는 여동생이 죽었을 때 제 곁을 지켜주었습니다. 살면서 성숙해진다는 점에서 보자면, 이런 (우정에 대한 제 태도가 달라지는 것과 같은) 종류의 일은 반복적으로 일어나고 있었습니다. 저는 굉장히 불행하고 자긍심이 전혀 없었던 사람이었는데, 인생을 더 긍정적인 시선으로 바라볼 줄 아는 사람으로 바뀌었습니다.

우리들의 친구들은 대개 자신의 거울과도 같습니다. 우리 친구들의 현재 모습을 변화시키기 위해서 가끔은 우리 자신이 달라질 필요도 있습니다. 바로 보니가 그랬던 것처럼 말입니다. 우리가 자신을 바라보는 태도를 변화시킨다면, 전과 다름 없는 친구라 하더라도 다른 눈으로 볼 수 있을 것입니다. 보니의 친구인 레지나 역시 여러 해를 지나면서 점차 변해서, 예전보다 감시하는 습관을 조금 줄이게 되었습니다. 이제는 가까운 친구에게 좀더 쉽게 다가설 뿐만 아니라 받아들일 줄 아는 아량도 생겼습니다.

또 다른 예를 들어보겠습니다. 55세의 마이클이 친구와 함께 하던 직장을 그만두자, 그의 가장 친한 친구는 직장에서 독립 고문의 역할을 맡게 되었습니다. 마이클은 "제 스스로에 대해 좋게 생각할수록 다른 사람들 모두에 대해서 좋은 방향으로 생각할 수 있습니다"라고 말합니다. 그는 자신에 대해서 다른 사람들보다 관대하게 대하기 때문에, 친구는 물론이고 다른 사람들과도 힘든 관계에 놓이지 않는 것입니다.

저는 제가 서론에서 제기했던 문제로 다시 돌아가면서 이 책을 마무리 짓고 싶습니다. 결혼 생활은 이혼, 사별, 선택적인 별거 등으로 인해서 지속되지 못하는 경우가 종종 있습니다. 우정도 결혼과 마찬가지로 영원히 유지되는 것이 아니라면, 우리가 일생 동안 영원히 지속될 관계라고 믿을 수 있는 것으로 대체 무엇이 있습니까?

보니가 배웠던 교훈처럼, 가장 강한 우정은 친구의 곁에 함께 있어주는 것입니다. (누군가는 신께서도 역시 여러분의 곁에 있다고 말할 것입니다.) 바바라는 어린 시절에 겪었던 육체적이고 성적인 학대와 그 망상을 극복해 냈습니다. 그녀는 제게 용서와 자기애를 배우는 일이야말로 정말 중요하다고 설명하면서, 자신이 사귀고 싶은 마음이 든 친구들을 찾아내서 친분을 키워가는 것도 큰 도움이 되었다고 말했습니다.

과거에, 저는 사람들을 너무도 두려워한 나머지 누구도 가까이 오지 못하게 했습니다. 지금의 저는 제가 속해 있는 인생의 영역에서 한 인간으로서 제가 지닌 참모습에 대해 커다란 자신감과 확신을 가지고 있습니다. 물론 가끔씩은 여전히 겁을 집어먹기도 합니다. 하지만, 더 이상 사람들을 밀어내려고 하지는 않습니다. 저는 제 삶에서 아무 것도 숨기려고 하지 않고 부끄럽게 생각하지도 않습니다. 또, 저는 친구에게 줄 만한 가치가 있는 것을 제 안에 지니고 있다고 믿습니다.

또 다른 변화는 용서하는 방법을 배워야 한다고 생각하는 것입니다. 우리에게 상처를 주고 해를 입힌 사람들을 용서해야만 합니다. 예를 들어, 우리에게서 어린 시절을 송두리째 빼앗아간 사람이라도 말입니다. 남을 용서하면서 우리는 자신을 용서하는 방법도 배우게 됩니다. 자신을 용서하지 않는다면, 결코 우리는 누구도 사랑할 수가 없습니다. 사랑이 없다면 인생은 텅 빈 공간에 불과합니다. 만일 다른 사람이 우리를 사랑하도록 만들려는 것처럼 우리가 자신을 사랑하고 있다면, 모든 좋은 사람들에 대해서 생각해 보십시오. 인생에서 우리가 만날 수 있는 친구들과 특별한 의미를 지닌 사람들을 말입니다.

친구들은 외로움, 직장 문제, 연애에서 받은 실망감, 정신 질환, 실패 등을 치유하기 위해 사용하는 응급 조치가 결코 아닙니다. 물론, 바람직한 관계를 나누고 있는 가까운 친구나 가장 친한 친구들은 여러분의 생활을 풍요롭게 만들고 행복을 증진시키는 데 도움을 줍니다. 여러분 스스로가 좋은 친구가 되어준다면, 친구가 여러분을 배신하는 경우는 잘 일어나지 않게 됩니다. 또, 여러분이 독이 되는 우정을 지속적으로 이어가는 일도 줄어들 것입니다.

결론적으로, 여러분을 고무시켜서 부정적인 친구들과의 관계를 유지하도록 만드는 일은 이 책에서 제가 의도한 것이 아니었습니다. 여러분이 친구와 긍정적인 우정을 나눌 기회는 얼마든지 많이 있으며, 또 여러분은 그런 경험을 할 만한 가치가 있는 사람들입니다. 우리들 모두가 언제든지 가장 멋지고 친밀한 관계를 나눌 친구를 만날 수 있다는 낙관주의와 희망을 대신해서 우정에 대한 두려움을 느끼게 될지도 모릅니다. 그런 부정적인 생각은 어쩌면 배신으로 인해서 여러분의 몸에서 힘이 빠져나가는 것을 방치해 두었기 때문일 수도 있습니다. 아니면, 여러분이 부정적인 우정을 감지해 냈더라면 그 관계를 적절히 처리할 수도 있었을 것이라고 더 단호하게 확신했기 때문인 지도 모릅니다. 그렇지만, 우리들 중의 누구도 과거를 바꿀 수는 없습니다. 그 과거란 것이 즐거운 어린 시절이나 황폐한 어린 시절이라도 어쩔 수 없는 지난 일일 뿐입니다. 54년간이나 지속되어 온 결혼 생활이 배우자의 사망으로 끝난다 해도, 아니면 여러분이 어른이 된 이래로 계속 독신으로 지내왔다고 하더라도 과거는 변함이 없습니다. 또, 우정은 연애를 대신할 수는 없는 노릇입니다. (자식들, 형제들, 부모님들, 또는 확대된 개념에서의 가족을 대신해 주지 못합니다.) 우정은 그 자신만의 단점과 장점을 지니고 있으며, 선택을 통해 만들어가는 관계입니다.

만일 여러분의 친구들이 근사한 사람이었다면, 그것은 아주 멋진 일입니다. 그런 모범적인 관계들을 지속시키도록 노력하십시오. 이와는 반대로, 여러분의 친구들이 배신을 하고, 실망시키고, 상처를 주는 사람들이라면 새로운 시작을 할 필요가 있습니다. 지금 당장 시행하십시오. 여러분은 인생에서 애정을 쏟고 관심을 보여주는 친구를 적어도 한 사람은 만날 자격이 충분히 있습니다. 여러분이 다른 사람에게 헌신적인 친구의 역할을 해왔는지, 아니면 애정을 쏟을 줄 아는 친구에게서 우정을 듬뿍 받으면서 지내왔는지는 상관할 필요가 없습니다. 지금 이 순간, 여러분에게는 근사한 친구를 발견할 것이라는 희망이 여전히 남아 있기 때문입니다.